古典文獻研究輯刊

初　編

曾永義　主編

第 **22** 冊

明清經義文體探析（上）

蒲彥光　著

國家圖書館出版品預行編目資料

明清經義文體探析(上)／蒲彥光 著 — 初版 — 台北縣永和市：
花木蘭文化出版社，2010〔民 99〕
目 2+224 面：19×26 公分
（古典文學研究輯刊　初編：第 22 冊）
ISBN：978-986-254-274-3（精裝）
1. 明清文學　2. 八股文　3. 文體
820.9806　　　　　　　　　　　　　　　　　99014266

ISBN - 978-986-2542-74-3

9 789862 542743

古典文學研究輯刊
初　編　第二二冊　　　　　　　ISBN：978-986-254-274-3

明清經義文體探析（上）

作　　　者　蒲彥光
主　　　編　曾永義
總 編 輯　杜潔祥
出　　　版　花木蘭文化出版社
發 行 所　花木蘭文化出版社
發 行 人　高小娟
聯絡地址　台北縣永和市中正路五九五號七樓之三
　　　　　電話：02-2923-1455 ／傳眞：02-2923-1452
網　　　址　http://www.huamulan.tw 信箱 sut81518@ms59.hinet.net
印　　　刷　普羅文化出版廣告事業
初　　　版　2010 年 9 月
定　　　價　初編 28 冊（精裝）新台幣 45,000 元

明清經義文體探析（上）

蒲彥光　著

作者簡介

蒲彥光，東吳大學中國文學研究所碩士，佛光大學文學研究所博士，主要研究興趣在古典文學史與文體變革。求學與工作皆在台北，曾任教北台灣科技學院、台北海洋技術學院、明志科技大學及國立台北大學。

提　要

　　明清經義文，又稱制藝、或八股文。收錄在這本書裡的內容，大致上是筆者近幾年研究明清經義文體的相關意見。關於這個論題的萌芽，最早於 1997 年以前，筆者寫作碩士論文「韓愈贈序文類之研究」時已經浮現。研究古文運動，大致上終要面對明清時文的挑戰。

　　明清經義文在發展上，以今日考察，大致可以從三方面論述之：第一，經義文體與科舉制度產生如何的關聯，這涉及了官制史與教育史的研究，此部分業已有不少歷史學者加以留心；第二，就文體發展而言，經義文誠如周作人所言是「集古今駢散的精華，凡是從漢字的特別性質演出的一切微妙的游藝都包括在內」，這曾經於五百年間蔚為重要書寫文體之發展，如果在我國傳統是具有合理性、或必然性，那麼明清「時文」與唐宋「古文」的關係如何？民國以後文學改革運動對於明清時文的批評論點，又是否皆合理？第三，就義理內容來看，明清經義文如果不是篇篇空言，那麼後人所闡論之經典義理，應該是「與時俱進」的，而具有經典詮釋學之意義。

　　收錄於本書中的幾篇論文，皆經發表在國內各學術研討會、及專門期刊，而側重於前述的文體史、及詮釋學方面，筆者從近年這些研究中有所體認：任何文體書寫（甚或進一步簡約至意符 signifier 層面）的發展史，恐怕都很難脫離其特殊表意內容（意指 signified）而能憑空研究。

　　語境會隨時空而轉移，對於過往文獻歷史的重新反省將有助於研究者「此在」之理解，反之亦然。今日我們如何滌清五四運動以來對於明清經義文體（以及架構此上之傳統文化）批評之偏見，而給予其「歷史性」的理解及同情，是筆者在這本書中所以具見的體悟心得。

第一章　緒　論

　　此章分三節，首先說明研究動機與論文題旨，其次述及本論文研究方法與論述架構，最後則略陳此一文體現階段之研究情形。

第一節　研究動機與論文題旨

　　「觀今日之世變，蓋自秦以來，未有若斯之亟也！」〔註1〕在我們進入本文論述前，不妨先回到這個題目的歷史位置：約莫一百年前，公元 1905 年 9 月 2 日，清光緒帝因內憂外患之歷史困局，正式下詔宣布廢除科舉，「自丙午科爲始，所有鄉會試一律停止，各省歲科考試亦即停止。」〔註2〕至此，我國從隋唐創設以來達 1300 年的教育／任官制度正式宣告終結，邁入一個劇變的新時代。

　　十九到二十世紀之交替，時代更迭，於我國而言，誠所謂千古變局，而舊傳統與新文化之衝突，貫穿終始，愈演愈烈。百年已往後的此刻，欲達革新求變之理想，往前看去還是條艱辛崎嶇的旅程，然而試著回顧來時路，傳統文化奠基於農業根基的絲絲縷縷，不免也被新時代所席捲、淘洗，日漸成爲遠處無法明辨的風景，日漸成爲一種難以言說的鄉愁。

　　今日之治古典文學者，相信或多或少仍能感受這一股暈眩感。我於就讀中學期間幸逢啓蒙恩師辛意雲先生，在建中國學社期間，辛先生常常宣講中國文化要義，與傳統經典思想。對於一個廿世紀末的臺灣中學生而言，想要

〔註1〕　嚴復，〈論世變之亟〉，《嚴復集》，北京：中華書局，1986 年，頁 1。
〔註2〕　朱壽朋編，《光緒朝東華錄》（五），北京：中華書局，1958 年，總 5392 頁。

理解中國傳統文化之核心精神，其實絕非易事。因爲近百年來在東西文化衝突之下，整體時代風氣早已厭棄國學，而固有思想所面臨的兵戎、政治、經濟、學術、科技、及生活型態轉變之衝擊挑戰，仍然方興未艾。辛老師係錢賓四先生晚年之門生，我雖未嘗親聆賓四先生教誨，然百年來傳統文士對於國學存續的關心，也透過辛老師課堂教導、伴隨閱讀錢先生著作中宏闊的學術視野，成爲一種抽象的自我意識與文化鄉愁，認同傳統經典是不可或忘的價值根源。

　　在這樣求學心態下，大學及碩士班期間，因爲讀的是中文系，所以很自然的選擇了以韓愈「古文運動」爲論文主題，何以故？因爲韓愈提出「文以貫道」〔註3〕的理想，他的文學觀中明顯具有一種儒學價值重整的企圖；且韓昌黎所身處之中唐，正類似於清季民初，是一個「哲學突破」〔註4〕的艱難時代。韓愈在文學與思想上之洞見皆很可觀；就其刻苦創發的「古文」而言，在當日實爲一種前所未有的嶄新文類，然昌黎卻自稱此種短篇散文乃「師（古人）其意，不師其辭」，〔註5〕並欲以如此載體表述其「堯以是傳之舜，舜以是傳之禹，禹以是傳之湯，湯以是傳之文、武，文、武以是傳之周公、孔子，書之於册，中國之人世守之。」〔註6〕的道統觀。此種「古文」書寫觀，曾經深刻影響了明清的文壇。

　　經由唐宋古文體類之考察，順著這一條脈絡，我很自然地意識到了宋以後「經義文」的重要性。經義文的特別處，首先就在於這是一種與經典教育、

〔註3〕 這是韓愈門人李漢的說法：「文者，貫道之器也：不深於斯道，有至焉者不也。」（〈韓昌黎集序〉，《韓昌黎全集》，台北：新文豐，1977年9月，頁1）

〔註4〕 中唐的「哲學突破」，係指唐初大一統意識下逐漸建構完成的儒道釋三教，在中唐重被反省：宇宙之本質、人之處境、歷史文化之發展，無一不構成貞元、元和年間探索的主題。中唐文人對整個歷史、文化和哲學思想，透過反省和選擇，來安頓自我的生命，引導社會與文化的走向。唐中葉的哲學突破，是知識分子對歷史文化與人類處境沉思的一種表現，因此他們不但要文以貫道、詩以載義，更以文爲詩，用文章的秩序來安排布勒詩語，創造新的意象和義理。請參詳龔鵬程〈知性的反省──宋詩的基本風貌〉，《文學與美學》（台北：業強出版社，1986年，頁160～162）及〈唐傳奇的性情與結構〉，《古典文學》，第三集（台北：學生，1981年）：哲學的突破（philosophic breakthrough）或譯爲「精神的突破」，詳見余英時《中國古代知識階層史論──古代篇》（台北：聯經，1980年），頁54；及林載爵〈人的自覺──人文思想的興起〉，《中國文化新論・根源篇》（台北：聯經，1981年），頁371。

〔註5〕 〈答劉正夫書〉，《韓昌黎全集》，卷18，第2册，頁158。

〔註6〕 〈送浮屠文暢師序〉，《韓昌黎全集》，卷20，第3册，頁17。

國家制度（學而優則仕）攸關的「載道之文」，考生必須把四書、五經之章句要義，依命題改寫爲數百字的短篇散文，「試義者須通經有文采，乃爲中格，不但如明經，墨義、粗解章句而已。」〔註7〕因而這種新文體後來不但發展出繁複的寫作技法，其審美趣味值得文學史家分析外；此類文體在解經時所重新萃取、或建構之「義理」，也具有經典詮釋學的研究價值。

經義文發展到了明清，因其股對形式亦被稱爲「八股文」，八股文類定制於明初，完備於明成化年間，風行於清代，此期間五百多年之書寫成就不容輕忽。如袁宏道說：「天地間，眞文漸滅殆盡，獨博士家言猶有可取。其體無沿襲，其詞必極才之所至，其調年變而月不同，手眼各出，機軸亦異。」〔註8〕如劉大櫆認爲：「文章者，藝事之至精，而八比之文，又精之精者也。」〔註9〕如姚鼐云：「經義之體，其高出詞賦箋疏之上倍徙十百」〔註10〕再如文學史家郭紹虞所論：「我們假設於一個時代取其代表的文學，……那麼於明無寧取時文。時文似乎是昌黎所謂『俗下文字，下筆令人慚者』。然而，時文在明代文壇的關係，則我們不能忽略視之。正統派文人本之以論『法』，叛統派文人本之以知『變』。明代文人，殆無不與時文發生關係。明代文學或文學批評，殆也無不直接、間接受著時文的影響。」〔註11〕凡此皆可證明此一文體於我國近代文學史之重要性。

再者，就八股文之學術意義而言，清人於《四庫全書總目》已經將制舉類文獻「直接視爲一般的學術性書籍來看待」，〔註12〕當代學界亦認爲此體應屬於儒者闡述經旨之論說文中的一支，是故「就儒學資料的角度言，闡述經旨的論說文（其中包括經義與八股文），與收在經部的注疏、收在子部的儒家類，其目標是一致的，只不過這類論說文通常被列入集部而已；因此，站在儒學史研究者的立場，經義、八股文與注疏、儒家子書等同樣應列入考察的

〔註7〕馬端臨，《文獻通考》，卷31，「選舉考四」，《景印文淵閣四庫全書》，台北：台灣商務，1983年，第610冊，頁610～678。

〔註8〕〈與友人論時文〉，《袁中郎尺牘》，收入《袁中郎全集》，台北：世界，1964年，頁14。

〔註9〕〈徐笠山時文序〉，《海峰文集》，收入《續修四庫全書》，上海：上海古籍，2002年，第1427冊，頁404。

〔註10〕〈停雲堂遺文序〉，《惜抱軒全集》，台北：世界，1984年，卷4，頁40。

〔註11〕〈公安派〉，《中國文學批評史》，臺北：藍燈，1988年10月，頁368。

〔註12〕周彥文，〈論歷代書目中的制舉類書籍〉，《書目季刊》，第卅一卷第一期（台北：中國書目季刊社），1997年6月16日，頁13。

範圍」。〔註13〕又如方苞在官方八股選本《欽定四書文》有所謂「以歐蘇之氣達朱程之理」〔註14〕的評語（或主張），八股之文學載體所演示的是什麼義理？其如何再現經典？同樣是今日值得重視的詮釋學題目。

至於在文體法式、經義詮釋以外，科舉制度之重視文采，在我國傳統教育觀、近代社會階層之流動、以及於文化史上的意義影響，牽涉深遠，亦為學界所關心之議題。

承上所述，明清經義文體既然具備如此重要之研究價值，惜乎近一百年來，學界因為面臨現代化的衝擊，不免對於傳統學術充滿了誤解及偏見，而八股文尤為清季以降，歸罪文化落後的眾矢鏑靶。〔註15〕一個似乎合理的認知邏輯是：帝國所以衰敗，是因為官僚系統失靈；官僚腐敗無能，則因為應試文體空疏。〔註16〕

例如顧炎武反省明亡，曰：「老成之士，既以有用之歲月銷磨於場屋之中，而少年捷得之者又易視天下國家之事，以為人生之所以為功名者惟此而已。故敗壞天下之人才，而至於士不成士，官不成官，兵不成兵，將不成將。夫然後寇賊奸宄得而乘之，敵國外侮得而勝之。」〔註17〕又清末李長源喟歎云：「中國之士，專尚制藝，上以此求，下以此應。將其一生有限之精神，盡耗予八股、五言之內，外此則不遑涉獵。及夫登第入官，上自國計民生，下至人情風俗，

〔註13〕 葉國良，〈八股文的淵源及其相關問題〉，《臺大中文學報》，第六期（1994年6月），頁39。

〔註14〕 《欽定四書文》，《文淵閣四庫全書》，第1451冊（台北：商務，1979年），評方舟〈道之以政一節〉篇，頁620～621。

〔註15〕 如吳晗說：「明、清兩代五六百年間的科舉制度，在中國文化、學術發展的歷史上作了大孽，束縛了人們的聰明才智，阻礙了科學的進展，壓制了思想，使人們脫離實際，脫離生產，專讀死書，專學八股，專寫空話，害盡了人，也害死了人，罪狀數不完，也說不完。」（吳辰伯，〈明代的科舉情況和紳士特權〉，《燈下集》，台北：谷風，1986年，頁96）又如鄭奠、譚全基合編《古漢語修辭學資料彙編》時，特地強調不選「評論八股」的資料：「沒有選清梁章鉅《制藝叢話》這一類評論八股文的資料。八股文是束縛思想，極端形式化的一種文體，它在很長的歷史時期影響到一般的文風，可謂流毒深遠。」（鄭奠、譚全基編，〈前言〉，《古漢語修辭學資料彙編》，台北：明文，1984年，頁5）

〔註16〕 值得注意的是，這種歸責文體的說法，其實並不多麼「現代」，《四庫全書‧總目》云：「文體蠹而士習彌壞，士習壞而國運亦隨之矣。」（卷一九○，「欽定四書文」條）即持一樣的文體功能觀，如其說，文體既能改正士習、昌明道統，亦能使道體湮滅、國勢衰頹。

〔註17〕 〈生員論略〉，《日知錄集釋》（台北：世界，1972年），卷17，頁396。

非所素習，措置無從，皆因仕學兩途，以致言行不逮。」〔註18〕就經世學者看來，八股文既艱難且無濟世用，此後遂成爲乏人問津的學術領域。

　　然而，東西文化衝擊之艱鉅挑戰，或許不單純是一個文體可以承擔的罪名。明清人寫作經義文，自有其對於此一載道文體之正面觀點，如方苞云：「制義之興所以久而不廢者，蓋以諸經之精蘊匯湧於四子之書，俾學者童而習之，日以義理浸灌其心，庶幾學識可以漸開，而心術羣歸於正。伏讀聖論，國家以經義取士，人心、士習之端倪呈露者甚微，而徵應者甚鉅，故風會所趨，即有關氣運。……其間能自樹立各名一家者，雖所得有淺深，而其文具存，其人之行身植志亦可概見，使承學之士能由是而正所趨，是誠聖論所謂有關氣運者也。」〔註19〕藉由八股文所施行的傳統經典教育，其目的係在於使士子「學識可以漸開，而心術羣歸於正」，就此層面而言，明清經義文乃出自於一種特殊的「文以載道」觀，文學、道德互相涵攝，試圖對於政治產生影響。或許，也主要是因爲這同樣的邏輯，當政治、道德崩潰裂解時，遂造就了八股文之淹滅及污名。

　　前已提及，八股文所牽涉及影響層面既深且廣。本論文取名「明清經義文體探析——方苞《欽定四書文》研究」，實欲局限以清朝最重要的官方選本《欽定四書文》爲主要範圍，試圖進一步釐清明清八股文之書寫法式、詮釋觀點，希望對於近代文學史在八股文體部分能有所補正。

第二節　研究方法與論述架構

　　本論文的研究進路，參照傅斯年先生意見，〔註20〕大略分三點如下：

　　（一）直接研究材料，繁豐細密地參照所包含之事實；而不間接研前人所研究、或前人所創造之系統。

　　（二）擴充研究之材料。

　　（三）擴張研究之工具。

　　在直接材料方面，與明清經義相關之文獻零碎龐雜。僅就文體研究層面，

〔註18〕〈考試論〉，賀長齡，《清經世文編》（道光 6 年刊本，上海：廣百宋齋校印，1891 年），卷 120。

〔註19〕〈進四書文選表〉，《欽定四書文》，頁 2。

〔註20〕略見丁邦新編，《董同龢先生語言學論文選集》（台北：食貨，1974 年）內「近三十年的中國語言學」，頁 374～375。

至少須整理現存的經義文選刊本、明清人的評點資料、各種文集中與時文相關的序跋書信、涉及經義文法式的專門論著；其次則是史料中關於文家傳記、制度興廢之相關記載；再次則爲民國以後之文獻，包括民國初年學者意見、及現階段學界（包括海外及兩岸）之研究成果，凡此皆屬於是本論題直接材料。

在擴充研究之材料方面，則是在研究直接材料時所衍申發現，有助於理解本題之尚待開發推闡的領域。例如：明清話本小說所記載與士子及科舉相關的材料甚豐，有助於理解應試學子（士子得失）之心態；又如經義文在體式上與其他文體（如古文、四六、連珠、律賦、戲曲、小說、四書語法）之相關性；又如經義文在理學及經學上之闡發改寫；又如經義文於文人結社、講會等之寫作情形，凡此皆屬於本論題之衍申材料。

在擴張研究之工具方面，則是爲解釋上揭文獻時所需的，有助於彙整材料、建構知識體系的相關理論。例如：可參照古文家的文論觀點、四六駢體的文類研究、詩歌擬作代言之相關研究、當代經典詮釋學理論、西方形構主義及讀者反應理論、抑或是相關之教育理論、傳播理論及社會學理論等。

文學研究不外涉及創作、文本及影響三層面，就經義文做爲一種特殊的經典代言文體來看：「如何代言」成爲詮釋學研究（明清述者欲體貼經典作者／聖賢之本意），「語體風格」即是文本研究，而作品之功能性則不妨視爲文化／社會學影響研究。在整體論述架構上，本論文希望以文體學研究（作品、評點）爲主，以詮釋學研究（經典改寫）層面爲輔，並附以文化教育之相關探討（制度影響）爲支柱；〔註21〕期使本論文能在有限篇幅中，提出確具意義的問題與解釋，並儘可能勾勒出關乎明清經義文不同景深的輪廓。

第三節　明清經義文體現階段研究情形

前面提過，科舉制度於傳統文化之影響既深且廣，根據大陸歷史學者劉海峰的說法，科舉學可以分爲「內學」與「外學」兩大範疇：內學或內部研究是對科舉制度和活動本身的研究，如科舉制的起源、科目的興廢、考試方式方法的演變、科第人物具體登科年代或事情的考證、科場案等，基本上屬於較微觀

〔註21〕關於這一層面（科舉制度、儒士階層）之深入探討，歷史學界已有許多相關論著，因與文本關係較遠，爲避免牽涉過廣，另請參考拙作〈從劉熙載《藝概·經義概》試論經義之爲體〉乙篇。

的研究；外學或外部研究是對與科舉相關的外部環境的聯繫和影響，進行全方位多層次的研究，如科舉與官僚政治的關係、科舉與學校教育的關係、科舉與文學的關係、科舉與文化的關係、科舉與社會流動的關係、科舉對外國的影響等，基本上屬於較宏觀的研究。內學與外學只是大體劃分，兩者間沒有截然的分野，有時還互有交叉。微觀科舉學和宏觀科舉學只是相對而言的概念。

他並認為，「在科舉學的外部關係中，政治、教育、文學、哲學、社會等，是與科舉關係最為密切的五個方面。……從科舉學的外延關係來看，科舉不僅涉及歷史學、政治學、教育學、文學、社會學這些關係最為密切的學科，而且與地理學（主要的人文地理學）、文化學、心理學、經濟學、中外關係史學，甚至軍事學相關。」〔註22〕劉氏說法很清楚地指陳科舉制度研究之複雜，絕不誇張，即便僅將論題局限於科舉文體的「微觀研究」，以現存資料之零碎龐雜，若想避免挂一漏萬，恐怕也是極不容易的事。關於應試文體及理論這方面的研究，還是學界尚待開發與努力的領域。

關於「明清經義文體」現階段學界之研究情形，這裡為了說明方便，姑以兩岸博碩士學位論文為例，在「文學領域」相關方面做一個簡單的考察，〔註23〕包括以下廿一篇：

	論　文　題　目	作　者	畢　業　學　校	時間
1	明七子派詩文及其論評之研究（博）	龔顯宗	臺灣師範大學中文所	1978
2	明代前期八股文形構研究（博）	鄭邦鎮	臺灣大學中文所	1986
3	《制藝叢話》研究（博）	蔡榮昌	文化大學中文所	1986
4	黃淳耀及其文學（博）	陳慈峰	臺灣大學中文所	1986
5	科舉制度中的明清知識分子：數據庫之制作與分析（碩）	林奇賢	臺灣師範大學教育研究所	1992

〔註22〕請參詳劉海峰，《科舉學導論》（湖北：華中師範大學，2005年8月），頁24～25。

〔註23〕除了學位論文外，可以說明研究現況的，至少還應包括相關古籍之重新出版、經義文研究專著、還有為數不少的期刊（或研討會）論文。此處選擇標準乃斷以明清為期，與八股或科舉相關之文學研究；臺灣方面的論文，係以國家圖書館「全國博碩士論文資訊網」中，關鍵詞為八股者，皆屬之；大陸方面的學位論文資料，則參照劉海峰於《科舉學導論》「附錄三：科舉研究學位論文目錄」所收，頁431～435，劉氏目錄統計至2005年止。相關著作及期刊論文之出版概況，請參見本論文末之「重要參考文獻」。

6	艾南英的時文理論（碩）	朴英姬	臺灣師範大學國文所	1993
7	科舉時代癡情女子負心漢故事研究（碩）	蔡淑娜	逢甲大學中文所	1994
8	科舉在清代小說中的運用（碩）	柯敏菁	臺灣大學中文系	1994
9	艾南英時文理論之研究（碩）	林進財	臺灣中山大學中文系	1995
10	八股文流派論（博）	孔慶茂	南京師範大學中文系	1998
11	《左繡》研究（博）	蔡妙眞	臺灣政治大學中文系	1999
12	劉熙載《藝概·經義概》研究（碩）	甘秉慧	彰化師範大學國文系	2001
13	明代科舉探微——以同安許鍾斗為例（碩）	許績鑫	臺灣銘傳大學應用中文所	2002
14	論古典戲曲裡的科舉社會（碩）	王曉靖	揚州大學中文系	2002
15	"《西廂》制藝"考論（碩）	王穎	揚州大學中文系	2003
16	八股文與金聖歎文學觀研究（博）	陳光	首都師範大學中文系	2003
17	明代八股論評試探（博）	潘峰	復旦大學中文系	2003
18	尊朱辟王與華夷之辨：對呂留良"八股點評"的思想論析（碩）	賴輝東	廣東中山大學哲學系	2003
19	八股文專題研究（博）	楊波	南京大學中文系	2004
20	《清代硃卷集成》的文獻價值和學術價值研究（博）	蔣金星	浙江大學古籍研究所	2004
21	談《儒林外史》女性形象塑造	李貴禎	臺灣屏東教育大學中語系	2006

　　由以上統計，可以看見近二十年來學界對此領域的興趣日趨濃厚，值得注意的是，其中前十年以臺灣的研究為主，後面十年則清楚呈現大陸學界之熱衷，這個統計現象應該有個合理的解釋。〔註24〕

　　再就這些題目細論，如剔除教育學、社會學、哲學、文獻學、與涉及其他文類（詩文、小說、戲曲等）之相關篇章，專以論八股文體為主的實為以下九篇：《明代前期八股文形構研究》、《"制藝叢話"研究》、《八股文流派論》、《艾南英的時文理論》、《艾南英時文理論之研究》、《劉熙載"藝概·經義概"

〔註24〕事實上，於本表前十年即投入於此論題之台灣學者，在後面十年仍從事相關後續研究者，亦稱寂寥，僅鄭邦鎮、蔡榮昌偶而發表一、二篇論文。對於經義文體、學術與科舉制度，近期台灣頗值得留意的研究者有二：其一是中央研究院文哲所的蔡長林，蔡氏從學術史角度關注於常州學派的科舉儒學範疇，已開啓了相當重要之論域；其二是台南科技大學通識教育中心的侯美珍，其專長領域則在八股文體史與考試制度層面。

研究》、《"《西廂》制藝"考論》、《明代八股論評試探》、《八股文專題研究》。

　　這些論文中，以本人所讀過的部分篇章考察，其研究重點包括文體形構（《明代前期八股文形構研究》）、經世思想（《劉熙載"藝概・經義概"研究》）、八股文學史及掌故（《"制藝叢話"研究》、《八股文流派論》）、八股次文類（《"《西廂》制藝"考論》）及專家文論（《艾南英的時文理論》、《艾南英時文理論之研究》）等等專門領域。

　　本論文所想要探討的，以清朝具代表性的官方選集——方苞《欽定四書文》為主要文本，在文體學上將側重其數百年沿革間評點審美之要求，在詮釋學上則考察明清人如何掙扎於經典之恪遵與改寫，希望能夠兼及文體形式及內容兩面，在這領域既有之研究基礎上更求精進。

第二章　方苞的時文觀及其《欽定四書文》

本章分三節：第一節介紹方苞之生平梗概；第二節試論望溪之時文觀，包括他著名的義法說，分析《方望溪全集》中對於時文所抱持的兩種態度；第三節略述方苞《欽定四書文》編纂目的及特色，以申論此書編纂之時代背景、所欲解決的問題，考見其經由編選以「正文體」之實際作爲。

第一節　方苞之生平

方苞，字鳳九，一字靈皋，晚號望溪，安徽桐城人，生於聖祖康熙七年，卒於高宗乾隆十四年（1668～1749），年八十二。年輕時受教於父兄，應童子試，選爲貢生，入國子監，以文學聞名京師，李光地見其文曰：「韓歐復出，北宋後無此作也。」韓菼以文名海內，及見望溪文，至欲自毀其文稿，評之曰：「廬陵無此深厚，南豐無此雄直，豈非昌黎後一人乎！」頗受韓菼，李光地，萬斯同，姜宸英等贊譽。

康熙三十八年，方苞於江南鄉試中解元，康熙四十五年，會試中式，將應殿試，聞母病，歸侍。康熙五十年，因戴名士《南山集》案牽連入獄，經李光地營救，倖免於難。〔註1〕康熙五十二年，清聖祖以「方苞學問，天下莫不聞」，命方苞以白衣平民身分入值南書房，成爲康熙、雍正、乾隆三朝皇帝的智囊，後官至禮部侍郎。

〔註1〕 據《清史稿》記載：「桐城貢士方苞坐戴名世獄論死，上偶言及侍郎汪霦卒後，誰能作古文者？光地曰：『惟戴名世案內方苞能！』苞得釋，召入南書房。」（卷262，列傳四十九，趙爾巽編撰，台北：鼎文，1981年，頁98～99）值得注意的是，方苞係因其善治古文免難。

　　方苞是清代桐城派散文創始人，尊奉程朱理學和唐宋散文，姚鼐曾推崇方苞曰：「望溪先生之古文，爲我朝百餘年文章之冠」。〔註2〕方苞繼承歸有光「唐宋派」的古文號召，提出「義法」主張：「『義』即《易》之所謂『言有物』也，『法』即《易》之所謂『言有序』也，義以爲經，而法緯之，然後爲成體之文。」〔註3〕認爲「成體之文」需兼及內容（義）與表達（法）兩方面之融洽，如其批評歸有光文章：「孔子於艮五爻辭釋之曰：『言有序』，家人之象系之曰：『言有物』；凡文之愈久而傳未有越此者也。震川之文，於所謂『有序』者，蓋庶幾矣；而『有物』者則寡焉。又其辭號『雅潔』，仍有近俚而傷於繁者，豈於時文既竭其心力，故不能兩而精與？抑所學專主於爲文，故其文亦至是而止與？」認爲震川文之意義內容不足，在表達章法上雖有其成就，然而仍有「近俚而傷於繁」、缺乏「雅潔」的瑕疵。

　　方苞一生著作等身，於《三禮》、《春秋》，著作尤多。御纂《三禮義疏》特命總其事，發凡起例，皆出手定。自著書有《周官集注》十二卷、《周官析疑》四十卷、《周官辨》一卷、《儀禮析疑》十七卷、《禮記析疑》四十六卷、《喪禮或問》一卷、《春秋通論》四卷、《春秋直解》十二卷、《春秋比事目錄》四卷、《詩義補正》八卷、《左傳義法舉要》、刪定《管子》、《荀子》、《離騷正義》、《史記注補正》各一卷。其文集包括《正集》十八卷、《集外文》十卷、及《補遺》二卷等，另刪訂《通志堂宋元經解》（未刊行）等。方苞擅長於撰寫散文，有近六百篇傳世，收於《望溪先生集》中。其爲文，多明經崇道之作，且重道學。散文獨樹一幟，自成風格。

　　爲了清楚呈現方苞生平爲人，及其奉命編撰經史、充任教習之經歷，下面不煩抄錄《清史稿》中關於望溪的傳記：

> 方苞，字靈皐，江南桐城人。父仲舒，寄籍上元，善爲詩，苞其次子也。篤學修內行，治古文，自爲諸生，已有聲於時。康熙三十八年，舉人。四十五年，會試中式，將應殿試，聞母病，歸侍。
>
> 五十年，副都御史趙申喬劾編修戴名世所著《南山集》、《孑遺錄》有悖逆語，辭連苞族祖孝標。名世與苞同縣，亦工爲古文，苞爲序其集，並逮下獄。五十二年，獄成，名世坐斬。孝標已前死，戍其子登嶧等。苞及諸與是獄有干連者，皆免罪入旗。聖祖夙知苞文學，

〔註2〕　〈望溪先生集外文序〉，《方望溪全集》（台北：河洛圖書，1976年），頁470。
〔註3〕　〈又書貨殖傳後〉，《方望溪全集》（台北：河洛，1976年），卷二，頁29。

大學士李光地亦薦苞，乃召苞直南書房。未幾，改直蒙養齋，編校御製樂律、算法諸書。六十一年，命充武英殿修書總裁。世宗即位，赦苞及其族人入旗者歸原籍。

雍正二年，苞乞歸里葬母。三年，還京師，入直如故。居數年，特授左中允。三遷內閣學士。苞以足疾辭，上命專領修書，不必詣內閣治事。尋命教習庶吉士，充《一統志》總裁、《皇清文穎》副總裁。乾隆元年，充《三禮義疏》副總裁。命再直南書房，擢禮部侍郎，仍以足疾辭，上留之，命免隨班行走。復命教習庶吉士，堅請解侍郎任，許之，仍以原銜食俸。

苞初蒙聖祖恩宥，奮欲以學術見諸政事。光地及左都御史徐元夢雅重苞。苞見朝政得失，有所論列，既命專事編輯，終聖祖朝，未嘗授以官。世宗赦出旗，召入對，慰諭之，並曰：「先帝執法，朕原情。汝老學，當知此義。」乃特除清要，馴致通顯。

苞屢上疏言事，嘗論：「常平倉穀，例定存七糶三。南省卑濕，存糶多寡，應因地制宜，不必囿成例。年饑米貴，有司請於大吏，定值開糶，未奉檄不敢擅。自後各州縣遇穀貴，應即令定值開糶，仍詳報大吏。穀存倉有鼠耗，盤糧有折減，移動有運費，糶糴守局有人工食用。春糴值有餘，即留充諸費。廉能之吏，遇秋糴值賤，得穀較多，應令詳明別貯，備歉歲發賑。」下部議行。

又言民生日蹙，請禁燒酒，禁種煙草，禁米穀出洋，並議令佐貳官督民樹畜，士紳相度濬水道。

又請矯積習，興人才，謂：「上當以時延見廷臣，別邪正，示好惡。內九卿、外督撫，深信其忠誠無私意者，命各舉所知。先試以事，破瞻徇，繩贓私，厚俸而久任著聲績者，賜金帛，進爵秩。尤以六部各有其職，必慎簡卿貳，使訓屬其僚屬，以時進退之，則中材咸自矜奮。」

乾隆初，疏謂：「救荒宜豫。夏末秋初，水旱豐歉，十已見八九。舊例報災必待八九月後，災民朝不待夕，上奏得旨，動經旬月。請自後遇水旱，五六月即以實奏報。」並言：「古者城必有池，周設司險、掌固二官，恃溝樹以守，請飭及時修舉。通川可開支河，沮洳可興大圩，及諸塘堰宜創宜修，若鎮集宜開溝渠、築垣堡者，皆造冊具

報，待歲歉興作，以工代賑。」下部議，以五六月報災慮浮冒，不可行；溝樹塘堰諸事，令各督撫籌議。

高宗命苞選錄有明及本朝諸大家時藝，加以批評，示學子準繩，書成，命爲《欽定四書文》。苞欲仿朱子學校貢舉議立科目程式，〔註4〕及充教習庶吉士，奏請改定館課及散館則例，〔註5〕議格不行。苞老多病，上憐之，屢命御醫往視。

苞以事忤河道總督高斌，高斌疏發苞請託私書，上稍不直苞。苞與尚書魏廷珍善，廷珍守護泰陵，苞居其第。上召苞入對，苞請起廷珍。居無何，上召廷珍爲左都御史，命未下，苞移居城外。或以訐苞，謂苞漏奏對語，以是示意。庶吉士散館，已奏聞定試期，吳喬齡後至，復補請與試。或又以訐苞，謂苞移居喬齡宅，受請託。上乃降旨詰責，削侍郎銜，仍命修《三禮義疏》。苞年已將八十，病日深，大學士等代奏，賜侍講銜，許還里。十四年，卒，年八十二。苞既罷，祭酒缺員，上曰：「此官可使方苞爲之。」旁無應者。

苞爲學宗程、朱，尤究心《春秋》、《三禮》，篤於倫紀。既家居，建宗祠，定祭禮，設義田。其爲文，自唐、宋諸大家上通太史公書，務以扶道教、裨風化爲任。尤嚴於義法，爲古文正宗，號「桐城派」。

苞兄舟，字百川，諸生，與苞同負文譽。嘗語苞，當兄弟同葬，不得以妻祔。苞病革，命從舟遺言；並以弟林早卒未視斂，斂袒右臂以自罰。〔註6〕

〔註4〕 方苞想改定課程之具體內容如下：「先生嘗慮辭章聲律，未足以陶鑄人材，轉踣其志氣使日趨於卑小，欲倣〈朱子學校貢舉議〉，分《詩》、《書》、《易》、《春秋》、《三禮》爲三科，而以《通鑑》、《通考》、《大學衍義》附之。《詩》、《書》、《易》附以《大學衍義》，《春秋》附以《通鑑綱目》，《三禮》附以《文獻通考》，以疑義課試。當路者多謂迂遠。」（《方望溪文集》，「年譜」，頁455）

〔註5〕 此奏箚主要是針對科舉招生做一區域平衡之考量，方氏指出「朝考取備庶常之選者，三十有六人。江南、浙江、江西、湖廣四省，數已三十，其餘僅六人耳。」他的建議是「臣請嗣後江南、浙江、江西、湖廣、福建，仍課以詩賦；其餘各省，則專治本經義疏，及《資治通鑑‧綱目》所載政事之體要。……如此，則東南之士，亦留心於經濟之實用，而河北五路，以及邊方之士，亦不至困於聲律之未諳，可以陶冶羣材，使爭自淬礪。」（〈請定庶吉士館課及散館則例箚子〉，《方望溪文集》，「集外文」卷二，頁281）

〔註6〕 《清史稿》，卷290，列傳七十七，頁10270～10272。

由以上傳記考察，可知方苞一生功績，至少在皇帝眼中，主要還是在編撰經史、與文章教習兩方面。

第二節　方苞時文觀

一、義法說

　　乾隆所以責成方苞編選《欽定四書文》，作為「主司之繩尺，羣士之矩矱」，〔註7〕其原因除了望溪精能於古文外，他在當日實以寫作八股時文享名於世。如某學官曾經譽美方苞為「江東第一能文之士」，〔註8〕他更提及自己交遊廣闊：「四方君子，所以不棄而願與為交，徒以時文為可也。」〔註9〕認為自己在當日之名氣，更多是因為能寫時文。即使學術立場與方苞相左者，亦頗以此為譏，如金壇王澍批評他是「以時文為古文」，〔註10〕指控方苞古文是一種染上八股章法的俗體，未見高古；又如漢學家錢大昕甚惡方苞，幾近詆毀：「方所謂古文義法者，特世俗選本之古文，未嘗博觀而求其法也。法且不知，而義於何有？……若方氏乃真不讀書之甚者。」〔註11〕漢學家對於文章家的不滿，乃因為八股時文表彰宋學，與錢氏等反動於宋明理學之立場有關。〔註12〕

　　有趣的是，錢大昕這裡對於方苞的批評，與前一節我們提及的，方氏對歸有光文章之看法（如其評歸文「有物者則寡焉」、「近俚而傷於繁」，主張「漢以前之書所以有駁有純，而要非後世文士所能及也」），頗為相似。在這種觀點下，言之「有序」與「有物」的兩難（「既竭其心力，故不能兩而精與？抑所學專主於為文，故其文亦至是而止與？」）可以見出「能指」（言有序）與「所指」（言有物）的緊張平衡。

　　方苞論文標榜「義法」，認為「諸體之文，各有義法」，〔註13〕桐城派於

〔註7〕　〈進四書文選表〉，《方望溪全集》，「集外文」卷二，頁286。
〔註8〕　〈記時文稿興於詩三句後〉，《方望溪全集》，「集外文補遺」卷一，頁404。
〔註9〕　〈與章泰占書〉，《方望溪全集》，「集外文」卷五，頁336。
〔註10〕　見錢大昕引，〈跋方望溪文〉，《潛研堂集》（上海：上海古籍，1989年），卷卅一。
〔註11〕　錢大昕，〈與友人書〉，《潛研堂集》，卷卅三。
〔註12〕　於此可參見蔡長林，〈論常州學派的學術淵源——以錢穆《中國近三百年學術史》的評論為起點〉，《中國文哲研究集刊》（台北：中央研究院中國文哲研究所，第廿八期，2006年3月），頁171～172。
〔註13〕　〈答喬介夫書〉，《方望溪全集》，卷六，頁67。

此別有一套論述:「古文之學,北宋後絕響者幾五百年,明正嘉中,歸熙甫始克賡之。然熙甫生程、朱後,聖道闡明。其所得乃不能多於唐宋諸家。我朝有天下數十年,望溪方先生出,其承八家正統,就文核之,亦與熙甫異境同歸,獨其根柢經術,因事著道,油然浸漬乎學者之心,而羽翼道教,則不惟熙甫無以及之,即八家深於道如韓、歐者,亦或猶有憾焉。蓋先生服習程、朱,其得於道者備,韓、歐因文見道,其入於文者精。入於文者精,道不必深,而已華眇而不可測;得於道者備,文若為其所束,轉未能恣肆變化。然而文家精深之域,惟先生掉臂游行,周、漢、唐、宋諸家義法,亦先生出而後揭如星月。」〔註14〕認為方苞與歸有光不同之處,在其「根柢經術,因事著道」,至於方氏「羽翼道教,……即八家深於道如韓、歐者,亦或猶有憾焉」,竟為唐宋八家者所不及焉。此處所羽翼的「道教」,指的自然是程、朱之道,〔註15〕因得於道者備,故其為文「深」而不華。方苞能揭出「義法」,如星月之昭明,也是在這種基礎下被提出的。

至於如何擷取經典古文的義法,說明義法之根源、精粗,以及如何具體學習應用等,方苞的觀點如下:

> 蓋古文所從來遠矣,《六經》、《語》、《孟》,其根源也。得其枝流而義法最精者,莫如《左傳》、《史記》,然各自成書,具有首尾,不可以分剟。其次《公羊》、《穀梁傳》、《國語》、《國策》,雖有篇法可求,而皆通紀數百年之言與事,學者必覽其全而後可取精焉。惟兩漢書疏,及唐、宋八家之文,篇各一事,可擇其尤,而所取必至約,然後義法之精可見。故於韓取者十二,於歐十一,餘六家,或二十三十而取一焉;兩漢書疏,則百之二三耳。學者能切究於此,而以求《左》、《史》、《公》、《穀》、《語》、《策》之義法,則觸類而通,用為制舉之文、敷陳論策,綽有餘裕矣。〔註16〕

在方氏意見,如能慎選兩漢書疏、唐宋文之精者,掌握其義法,以求企及《左》、《史》、《公》、《穀》、《語》、《策》之境,甚或上躋於《六經》、《語》、《孟》

〔註14〕 戴鈞衡,〈重刻方望溪先生全集序〉,《方望溪全集》,頁1。

〔註15〕 如方苞嘗自言行身祈嚮為「學行繼程、朱之後,文章介韓、歐之間」(《方望溪全集》,〈原集王兆符序〉,頁2),正為此觀念之具現。又如時人韓夢周稱許方苞:「望溪先生之文,體正而法嚴,其於道也,一以程、朱為歸,皆卓然有補於道教,可傳世而不朽。」(《方望溪全集》,「諸家評論」,頁469～470)

〔註16〕 〈古文約選序〉,《方望溪全集》,「集外文」,卷四,頁303。

的至高根源，行文時必能觸類而通其義法，綽有餘裕。學子們所關心的「制舉之文」，自不外此。〔註17〕頗值注意的是，方苞理想中的文體風格，「所貴清澄無滓，澄清之極，自然而發其光。精則《左傳》、《史記》之瑰麗濃郁是也。」〔註18〕與前面所提「恣肆變化」之韓歐文有別。

專門針對經義文立說時，方苞也有類似於古文義法的觀點，提出一篇文章有「創意」、「造言」兩個層面，更具論作品在「理、辭、氣」上的關係：

> 唐臣韓愈有言，「文無難易，惟其是耳」。李翱又云，「創意、造言各不相師，而其歸則一」；即愈所謂「是」也。文之清眞者，惟其理之是而已，即翱所謂「創意」也；文之古雅者，惟其辭之是而已，即翱所謂「造言」也。

> 而依於理以達乎其詞也，則存乎氣；氣也者，各稱其資材，而視所學之淺深以為充歉者也。

> 欲理之明，必溯源六經，而切究乎宋、元諸儒之說；欲辭之富，必貼合題義，而取材於三代、兩漢之書；欲氣之昌，必以義理洒濯其心，而沈潛反覆於周秦盛漢唐宋大家之古文，兼是三者，然後能清眞古雅而言皆有物。〔註19〕

方苞所引李翱說法，仍在標舉文章於內容、形式之不同概念，等同前舉義法觀。至於他於「理」、「詞」之間，又拈出一「氣」字：「依於理以達乎其詞也，則存乎氣；氣也者，各稱其資材，而視所學之淺深以為充歉者也」似乎有心在「創意內容」與「造言形式」之間，更突顯一書寫主體之氣性與學問，也就是「風格涵養」的層面。〔註20〕

〔註17〕陳平原認為方苞有借「義法」溝通古文與時文的意圖，具體例證見於其方苞編之《古文約選》及《欽定四書文》，陳說見於其《中國散文小說史》（台北：二魚文化，2005年），頁182。

〔註18〕〈古文約選序〉，《方望溪全集》，「集外文」，卷四，頁304。

〔註19〕〈進四書文選表〉，《方望溪全集》，「集外文」，卷二，頁288。

〔註20〕方苞在〈儲禮執文稿序〉中，提及自己跟隨兄長方舟學作時文，方舟教他「理正而皆心得，辭古而必己出。」（《方望溪全集》，卷四，頁47）方舟之說於此係採義理、辭章二分法，然「辭必己出」顯然已受到韓愈古文「惟陳言之務去」的影響，可見是將風格（氣）納入形式（辭）中併論。方苞論「氣」時，兼及「資材」及「學問」兩面，與劉熙載「文之尚理法者，不大勝亦不大敗；尚才氣者，非大勝則大敗」（《藝概》，收入徐中玉、蕭華榮整理《劉熙載論藝六種》，四川：巴蜀書社，1990年6月，頁43）之說法有別，劉氏所論毋寧更重視才氣。又與方苞約略同時的另一重要時文選編家俞長城（生卒不詳，

至於風格涵養如何能「清澄無滓，澄清之極，自然而發其光」？方苞提出了「欲氣之昌，必以義理洒濯其心，而沈潛反覆於周秦盛漢唐宋大家之古文」，話分兩頭：此處所以洒濯之義理，須是「切究乎宋、元諸儒之說」；〔註21〕形式上且「沈潛反覆於周秦盛漢唐宋大家之古文」。正如方苞在析論歸有光經義文時所論的：「以古文爲時文，自唐荊川始，而歸震川又恢之以閎肆。如此等文，實能以韓歐之氣達程朱之理，而胳合於當年之語意。縱橫排盪，任其自然，後有作者，不可及也已。」〔註22〕凡此皆可見出宋學於方苞文學觀中之重要性：所謂「學行繼程、朱之後，文章介韓歐之間」。

二、面對時文的兩種態度

方苞雖以經義文名世，且身爲朝廷欽派的經義文編選家，然於其文集中卻未收錄任何一篇經義作品，這與他對於經義時文的特殊心態有關：雖然方苞重視經義文體的教育功能，也認爲這文體足以表現作者的「行身植志」，甚至肯定這文體有助於開闡經義，但是對於自己是否將憑時文以傳世，方苞心中卻是有疑懼的。我們可以從這裡，看到經義文具有高尚與低俗兩種形象。

綜觀其著作，方苞對於時文所持之態度顯現於兩端，〔註23〕有時他將經義文看待爲一種具有教育功能、有益世道的重要文體，如他說：

制義之興，七百餘年，所以久而不廢者，蓋以諸經之精蘊，匯涵於

康熙廿四年進士，曾編選《可儀堂一百二十名家制義稿》），也有「理必程朱，氣必班馬，法必王唐」的說法（《俞寧世文集》，卷三，收入《四庫未收書輯刊》，北京出版社，2000年，玖集，21冊，頁61）與方苞「理、詞、氣」的說法同中有異。

〔註21〕楊向奎曾論及方苞經營理學之轉折，乃受浙東派史家萬斯同（1638～1702）啓發：「及游太學，……萬斯同降齒與之交曰：『子於古文信有得矣，然願子勿溺也。唐宋號爲文者八人，其于道粗有明者韓愈氏而止耳，其餘則資學者以愛玩而已，于世非果有益也。』于是望溪意求經義，好讀宋儒書。萬季野持以載道說，以韓昌黎爲粗明聖道，其餘諸家徒資人愛玩而已，是所謂『倡優蓄之也』，望溪自此經營理學，雖所得不多，但不失爲有思想的文學家。」（〈望溪學案〉，《清儒學案新編》，第三卷，山東：齊魯書社，1994年3月，頁29）

〔註22〕《正嘉文》，卷二，《欽定四書文》，頁1451～88。

〔註23〕鄺健行在〈桐城派前期作家對時文的觀點與態度〉（《科舉考試文體論稿》，台北：台灣書局，1999年，頁223～267）一篇中，提及桐城派前期作家，包括戴名世、方苞、劉大櫆和姚鼐等人，對於時文皆持有兩種不同態度。其說與我這裡的歸納大同小異，可一併參考。

四子之書，俾學者童而習之，日以義理浸灌其心，庶幾學識可以見開，而心術羣歸於正也。〔註24〕

余曰：「時文之學，非可以濟用也，何必求其至，而使一世之人不好哉？」先兄曰：「非世之人不能好也，其端倪初見而習於故者，未之察也。且一世之中，而既有一二人為之，則後必有應者，而其道不終晦。故曰：人者，天地之心也。昔朱子之學，嘗不用於宋矣，及明之興，而用者十四五。當天地閉塞，萬物淘淘之日，以一老師率其徒，以講明此理於深山窮谷之中，不可謂非無用者矣。乃功見於異代，而民物賴以開濟者，且數百年。故君子之學，苟既成而不用於其身，則其用必更有遠且大者，此與時文之顯晦大小不類，而理則一也。」……先兄以諸生之文，一旦橫被於六合，沒世而宗者不衰。好奇嗜古之士，至甘戾於時以由其道。夫以學中之淺術，而能使人有所興起如此。〔註25〕

是肯定其教育功能，比之於程朱之學。此外，方苞亦認為經義文體足以具見作者之行身植志，各自名家，以為模範：

古人之文，淺深純駁，未有不肖其人者也，其不肖者，非其人之未成，則其文之未成也。〔註26〕

其間能自樹立，各名一家者，雖所得有淺有深，而其文具存；其人之行身植志，亦可概見。使承學之士，能由是而正所趨。〔註27〕

又指出此文體有開闡經義之功，能激發文社同業相互鑽礪的進學精神：

夫經學始於漢而盛於宋，其間老師宿儒，自召其徒以講誦之，故其學者各以為己所私得，而惜其傳，而施於事、見於言者，亦能不易其所守。自帖括之學興，而古人所以為學之遺教，墮壞盡矣。然當有明盛時，其能者頗於經義有所開闡，而行身植志，亦不苟同於流俗之人。及其中葉，尤尚文社，連州比郡，必擇眾所信服以為之宗，其旨趣各有所歸，而不可易。與同業者，文學志行之顯於時，則榮之若身有焉；而瑕敗者，恥之若身與焉。雖其所學與古異，而一其

〔註24〕〈進四書文選表〉，《方望溪全集》，「集外文」，卷二，頁286。
〔註25〕〈儲禮執文稿序〉，《方望溪全集》，卷四，頁47。
〔註26〕〈張彝歎稿序〉，《方望溪全集》，「集外文」，卷四，頁306。
〔註27〕〈進四書文選表〉，《方望溪全集》，「集外文」，卷二，頁287。

耳目心志以相鑽礪，而惜其所私得者，猶之古也。〔註28〕

以上皆爲方苞對經義文所持之正面觀點。

然而，讀者也可以在方苞文集中，看到他對於時文所抱持的另一種無奈、疑懼的負面心態，如他屢屢言及自己講授時文謀生，無法棄去的窘迫：

> 言潔嘗勸余盡棄時文之學以治古文，而余授經自活，用時文爲號以召生徒，故不能棄去以減耗其日力……〔註29〕

> 及年十四五，家累漸迫，衣食不足以相通，欲收召生徒，賴其資用以給朝夕，然後學爲時文。……顛頓佗傺，直至於今，而幼所治古文之學，日亡月削，寢以無成。語曰：「物之至者不兩能！」三數百年以來，古文之學弛廢陵夷而不振者，皆由科舉之士力分功淺，末由窮其塗徑也。……若苞之爲文，其不篤於時以自困躓，效已見於前事矣，常欲決然捨去，自放於山林，不復應有司之舉，以一其耳目心思於幼所治古文之學。而家窮空資，求於人，使斯言一出，便爲怪民，當時無所用其學，生徒不欲聞其言，雖欲爲黨塾之師，鉤章斷句以瞻朝夕且不可得，其不亦難乎？……若苞者，方當從師務學之不暇，而違心拂志以事此者，且十年餘。每當發書翻覆，生徒小大更起問業，廢輟數四，不能終卷。講畫既畢，神志眊然衰竭，如物緘封不可復出，日復如此，何由得見古人情狀？〔註30〕

可知治時文，在方苞而言，最初是迫於家累謀生自活，在他心中仍以治古文爲理想，只是這追求理想的精神常爲窘困現實所摧折。另外，方苞常常稱時文是「術之淺者」，譏刺此種非爲入流文體：

> 儒者之學，其施於世者，求以濟用，而文非所尚也，時文尤術之淺者。〔註31〕

> 自周以前，學者未嘗以文爲事而文極盛；自漢以後，學者以文爲事而文益衰。其故何也？文者生於心，而稱其質之大小厚薄以出者也。炎炎焉以文爲事，則質衰而文必敝矣。……南宋以後，爲詩若文者，皆勉焉以效古人之所爲，而慮其不似；則欲不自局於寒淺也，能乎

〔註28〕　〈溧陽會業初編序〉，《方望溪全集》，「集外文」，卷四，頁309。
〔註29〕　〈劉巽五文稿序〉，《方望溪全集》，「集外文」，卷四，頁307。
〔註30〕　〈與韓慕廬學士書〉，《方望溪全集》，「集外文」，卷五，頁333。
〔註31〕　〈儲禮執文稿序〉，《方望溪全集》，卷四，頁47。

哉？時文之於文，尤術之淺者也，而其盛行於世者，如唐順之、歸
有光、金聲，窺其志，亦不欲以時文自名。〔註32〕

方苞乃認爲時文大家不欲以此自名。他更提及寫作時文之困難，足使作者沉
溺此中，影響其古文成就：

> 震川之文，於所謂「有序者」，蓋庶幾矣，而「有物者」則寡焉，又
> 其辭號雅潔，仍有近俚而傷於繁者，豈於時文既竭其心力，故不能
> 兩而精與？抑所學專主於爲文，故其文亦至是而止與？〔註33〕

> 余嘗謂害教化、敗人材者，無過於科舉，而制藝則又甚焉。蓋科舉
> 興而出入於其閒者，非汲汲於利，則汲汲於名者也。八股之作，較
> 論策詩賦爲尤難，就其善者，其持之有故，其言之成理，故溺人尤
> 深；有好之老死而不倦者焉。余寓居金陵，燕、晉、楚、越、中州
> 之士，往往徒步千里以從余遊，余每深矉太息，以先王之教、古人
> 之學，切於身心者開之。始聽者多惘惘然，再三言，其精神若爲之
> 震動。〔註34〕

> 世之人材敗於科舉之學，千餘歲矣，而時文則又甚焉。唐宋文家，
> 世所推者八人，自蘇洵外，未有出三十而不登甲科者也。蓋天將誘
> 之以學，必使其心泰然無所係戀，而後功可一也。其英豪果銳，不
> 銷鑠於叢雜猥鄙之物，然後氣不挫，而精盛強。苟無七君子之遭，
> 則決而去之，如洵可也。……以足下之銳敏，苟用所盡心於時文者，
> 以從古人之學，僕任其將有得焉。〔註35〕

說明欲精通經義文體絕非易事，卻連累士子磋跎了大好的學習光陰，方苞從
這裡進一步批評時文「害教化、敗人材」。

如前所述，方苞視八股爲低俗文體，或許也受到方舟之教誨影響，方苞
並不支持自刊時文：

> 同學二三君子，曾刊先兄課試文，自知集者行於世，先兄弗快也。
> 乙亥丙子，授經姑孰、登、萊間，學子課期，必請文爲式，遂積至
> 百餘篇，而與朋游往還酬贈，亦閒爲詩歌、古文，常錄爲四冊貯錦

〔註32〕〈楊千木文稿序〉，《方望溪全集》，「集外文」，卷四，頁300。
〔註33〕〈書歸震川文集後〉，《方望溪全集》，卷五，頁58。
〔註34〕〈何景桓遺文序〉，《方望溪全集》，「集外文」，卷四，頁301。
〔註35〕〈與熊藝成書〉，《方望溪全集》，「集外文」，卷五，頁327。

篋中。苞請觀，未之出也；曾出以示溧水武商平、高淳張彞歎，旋復收匿，蓋恐苞與二三同學復刊布之。辛巳冬十月，先兄因疾，苞偶以事出入戶，見鑪灰滿盈，退問侍側者，則錦篋中文也！〔註36〕

往者，邑子何景桓垂死，以文屬所親，必得余序，死乃瞑。余既哀而序之，又以歎夫爲科舉之學者，天地之大、萬物之多，而惟時文之知。至於既死而不能忘，蓋習尚之漸人若此。今莘露之文，非自欲刻之，則無病也。〔註37〕

既不支持時文刊行，故於個人文集中也不收此類作品，〔註38〕更不輕易應允爲別人寫作時文序：

僕往在京師十年，以時文序請者，未嘗一應，蓋謂文所以立義與意也；時文之爲術淺，而蘊之可發者微，再三序之，其義意未有不雷同而相襲者矣。……因此爲戒，以正告於朋齒：非特著一書，義意有可開闡者，不敢承命爲序。〔註39〕

僕邇年自禁，非特著一書者，不爲作序。非敢要重，緣以時文來屬者多，力有不給，非此無以免責讓也。……以足下之銳敏，苟用所盡心於時文者，以從古人之學，僕任其將有得焉。異時特著一書，藏之名山，而使僕序之，則僕亦可挂名簡端而無所還忌矣。僕與足

〔註36〕〈刻百川先生遺文書後〉，《方望溪全集》，「集外文」，卷四，頁312。

〔註37〕〈左莘露遺文序〉，《方望溪全集》，卷四，頁49

〔註38〕這是今日研究時文作品的困難，比如說，如果沒有《欽定四書文》的收錄，我們很難讀到方舟的八股文；而坊本所傳之篇章，甚多膺作。侯美珍曾論及今日研究八股文之困難，約爲五點：「一、八股文重法，體制上有種種規定、限制，昔人已感慨其難爲，今人了解更加不易。二、八股文趨新善變，時文稿不斷推陳出新，優劣難憑，今人更難論定。三、八股文的研究並非單純的文體、文學研究，與明清教育、科舉興革息息相關，而教育、科舉制度不但瑣碎，也常因流弊而時作修正，頗難全面掌握。四、清末廢除八股，以往汗牛充棟的時文選本、科舉用書等，悉爲無用之物而湮沒。而個人文集中，以不收八股文爲常態，文獻之不足，加深研究的困難。五、民初以來，由於對八股仍抱持著陳腐、落伍等負面評價，以往的學者罕少涉足於八股文的研究，因此，較乏豐富的研究成果作爲吾人起步的立足點。由於以上的原因，加上時空的差異，使今日學者研究八股文，比起研究古文、詩、詞等文體更加困難。」（〈毛奇齡"季跪小品制文引"析論——兼談「稗官野乘，悉爲制義新編」的意涵〉，《臺大中文學報》，第廿一期，2004年12月，頁189）

〔註39〕〈與吳東巖書〉，《方望溪全集》，「集外文」，卷五，頁326。

下非一日之好，故敢發其狂言，幸勿以示外人。〔註40〕

方苞認為時文短篇，意義不足以開闡，意蘊可發者既微，此故婉拒為時文序。不過，他貶抑時文、勸人「特著一書」的說法，〔註41〕倒使人聯想及中唐張籍著名的〈上韓昌黎書〉：「執事聰明文章，與孟軻、揚雄相若。盍為一書，以興存聖人之道？使時之人、後之人知其去絕異學之所為乎？曷可俯仰於俗，囂囂為多言之徒哉？」〔註42〕在此處，我們可以見到自從古文運動以來，韓愈所謂「化當世莫若口」與「傳來世莫若書」〔註43〕兩種著作觀之間的對立，始終存在著爭議性。

　　除了「著書」與「為文」具有衝突性外，文果足以載道？時文是否簡化了經典之深意？則是一層更本質性的思考。方苞面對時文家「獵取古聖賢人之言」以發名於世，有所謂「欺德」的說法，他更以一種「為崇」的憂懼心態，解釋時文家之罹憂：

> 自有知識所見，同學諸君子凡以時文發名於世者，不惟其身之抑塞，而骨月天屬多伏憂患、遘慘傷，使其心愁焉，若無以自解。獨吾兄所遇近順，而亦微有不快於心者。豈區區者能為崇邪？抑獵取古聖賢人之言，以取資於世，而踐於身者不能實，是謂欺德，而為造物者所不祐邪？〔註44〕

從此處可以看出方苞對於「以時文發名於世者」的道德性疑懼。這種疑懼，可能還是因為搬弄古聖賢之言，以爭逐名利的患得患失。

第三節　《欽定四書文》之編纂目的與特色

　　此節略述方苞《欽定四書文》編纂目的及特色，以申論此書編纂之時代背景，所欲解決的問題，考見其經由編選以「正文體」之實際作為。

〔註40〕〈與熊藝成書〉，《方望溪全集》，「集外文」，卷五，頁326～7。

〔註41〕又如方苞於陳際泰〈體物而不可遺〉一篇評曰：「根柢周秦諸子及宋儒語，質奧精堅，制義中若有此等文數十篇，便可以當著書。」（《欽定四書文》，《文淵閣四庫全書》，第1451冊，台北：臺灣商務，1979年，頁456）在望溪而言，「特著一書」在傳述上之價值，顯然高於單篇短文之偶得於道。

〔註42〕《五百家註音辨昌黎先生文集》（台北：世界，1986）卷十四附錄。

〔註43〕韓愈，〈答張籍書〉，《韓昌黎文集校註》（馬通伯校注，台北：華正，1986年），卷二。

〔註44〕〈與劉大山書〉，《方望溪全集》，「集外文」，卷五，頁337。

一、日受重視的文體

《欽定四書文》乃方苞於六十九歲（乾隆元年六月，公元 1736 年）奉命編纂，「上以先生工於時文，命選有明及本朝諸大家四書制義數百篇，頒布天下，以爲舉業準的」〔註45〕歷三年完成（乾隆四年夏四月，公元 1739 年）並頒行天下。

此書值得研究，因爲這是明清兩代唯一由政府頒行的經義文範本，方苞所選刊皆由鄉會試程文墨卷、與民間選政精華彙集而得，故其所選之作品較富代表性；此外，《欽定四書文》乃奉欽定爲舉業準的，頒行直省，所以具有官方認可之權威；而此書是唯一收錄於《四庫全書》的經義文選集，〔註46〕在朝廷精心謄繕，妥善保存之下，其完整性與正確性尤較其他刊本嚴謹。

《欽定四書文》既是奉令編纂，又被收錄於《四庫全書》，就某種層面上而言，可以說經義文開始在正統學術中取得了一個位置。根據周彥文研究歷代書目中的制舉類書籍，〔註47〕我國最早在唐代已有制舉類書籍問世。此類書籍經過宋、元期間出版盛行，開始成爲一種不可忽視的文獻；以現存宋代書目來看，制舉類書籍尚未有獨立成類的現象，而是分散於四部相關各類之下。然而到了明代書目中，此類制舉用書以其影響力，終於獨立成類；如成化年間葉盛所編的《菉竹堂書目》於集部別出「舉業類」，嘉靖間晁瑮所編《寶文堂書目》「舉業類」下，收有制舉用書三十八種，萬曆末年《澹生堂藏書目》在集部總集類中設立「制科藝」目，收有六種。

明人會特地將制舉書籍別爲一類，可見他們對於此類書籍之影響力或重要性，較諸宋、元人已有了不同的見解。明末崇禎間茅元儀編了《白華樓書目》，此書雖已失傳，然根據清代鄭元慶《湖錄經籍考》第六卷記載，茅氏書目乃編爲「九學十部」，且錄有茅氏自序云：

> 「九學」者，一曰經學，二曰史學，三曰文學，四曰說學，五曰小
> 學，六曰兵學，七曰類學，八曰數學，九曰外學。「十部」者，即九

〔註45〕《方望溪文集》，「年譜」，頁 451。

〔註46〕如梁章鉅記載：「《四庫全書》中所錄歷代總集、別集，至爲詳晰，而於制義，惟恭錄乾隆初方苞奉敕所編之《四書文》四十一卷，此外時文選本及各家專集一概不登。」（梁章鉅著，陳居淵校點，《制藝叢話》，上海：上海書店，2001年 12 月，卷一，第 1 頁）

〔註47〕〈論歷代書目中的制舉類書籍〉，《中國書目季刊》，第卅一卷第一期，1997年 6 月，頁 1～13。

> 學之部，而加以「世學」。「世學」不可以示來世，然時王之制，吾
> 先人以茲名於世，吾敢忽諸？〔註48〕

此處所說的「世學」，雖然不見得專指時文選本，但應屬制舉類書籍無疑。茅氏所謂「世學不可以示來世」的說法，很接近方苞不欲時文刊行的心態（如前一節所述）；且茅氏書目中雖未將此類書籍視為學術，卻也「不敢忽視」其重要性，別立一部。

　　關於此種書籍之分類，與知識系譜上如何定位，清人基本延續了明朝的矛盾意見，據楊文蓀說：

> 自宋熙寧間以經義取士，至明初遂著為功令。制義與詩賦代興，由來尚矣，厥後法律益精，體格益備，專門名家代不乏人，稿本、選本之刻汗牛充棟，於經、史、子、集外別立一門。前明三百年中，奇正醇駁，因時遷流，難以更僕數。我朝文治蔚興，作者輩出，迄於今，風氣亦屢變矣，而設科取士之法，五百年相沿未改。重之者曰制義代聖賢立言，因文見道，非詩賦浮華可比，故勝國忠義之士軼乎前代，即其明效大驗。輕之者曰時文全屬空言，毫無實用，甚至揣摩坊刻，束書不觀，竟有不知史冊名目、朝代先後、字書偏旁者，故列史《藝文志》制義從未著錄。〔註49〕

這些文章有必要別立一門的原因是「法律益精，體格益備，專門名家代不乏人，稿本、選本之刻汗牛充棟」；然不欲其傳世、不肯著錄於《藝文志》，則又因為疑懼此類篇章「全屬空言，毫無實用，甚至揣摩坊刻，束書不觀，竟有不知史冊名目、朝代先後、字書偏旁者」。這種看法，直至《欽定四書文》之編纂頒行，並收入《四庫全書》後，算是清人正式認可了經義文有益於世道與學術吧。〔註50〕

〔註48〕轉載自周彥文，〈論歷代書目中的制舉類書籍〉，《中國書目季刊》，第卅一卷第一期，1997年6月，頁7。
〔註49〕〈楊文蓀序〉，《制義叢話》，頁4
〔註50〕根據周彥文研究，《四庫全書總目》不立制舉類，卻恢復了宋元時代的舊方法，把制舉類用書散置入相關各類中，並於提要中重新詮釋，標舉其學術價值，使得此類書籍與其他學術性書籍足以並列，具有同樣價值。（〈論歷代書目中的制舉類書籍〉，《中國書目季刊》，第卅一卷第一期，1997年6月，頁1～13。）然而必須補充說明的是，這種對於八股文（及於此衍發的相關知識體系）所持之正面觀點，與明人「分部不分學」、「不可以示來世」的矛盾觀點，仍時時糾結難解，據梁章鉅記載：「嘉慶十三年，有御史黃任萬奏請

二、正文體與選本

　　如果要說朝廷編纂《欽定四書文》有什麼目的，那麼或許可以一言以蔽之，曰：正文體。且看乾隆的說法：「國家以經義取士，將使士子沉潛於四子五經之書，闡明義理，發其精蘊，因以覘學力之淺深、與器識之淳薄；而風會所趨，即有關氣運，誠以人心士習之端倪，呈露者甚微，而徵應者甚鉅也。顧時文之風尚屢變不一，苟非明示以準的，使海內學者於從違去取之介，曉然知所別擇，而不惑於岐趨，則大比之期，主司何所操以爲繩尺？士子何所守以爲矩矱？」〔註51〕文體所以需要改正，其實是因爲有見於經義文易於隨俗，時時變動趨新，乃致於流爲險僻；故有必要舉出一套正當合宜的行文範式與審美標準，以爲士子參考學習，甚至作爲考官評選風尚之指導。

　　經義被稱爲「時文」，在意義上正取其與「古文」相對，而有暫時性、一時流行之隨俗文章的意思；這種應試文章爲了要吸引讀者及考官注意，故時時變換其行文詞調。比如明末的袁宏道（1568～1610）說：

　　　今夫時文，一末技耳。前有註疏，後有功令，驅天下而不爲新奇不

續選《欽定四書文》以正文體，奉上諭：『制義一道，代聖賢立言，本當根柢經史，闡發義蘊，不得涉於浮華詭僻，致文體駁而不醇。自乾隆四年欽定《四書文選》，凡前明大家、名家悉按其世代衰次，而於本朝文之清眞雅正者，一併採列成編。選擇精嚴，理法兼備，操觚家自當奉爲正鵠。乃近科以來，士子等揣摩時尚，往往摭拾《竹書》、《路史》等文字自炫新奇，而於經史有用之書，轉未能潛心研討，揆之經義，漸失眞源。今該御史奏請釐正文體，固爲矯弊起見，但摺內所稱欲另選近年制義以附《欽定四書文》之後，此則尚可從緩。試思近時能文之士，求其經術湛深、言皆有物者，未必能軼過前人，即廣徵博採，亦恐有名無實。是惟在典司文衡之臣悉心甄別，一以清眞雅正爲宗，而於引用艱僻以文其固陋，專尚機巧以流入浮淺者，概屛置弗錄，則海內士子自各知所趨向，力崇實學，風會日見轉移，用副國家振興文教至意。欽此。』又二十年，有學政姚元之奏請飭禁坊刻《四書典制類聯》及《四書人物類典串珠》等書，奉上諭：『士子研經稽古，於五經三傳自應誦讀全書，融鑄淹貫，發爲文章，方足以覘學識。乃近多抄撮類書，勦襲摭拾，冀圖詭遇，不可不嚴行飭禁。嗣後坊間如有售賣刪本經傳及抄撮類書者，著該學政隨時查禁，責令銷燬。如歲科考拔生童等，有仍將此類聯鈔錄者，即擯棄不錄，以正文風而端士習。欽此。』按：此二摺皆爲士習文風起見，而聖人一予一奪，權衡至當，誠非淺學所能窺矣。」（《制藝叢話》，卷二，第31～32頁）梁氏所錄二摺，其一不欲再續選《欽定四書文》，其二禁止坊刻《四書典制類聯》及《四書人物類典串珠》等書，皆可窺見清廷對於此類作品所持之謹慎保留態度。

〔註51〕《欽定四書文》，「聖諭」，頁1。

可得者，不新則不中程故也。〔註52〕

天地間，眞文漸滅殆盡，獨博士家言猶有可取。其體無沿襲，其詞
必極才之所至，其調年變而月不同，手眼各出，機軸亦異。〔註53〕

這類經義文體因爲趨新所致，包括在書寫形式及載道內容方面，於明末皆已
有了相當大的變異。又如時人所說：

先年士風淳雅，學務本根，文義源流皆出經典，是以粹然統一，可
示章程也。近年以來，厭常喜新，慕奇好異，《六經》之訓目爲陳言，
刊落芟夷，惟恐不力。陳言既不可用，勢必歸極於清空，清空既不
可常，勢必求助於子史，子史又厭，則宕而之佛經，佛經又同，則
旁而及小說，拾殘掇剩，轉相效尤，以至踵謬承訛，茫無考據，而
文體日壞矣。原其敝始，則不務經學所致爾。〔註54〕

懲浮豔者必變爲油滑，懲油滑者必變爲支蔓，支蔓不已，流於險怪，
險怪不已，雜以邪淫，故諸子佛經，闌入經義。此明季已然之效也。
〔註55〕

由於想要求新求變，風格上時見差異，內容也隨俗攙雜了諸子佛經等內容，
結果造成文體日壞。爲了避免教育不致因此失於險怪邪淫，清朝歷代皆有所
謂「正文體」的呼聲。〔註56〕文體之正，於此殆有二義：首先乃指其義理
的正當，其次則觀其程式是否合宜，以作爲主司與考生之依據標準。例如方
苞的說法：

〔註52〕　〈敍竹林集〉，蔡景康編選：《明代文論選》，北京：人民文學出版社，1999
　　　　　年1月，頁320～321。
〔註53〕　〈與友人論時文〉，《袁中郎尺牘》（范橋、張明高編校，北京：中國廣播電視，
　　　　　1991年）。
〔註54〕　〈詩文〉，明于愼行撰，呂景琳點校：《穀山筆麈》，北京：中華書局，1984
　　　　　年6月，卷八，頁86。
〔註55〕　清張逸峰，〈卮言〉，《朱書集》（清朱書撰，蔡昌榮、石鐘揚點校，合肥：黃
　　　　　山書社，1994年6月），附錄，頁526。
〔註56〕　清朝歷代皆有正文體的主張，可參《清史稿》之記載：「四十五年，會試三名
　　　　　鄧朝縉首藝語意粗雜，江南解元顧問四書文全用排偶，考官並獲譴。嘉慶中，
　　　　　士子尋撦僻書字句，爲文競炫新奇，御史辛從益論其失。詔曰：『近日士子獵
　　　　　取詭異之詞，以艱深文其淺陋，大乖文體。考官務各別裁偽體。支離怪誕之
　　　　　文，不得錄取。』歷代輒以釐正文體責考官，而迄無實效。」（《清史稿》，志
　　　　　八十三，「選舉三」）

> 欲得正直有學行者，相助正文體，磨礱羣士。〔註57〕
>
> 乾隆元年六月，欽奉聖諭，命臣苞補選前明及國朝制義，以爲主司
> 之繩尺、羣士之矩矱。……俾主司羣士，永爲法程。〔註58〕

「正文體」於功用上，首先爲了指出制義文體的特有規範，另一方面則可防止以反常形式暗藏關節作弊之情形。例如梁章鉅的記載：

> 乾隆四十五年，議結江南鄉試第一名顧問第一場三藝純用排偶，於
> 文體有關，且恐易開浮華之漸，況三藝俱用排偶，場中易於辨識，
> 并不必再用字眼關通，更易滋別項情弊，將該舉人罰停三科，考官
> 議處。又五十五年，奏準第一名朱文翰第三藝內有「寸衷蠱沒孤行」
> 之語，雖出《爾雅・釋詁》，實非古句全文，制義自有制義之體裁，
> 猶之墨卷楷書不得兼寫篆隸，似此攙雜難字，不但文體非宜，尤恐
> 暗藏關節，不可不防其漸。〔註59〕

此外，《欽定四書文》頒行，欲達其正文體之功，尚有待於責成考官來落實；此書在「以爲主司之繩尺」方面，亦是值得關注的技術層面。清朝對於考官閱卷之規定相當嚴格：

> 乾隆甲戌科會試，首題爲「唐棣之華 至 未之思也」，場中士子有用
> 「腸一日而九迴」句者，上以言孔、孟言不應襲用《漢書》語。先
> 是，派方苞選錄《四書文》頒行，至是令再頒禮部、順天府各於外
> 簾存貯，俾試官知衡文正軌，並嚴重磨勘，著以下科爲始，磨勘諸
> 卷俱於卷面填寫銜名。〔註60〕

> 定例各省鄉試揭曉後，依程限解卷至部磨勘，遲延者罪之。蓋防考
> 官闈後修改試卷避吏議也。磨勘首嚴弊幸，次檢瑕疵。字句偶疵者
> 貸之。字句可疑，文體不正，舉人除名。若干卷以上，考官及同考
> 革職或逮問。不及若干卷，奪俸或降調。其校閱草率，雷同濫惡，
> 雜然並登，及試卷不諳禁例，字句疵蒙謬纇，題字錯落，眞草不全，
> 謄錄錯誤，內、外簾官、舉子議罰有差。禁令之密，前所未有也。
> 磨勘官初禮部及禮科主之，康熙間，始欽派大臣專司其事。解額漸

〔註57〕〈楊黃在時文序〉，《方望溪全集》，卷四，頁50。
〔註58〕〈進四書文選表〉，《方望溪全集》，「集外文」，卷二，頁286～287。
〔註59〕《制義叢話》，卷二，頁30～31。
〔註60〕《制義叢話》，卷二，頁30。

廣，試卷日多，於是令九卿公同磨勘。六部官牽於職事，以其餘暇
勘校，往往虛應故事。〔註61〕

有了一致的衡文標準、與行文範式後，才能嚴格維持評審去取之公平標準，
以因應龐大的試卷批改工作。

　　為想達成導正文體之目的，明清人所採用的常用作法，就是出版各式經義
選本，〔註62〕因為當日士子在習作文體時，各式選刊範本應屬最主要的參考依
據。一個合理的想法是：與其讓學生們讀到不好的文章，而壞了心性筆致，不
若特地擷選真正學養兼具的好作品，以導引學子治經作文之正途。〔註63〕如晚
明著名的時文家艾南英說：

> 今天下文章之柄，上自宰執侍從，下至州縣長吏所取士，有鄉會墨
> 卷、十八房書、又有提學使府縣小試之牘。然士子所宗仰稟以為是
> 非，必曰某墨選、某房選、某考卷選，觀其去取，朝夕而置之几案。
>
> 〔註64〕
>
> 以今日之文，救今日之為文者，此吾所以不得已而再有房選之役也。
>
> 〔註65〕

此類選刊本已成為「士子所宗仰稟以為是非」，「朝夕而置之几案」的習文聖
經。到了清初，此類選本篇帙益為龐大，如與方苞約略同時的厲鶚（1692～
1752）曾經提及：「何樟亭太史（維熊）家藏社稿及房行書最多，凡為文五萬
餘篇。」〔註66〕從數量龐大而良莠不齊的文獻中，如何披沙揀金，挑選出優

〔註61〕《清史稿》，志八十三，「選舉三」。

〔註62〕此類選本於明朝隆慶、萬曆間興盛，以其來源可分為四種，如阮葵生《茶餘
客話》云：「明坊間時文刻本，興於隆、萬間。房書之刻，始於李衷一十八房
之刻。自萬曆壬辰《鉤玄錄》始，旁有批點。自王房仲選程墨始，厥後坊刻
乃有四種：曰程墨，則三場主司及士子之文；曰房稿，則十八房進士平日之
作；曰行卷，則舉人平日之作；曰社稿，則諸生會課之作。」（《制義叢話》，
卷一，頁24）

〔註63〕當然，這方法也有值得批評的潛在危險，如很多學生可能避難就易，只讀八股
選本，卻不用心思於經典實學之上。如康熙年間著名時文家李光地即說：「房
書坊始於李衷一，可謂作俑，坊刻出而八股亡矣。如人終日多讀經史，久之，
做出古文自有可觀。若只采幾段《左》、《國》，數篇韓、柳，手此一編以為樣
子，欲其作古文，得乎？」（《榕村語錄》，轉載自《制義叢話》，卷一，頁18）

〔註64〕艾南英，〈甲戌房選序下〉，《天傭子集》（台北：藝文印書館，1980年10月），
卷一，頁23。

〔註65〕〈戊辰房書刪定序〉，《天傭子集》，卷一，頁9。

〔註66〕《制義叢話》，卷一，頁27。

秀佳作輯爲刊本，就成爲時文名家、甚至是出版市場上關注的焦點。

又根據乾隆巳西進士（公元 1765 年）游光繹所說：「康熙中，有筆帖式胡里者奉旨特往從韓慕廬先生學爲文，先生爲精選前明程墨百篇授之，正變源流一一闡發，惜此選本今未之見。」〔註67〕韓菼爲康熙朝重要的時文大家，方苞於文壇曾深受其提攜，韓氏藉由選本以闡發文體「正變源流」的作法，即便未直接影響及方苞編選《欽定四書文》此書，亦可視爲當時文壇、乃至朝廷所漸有之共識。

此外，吾人尚可觀察的是，明清人以選本釐正文體之想法，在具體作爲上不外兩方面：其一是不選錄某些流派的作品，來間接表示它們不合於規範，用以彰顯被選錄作品之文體標準；其二則藉由細部評點直接說明收錄篇章之筆法，強化其作爲範本的影響力。

就前者而言，方苞《欽定四書文》作爲官方選本，自與坊間選本有別，就其篇章來源考察，所收之作品較諸一般選本之重視區域性不同；〔註68〕就收錄作品之性質而言，則強調文章嚴肅論道的正統性，因此一些遊戲之作概不收錄，無論此類通俗作品於當時如何流行，且具有代表性。例如明末清初相當流行的尤、王體，《欽定四書文》就未加以收編：「嘉慶中葉文體詭異，士子往往搜撦僻書字句以炫新奇，而不顧理法。甲戌闈後，辛筠谷侍郎（從益）爲磨勘官，遂疏稱⋯⋯，又近來士子爭效尤侗、王廣心之文，謂之尤、王體。查尤、王文體最爲浮靡，其運用故實往往換字縮腳，幾於唐人鷗闈虯戶之澀體，費人猜想，究其義，實爲膚淺，是以欽定本朝《四書文》概不收錄。今乃復取而誦習摹倣之，科名既掇，效尤滋多，遂成風尙。」〔註69〕方苞選集中所重視之典範，相反卻是明代正嘉間歸、唐等人所主張的「以古文

〔註67〕《制義叢話》，卷九，頁158。

〔註68〕八股文雖於型式上有必須遵守的一致規定，然仍具有不同的地域特色，如明人董其昌說：「方內制義各有偏至，吳以韻致，越以色澤，楚以才情，閩以結構，中州以蘊藉，其大都也。」（〈方旦心平平草題詞〉，《容臺文集》，卷三，《四庫全書存目叢書》影印明崇禎元年董庭刻本，台南縣永康市：莊嚴，1997年，集部第171冊，總頁346）

〔註69〕《制義叢話》，卷二十四，頁450～451。這大概也就是方苞所謂的「啓、禎雜家餘習，至於國初，猶未能盡滌，一時名稿中，頗有膾炙人口，而按以文律、求以題義，則未能脗合，不可以爲法程者，必嚴辨而愼取之。⋯⋯庶不致茫無畔岸，而誤入於歧途也。」（〈進四書文選表〉，「凡例」，《方望溪全集》，「集外文」，卷二，頁288）

爲時文」,作爲其理想中最高標準。由此可見,「正文體」實踐的另一面,也同時會使得文體之書寫發展受到侷限、壓抑。〔註70〕

就後者論之,我們尚可由《欽定四書文》中之具體評點,對於其文體標準的理想有所考見,此部分容後說明。值得注意的是,今日《四庫全書》中所見《欽定四書文》之面貌,或許已經過刪節改訂,第不知方苞當日頒行原貌如何。例如附於此書之前的乾隆聖諭曰:「學士方苞於四書文義法,夙嘗究心,著司選文之事,務將入選之文發揮題義清切之處,逐一批抉,俾學者了然心目間,用爲楷模。」〔註71〕又方苞在其〈進四書文選表〉中說:「一文之義蘊深微,法律變化者,必於總批、旁批揭出,乃可使學者知所取法。」〔註72〕另據梁章鉅記載:「方望溪選《四書文》,其總批、線批皆由兵曹郵寄周白民改定,然後出示同館。」〔註73〕乾隆所謂的「逐一批抉」有可能已包括旁批而言,然今日所見文本僅餘總批,其所謂之旁批(線批)皆不可得知。〔註74〕

方苞旁批之移除,或許與《欽定四書文》此書被收入《四庫全書》有關,編定於乾隆四十七年的《四庫全書》共收書三千多種,然無論原書是否有評

〔註70〕 如梁章鉅《制義叢話》中,即隱然有爲尤、王體辯護的意味,他說:「惟吾友許蔭坪(德樹)以精心果力爲之,不愧劉舍人所謂『樹骨訓典之區,選言宏富之路』者。蓋字字從經義中出,非可以一蹴幾也。……然則尤、王派顧易言哉?」(《制義叢話》,卷十八,頁365～368)

〔註71〕 《欽定四書文》,「聖諭」,頁2。

〔註72〕 〈進四書文選表〉,《方望溪全集》,「集外文」,卷二,頁288。

〔註73〕 《制義叢話》,卷一,頁24。鄭獻甫也指出此書於選編過程中雜出眾手,有並非方苞本旨之處:「《欽定四書文選》,雜出茅鈍叟、周白民諸人手間,有非望溪本旨處。然曾經望溪操選政,終與坊本有殊。」(《制藝雜話》,頁17,收入《補學軒文集續刻》,同治十一年續刊版存桂林省楊鴻文堂刷印,《近代中國史料叢刊續輯》,第213冊)如此作法,亦可見於當日民間選本之評點,有助於彰顯其立論之客觀公允。

〔註74〕 另據管錫華的研究,方苞「一生對經史子集的整理就做了許多評點的工作,經書有《評點大戴記》、《左氏評點》,史書有《史記評點》、《批點史記》、《評點漢書》,子書有《評點莊子》,集書有《評點韓文》、《評點柳文》、《評點朱子韓文考異》、《評點唐宋八大家文》、《評點古詩箋》等。惜這些評點多未公之於世廣爲流傳而不得見。今所可易見者,唯張裕釗刊入《歸方評點史記》的《評點史記》(或稱《史記評點》),而且張氏所刻爲節錄墨刊本,標點符號及其顏色皆用文字表示。通覽此書共有五種稱述的文字……,據此可以考見,方苞評點《史記》共用了圈、點、綫三種標點符號,配以顏色則有了『藍圈』、『丹點』、『藍坐圈』、『丹坐圈』、『丹劃』五種。」(管錫華,《中國古代標點符號發展史》,頁270～272)是故方苞對於經義文施以旁批,是此書應有的原貌,殆無可疑。只可惜這些旁批後來皆被清除,無法窺見其針對文本之具體意見。

點斷句,一經編入皆悉數去之(這是因爲評點後來被視爲「鄰近俗學」、「天下之公患」,關於此部分的進一步說明,煩請參詳本論文附錄三),然而這不能不說是《欽定四書文》被納入《四庫全書》的不幸了。

三、《欽定四書文》編選之優點

作爲「主司之繩尺、羣士之矩矱」,方苞編選《欽定四書文》在體例上有很多優點,於此且臚列數端試加說明。

首先,此書最大優點,即是方苞提供給讀者既簡要且體系完整的文本資料庫。說此書簡要,是因爲方苞選文僅收錄 783 首,以此篇幅相對於坊間選本之龐雜而言,當然是相對簡約的範本;說其體系完備,則因爲方氏於書中試圖建構一時文書寫史之架構,至於方苞所收錄、擯棄的價值標準(或者其理想中之「文體規範」),已具現於此書中。讀此書,自然會對於數百年明清經義文體之「源流正變、盛衰升降」,〔註75〕建立起一個初步的認識。

此外,作爲官方頒定範文,此書更重要貢獻在於其提供了一套謬誤較少的定本,這就使得讀者在披閱篇章、進行賞析評論時,於各篇作者及字句之考訂方面,先建立起客觀公認之材料基礎。方苞說:「前人流傳名篇,間有字句率易,義理或未妥者,向來各家選本,多有節刪互異之處。今擇其尤當者從之。其未經諸選摘發,而稍加改易者,亦間有之。至於全文俱佳,語句偶訛,難爲改易者,必細摘出,亦恐貽誤後學。」〔註76〕

以下試舉例證著明此書考訂之功,如方苞評王鏊〈桃應問曰一章〉曰:「此文一本作邵圭潔,或疑守溪文尚無此發揚蹈厲氣象,但邵藁中亦未見此種,恐仍屬王興會適至而得之也。」〔註77〕是考訂文章作者;〔註78〕如其評陳際

〔註75〕 「自有制義以來,固未有不根柢經史、通達古今而能卓然成家者,……竊嘗怪當世之士,童而習之,弋科名、躋膴仕,及詢以制義之源流正變、盛衰升降,則茫然不知所云,又何論根柢經史、通達古今耶。然欲明乎源流正變、盛衰升降之故,非薈萃羣言,勒爲一書,無由溯其源而導其軌。」(〈楊文蓀序〉,《制義叢話》,頁4)

〔註76〕 〈進四書文選表〉,「凡例」,《方望溪全集》,「集外文」,卷二,頁288。

〔註77〕 《欽定四書文》,頁67。

〔註78〕 尚值一提的是,《欽定四書文》在作者選錄方面,可以見出乾隆及方苞係持一種相對寬鬆的標準。方苞曾對韓菼慨歎時文流傳艱困,非附功名難以傳世:「而時文之行,必附甲乙科第而後傳;終始有明之代,赫然暴見而大行者,僅十數人,而此十數人者,皆舉甲乙歷科第者也。其閒一二山谷憔悴之士,窮思

泰〈體物而不可遺〉曰：「破承提比，《行遠集》選本所增改，較原文爲完善，從之。」〔註79〕又評韓菼〈管仲之器小哉一章〉曰：「後二比依《寒碧齋晚年訂本》，較前刻詞義更深穩，從之。」〔註80〕是皆確認不同版本間字句細節等之增訂。

這些文章既經考訂確認後，後續的披抹評點才好進行，此故《欽定四書文》之頒定流通，將有助於收錄文本之面貌不再變異。

其次，此書編排具有實用性。就《欽定四書文》之編排方式而言，基本上是依命題所從出的《四書》篇章先後安排（而非依不同作家、或分不同題型、不同作法……等來編次），這樣的作法，普遍見於現存時文選本中，讀者常常可以看到同一題目下，不同作者之處理方式。如《欽定四書文》在「國朝文」下，同樣以「凡爲天下國家者有九經一節」爲題的，就收有徐春榕、陸龍其兩篇，方苞評徐氏曰：「此作闊達不羈，陸作謹守繩尺，學者統觀而有得焉，可以識文之變矣。」〔註81〕評陸氏云：「準平繩直，規圓矩方，先正風格於茲未墜。所不及先正者，氣骨之雄勁耳，一種優柔平中之氣，望而知爲端人正士。」〔註82〕兩篇併列既有資於相對比較，自然也有助於考生研習之用。

《欽定四書文》基本雖依《四書》篇章先後編排，然而全書的整體架構，更有一種文體分期史觀凌駕於文題之上。故而方苞首先是將這些作品依時間分爲化治、正嘉、隆萬、啓禎、及國朝五期，用以歸納時代風尚，並說明其選錄作品之取擇標準：

畢精，或以此見推於其徒，發名於數十年之間，而若存若亡，侵尋沉沒以歸於盡，蓋由其用無所施於他事，非舉甲乙歷科第科舉之士，常棄而不收，不能自張於其時，安能有所傳於其後邪？夫時文之學，欲其何以傳世而行後？其艱難孤危不異於古文！及於既成，而苟不爲時所收，則徒屬其心，而卒歸於漫滅，可不惜哉？」（〈與韓慕廬學士書〉，《方望溪全集》，頁333）於《欽定四書文》編選之前，乾隆說：「果有學問淹博、識見明通者，不拘鄉會墨卷、房行試牘，准其照前選刻。」（《欽定四書文》，「聖諭」，頁2）方苞稱此書條例：「向來程墨、房書、行書，各有專選，今總爲一集。惟程墨於本篇人名下註記，餘不細加區別。間有生前未與甲乙科，而文已行世，不可泯沒者，亦併登選。俾皓首窮經之士，無遺憾於泉壤焉。」（〈進四書文選表〉，《方望溪全集》，頁288），於此彰顯朝廷選文並不重視功利。

〔註79〕《欽定四書文》，頁456。
〔註80〕《欽定四書文》，頁631。
〔註81〕《欽定四書文》，頁809。
〔註82〕《欽定四書文》，頁810。

明人制義，體凡屢變。自洪永至化治，百餘年中，皆恪遵傳註，體
會語氣，謹守繩墨，尺寸不踰。至正嘉作者，始能以古文為時文，
融液經史，使題之義蘊隱顯曲暢，為明文之極盛。隆萬間兼講機法，
務為靈變，雖巧密有加，而氣體荼然矣。至啟禎諸家，則窮思畢精，
務為奇特，包絡載籍，刻雕物情，凡胸中所欲言者，皆借題以發之。
就其善者，可興可觀，光氣自不可泯。凡此數種，各有所長、亦各
有其蔽。

故化治以前，擇其簡要親切，稍有精彩者；其直寫傳註，寥寥數語，
及對比改換字面，而義意無別者，不與焉。正嘉則專取氣息醇古，
實有發揮者，其規模雖具，精義無存，及剽襲先儒語錄，膚殼平衍
者，不與焉。隆萬為明文之衰，必氣質端重、間架渾成，巧不傷雅，
乃無流弊；其專事凌駕，輕剽促隘，雖有機趣，而按之無實理真氣
者，不與焉。至啟禎名家之傑特者，其思力所造、塗徑所開，或為
前輩所不能到；其餘雜家，則儇棄規矩以為新奇，剽剟經子以為古
奧，雕琢字句以為工雅。書卷雖富、辭氣雖豐，而聖經賢傳本義轉
為所蔽蝕，故別而去之，不使與卓然名家者相混也。

凡此數種，體製格調各不相類，若總為一集，轉覺尨雜無章。……
使學者得溯其相承相變之源流，而各取所長。

至於我朝人文蔚起，守洪永以來之準繩而加以變化，採正嘉作者之
義蘊而挹其精華，取隆萬之靈巧、啟禎之恢奇，而去其輕浮險譎。

兼收眾美，各名一家，合之共為一集。〔註83〕

由於選集係採分期編排，有助考見方苞「體凡屢變」之歸納，據此建立起一
套文體史觀，「使學者得溯其相承相變之源流」，知各期之所蔽，也效法其長
處。

　　其三，《欽定四書文》常藉由文後評點，指出某篇於經典及作法上之淵源。
例如方苞評羅倫〈哀公問社於宰我一章〉曰：「須識其丰骨清峻，胎息左國之
神，非可於局調間刻摹形似者。」〔註84〕評趙南星〈齊景公有馬千駟一節〉
曰：「歐陽五代史論贊深得史遷神髓，斯文其接武者歟！」〔註85〕評章世純〈孝

〔註83〕《欽定四書文》，「凡例」，頁3～4。
〔註84〕《欽定四書文》，頁16。
〔註85〕《欽定四書文》，頁247。

弟也者二句〉曰：「其筆之廉銳，皆由浸潤於周秦古書得之。」〔註86〕評陳際
泰〈晉文公譎而不正一節〉曰：「會萃元人春秋說以為判斷，筆力峻快雄健，
頗類老蘇。」〔註87〕評陳際泰另一篇〈體物而不可遺〉曰：「根柢周秦諸子及
宋儒語。」〔註88〕評章世純〈心之官則思〉曰：「章大力之文出於周末諸子，
其思力銳入，實能究察事物之理，故了然於心口之間。」〔註89〕又評呂謙恆
〈雞鳴而起一章〉曰：「起結用周子語，恰是題中肯綮，凡作文用五子書，必
如此恰當細切，方無漫抄性理之弊。」〔註90〕是皆指出作品與經典之淵源。

　　此外，書中也經常舉出時文筆法之淵源。如方苞評羅倫〈三月無君則弔四
節〉曰：「長題局法此為開山。」〔註91〕評歸有光〈吾十有五而志于學一章〉曰：
「以古文為時文自唐荊川始，而歸震川又恢之以閎肆，如此等文實能以韓歐之
氣達程朱之理。」〔註92〕評湯日新〈君賜食一節〉曰：「從守溪文化出，意味雅
密，已盡題之能事。」〔註93〕評瞿景淳〈事君敬其事而後其食〉曰：「未離化治
矩矱，而易方為圓，漸為談機法者導夫先路矣。」〔註94〕評諸燮〈夫婦之愚八
句〉曰：「體方而義備，不復效先輩之含蓄，已開胡思泉蹊徑。」〔註95〕評黃淳
耀〈孟子之平陸一章〉曰：「自趙夢白借題以摹鄙夫之情狀，啓禎諸家效之，一
時門戶及吏治民情，皆可證驗，足使觀者矜奮。」〔註96〕評徐用錫〈上天之載
三句〉曰：「神化分貼本瞿浮山。」〔註97〕由上評語可見，方苞欲以建構相關經
典及筆法之淵源系譜，在整體時文史觀之下，進一步細論不同派別的流衍。

　　其四，經義文是詮釋經典要義的文學作品，因此方苞於其評選篇章時，
常常會涉及經題在義理層面之討論。此處姑舉數例為證，如其評歸有光〈小
德川流二句〉曰：

　　　　玩註中「全體之分、萬殊之本」八字，則大德、小德原不是直分兩

〔註86〕《欽定四書文》，頁333。
〔註87〕《欽定四書文》，頁410。
〔註88〕《欽定四書文》，頁456。
〔註89〕《欽定四書文》，頁554。
〔註90〕《欽定四書文》，頁945。
〔註91〕《欽定四書文》，頁54。
〔註92〕《欽定四書文》，頁88。
〔註93〕《欽定四書文》，頁109。
〔註94〕《欽定四書文》，頁126。
〔註95〕《欽定四書文》，頁138。
〔註96〕《欽定四書文》，頁502～503。
〔註97〕《欽定四書文》，頁835。

截。敦化,敦字即《易傳》「藏諸用」藏字意,「川流」二字即「顯諸仁」顯字意,無心成化天地之功,用即在其中。文能細貼註意,發揮曲暢。〔註98〕

於評董其昌〈子使漆雕開仕一節〉曰:

切近的實,發此題未發之蒙。夫子使仕開曰:「吾斯之未能信」,註:「斯」指此理而言,明明是仕之理,本無可疑。程子已見大意,謝氏不安小成,則又於開未信處,推原其蘊如此。後人因當日未嘗明指出大意謂何、小成謂何,妄謂「妙在不直說破」。其於斯字之旨,竟似禪語機鋒矣!文能實實指出却即在人人共讀《四書》中,何等直捷顯易!評者乃謂「理即性」也,斯字不可專指仕言,不知聖賢之學體用一原,豈仕之理外又別有性之理耶?詖辭害義,迷惑後生,不可不辨。〔註99〕

於評吳堂〈王者之迹熄而詩亡一章〉曰:

明白顯易,使人心目瞭然。風雅頌體製各異,〈黍離〉降爲國風而雅亡,朱子承先儒之說則然;其實風雅中所載東遷以後之詩多矣,所謂「王迹熄而詩亡」者,謂如晉享叔孫豹歌文王鹿鳴、趙武奏肆夏魯三家歌雍,而王吏不能討;齊有南山載驅之詩、陳有株林之詩,而九伐不能行也。亂臣賊子公行無忌,其端兆實開於此,故孔子懼而作《春秋》,觀反魯正樂,而魯之樂官一旦皆翻然勃然,身投於河海,而不能一日安於其位,則知《春秋》之作,與禹、周公同功,而孟子所謂「詩亡然後春秋作」,其實理始顯著矣。〔註100〕

於評馬世俊〈麻冕禮也一章〉曰:

按〈燕禮〉賓始受命,阼階下北面稽首,及公酬賓,則於西階上北面稽首,階分東西北面,則同文以西階屬燕享、北面屬錫賚,誤矣!而評家稱其歷歷不誤,又斥《大全》慶氏之說,而宗〈刑疏〉,更不可解。〈燕禮〉惟賓一人升成拜,主人獻公大夫騰爵司正,卒觶稽首階下,而無升拜;眾卿大夫則獻籌時惟與主人相答,及禮將終,公命撤幕,皆降拜稽首,升無拜;邢氏以燕與覲並舉,謂卿大夫侯氏

〔註98〕《欽定四書文》,頁156。
〔註99〕《欽定四書文》,頁221
〔註100〕《欽定四書文》,頁533。

皆先降拜而升成拜，顯與經背，乃以爲大據，可乎？此文世士傳誦

已久，記此使知引用經語，不可不詳考其義。〔註101〕

由前揭評語，可以看見方苞對於詮釋經題在義理層面之注重，畢竟文章寫得
再動人，設若其義理內容是謬誤的，也將有悖於設立文體爲國舉才之本意。

其五，此書亦觸及文體相關理論的建構。《欽定四書文》開篇之乾隆聖諭，
即提出一套「國家以經義取士，人心士習之端倪，呈露者甚微，而徵應者甚
鉅，故風會所趨，即有關氣運」的「古今教學之源流」〔註102〕理論；方苞於
逐篇評語間亦偶有文體相關論述。例如方苞評金聲〈德行一節〉曰：

此文膾炙人口久矣，往者李厚菴嘗謂：中二比義實浮淺，以擬諸賢非
倫也。其後膚學增飾其詞，遂謂李氏深惡金、陳之文，以爲亂世之音，
此篇則無一字是處。不知《史記》之文顯悖於道者多矣，而鳴咽淋漓，
至今不廢也。昔賢謂《魯論》乃曾子、有子門人所記，在二子胸中自
無此等擬議，至其門人追記諸賢之在難，而寄以感憤，亦無大悖。此
文立義雖粗，然生氣鬱勃，可以滌俗士之鄙情，開初學之思路，故辨
而存之，以警道聽塗説者。制科之文，至隆萬之季，眞氣索然矣，故
金、陳諸家，聚經史之精英，窮事物之情變，而一於四書文發之，義
皆心得，言必己出，乃八股中不可不開之洞壑也。邇年不學無識人謬
謂得化治規矩，極詆金、陳，蓋由貪常嗜瑣，自忖必不能造此，而漫
爲狂言，以揜飾其庸陋耳。夫程子《易傳》切中經義者無幾，張子《正
蒙》與程、朱之説即多不合，但以持之有故，言之成理，故並垂于世。
金、陳之時文，豈有異于是乎？故于兩家之文，指事類情，悲時憫俗，
可以感發人心，扶植世教者，苟大意得則畧其小疵，并著所以存之之
故，使學者無迷於祈嚮焉。〔註103〕

此處舉出《史記》、《魯論》、程子《易傳》及張子《正蒙》爲例證，皆爲強調
金聲、陳際泰文章中「聚經史之精英，窮事物之情變，而一於四書文發之，
義皆心得，言必己出」的正當性，這種改寫雖然未必符合傳統註解之觀點，
但以「持之有故，言之成理」，足以「感發人心，扶植世教」，故而仍爲「八
股中不可不開之洞壑也」。從這裡，方苞其實提出了經義文如何詮釋之合理性

〔註101〕《欽定四書文》，頁688。
〔註102〕〈進四書文選表〉，《欽定四書文》，頁2。
〔註103〕《欽定四書文》，頁386～387。

與可能性。

又如其評論陳際泰〈動乎四體〉曰:「古人立言,胷中必先多蓄天下之義理,觸處即發,故言皆有物。作者每遇一題,必有的義數端,爲眾人所未發;由其博極羣書,一心兩眼,痛下功夫,而寔有心得,故取之左右逢源。學者若專於八股中求之,則高言何由止於眾人之心?」〔註104〕方苞於此提出一套創作論,認爲陳際泰文章寫得好,是因爲「博極羣書」、「多蓄天下之義理」,不專於八股習套求之,故而「觸處即發,言皆有物」、「每遇一題,必有的義數端,爲眾人所未發」。換句話說,讀書廣博,厚殖學識義理,自然能多有創見。

其六,此書具有指導文體法程之效用。方苞於〈進四書文選表〉曾提及其選評文章時,除了最上乘的作品之外,也考慮到中等程度讀者的需求:「有明正嘉以前先輩之文,有極平淡簡樸而清古可味者,惟間存一二。蓋必天資最高,變化於古文,久乃得之,非中材所能倣效也。啓、禎雜家餘習,至於國初,猶未能盡滌,一時名稿中,頗有膾炙人口,而按以文律、求以題義,則未能脗合,不可以爲法程者,必嚴辨而愼取之。至鄉會試闈墨,則有其文未爲極致,而章妥句適,脈理清晰,亦間存一二,俾中材之士,得量其力所能至而取道焉,庶不致茫無畔岸,而誤入於歧途也。」〔註105〕

故而於其評語間,亦可窺見這種等差。例如方苞在評歸有光〈子禽問於子貢一章〉時,稱該篇:「格局老刱,細按問答,虛神仍分寸不失,骨脈澄清,精氣入而粗穢除,乃古文老境,非治科舉文者所能窺尋,姑存一二,使好古者研悅焉。」〔註106〕即明言其文境之上乘,強調「非治科舉文者所能窺尋」。舉凡文體固然有章法可論,但最好的傑作往往超乎章法之上,故難以爲不知者言。

另一方面,此書針對中材之資舉示法程者,例如方苞評許孚遠〈君子上達〉曰:「遇此等題不肯靠實發揮,每求深而反淺;此文品質不甚高峻,而於上達本末原流,實能疏發曉亮。」〔註107〕評羅炌〈夫世祿三節〉曰:「綰結有法,波瀾亦佳,而以視黃蘊生之大氣鼓鑄、自然凝合,陳臥子之古光流溢、不假設色者,不可同年語矣。況金、陳之神化乎?存此以著文章之等差。」〔註108〕評黃淳耀〈強恕而行二句〉曰:「嘉靖以前人,一題必盡其義理之實,無有以挑撥了

〔註104〕《欽定四書文》,頁479。
〔註105〕〈進四書文選表〉,「凡例」,《方望溪全集》,「集外文」,卷二,頁288。
〔註106〕《欽定四書文》,頁85。
〔註107〕《欽定四書文》,頁123。
〔註108〕《欽定四書文》,頁505。

事者，況此等理窟中之蕩平正道乎？仁恕源流推行實際，必如此勘透，才見作手。陳、章理題文多深微而簡括，黃則切實而周詳，故品格少遜；然陳、章天分絕人，黃則人工可造。陳、章志在傳世，黃則猶近科舉之學。茲編於化治，惟取理法，正嘉則兼較義蘊氣格，隆萬略存結構，而啟禎則以金、陳、章、黃為宗，所錄多與四家體製相近者。餘亦各收其所長，不拘一律，俾覽者高下在心，各以性之所近、力之所能，而自執焉。」〔註109〕評陳錫嘏〈子謂子產一節〉曰：「此文初出，一時爭為傳誦，後來名流目為平庸，然章法完密、字句斟酌，中材以下用為準的，猶愈於好為深奇而實悖理、剽襲膚冗而無涉於題者。」〔註110〕如此選評，自然使得《欽定四書文》在文體法程之指導中，可以儘量照顧到不同程度的讀者需求。

其七，此書針對篇章行文或作者筆法，有具體批評的教學示範作用。方苞說：「前人流傳名篇，間有字句率易，義理或未妥者，……至於全文俱佳，語句偶訛，難為改易者，必細摘出，亦恐貽誤後學。」〔註111〕相關的指正意見俯拾皆是，例如其評錢福〈經正　斯無邪慝矣〉曰：「……但股分而義意不殊；又股頭義意不殊，而股尾忽分兩柱，乃前輩局於風氣處，不可不分別觀之。」〔註112〕評瞿景淳〈武王不泄邇一節〉曰：「瞿浮山文高者不過貼切通暢，殊不遠時文家數，當時以並王、唐，未可為定論也。」〔註113〕評許獬〈敢問交際何心也一章〉曰：「所惡於鍾斗之文者，以其老鍊而近俗也；此篇則氣頗清眞，平淡中自有變化，特錄之以示論文宜有灼見，不可偏執一端。」〔註114〕評黃淳耀〈齊一變一節〉曰：「於兩國源流本末洞悉無遺，而讀書論世之識復能斟酌而得其平，故語皆鑿然可據。評家云：何以變齊？君君臣臣父父子子是也；何以變魯？人存政舉是也。惜於此旨未能暢發。」〔註115〕評劉曙〈君子哉若人二句〉曰：「君子與尚德不分疏，深得當日嗟歎語氣，文詞高朗使人心目開爽，中四比若更能義意截然，則更進一格矣。」〔註116〕評陳際泰〈齊人伐燕勝之二章〉曰：「縱橫變化，無非題目節族，而雄健之氣，進退自如，

〔註109〕《欽定四書文》，頁560。
〔註110〕《欽定四書文》，頁649。
〔註111〕〈進四書文選表〉，「凡例」，《方望溪全集》，「集外文」，卷二，頁288。
〔註112〕《欽定四書文》，頁70。
〔註113〕《欽定四書文》，頁177。
〔註114〕《欽定四書文》，頁303。
〔註115〕《欽定四書文》，頁375。
〔註116〕《欽定四書文》，頁405～407。

專以巧法鉤勒題面者，無從窺其踪跡。避水火一段若能少加點綴，更無遺憾矣。」〔註117〕又評陳際泰〈爲之兆也〉曰：「中幅描寫曲暢，足以發難顯之情。作者長篇，精神每結聚兩股，餘多不甚經意，學者宜善取其精。」〔註118〕評唐德亮〈經正則庶民興〉曰：「作者平時好爲豪邁，往往軼於繩尺，故錄此謹守規矩不事馳騁者。」〔註119〕以上皆於評點文章時，針對作品之技巧、內容或風格加以褒貶。

　　如此具體的指正意見，自然有助於讀者得以窺見文章之優劣全貌，從既有的書寫成就中益求精進。

〔註117〕《欽定四書文》，頁 490。
〔註118〕《欽定四書文》，頁 543。
〔註119〕《欽定四書文》，頁 961。

第三章 明清經義「文體」探析（上）
——文體學層面

繼第二章介紹了方苞時文觀，與《欽定四書文》如何釐正文體後，於此擬進一步闡述明清八股文於體裁上之結構、特色、分期風格及代表作家。以下分成四節論之，因篇幅較長，姑且析爲兩章：於第三章概略說明八股文體如何成形，析論其結構與特色；於第四章則據《欽定四書文》爲主要文本，介紹方苞的八股文分期觀，並指出各期風格之嬗變與代表作家。

本章第一節爲八股文體研究芻論，說明八股文體成形過程之混雜與變化，第二節則闡述八股文成形後，於體裁上之規範與特色。

第一節 八股文體研究芻論

本節擬針對八股文在文體上之屬性，先做一概括性的觀察。以下分二項依序論之，首先介紹我國文體學之發展，與傳統文體論的三個層次；其次則試圖由文體學觀點加以說明，八股文如何具有綜合性的文體特色。

一、文體學之發展與文體三層次

什麼是「文體」？文體就是文學作品的話語體式，是文體的結構方式。「體式」一詞在此意在突出這種結構和編碼方式具有模型、範型的意味。因此，文體是一個揭示作品形式特徵的概念。每一種特定的文類都有其範式，即支配性的文體規範，它既是一種感受、體驗結構，又是一種語言組織結構，即文體結構。一種文學類型代表了特定的體驗世界的方式、以及語言結構的方式，它在

特定時代的興盛和衰落，都反映著那個時代作家的精神結構、和文化心理結構、以及語言操作結構的變化，因而具有相當深厚的人文內涵。〔註1〕

　　「文體」研究，是一個在定義上易生混淆的詞，〔註2〕而且我國與西方對於文體所關心之處、甚或其應用之層面，皆有分別。〔註3〕中國古代的「文體」

〔註1〕此處定義係採自陶東風，《文體演變及其文化意味》，雲南：雲南人民出版社，1994年5月，頁2、61。

〔註2〕如陶東風說：「文學類型是文學理論（詩學）、文學批評和文學史諸學科的一個基本術語。但這一術語與其他許多基本術語一樣，眾說紛紜、充滿歧義。在英語國家中，常用 kind（類別）、sort（種類）、class（種類、等級），甚至 style（風格）、type（類型）、form（形式）等來解釋法語詞 genre（文類）。這種邏輯層次上的語義模糊性加上實踐層次上的歷史變化性，使得『文類』一詞至今尚無普遍被接受的定義。……總起來看，文類的劃分方式以據形式（文體）劃分與據題材（內容、描寫對象）劃分兩種為最有影響。很顯然，當文類的劃分以形式規範或結構方式為依據時，它與文體概念就非常接近了；但當它是以題材為依據時，情形就不是如此了。」（《文體演變及其文化意味》，頁42）

〔註3〕這是一個大題目，因論題於此不可謂無關，姑簡略言之。中西文體學說主要的分別，請參考大陸學者趙憲章的見解：「中國古代美學關於文學藝術的篇法、句法、字法、筆法、技法、格律等形式方面的言論，同西方形式美學，特別是同20世紀的西方形式美學所研究的對象屬於相同的課題。但是，西方形式美學有著明確的哲學基礎，20世紀西方形式美學關於文學形式的探討不是就語言談語言、就技巧談技巧，而是將語言、技巧上升到了哲學的層面，即從世界觀的高度研究語言的審美本質和藝術規律。……他們的研究，包括每一個細部的研究，都根源於和受制於他們的語言哲學，都和他們的哲學世界觀密切相連，是其整個哲學思想的具體化或有機組成部分。原型批評和格式塔美學也是如此，他們的形式理論，包括格式塔美學關於藝術形式的操作性研究，同樣根源於和受制於他們所從屬的心理科學。中國形式美學就不同了，……沒有從語言哲學或世界觀的角度進行解釋，完全是一種審美和藝術的經驗。這就是中國古代形式美學的經驗性。因此，如果說西方形式美學的理論形態是思辨性的，那麼，中國形式美學的理論形態則是經驗性的。中國形式美學由於是建基在審美和藝術的經驗之上，它的思維方式也就必然從審美和藝術的經驗出發，通過渾整的、具象的概念進行意會性的表述。這就是作為經驗形態的中國形式美學的重要特點。……從畢達哥拉斯學派開始，西方形式美學就同數學結下了不解之緣。……於是，西方美學關於形式的闡釋必然是思辨理性的產物，都有明確而堅實的思辨哲學作為它的理論基石。中國美學就不同了。中國美學家多為政客、教徒或作家，少同自然科學結緣，他們往往側重於從政治的，或從道德的，或從創作實踐的經驗出發談論美和藝術問題，其中包括談論審美和藝術的形式問題。於是，中國美學關於形式的言論必然是某種政治的、道德的或藝術創作的經驗之談，即從某種政治的、道德的或藝術創作的實踐經驗出發，對於美和藝術的形式規律進行經驗性的概括和總結。」（趙憲章，《文體與形式》，北京：人民文學出版社，2004年2

概念主要是指文章和文學的類別、體式，而這一意義實際上是西文的 genre 或
style，即「文類」或「體裁」概念。西方關於文體的研究，即「文體學」（stylistics），
係根源於古希臘的修辭學，主要是指文章和文學的語言風格。

從我國傳統文體學說起，區別文體特質是文學書寫者的基礎訓練，尤其
當書寫於宋代以後逐漸成爲文人的專門技術時，「辨體說」更成爲書寫者或閱
讀（評論）者的首要之務，且如南宋倪思所云：

> 文章以體製爲先，精工次之。失其體製，雖浮聲切響，抽黃對白，
> 極其精工，不可謂之文矣。〔註4〕

又如金王若虛《滹南遺老集》載：

> 或問：「文章有體乎？」曰：「無。」又問：「無體乎？」曰：「有。」
> 「然則果何如？」曰：「定體則無，大體則有。」〔註5〕

如明陳洪謨曰：

> 文章莫先於辯體，體正而後意以經之，氣以貫之，辭以飾之。體者，
> 文之幹也。〔註6〕

又徐師曾說：

> 夫文章之有體裁，猶宮室之有制度，器皿之有法式也。爲堂必敞，
> 爲室必奧，爲臺必四方而高，爲樓必狹而修曲，爲苫必圓，爲筐必
> 方，爲簠必外方而內圓，爲簋必外圓而內方，夫固各有當也。苟舍
> 制度法式，而率意爲之，其不見笑於識者鮮矣，況文章乎？〔註7〕

可見宋明人在創作時，已知著眼於文類體裁的「制度法式」，而且他們認爲這
根本是表情達意的基礎。可見在我國傳統文學觀念中，「文章體裁」對於寫作
者與讀者的規約，實已自古有之。

如果再往前追溯，我國文類觀念的產生，首先是基於不同的對象和用途
而形成的。如先秦時代即有將「文辭」分類之記載，像是《尚書》的「典、

月，頁120）這種說法頗爲常見，總之認爲西方文類學具有世界觀的抽象思辨
理性，中國美學較強調道德，以具象概念與經驗性爲主。我以爲趙說未必無
據，吾國傳統的確更看重道德與實踐層面，然而宋朝以後文家對於體例的日
漸重視，不可不說是傳統文學觀在形式美學上的轉進。

〔註4〕 引自明吳訥《文章辨體・序說》，收入《四庫全書存目叢書》（台北：莊嚴文
化，1997年），第291冊，頁291～4。

〔註5〕 〈文辨〉，王若虛，《滹南遺老集》（台北：新文豐，1984年），卷卅七，頁236。

〔註6〕 吳訥，《文體明辨序說》（北京：人民文學，1998年）書首〈文章綱領〉引。

〔註7〕 〈文體明辨序〉，《文體明辨序說》。

謨、訓、誥、誓、命」就是六種朝廷公文的文體。又如《周禮・大祝》稱:「作六辭以通上下親疏遠近。一曰辭,二曰命,三曰誥,四曰會,五曰禱,六曰誄。」此時已對於各種文辭的不同用途,形成粗淺的類別觀念。

時至兩漢,「文學」與「文章」開始有了分野。大體言之,「文學」泛指儒學或其他學術性的著作,「文章」則專指具有文采的作品。如司馬相如〈答盛擥問作賦〉云:「合纂組以成文,列錦繡而爲質,一經一緯,一宮一商,此作賦之跡也。」〔註8〕司馬遷《史記・屈原賈生列傳》云:「其文約,其辭微,其志絜,其行廉,其稱文小而其指極大,舉類邇而見義遠。」〔註9〕二篇皆視表現文采的「辭賦」爲「文」,而與以達意爲主的學術性著作有所差別。

到了魏晉南北朝,文學的觀念愈趨細密,范曄在《後漢書》中首將《儒林》和《文苑》二傳分列。而時人對於個別文類的體性風格,也開始加以界定說明,如曹丕《典論・論文》曰:「夫文本同而末異,蓋奏議宜雅,書論宜理,銘誄尚實,詩賦欲麗。此四科不同,故能之者偏也,唯通才能備其體。」〔註10〕曹丕不僅舉出文類風格的差異,也注意到創作者心性氣質與作品文類風格之間的關係,他認爲文類風格除了受其對象與用途的規約外,還受到作者自身才性偏向的影響。其後,陸機〈文賦〉對於不同的文類風格,也提出說明,除了詩賦外,他還列舉了八種文體:「碑披文以相質,誄纏綿而悽愴,銘博約而溫潤,箴頓挫而清壯。頌優游以彬蔚,論精微而朗暢,奏平徹以閑雅,說煒曄而譎誑。」〔註11〕陸機比曹丕分類稍細,於文體風格的論析上更爲詳盡,顯示隨著文學創作的日益發展,文體觀念也愈加成熟。《典論・論文》與〈文賦〉的文體分類,所舉大多是朝廷流行的實用文體。當時的文體遠過於此,還不是全面的分類。

陸機〈文賦〉稍後,葛洪〈抱朴子自敘〉有云:「洪年二十餘,乃計作細碎小文,妨棄功日,未若立一家之言,乃草創子書,會遇兵亂,流離播越,有所亡失,連在道路,不復投筆。十餘年,至建武中乃定。及著內篇二十卷,

---

〔註8〕 見《太平御覽》卷五八七引《西京雜記》。又清嚴可均《全漢文》卷二十二,亦輯有此文。

〔註9〕 《史記》,收入《景印文淵閣四庫全書》(台北:台灣商務,1983年),第244冊,卷84,頁244〜530。

〔註10〕 《典論》,收入《叢書集成新編》(台北:新文豐,1985年),第80冊,頁54。

〔註11〕 陸機撰,張少康集釋,《文賦集釋》(台北:漢京文化,1987年),頁71。

外篇五十卷，碑頌詩賦百卷，軍事檄移章表箋記三十卷。」〔註 12〕葛洪此謂「碑頌詩賦」、「軍事檄移章表箋記」，已有區別韻文、散文的觀念。韻文曰「文」，散文曰「筆」，文筆兩分的詞彙，有意為學者同時運用的，以《晉書》最早。如〈習鑿齒傳〉云：「少有志氣，博學恰聞，以文筆著稱。」〔註 13〕〈張翰傳〉云：「其文筆數十篇行世。」〔註 14〕此知散文已日漸受人重視，故而可與韻文詩賦分庭抗禮。

就散文文體而言，真正全面進行分類研究的，或許當以晉代摯虞的《文章流別論》和李充的《翰林論》為最早，可惜因為散佚，該書究竟如何分類，已很難斷定。現存最早研究散文文體的專著，是梁代任昉的《文章緣起》，劉勰的《文心雕龍》和蕭統的《文選》。

任昉《文章源起》把文章分為八十四類，除詩賦等韻文外，屬於廣義散文範疇的，計有七十餘類。每類都舉一篇最早的文章為例，所以稱作「緣起」。《文章源起》在分類上雖比前人具體詳盡，但重複不當之處甚多，根本原因是沒有統一明確的分類標準。編撰者但見文章標題不同，即列為一體，難免蕪雜不精。

《文心雕龍》全書五十篇，有二十五篇是文體論。書中將文體分為三十五類。即：騷、詩、樂府、賦、頌、贊、祝、盟、銘、箴、誄、碑、哀、弔、雜文、諧隱、史、傳、諸子、論、說、詔、策、檄、移、封、禪、章、表、奏、啓、議、對、書和記。其中絕大部分都是散文文體。對於每類文體，劉勰都一一說明其名稱意義，敘述該文體的起源和演變，並就古人作品中選出代表作，加以評論；最後則闡明不同體裁的寫作要求，藉以表明各體的特點。在文體分類上，《文心雕龍》與曹丕、陸機的過簡與任昉的過繁相比，較為適中。劉勰能夠考述源流，評論得失，確是辨體史上最早而且較為完備的專著。

蕭統的《文選》則是我國現存第一部詩文總集，文集將「遠自周秦，迄於聖代」的各類文章，選編為三十卷，除詩賦外分為三十六類：七、詔、冊、令、教、文、表、上書、啓、彈事、箋、奏、記、書、檄、對問、設論、辭、序、頌、贊、符、命、史論、史述、贊、連珠、箴、銘、誄、哀、碑文、墓誌、行

〔註 12〕何淑貞校注，《抱朴子・外篇》（台北：國立編譯館，2002 年），卷五十，頁1004。

〔註 13〕《晉書》，收入《景印文淵閣四庫全書》，第 256 冊，卷八十二，頁 256～353。

〔註 14〕同前註，卷九十二，頁 256～495。

狀、弔文、祭文等。《文選》的分類雖不如《文心雕龍》集中，但當時所流傳的各類文體，大致都包括無餘，而且在文體辨析上也有獨到之處。比如有些文體，形式或內容較複雜，同一類文體中又按其內容加以區分，如「賦」體就包括了「江海」、「物色」、「鳥獸」、「志」、「哀傷」、「論文」、「音樂」、「情」等類別。

綜上所述，我國散文文體的分類，齊、梁時已有了較爲詳盡的辨析。

到了宋朝，李昉等人奉敕編纂《文苑英華》，此書上續《文選》，從梁末以下，分類編輯，計有一千卷，體例與《文選》大略相似。姚鉉又選擇其中十分之一文章，編成《唐文粹》，把文體分爲十餘類。嗣後，又有南宋呂祖謙編輯的《宋文鑒》，除詩賦外，又分碑傳、露布等五十類；元代蘇天爵編《元文類》，分爲四十餘類，明代程敏政編的《明文衡》，分爲三十八類。這些斷代文選，在分類上皆延續《文選》，沒有多大變化。

除了前述斷代文選外，宋代眞德秀編的《文章正宗》，則將文章分爲辭令、議論、敘事、詩歌四門。門類雖簡，然以「議論」、「敘事」來分類，確實掌握了散文的書寫特徵，不再像之前以其對象或用途爲主要分類依據。〔註15〕此後，又有明代吳訥《文章辨體》和徐師曾《文體明辨》。吳訥將文體分爲五十四類，徐師曾又擴張爲一百二十七類。這兩書都是一面分體選文，一面依體序說。由於編著目的主要在「指示寫作各類文章的準則」，因此對各種體裁的特點、源流和寫作要求，考慮極精微。徐師曾把文體分爲一百二十餘類，可以看出明人對於體例之講求，卻被《四庫提要》斥爲「千條萬緒，無復體例可求」。〔註16〕可知文體的分類，既要條分縷析，也應當提綱挈領；徐師曾沒有將這一百二十餘類文體歸納，以達到提綱挈領的要求，難免令人產生「千條萬緒」之歎。〔註17〕

〔註15〕業師龔鵬程先生曾經指出宋人與魏晉人辨體之不同，如曹丕寫《典論‧論文》，是爲了解決當日文體「鮮能備善，是以各以所長相輕所短」的難題；而宋人則因處於一個風格體製轉變的歷史場景中，所以「文學批評必然會深刻而焦慮地想找出一個歷史之常與變的判準和解釋，用以貞定目前的現況、規範未來的發展」，所以宋人「在批評範疇上要先於作品之優劣及內容之是非」。請參見龔氏，〈論本色〉，《詩史本色與妙悟》（臺北：臺灣學生書局，1986 年 4 月，頁93～136）。

〔註16〕《景印文淵閣四庫全書‧總目提要》，卷一九二。

〔註17〕關於散文辨體史的進一步討論，請詳見陳必祥《古代散文文體概論‧古代散文的文體分類》（台北：文史哲，1987 年）、王更生〈簡論我國散文的立體、命名與定義〉（收入《孔孟月刊》，台北：孔孟月刊社，第 25 卷第 11 期，1987 年 7 月）二文。

即以經義文作為單一文體論，「體凡屢變」〔註18〕也是此文體歷經數百年來書寫之實情。〔註19〕誠如乾隆所說：「顧時文之風尚，屢變不一，苟非明示以準的，使海內學者於從違去取之介，曉然知所別擇，而不惑於岐趨，則大比之期，主司何所操以為繩尺？士子何所守以為矩矱？」〔註20〕文體既已變化淆亂，重新歸納整理，爬梳出一套評價之範式，自然是件必要的工作，更何況這還實際牽涉到官吏錄取與否的根本依據。如第二章所述，就方苞奉令編纂《欽定四書文》而言，他的首要工作即需藉由這些佳作之選編，用來突顯經義文的理想／官方體例，好作為習文或閱卷時的範本，以釐正文體。

綜合地加以分析，在我國傳統文體論中，「體」、「文體」的涵義很豐富，起碼可以概分為三個層次：包括體裁上的規範、語言體式的創造及作家風格的追求〔註21〕這當然也適用於八股文體之掌握，以下嘗試分別論之：

（一）體裁的規範

也就是構成某種文體（以區別於其他文體）的某種要素或特質，比如金代元好問之區別詩文曰：「詩與文，特言語之別稱耳，有所記敘之謂文，吟咏情性之謂詩，其言語一也。」〔註22〕是以「有所記敘」作為文的規範，與「吟咏情性」是詩的規範有別；又如宋代沈義父析論詞之特質不同於詩：「詞之作難於詩，蓋音律欲其協，不協則成長短之詩；下字欲其雅，不雅則近乎纏令之體；用字不可太露，露則直突而無深長之味；發意不可太高，高則狂怪而失柔婉之意。思此，則知所以為難。」〔註23〕可知沈氏以「協韻」、「雅致」、「含蓄」、「柔婉」作為詞體之本色，以區別其與詩體的不同。

〔註18〕方苞，〈進四書文選表〉，「凡例一」，《欽定四書文》，頁1451～3。

〔註19〕美籍學者倪豪士（William H. Nienhauser, Jr.）曾經指出文類變異與其研究意義：「中國文學在普遍受到當代文學批評的注意之前，既然尚有許多基本工作需要做，為什麼要進行文類研究？……文類研究目前有其必要，理由有二：（一）因為實際的文類較加諸其上的名稱改變得更快；（二）因為文類是讀者（也因而是批評家）探討作品時的基本取向。」（〈文苑英華中「傳」的結構研究〉，《傳記與小說──唐代文學比較論集》，北京：中華書局，2007年，頁23～24）

〔註20〕乾隆聖諭，《欽定四書文》，頁1451-1。

〔註21〕這三層次的架構，係參考童慶炳，《文體與文體的創造》（雲南人民出版社，1994年5月）第一章「文體概念的涵義」，頁10～39。

〔註22〕元好問，《遺山先生文集》（台北：台灣商務，1968年），卷卅六，頁495。

〔註23〕沈義父，《樂府指迷·論詞四標準》，收入《百部叢書集成》（台北：藝文印書館，1965年）。

八股文自有一套特殊的文體規範,如《明史·選舉志》記載:「科目者,沿唐宋之舊,而稍變其試士之法,專取《四子書》及《易》、《書》、《詩》、《春秋》、《禮記》五經命題試士,蓋太祖與劉基所定。其文略仿宋經義,然代古人語氣爲之,體用排偶,謂之八股,通謂之制義。」可見《明史》是以「代古人語氣」及「體用排偶」作爲八股文之體裁規範。此外,由於八股文是一種命題作文,因而這種文體特別重視題字之闡釋,如方苞所謂的「一語不溢,題蘊已盡」〔註24〕、「挑剔入細,不放過題中一字。」〔註25〕這也屬於此文體之特有規範。

由上述例證,對於體裁加以規範說明,尚屬於文體論之首要層次。

(二)語體的創造與變化

其次,所謂「語體」,也就是指作品在特定語言體式上的審美特質,比如曹丕《典論·論文》所謂「奏議宜雅,書論宜理,銘誄尚實,詩賦欲麗」,分別指出四種文體的審美特質(總體風格)不同;又如陸機《文賦》說的:「詩緣情而綺靡,賦體物而瀏亮,碑披文以相質,誄纏綿而淒愴,銘博約而溫潤,箴頓挫而清壯。頌優游以彬蔚,論精微而朗暢,奏平徹以閑雅,說煒曄而譎誑。」〔註26〕照理講,文體既在體裁形式上有別,其所以表現出來的情感或思想內容,自然也隨之而異。因爲文本在體裁規範與情感風貌之呈現上,本屬一體兩面的需求問題:詩若沒有了「緣情」的規範,如何表達出「綺靡」的心境?反之亦然,沒有「淒愴」的心聲欲表達,自然不會有「纏綿」的誄文被書寫。

然則爲了吸引讀者的注意,語體也隨之發生變化,劉勰於《文心雕龍》說:「昭體故意新而不亂,曉變故辭奇而不黷」〔註27〕、「設文之體有常,變文之數無方,何以明其然耶?凡詩賦書記,名理相因,此有常之體也;文辭氣力,通變則久,此無方之數也。名理有常,體必資於故實;通變無方,數必酌於新聲,故能騁無窮之路,飲不竭之源。」〔註28〕據劉勰所論,除了「昭體」之外,「曉變」更是文體可以持續書寫延續的原因,時間推移,文體爲了

〔註24〕評謝陳常〈文猶質也一節〉,《欽定四書文》,頁713。

〔註25〕評劉子壯〈周公成文武之德〉,《欽定四書文》,頁791。

〔註26〕陸機撰,張少康集釋,《文賦集釋》,頁71。

〔註27〕周振甫注,《文心雕龍·風骨第廿八》(台北:里仁書局,1984年5月),頁554。

〔註28〕周振甫注,《文心雕龍·通變第廿九》,頁569。

避免僵滯，自會產生變化，以應無窮。「曉變」當然也必須在「昭體」的辯證中進行。〔註29〕

　　語體會變動，即以詩體爲例，如宋代嚴羽《滄浪詩話‧詩辯》：「詩者，吟詠情性也。盛唐諸人惟在興趣，羚羊掛角，無跡可求。故其妙處，透徹玲瓏，不可湊泊，如空中之音，相中之色，水中之月，鏡中之象，言有盡而意無窮。近代諸公，乃作奇特解會，遂以文字爲詩，以才學爲詩，以議論爲詩。」或重吟詠情性，或重才學議論，唐詩與宋詩在審美傾向上便有所變動。詞亦類此，《四庫提要》於評東坡詞曰：「詞自晚唐、五代以來，以清切婉麗爲宗。至柳永而一變，如詩家之有白居易；至蘇軾而又一變，如詩家之有韓愈，遂開南宋辛棄疾等一派。尋源溯流，不能不謂之別格；然謂之不工則不可，故至今日尚與花間一派並行而不能偏廢。」便是試圖自紛雜語體中，說明時代風尚變化之淵源始末，以區別出正宗與別格。

　　經義文的語體變化也有可循之跡，即斷以明朝爲限，方苞略分爲四期：

　　　明人制義，體凡屢變。

　　　自洪永至化治，百餘年中，皆恪遵傳註，體會語氣，謹守繩墨，尺寸不踰。

　　　至正嘉作者，始能以古文爲時文，融液經史，使題之義蘊隱顯曲暢，爲明文之極盛。

　　　隆萬間兼講機法，務爲靈變，雖巧密有加，而氣體荼然矣。

　　　至啓禎諸家，則窮思畢精，務爲奇特，包絡載籍，刻雕物情，凡胸中所欲言者，皆借題以發之。就其善者，可興可觀，光氣自不可泯。

　　　凡此數種，各有所長、亦各有其蔽。……〔註30〕

語體既然會變動，雖然說是「各有所長、亦各有其蔽」，然於評論時卻不免要標榜何時爲「極盛」、何時爲「氣體荼然」，這當中就涉及了價值取捨的問題。

〔註29〕如陶東風說：「文體既在變化，又在延續，變化是延續的保證，延續則使變化變得可以理解。脫離了變化的延續是不能持久的，僵化的文體只能是一種短命的文體。或者說，缺乏自我轉化能力的結構是一種死結構；另一方面，任何創造性的轉化都有其結構的相似性，否則我們就無法解釋創造何以會發生，歷史就變成了不連貫的個體的雜亂無章的堆積。」（《文體演變及其文化意味》，雲南：雲南人民出版社，1994 年 5 月，頁 36）

〔註30〕〈進四書文選表‧凡例〉，《方望溪全集》（台北：河洛圖書出版社，1976 年 3 月），「集外文」卷二，頁 286。

（三）風格的追求

風格是指某一文家在表現方式和筆調曲折等方面，足以展現其個人格調的一些特點。離開創作者的人格、創作個性和活躍的內心生活，根本就談不上風格。〔註31〕關於文體風格的呈現，以下再略分三層次說之：

1、風格如人格

把作家的創作個性和藝術風格聯繫起來，認為風格是作家獨特的創作個性在作品內容與形式統一中的體現。我國自古即重視詩書經籍中的人格精神，最有名的例證，殆如孟子所論：「頌其詩，讀其書，不知其人可乎？」〔註32〕如果不能讀書文章中的人格，頌讀也就失去了重要的意義。由於受到儒家思想之影響，我國各種文類皆重視人品與文章之合一；明清人提到八股文時，自不外此，人格心性更是評家所屢屢論及的，如方苞曰：「自明以四書文設科，用此發名者，凡數十家。其文之平奇淺深，厚薄強弱，多與其人性行規模相類。或以浮華炫耀一時，而行則污邪者，亦就其文可辨。而久之亦必銷委焉。蓋言本心之聲，而以代聖人賢人之言，必其心志有與之流通者，而後能卓然有立也」〔註33〕、「其間能自樹立，各名一家者，雖所得有淺有深，而其文具存；其人之行身植志，亦可概見」〔註34〕、「古人之文，淺深純駁，未有不肖其人者也，其不肖者，非其人之未成，則其文之未成也。」〔註35〕因此於技巧之上，傳統文藝評論者看重的，其實是在於作品中所流露而出的精神氣質。

2、風格之陶鑄

傳統文論又把形成風格的內在依據的創作個性，分成先天與後天因素，並揭示二者的辯證關係。如劉勰《文心雕龍·體性篇》說：「才有庸儁，氣有剛柔，學有淺深，習有雅鄭。」〔註36〕他把作家的創作個性分為先天素質與後天修養：就作家先天素質這項而言，包含了「才」與「氣」兩個方面，就作家後天修養這項而言，則包含了「學」與「習」兩項。劉勰認為才（才能）、

〔註31〕 此處定義參見童慶炳，《文體與文體的創造》（雲南：雲南人民出版社，1999年7月），頁23。
〔註32〕 《孟子·萬章篇》，《四書集註》（朱熹編，台北：學海，1991年），第十七章，頁324。
〔註33〕 〈楊黃在時文序〉，《方望溪全集》，卷四，頁49～50。
〔註34〕 〈進四書文選表〉，《方望溪全集》，「集外文」，卷二，頁287。
〔註35〕 〈張彝歎稿序〉，《方望溪全集》，「集外文」，卷四，頁306。
〔註36〕 〈體性篇〉，周振甫注，《文心雕龍注釋》，頁535。

氣（氣質）、學（學習）、習（習染）這四者構成了作家的書寫個性，體現在作品之內容與形式的統一中，就轉化爲藝術風格。

方苞於寫作八股文之修養層面，亦有類似的觀點：「文之清眞者，惟其理之是而已，即翱所謂『創意』也；文之古雅者，惟其辭之是而已，即翱所謂『造言』也。而依於理以達乎其詞也，則存乎氣；氣也者，各稱其資材，而視所學之淺深以爲充歉者也。欲理之明，必溯源六經，而切究乎宋、元諸儒之說；欲辭之富，必貼合題義，而取材於三代、兩漢之書；欲氣之昌，必以義理洒濯其心，而沈潛反覆於周秦盛漢唐宋大家之古文，兼是三者，然後能清眞古雅而言皆有物。」〔註 37〕方氏認爲一篇佳作要有「理、詞、氣」的融合陶鑄，文章才能「清眞古雅而言皆有物」。於詞藻之「取材於三代、兩漢之書」，姑不論。他所謂「切究乎宋、元諸儒之說」，原來理學本就強調氣質修養的；又提到「沈潛反覆於周秦盛漢唐宋大家之古文」，這些文章更具有一種表現力強且個性分明的風格。〔註 38〕

3、風格之分類

把紛繁的風格加以歸納，分成若干基本類型。我國傳統文論對於風格分類的作法，亦所在多見。例如劉勰《文心雕龍‧體性篇》分爲八類：典雅、遠奧、精約、顯附、繁縟、壯麗、新奇、輕靡等。李嶠《評詩格》分爲十體：形似、質氣、情理、直置、雕藻、映帶、宛轉、飛動、情切、精華等。王昌齡《詩格》分爲五門趣向：高格、古雅、閑逸、幽深、神仙等。皎然《詩式》將風格分爲十九種：高、逸、貞、忠、節、志、氣、情、思、德、誡、閑、達、悲、怨、意、力、靜、遠等。司空圖《詩品》將風格分爲二十四品：雄渾、沖淡、纖穠、沉著、高古、典雅、洗鍊、勁健、綺麗、自然、含蓄、豪放、精神、縝密、疏野、清奇、委曲、實境、悲慨、形容、超詣、飄逸、曠達、流動等。嚴羽《滄浪詩話》將風格分爲九類：高、古、深、遠、長、雄渾、飄逸、悲壯、淒婉等。皆足以爲證。

從方苞《欽定四書文》對於作品的評語，亦可見其寓有風格分類之概念，

〔註37〕　〈進四書文選表〉，「凡例」，《方望溪全集》，「集外文」，卷二，頁 288。

〔註38〕　方苞論文標榜「以韓歐之氣達程朱之理」，此類唐宋古文實與周秦盛漢古文有別，鄭毓瑜認爲唐宋古文運動「不在於推出公認的典型，而是鼓吹一種個人化的書寫方式，與一種個人版本的聖人之道。」（〈文學典律與文化論述──中古文論中的兩種「原道觀」〉，《漢學研究》，第 18 卷第 2 期，2000 年 12 月，頁 285～286。）

特未專門標出這些不同種類加以闡明，其解說係一一附於作品之後。例如他指出個別作家之不同文體，像是歸有光文章中有兩種不同風貌：「歸震川文有二類，皆高不可攀。一則醇古疎宕，運《史記》歐曾之義法，而與題節相會；一則朴實發揮、明白純粹，如道家常事，人人通曉，如此篇及堯舜之道二句文，他家雖窮思畢精，不能造也。」〔註39〕是為一類。

又如比較兩個作家的不同風格，如其評金聲與陳際泰曰：「借題以攄胸中之鬱積，橫空而來，煙波層疊。金作之蒼涼悲壯，此文之縱橫靈異，足以相抗。」〔註40〕評黃淳耀與徐方廣曰：「黃作議論閎暢，此文清微淡遠，於變齊變魯處，較黃尤為周密。」〔註41〕評徐春溶與陸龍其曰：「此作闊達不羈，陸作謹守繩尺，學者統觀而有得焉，可以識文之變矣。」〔註42〕是皆以對勘作品，見出文體風格之差異與變化，另如其評時代風尚之變異曰：「正嘉先輩皆以義理精實為宗，蔑以加矣；故隆萬能手復以神韻清微取勝，其含毫邈然，固足以滲人心腑」〔註43〕、「嘉隆渾重體質至此一變，而清瑩空明，毫無障礙，可為腐滯之藥。」〔註44〕皆嘗試指出文體轉化發展之緣由，此又為一類。

此外，方苞也時時試圖建立起不同作家風格之譜系，例如他評章世純曰：「章大力之文出於周末諸子，其思力銳入，實能究察事物之理，故了然於心口之間，非揣摩字句而倣其形貌也。」〔註45〕評朱書曰：「筆致銳入爽達，非浸淫於江西五家者不能。」〔註46〕評湯日新曰：「從守溪文化出，意味雅密，已盡題之能事。」〔註47〕評徐用錫曰：「此等題一涉玄渺語便非，不顯實際文根柢，先儒語無虛泛，最見心力之細。神化分貼本瞿浮山。」〔註48〕評張玉書曰：「意度節奏與黃陶菴相近，筆力之健舉，亦似之。」〔註49〕評狄億曰：「見解透，筆力超，看其軒豁醒露，幾忘其義理之深厚，於前輩中極近錢紹

〔註39〕 評歸有光〈孰不為事一節〉，《欽定四書文》，頁173-4。
〔註40〕 評陳際泰〈季康子問仲由一節〉，《欽定四書文》，頁373。
〔註41〕 評徐方廣〈齊一變一節〉，《欽定四書文》，頁374。
〔註42〕 評徐春溶〈凡為天下國家者有九經一節〉，《欽定四書文》，頁809。
〔註43〕 評顧天埈〈吾猶及史之闕文也二句〉，《欽定四書文》，頁244。
〔註44〕 評顧憲成〈盡其心者一節〉，《欽定四書文》，頁308。
〔註45〕 評章世純〈心之官則思〉，《欽定四書文》，頁554。
〔註46〕 評朱書〈夫子自道也〉，《欽定四書文》，頁744。
〔註47〕 評湯日新〈君賜食一節〉，《欽定四書文》，頁109。
〔註48〕 評徐用錫〈上天之載三句〉，《欽定四書文》，頁835。
〔註49〕 評張玉書〈所謂故國者一章〉，《欽定四書文》，頁854。

文。」〔註50〕評諸變曰：「體方而義備，不復效先輩之含蓄，已開胡思泉蹊徑。」〔註51〕此又爲其彰明文體風格之一類。

　　以下在本章第二節、及第三章兩節中，將依序闡論經義文於體裁之規範、語言體式的創造與變化，以及具代表性作家之風格樹立等三層面。

二、八股文是綜合性文體

　　根據近來學者研究八股淵源，學界對於此文體複雜之型式，逐漸能掌握其作爲一種綜合性文體的特色。八股文不是無端憑空被創造出現，而是雜揉了不同文體特性，經過長期書寫發展成形的一套特殊文體。〔註52〕

　　民國成立以來，周作人算是新文學運動中首位重視八股文研究的學者，他對於此一文體之形構別具慧眼，認爲這是「中國文學史上承先啓後的一個大關鍵，假如想要研究或了解本國文學而不先明白八股文這東西，結果將一無所得；既不能通舊的傳統之極致，亦遂不能知新的反動之起源。所以，除在文學史大綱上公平地講過之外，在本科（案：北京大學國文學系）二、三年應禮聘專家講授八股文，每週至少二小時，定爲必修科，凡此課考試不及格者不得畢業。」〔註53〕至於爲什麼八股文是「舊的傳統之極致」與「新的反動之起源」〔註54〕呢？周作人認爲八股文體具現了我國傳統文藝中諸多特徵：

　　　　（八股文）永久是中國文學——不，簡直可以大膽一點説中國文化
　　　　的結晶，無論現在有沒有人承認這個事實，這總是不可遮掩的明白
　　　　的事實。

〔註50〕評狄億〈非其義也四句〉，《欽定四書文》，頁911-2。

〔註51〕評諸變〈夫婦之愚八句〉，《欽定四書文》，頁138。

〔註52〕如啓功追溯八股主要起源自宋人經義文，此後並吸取了古代若干項文體特性綜合而成：「總而言之，八股文體是由陸續沉澱積累而成的。當它剛剛沉澱形成，又被人嫌它的密度不夠，又再加以擠壓，加上更多的苛刻條件，並再削去大結，以鉗制議論之口，接著減少破承起講的句數，又再限制全篇的字數。初期童生習作的『六股』，到了很後時期，正式試卷中六股也被默許了。概括説來，自北宋到明中葉，是八股逐漸成形時期；自明中葉至清末葉是擠壓以至萎縮時期。」（啓功，《説八股》，北京：中華書局，2000年6月，頁37～38）

〔註53〕〈論八股文〉，1930年5月作，《看雲集》（北京：開明，1992年），頁76～77。

〔註54〕周作人指出參與新文學運動者，如胡適、陳獨秀與梁啓超等人，在當時皆多少受到桐城派古文發展（如曾國藩、吳汝綸、嚴復、林紓）影響，而桐城派本與八股文關係密切。參見《中國新文學的源流》（收入《論中國近世文學》，海南：海南出版社，1994年），第三、四講，頁35～58。

八股算是已經死了，不過，它正如童話裡的妖怪，被英雄剁作幾塊，它老人家整個是不活了，那一塊一塊的卻都活著，從那妖形妖勢上面看來，可以證明老妖的不死。

我們先從漢字看起，漢字這東西與天下的一切文字不同，連日本、朝鮮在內；它有所謂「六書」，所以有象形、會意，有偏旁；有所謂四聲，所以有平仄。從這裡，必然生出好些文章上的把戲。有如對聯，「雲中雁」對「鳥槍打」這種對法，西洋人大抵還能了解。至於紅可以對綠、而不可以對黃，則非黃帝子孫恐怕難以懂得了。有如燈謎、詩鐘。〔註55〕

再上去，有如律詩、駢文，已由文字遊戲而進於正宗的文學。自韓退之「文起八代之衰」，化駢為散之後，駢文似乎已交末運；然則不然：八股文生於宋，至明而少長，至清而大成。實行散文的駢文化，結果造成一種比六朝的駢文還要圓熟的散文詩，真令人有觀止之嘆。

而且破題的作法差不多就是燈謎，至於有些「無情搭」顯然須應用詩鐘的手法才能奏效，所以八股不但是集合古今駢散的精華，凡是從漢字的特別性質演出的一切微妙的游藝也都包括在內，所以我們說它是中國文學的結晶，實在是沒有一絲一毫的虛假。

民國初年的文學革命，據我的解釋，也原是對於八股文化的一個反動，世上許多褒貶都不免有點誤解，假如想了解這個運動的意義而不先明瞭八股是什麼東西，那猶如不知道清朝歷史的人想懂辛亥革命的意義，完全是不可能的了。……

中國國民酷好音樂，八股文裡含有重量的音樂分子，……做八股文的方法也純粹是音樂的。它的第一步自然是認題，用做燈謎、詩鐘以及喜慶對聯等法，檢點應用的材料，隨後是選譜，即選定合宜的套數，按譜填詞，這是極重要的一點。……可以證明八股是文義輕

〔註55〕所謂「詩鐘」，據徐珂之《清稗類鈔‧詩鐘之名稱及原起》載：「詩鐘之為物，似詩似聯，於文字中別為一體，……昔賢作此，社規甚嚴。拈題時，綴錢於縷，繫香寸許，盛以銅盤，焚香縷斷，錢落銅盤，其聲鏗然，以為構思之限，故名詩鐘，即刻燭擊缽之遺意。」作為一種文人遊戲，詩鐘兼有鬥博、鬥巧與鬥捷之競爭性質，皆即席拈題或拈字，限以一定時間完成。（許雪姬著，《臺灣歷史辭典》，台北：遠流，2003 年 5 月，頁 996）

而聲調重，做文的秘訣是熟記好些名家舊譜，臨時照填，且填且歌，跟了上句的氣勢，下句的調子自然出來，把適宜的平仄字填上去，便可成為上好時文了。〔註56〕

綜合來看，周氏自漢字形構說起，首先提出八股對偶形式與對聯、詩鐘等文體之關係，進一步說八股是「散文的駢文化」，是「一種比六朝的駢文還要圓熟的散文詩」，並強調音樂性；其次，他指出八股「破題」與燈謎在作法上之相似。從八股文與這些民間游藝的關聯，周作人認為「我覺得八股文之所以造成，大部分是由於民間的風氣使然，並不是專因為某個皇帝特別提倡的緣故。」〔註57〕

　　八股之對偶形式，據業師龔鵬程先生研究，也與連珠體有關。龔師舉俞樾《左傳連珠》一書為例，此書係俞樾為其孫俞陛雲作，由於連珠體型式上頗近八股文之長股對偶，陛雲因得此書鑽研，後來果於科場告捷（光緒廿四年一甲第三名）。以連珠一體教導子弟練習寫文章，可能是俞氏家傳之教學法，故俞平伯（俞陛雲之子）雖身為新文學名家，在其《燕郊集》中也收了〈演連珠〉一體，以徵家學。〔註58〕此外，同樣看重八股之對偶形式，而遠溯其文體淵源於唐宋四六者，著名如阮元所論：

時文曰「八股」者，宋元經義四次駢儷而畢，故「八」也。今股甚長，對股仿此，偶之極矣。震川輩矜「以古文為時文」，恥為駢偶。孰知日坐長駢大偶之中而不悟也。出股數十字，對股一字不多，一字不少，起承轉合，不差一毫，試問古人文中有此體否？〔註59〕

明人號唐宋八家為「古文」者，為其別於四書文也，為其別於駢偶

〔註56〕〈論八股文〉，《看雲集》，頁77～79。

〔註57〕《中國新文學的源流》，第三講，頁40。

〔註58〕龔鵬程，〈經學如何變成文學〉，未刊稿，2007年1月。此篇由書目舉隅，具體舉證文學家如何宗經：（1）或以經為詩料，如明蔡清《四書圖史合考》、明陳許廷《春秋左傳典略》、清江永《四書典林》等；（2）或由經典中尋章摘句，以備採摭的，如林鉞之《漢雋》、蘇易簡之《文選雙字類要》等；（3）或把原先用在詩文上的集句、集聯方法，擴及經典，或者屬對成章，成為賦篇，如宋徐晉卿《春秋左傳類對賦》、甘絃《四書類典賦》等，又黃中《詩傳蒙求分韻》、張國華《四書分類集對》、王繩曾《春秋經傳類聯》、劉霽先《字湖軒續左比事》、清華嵘《勿自棄軒遺稿》、俞樾《左傳連珠》等皆屬此類。其中尤以第三種，有益於八股排偶之應用。

〔註59〕此段見於揚州博物館藏阮氏手寫條幅墨跡，未收錄於《揅經室集》，轉引自啟功，《說八股》，頁39。

文也。然四書文之體，皆以比偶成文，不比不行，是明人終日在偶中而不自覺也。且洪武、永樂時四書文甚短，兩比四句，即宋四六之流派。弘治、正德以後氣機始暢，篇幅始長，筆近八家，便於摹取。是以茅坤等知其後而昧於前也，是四書排偶之文，眞乃上接唐宋四六爲一脈，爲文之正統也。〔註60〕

阮氏指出後世皆知「以古文爲時文」，卻未曉四書文根本就是唐宋四六之流派，是「知其後而昧於前也」。與阮元持同樣意見，主張時文偶對承自四六者，又如汪瑔、錢鍾書。〔註61〕

　　八股文每二比兩兩相對，成對偶的格局，稱爲「股對」。除了淵源於四六的說法外，也有學者指出股對特別和南宋以後出現的文賦有關，〔註62〕像趙秉文〈遊懸泉賦〉中聯語：「金鼓半空，聲在峽中，道娘子之關，潘美所以下河東者邪？旗幟盡拔，春染木末，突井陘之口，韓信所以守趙壁者也。」每股四句，句子長短不一，而且是古文句法，頗具有散文的流動氣勢，但兩股對偶又與散文有別，如此寫法與八股文實爲相似。

〔註60〕阮元，〈書梁昭明太子文選序後〉，《揅經室集》，中冊，三集卷二，收入《中國文學名著》，第六集，第二十七冊，楊家駱編，世界書局，頁569～570。主張八股在形式上源自四六文，龔鵬程師有類似的說法：「唐代韓、柳等人提倡一種『文儒』的理想，欲以古文運動文以載道，後世科舉文章『經義』固然在精神方向上與之吻合，文章體式卻不是由古文發展來的。唐、宋的通行文體，乃是四六文，古文是逆反時俗的文字，在後世文學史詮釋中才逐漸取得了正宗的地位，在當時則不然。故經義文，也就是由宋四六發展而出的。後來經義通稱『八股』，亦由它具有這種駢文底的因素來。以提二比（比起）、中二比（中比）、後二大比（後比）、束二小比（結比），合稱八比或八股。比和股都很明顯指其對仗關係。對仗要工整、聲律要謹飭，乃這種文體之特徵。當然它不是嚴格的駢文，中間的出題與過接都可用散句，且一般也都用散句以疏其氣，但其他部分遣辭與命意輒形雙偶。……故經義文雖說是「代聖立言」，說的可不是經書上那樣的言，而是一種四六形式的新文體，要在對仗與聲律中謹其尺度，因難見巧，文章的技術、立說之巧妙，均比一般文章更甚。」（未刊稿〈經學如何變成文學〉）

〔註61〕如汪瑔《松煙小錄》卷二謂柳宗元〈國子祭酒兼安南都護御史中丞張公墓誌銘〉中駢體長句，大類後世制藝中二比；錢鍾書〈八股文體探源〉更溯及於初唐四傑，提出楊炯集中對比甚夥，錢氏同意阮元的看法，認爲唐宋四六實爲八股之遠源。（《錢鍾書論學文選》，第五卷，廣州：花城出版社，1990年5月，頁34）

〔註62〕日人鈴木虎雄《賦史大要》（第六篇第三章）首先提出股對與宋文賦句式有關，鄺健行〈律賦與八股文〉又修正爲南宋以後較長之股對。

　　宋文賦既由律賦演變而成，又有論者由此溯源八股偶對至唐人律賦，如李調元《賦話》中曾舉白居易〈動靜交相養賦〉對聯爲例：「所以動之爲用，在氣爲春，在鳥爲飛，在舟爲楫，在弩爲機，不有動也，靜將疇依？所以靜之爲用，在蟲爲蟄，在水爲止，在門爲鍵，在輪爲柅，不有靜也，動奚資始？」李氏即認爲「通篇局陣整齊，兩兩相比，此調自樂天爲之，後來制義分股之法，實濫觴於此種。」〔註63〕

　　其次，前述周作人曾指出「破題」作法上與燈謎相似，顧炎武則認爲此法乃「本之唐人賦格」，〔註64〕根據鄺健行研究，〔註65〕「破題」一名最早係見於五代王定保《唐摭言》，王氏既身爲晚唐進士，其說可證成顧炎武所論。唐人律賦中的破題，根據《唐摭言》記載：

> 李繆公貞元中試〈日五色賦〉及第，最中的者賦頭八字曰：「德動天鑒，祥開日華。」後出鎮大梁，聞浩虛舟應宏辭復試此賦，頗慮浩賦愈己，專馳一介取本。既至啟緘，尚有憂色，及覩浩破題云：「麗日煌煌，中含瑞光。」程喜曰：「李程在裏」。〔註66〕

凡此可見唐賦看重破題之態度，幾與明清八股文無異。從這個部分看來，不容否認八股文之股對及破題寫法，在淵源上皆承於唐代作爲應制文體的律賦影響。

　　同樣從應制文體著眼，毛西河又指出八股與唐人試帖詩之相關：「世亦知試文八比之何所昉乎？漢武以經義對策，而江都、平津、太子家令並起而應之，此試文所自始也。然而皆散文也；天下無散文而複其句、重其語、兩疊其語作對待者。惟唐制試士，改漢魏散詩而限以比語，有破題、有承題、有領比、有頸比、有腹比、有後比，而後結以收之。六韻之首尾，即起結也；其中四韻，即八比也。然則試士之文，視此矣。」〔註67〕這也是從股對說起，但以八股的四套股對，比附唐人試帖詩的四韻偶對。同意此說者又如紀昀、周作人。〔註68〕根據黃強的研究，他認爲八股文起承轉合之做法，係由唐代

〔註63〕李調元，《賦話》，卷二。關於經義文股對源於律賦之詳細論證，請參見鄺健行〈律賦與八股文〉一篇（收入《科舉考試文體論稿》，頁171～187）。

〔註64〕顧炎武，〈試文格式〉，《日知錄》，卷十六。

〔註65〕鄺健行，〈律賦與八股文〉，《科舉考試文體論稿》，頁175～176。

〔註66〕王定保，《唐摭言》，卷十三。

〔註67〕〈唐人試帖詩序〉，《西河文集》，序廿九，《國學基本叢書》本。

〔註68〕紀昀說：「西河毛氏持論好與人立異，……然其謂試律之法同於八比，則確論不磨。」（《試律叢話》卷二引）周作人的意見，可參其〈關於試帖〉，《知堂

試律開始逐步醞釀形成的。〔註69〕

　　從應制文體的脈絡來看，宋經義當是明清八股之嫡傳近親，事實上，八股文的正式名稱便是「經義」。顧炎武《日知錄》云：「今之經義，始於宋熙寧中，王安石所立之法，命呂惠卿、王雱爲之。（原注：《宋史》神宗熙寧四年二月丁巳朔，罷詩賦及明經科，以經義論策試進士，命中書撰《大義式》頒行。）」〔註70〕便將經義文之創設，自王安石立法說起。宋人經義今日猶有存世者，如呂祖謙編纂《宋文鑑》中收有北宋元祐進士張庭堅的經義兩篇，南宋末年魏天應《論學繩尺》亦收有當時場屋之作十篇。宋經義在題目出處上廣攝經史子集四部，雖與八股文局限於經部有別；然從經義格式的細目（如「破題」、「承題」、「入題」等）、甚至名稱，皆可窺見八股與此一脈相承之跡。此故《四庫全書總目提要》評析《論學繩尺》時曰：「（宋經義）其破題、接題、小講、大講、入題、原題諸式，實後來八比之濫觴，亦足以見制舉之文源流所自出焉。」〔註71〕今日猶存之宋人經義中，亦可見從唐代律賦、試帖詩衍下的偶對長股寫法。

　　方苞既說：「欲辭之富，必貼合題義，而取材於三代、兩漢之書；欲氣之昌，必以義理洒濯其心，而沈潛反覆於周秦盛漢唐宋大家之古文。」〔註72〕可見三代兩漢之書、周秦盛唐之文，亦爲八股文所取法對象。此故，從宋經義再往上探源，也有學者認爲「運用對句於散句中的情形，在中國文學中亦早有其悠久的歷史，而可以追溯到《莊子》與《荀子》」〔註73〕涂經詒係由文體「運用對句於散句」說起；而「就文體演變的角度言，《荀子》、宋代經義、八股文雖然由簡趨繁，但一脈相承。……考察論說文體的類型以及其演變，《荀子》一書無疑是重要的源頭，……這便無怪王安石的某些論說文極似《荀子》，而宋經義、八股文也採用這種格式。」〔註74〕葉國良則從文體破題、承題與

書話》，上冊，鍾叔河編（台北：三友圖書，1989 年 12 月），頁 465～470。

〔註69〕請參見黃強，〈八股文與明清詩歌〉，收入《八股文與明清文學論稿》（上海：上海古籍，2005 年 7 月），頁 468～481。

〔註70〕《原抄本日知錄》，卷十九，「經義論策」條。

〔註71〕《四庫全書總目提要》，「論學繩尺」條。

〔註72〕〈進四書文選表〉，《方望溪全集》，集外文卷二，頁 286。

〔註73〕涂經詒著，鄭邦鎮譯，〈從文學觀點論八股文〉，《中外文學》，第 12 卷第 12 期，1984 年 12 月，頁 174。

〔註74〕葉國良，〈八股文的淵源及其相關問題〉，《臺大中文學報》，第六期，1994 年 6 月，頁 39～58。

發揮經旨的寫法立論。

　　《明史‧選舉志》提到八股文的寫作特性：「科目者，沿唐宋之舊而稍變其試士之法，⋯⋯其文略仿宋經義，然代古人語氣爲之，體用排偶，謂之『八股』，通謂之『制義』。」〔註75〕前面我們簡單說明了「體用排偶」的文體淵源，在這部分八股文實具有詩賦韻文婉折曲暢之情采；但是也有論者從「代古人語氣」的特徵著眼，主張八股文體受到戲曲、小說之影響。〔註76〕

　　例如焦循說：「詩既變爲詞曲，遂以傳奇小說譜而演之，是爲樂府雜劇。又一變而爲八股，舍小說而用經書，屛幽怪而談理道，變曲牌而爲排比，此文亦可備眾體：史才、詩筆、議論。其破題、開講，即引子也；提比、中比、後比，即曲之套數也；夾入領題、出題段落，即賓白也。⋯⋯余謂八股文口氣代其人論說，實本於曲劇。而如陽貨、臧倉等口氣之題，宜斷作，不宜代其口氣。吾見工八股者作此種題文，竟不啻身爲孤裝邦老，甚至助爲訕謗，口角以偪肖爲能。是當以元曲之格爲法。」〔註77〕類似的看法，又如劉師培：「明人襲宋元八比之體，用以取士，律以曲劇，雖有有韻、無韻之分，然實曲劇之變體也。⋯⋯而描摹口角、以逼肖爲能，尤與曲劇相符。乃習之既久，遂詡爲代聖賢立言。」〔註78〕主張「八比出於曲劇」，然而劉氏也從科舉制度上著眼，認爲「元人以曲劇爲進身之媒，猶之唐人以傳奇小說爲科學之媒也」。

　　同樣舉出八股代言係受到平話小說影響，又如黃侃：「後世八股文，實平話血脈所繫，錢大昕有云，八股制舉乃平話之變體也。旨哉言乎。八股名雖爲文，⋯⋯如題爲某古人之言，則規必設身某古人，作某古人之言，完全客觀語，實則某古人之主觀語也。」〔註79〕是皆從代言之類似曲劇演出、小說角色之投射以爲說。

〔註75〕《明史》，卷六十九，〈選舉志〉一。
〔註76〕代言其實未必需牽附到戲曲小說等通俗文體，也可以由宋人經義中找其源頭，如梁章鉅《制藝叢話》曾提及「楊誠齋有〈國家將興，必有禎祥〉文，點題後用『以爲』二字起，又〈至於治國家〉二句文，點題後用『謂』字起，似代古人語氣實始於此。」（卷一）也可以從《四書》字句中探求，如劉熙載〈經藝概〉云：「至《大學》以『所謂』字釋經，已隱然欲代聖言，如文之入語氣矣。」（《藝概》，卷六，收入《劉熙載論藝六種》，徐中玉、蕭華榮整理，四川：巴蜀書社，1990年6月，頁173～174）。
〔註77〕《易餘籥錄》，卷十七，《木犀軒叢書》本。
〔註78〕劉師培，《論文雜記》第十八，北京：人民文學出版社，1984年，頁132。
〔註79〕黃侃，〈唐宋間作平話者〉，《中國文學概談》，《黃侃量守廬文選鈔》，《蘄春黃氏文存》（湖北：武漢大學出版社，1993年），頁69～70。

戲曲小說既與八股文代言書寫有相似之處，於是明末乃出現如尤侗〈怎當他臨去秋波那一轉〉的遊戲作品，此類融戲曲題材於八股體式的戲筆（如明清盛行之「《西廂》制藝」）大量出現，蔚為風行，〔註80〕同時亦出現許多具有小說趣味的八股文。〔註81〕涂經詒於此提出了一個特別的看法：

> 關於八股形式是由元劇衍生出來的這種看法，也有其重要的含意，
> 暗示八股文的出現，可能是由於文學形式本身進化而起，而非專制
> 政府規定的、或刻意努力的結果。換言之，八股文的興起，可能與
> 一般人的時尚、愛好有關，而政府只在它的演化過程和自然結果之
> 間，扮演了產婆的角色而已。〔註82〕

他認為八股文與民間時尚、愛好有關，這就與前述周作人說「八股文之所以造成，大部分是由於民間的風氣使然，並不是專因為某個皇帝特別提倡的緣故」相近，側重於八股文體的世俗性層面。〔註83〕

除了上述文體之淵源外，古文與八股文的關係也很緊密。如方苞認為八股文到了正嘉蔚為「明文之極盛」，其主因正在於此期「始能以古文為時文」。又方苞在解釋八股文的「清真」、「古雅」時，更援引韓愈、李翱的古文論點為說辭，且強調「欲氣之昌，必以義理洒濯其心，而沈潛反覆於周秦盛漢唐宋大家之古文。」〔註84〕則古文自然成為時文之重要模範。

因此，也有論者將八股視同古文之一體，如茅坤說：「僕嘗謂舉業一脈，蓋繇王荊公厭唐、宋來以辭賦取士，故特倡此經義，以攬天下材茂之士。妄謂舉子業，今文也，然苟得其至，即謂之古文亦可也。」〔註85〕如劉熙載說：「《宋文鑑》載張才叔〈自靖人自獻於先王〉一篇，隱然以經義為古文之一體，似乎自亂其例。然宋以前已有韓昌黎省試〈顏子不貳過論〉，可知當經義未著

〔註80〕這部分資料，請參考王穎〈"《西廂》制藝"考〉，揚州大學學報（人文社會科學版），第 6 卷第 3 期，2002 年 5 月，頁 35～40。

〔註81〕此類作品雖多失傳，然尚可從梁章鉅《制藝叢話》卷廿四中略見梗概。

〔註82〕涂經詒著，鄭邦鎮譯，〈從文學觀點論八股文〉，《中外文學》，第 12 卷第 12 期，1984 年 12 月，頁 175。

〔註83〕文體審美之取捨可以由民間喜好而影響皇帝，如順治對於尤侗八股文〈怎當他臨去秋波那一轉〉「親加批點」的看重，甚且以此獲舉博學鴻儒科，足為顯例。順治雖然重視此篇，卻無礙於方苞《欽定四書文》之排斥尤王體，因其體近優倡戲筆。

〔註84〕〈進四書文選表〉，《方望溪全集》，集外文卷二，頁 286～287。

〔註85〕茅坤，〈復王進士書〉，《茅鹿門先生文集》（明萬曆刊本），卷六。

爲令之時，此等原可命爲古文也。」〔註86〕二氏從唐宋經論、經義與古文之淵源說起，藉以將八股納入古文脈絡下。提倡八股爲古文之一體，自然是標榜八股文傑作，亦如同古文般具有傳世不朽的價值。

　　就作法而論，「以古文爲時文」並不需要改變時文的結構形式。時文「體用排偶」，分別股段，「以古文爲時文」不是把原有的股段對偶拆破散行，那原屬功令所定，不能任意改變的；「以古文爲時文」只表示在維持原有格式的基礎上，運以古文的作法、融入古文的氣格。〔註87〕

　　事實上，唐宋古文能夠在後代發揮如此大的影響力，恐怕也與明清八股文家（如唐順之、茅坤、歸有光、方苞、姚鼐等人）的標榜有關，〔註88〕如錢大昕說：「方（苞）所謂古文義法者，特世俗選本之古文。」〔註89〕包世臣說：「古文自南宋以來，皆爲以時文之法，繁蕪無骨勢。茅坤、歸有光之徒程

〔註86〕〈經義概〉，《藝概》，卷六，收入《劉熙載論藝六種》，頁174。

〔註87〕此處可參見鄺健行，〈明代唐宋派古文四大家「以古文爲時文」說〉，《科舉考試文體論稿》，頁195。又張中行《〈說八股〉補微》曾提過八股文之微妙「是來自各種文體，而有不同於任何文體的一種味兒，……是一種彆扭勁兒，或說古奧而生澀。……考生合，考官欣賞，都是在這調調上聚會，相視而笑，莫逆於心。」（《說八股》，北京：中華，2000年，頁65）爲了說明這調調，張氏且舉了一例是關於換虛字始中舉的；即以此點看來，這股彆扭勁主要還是受到唐宋古文的影響。據郭紹虞說，唐宋古文中之虛詞使用：「所以半神搖曳，能夠曲折表達語言的神態；又善於動用連詞，所以開闔順逆諸種變化，也容易在文章中體現出來。」（〈試論漢語助詞和一般虛詞的關係〉，《照隅室語言文字論集》，上海：上海古籍，1985年，頁285）關於古文虛詞之研究，另可參照王基倫〈韓柳古文助詞用法之分析〉（《韓柳古文新論》，台北：里仁，1996年，頁133～171）。方苞評八股文亦重視虛字，如其評陳子龍〈長幼之節四句〉曰：「前後迴抱數虛字，神情俱出。」（《欽定四書文》，《文淵閣四庫全書》，第1451冊，頁442）評蔡清〈天命之謂性一章〉曰：「順題成文，略加虛字點逗於斷續離合間，而神氣流溢，動盪合節，學者不能得其氣味，而傚其形貌，則爲淺爲率而已矣。」（《欽定四書文》，頁36）又鄭獻甫《制藝雜話》也有「實字研義理，虛字審精神」的見解（收入《補學軒文集續刻》，頁2280），同樣取法古文，強調虛字有助於神態之展現，而有一種特殊的文體「氣味」存焉。

〔註88〕據梅家玲研究：「假時文之勢以倡行古文，對於唐宋八家在文壇地位的鞏固，及『文法唐宋』之基本宗旨的推闡，均有相當的貢獻。」（《明代唐宋派文論研究》，臺灣大學碩士論文，1985年，頁181）又如陳平原說：「桐城文派除了講求法度、推崇雅馴，還與時文有千絲萬縷的關係。換句話說，這文派影響之所以那麼大，跟這一訓練有利於科舉考試，容易獲取功名，不無關係。」（《從文人之文到學者之文》，北京：新華書店，2004年6月，頁226）

〔註89〕錢大昕，〈與友人書〉，《潛研堂集》，卷卅三。

其格式,而方苞系之,自謂真古矣,乃與時文彌近。」〔註90〕皆指出古文與時文之相關;又王闓運更認為:「八家之名,始於八比,其所宗者韓(愈)也;其實乃起承轉合之法耳,固無足論。」〔註91〕顯然將明清時文家標榜之「古文」,逕視為時文技巧「起承轉合之法」的托辭。

　　除了受古文氣格之影響外,最根本的經典文本體式更不容忽視。八股文所詮釋者既為四書經句,又須遵守朱註,〔註92〕文體自然也受到四書原文及朱註行文句式之影響。〔註93〕此處且舉《中庸》章句為例證:

　　《中庸》經文

　　仲尼曰:君子中庸,

　　　　　　小人反中庸。

　　　　　　君子之中庸也,君子而時中;

　　　　　　小人之反中庸也,小人而無忌憚也。

　　《朱註》:

　　君子之所以為中庸者,以其有君子之德,而又能隨時以處中也。

　　小人之所以反中庸者,以其有小人之心,而又無所忌憚也。

　　蓋中無定體,

　　隨時而在,

　　是乃平常之理也。

　　君子知其在我,故能戒謹不覩,恐懼不聞,而無時不中;

　　小人不知有此,則肆欲妄行,而無所忌憚矣。

可見在四書經文及朱註中,早已有類似於八股偶對之句式存焉,因此八股文對於經典章句的摹仿,亦屬自然之事。〔註94〕此種摹仿且不止於對偶句型,

〔註90〕包世臣,〈讀大雲山房文集〉,《藝舟雙楫》,論文三。

〔註91〕王闓運,〈論文體〉,《國粹學報》,第 38 期,轉引自《近代文論選》(北京:人民文學,1999 年),上冊,頁331。

〔註92〕《元史·選舉志》記載「考試格式,……《大學》、《論語》、《孟子》、《中庸》內設問,用朱子《章句》、《集注》,其義理精明、文辭典雅者為中選。」在考試內容這部分,明清八股基本上是沿襲未變的。

〔註93〕關於此點,鄭邦鎮有詳細的論述,請參考其《明代前期八股文形構研究》(臺灣大學,中文研究所博士論文,1987 年 6 月),第五章「八股文句式之淵源與影響」,頁 87、415～551。

〔註94〕如據王應奎說:「張符驤、關上進以同年談藝,關以時藝極工,可追先輩,張曰:『君文誠佳,但多排句,如點題用散亦可。』關良久曰:『吾見四書多排句耳。』張因腹誦《學》、《庸》、《語》、《孟》,果然,且悟不但多排句,

例如梁紹壬《秋雨菴隨筆》曾過舉一個巧妙的例子：「前明某省某科題爲『子在川上曰』一節，解元文起講云：『今夫天地之化，往者過，來者續，無一息之停，乃道體之本然也。然其可指而易見者，莫如川流，故夫子於此發之。』全鈔《朱注》，一字不易，不知當時未行《朱注》耶，抑主司忘之耶？然以此注作解，實屬超妙，亦可謂『文章本天成，妙手偶得之』矣。」〔註95〕此文以注作解，一字不易，竟得解元，尤可見注文句型與八股正文之相仿。

經由前面的說明，我們可以發現八股文體確實具備了不同型式上之淵源，就其文體特性而言，八股文乃是雜揉了許多應制文體、民間游藝文學趣味、經典註釋語法，甚至於駢散體不同審美觀，加以融會建構而成的一種新興文體。事實上，八股所可能涉及的文體來源及影響，範圍上必定遠過於此處的說明，如清人曾有欲爲八股傑作注解「其各經子史古文句法」的構想：

> 閻百詩（若璩）《潛丘劄記》云：顧亭林嘗言：「萬曆以前，八股之文可傳於世者不過二三百篇，其間皆無一字無來處。」偶爲門人講吳化〈事君數〉一節，文中有謇、諤二字，「謇」字出《離騷》，「諤」字出《史記・商君傳》，合用「謇諤」二字，又出陸機〈辨亡論〉。今意欲集門牆多士十數人委之，將先正文字注解一、二十篇，以示後學讀書作文之式。除事出《四書》不注外，其各經子史古文句法一一注之，必如李善之注《文選》方爲合式。〔註96〕

可見八股文不只在用字上「有來處」，其句法更雜涉四部，故閻若璩認爲有必要特地注出，以示後學。

　　文體學者陶東風曾論及「文體變易的內在機制」，舉出了幾項基本原則說明文體如何生成與變易，他的意見大致可用以解釋八股文的文體雜涉現象，

亦多疊句也。」（梁章鉅，《制義叢話》，卷十一，頁200）又八股文「體用排偶」，或許是因爲作爲蒙學教育，四書朱註之偶對形式較有利於幼童背誦記憶。教育學者金忠明曾提及詩教於傳統教育之重要性，認爲韻語形式「爲古代教育提供了最有效、快捷的傳播形式。……直到唐後，隨著印刷術的發明、推廣，才打破了口語（韻語）教育獨尊的局面。然而，即使到唐末後，在不識字的羣眾中實行教化，仍然主要借助詩教的傳統（口頭韻語的教育方式）。……在中國古代教育史的起始階段，詩的韻語形式也比詩的內在含義有更重要的作用。」（《樂教與中國文化》，上海：上海教育，1994年，頁244～246）八股文雖不押韻，排偶形式上亦具有詩教傳播之功能。

〔註95〕梁章鉅，《制義叢話》，卷廿三，頁444～445。
〔註96〕梁章鉅，《制義叢話》，卷一，頁25。

於此姑簡單介紹其說如下：

（一）在文體的生成和變易中，一種新文體產生並不是憑空進行的，而一種舊文體的消失也不是完全徹底、乾乾淨淨的。新文體必然產生於對原有文體的創造性轉化中。也就是說，建構與解構並不是可以一刀切的。〔註97〕中國文學史相當典型地表現了文體變易的這個規律，比如七言律詩的格律結構乃是由五言律詩轉化而來（無論是對仗原則還是平仄規範）；在戲劇的說唱形式中，有詞曲的基礎；在小說的「有詩為證」、「詩曰」等套路中有詩的影子。舊文體的結構要素在文類變易中被轉化到了新文體之中，參與了新文體的建構。

（二）文體變易的一個常見途徑，是由兩種或兩種以上的不同文體之間的交叉、滲透，並進而產生一種新的文體。這種交叉、滲透實際上是多種結構規範之間的對話、交流、相互妥協和相互征服。比如，「散文詩」的既非詩又非散文，既是詩又是散文的文體特徵，就是詩與散文兩種文體特徵相互交叉、滲透、妥協和融合的結果，是詩與散文的「混血兒」。

（三）文體變易的另一個內在規律是文體內部占支配性的規範的移位。一種特定的文體往往是一個由眾多規範所組成的系統。而標誌其根本特徵的往往又是其中某一個占支配地位的核心規範。也就是說，在規定一種文體的特殊性時，諸規範並不是平分秋色地起相同的作用。支配性規範的移位常常導致文體的根本性轉化。比如在傳統小說文體中，其支配性的規範是以情節或人物性格為結構中心，其餘的規範（如心理描寫或象徵手法）處於從屬的或邊緣的地位；而現代意識流小說則轉而以心理活動或意識流動為小說的結構中心。又如，在傳統戲劇中，矛盾衝突是戲劇文體的支配性規範，道具、布景等只占從屬地位；現代戲劇則突破了戲劇衝突中心論，轉而以象徵性的人物、道具、背景為中心，哲理的深邃成了戲劇追求的目標。在支配性規範的移位中，通俗文體之對於高雅文體的衝擊和取代則又是極常見的一種。托馬舍夫斯基認為：文學類型演變的途徑之一即是「高雅的類別經常為通俗的

〔註97〕 西方類型（Genre）分析面臨後結構主義的挑戰，即批判視文本或一群文本為「有核心」且可以分類之意義系統的假設，在〈類型法則〉（"The Law of Genre"）一文裡，德希達（Jacques Derrida）指出類型觀念樹立了一個規範，而排除「不純粹、異常或怪異的東西」，但是「在法則的核心裡，寄宿了一種不純粹的法則，或是一種污染原則」。（Peter Brooker 著，王志弘、李根芳譯，《文化理論詞彙》，原名"A Glossary of Cultural Theory"，台北：巨流，2003 年，頁 171～172）

類別所代替」。什克洛夫斯基也主張：「新的藝術形式的產生是由把向來不入流的形式升為正宗來實現的。」通俗文體衝擊高雅文體的方式有兩種：（1）高雅的文體完全被取代，如頌歌在 19 世紀消失；英雄史詩在 18 世紀消失。（2）通俗文體滲透到了高雅文體中，為它增添了新的生機。如滑稽和諷刺詩的文體規範滲透到了 18 世紀的史詩中去，產生了類似普希金《魯斯蘭和柳德米拉》的文體；滑稽手法滲透到了古典主義悲劇中，產生了浪漫主義戲劇。在中國文學史中，民間文學（如民歌）文體對於正統、高雅文體（如格律詩）的滲透是推動文學發展的主要動力之一。〔註 98〕

　　援引陶氏的論點，我們同樣發現八股時文紛陳多變的樣貌，有以古文為時文者，有以戲曲入時文者，有以賦體為時文者，〔註 99〕有以四六入時文者，這其中當然有舊文體的轉化遺跡，也可以看到不同文體的滲透融合。至於與八股相關的各種文體之中，當以古文與時文關係最密切，蔚為「占支配性的核心規範」。〔註 100〕明清人之看重以古文為時文，或許確與明清古文家的努力、朝廷之標榜有關；另一方面，也可能是因為古文文體上的特性，〔註 101〕實有助於補正八股文體過分偏重形式之危險。

〔註98〕請參見陶東風，《文體演變及其文化意味》，雲南人民出版社，1994 年 5 月，頁 14。

〔註99〕如梁章鉅記載他同時期友人廖英「作時文亦喜以賦筆行之」，《制義叢話》，卷十九，頁 378。

〔註100〕也因此，至清朝晚期《古文觀止》與《古文釋義》等書，已成為儒生架上普遍常見之書，可參王爾敏，〈儒學世俗化及其對於民間風教之浸濡〉，《明清社會文化生態》（台北：台灣商務，1997 年），頁 40～41。

〔註101〕韓柳古文強調的「是自己對於歷史典籍的判斷，以及這些典籍和自己的學習與創作的關係，所以基本上正是作為個人經驗的一部分來加以呈現。……這種同時介於排比對偶的形式美感，以及直接呈示經驗事件的模擬美感的『中間』文體，它所具有的真正的美學意義，其實只是駢儷文體的一種解放，並不就是駢儷美感的棄絕。而最重要的則是對於個人直接經驗的肯定，深信它們具有足夠的美學意涵或倫理意涵，而值得讀者再去經驗與分享，因而個人的實際遭遇，以及出於性情志意的思維與感受，也就成為文學表現的內涵，古文的美學就不免是一種自傳性表現的美學了。」（柯慶明，〈從韓柳文論唐代古文運動的美學意義〉，《中國文學的美感》，臺北：麥田，2000 年，頁 368～369）古文對於駢儷形式的「解放」，強調個人經驗、性情志意之呈現，同樣是歸唐桐城等「以古文為時文」者所號召的精神。另惠鳴〈復古觀念對文類演進的影響〉（《逢甲人文社會學報》，第八期，2004 年 5 月，頁 111～123）認為主要由於儒家的復古觀念，使得詩、文成為我國政教文學的中心文類，其說亦可參。

　　就某個層面來看，強調八股與古文之淵源，這就不免對於其他文體風格造成了壓抑。即以四六文體爲例，除前舉阮元「以茅坤等知其後而昧於前也」的牢騷外，官方因提倡「以古文爲時文」，〔註102〕於是在閱卷過程中曾特意彈駁駢體，如梁章鉅曾記載：

> 王東漵曰：孫狀元辰東，原名曙故，字扶桑，爲諸生時，好以駢體爲制義。時吳中有文社曰同聲，孫爲之領袖，同社多效其體，風氣爲之一變。所選丁亥房書名曰《了閑》，悉六朝麗語，風行海內。滿州大臣剛公彈駁文體，乃與進士胥廷清、繆慧遠、史樹駿，舉人毛重倬同時被逮，扶桑至褫其衿。予見《了閑》首藝爲「學而時習之」全章，起手云：「且自芸吹纈古之香，杜隕求聲之草，桂殘招隱之花。」以此三句括三節，通篇皆類是。此篇雖刻他氏，實扶桑自作，聞即一起講而搆思一日夜云。〔註103〕

文體在沿續書寫中，本就處於一種變動的狀態，以這則記載來看，打壓駢體是因爲效其體者已「風行海內」、「風氣爲之一變」，故而彈駁之。再以戲曲文體影響八股爲例，可以具見通俗文體對於高雅文體的滲透，如尤侗說：

> 往予作「論語詩」三十首，客難予曰：「經可詩矣，曲亦可文乎？」隨拈「秋波一轉」爲題。予時被酒，走筆成之，一坐絕倒而已；不意爲世廟所賞，遂有才子之目。……若以《西廂》之曲，造爲八股之文，間自特達之知，出自先帝；則縉紳大人，道學夫子，未有不譏其怪誕，執而欲殺者矣。〔註104〕

此段引文很鮮明地呈現出尤氏對於跨文體書寫的嘗試，與當日這種「載道文體」涉足通俗文體所以引發的劇烈爭議不滿。（因此換個角度看，方苞等時文選家強調八股文「溯源六經，切究乎宋、元諸儒之說，取材於三代、兩漢之

〔註102〕又如鄺健行認爲文體形式與內容上的矛盾，是八股文家強調以古文救之的主因：「凡是著重文字聲音形式的文體，容易流入滑易輕靡一途；律詩駢文，可作明證。時文如照一般規矩寫作，同樣容易失掉高古嚴肅的味道。然而時文的作意，要求代聖賢立言，發揮聖賢的義理，內容本質卻是高古嚴肅的；這在形式和內容之間便出現了矛盾。要求形式配合內容，這是明代以來直至方苞等人主張以古文爲時文的主要動機。」（〈桐城派前期作家對時文的觀點與態度〉，《科舉考試文體論稿》，頁237）

〔註103〕梁章鉅，《制義叢話》，卷廿三（上海：上海書店，2001年12月），頁445。

〔註104〕尤侗，〈黃九烟秋波六藝序〉，《尤西堂雜俎》（台北：河洛圖書，1978年5月），頁56。

書，沈潛反覆於周秦盛漢唐宋大家之古文」的説法，則不免是一種通俗文體欲附庸高雅文體的逆向操作，非如此，八股文實不足取。〔註 105〕）故而在官方「正文體」指導之下，八股文確實隱伏著不同文體特徵的書寫嘗試、融合及角力。〔註 106〕

第二節　八股文體的規範與特色

繼前節探討八股文的文體雜涉現象後，本節擬大致介紹八股文於體裁上之結構與書寫特色。以下分三項論之，首先説明此文體之結構，其次實際舉兩篇作品分析，以爲例證，最後概述八股文體之書寫特色。

一、八股文體之結構

八股文就其整體結構而言，大致可以分爲破題、承題、起講、入題、四比八股及收結等六個部分，以下茲略述其要。

（一）破　題

即用二句單行的文字將題目意義破開，其關鍵在於一語中的，精確不移，

〔註 105〕陶東風也提及通俗文學對經典和高雅文學的吸收和借鑒，見其《文體演變及其文化意味》（雲南人民出版社，1994 年 5 月），頁 78。此外，陶氏亦指出辨體説與社會畛域之相關性：「大體上説，在封建社會，由於政治與文化上的等級觀念分明，所以對不同文類的文體規範也持比較保守僵化的觀點，認爲不同文類的文體應嚴加區分而不得交叉混合，也就是將文體的區別絕對化而不承認其相對性。在中國古代以及西方中世紀與古典主義時期，這種觀點佔主導地位。」（頁 69）

〔註 106〕新文體係由既有不同文體中汲取養分，但容易受到政府教育體制所打壓，如陶東風曾舉了一個有趣的例子：「由於人們對新文體的拒斥是以慣例期待爲基礎的，而慣例期待又是文化積澱的結果，所以那些文化程度低、對文學的傳統與慣例並不熟悉的讀者或觀眾，比之於文化程度高、受過文學藝術的教育、諳熟文體規範的老練的觀眾更容易接受、理解新穎的文體。荒誕派戲劇家貝克特的《等待戈多》是一部文體十分新穎的戲劇作品，該劇在西歐一些著名的劇院上演後，很多非常老練的觀眾都因其晦澀難懂而視爲怪物；然而當它在美國聖昆丁監獄上演時，卻出乎意料地被那些文化程度甚低的囚犯接受和理解了，使得導演和演員大感驚訝。我以爲造成這種現象的原因正在於文化程度低，沒有受過系統文學教育的囚犯，沒有形成何爲戲劇的文類意識以及相應的期待，因而也就沒有先入之見和排斥傾向，能夠比較順利地理解獨創性的作品。」（陶東風，《文體演變及其文化意味》，雲南人民出版社，1994年 5 月，頁 119）

以引出所要作的全文主旨；破題必須考量題目於其原典之上下文關係，切忌就題釋題，重覆題義。〔註107〕破題在體例上有一些具體的規定：對於聖賢、聖賢弟子以及其他人必須用代字稱呼，不可直指其名；如堯、舜稱「帝」，周公、孔子、孟子等稱「聖」、「聖人」，顏淵、曾子則稱「能者」、「賢者」之類。明代於句末之用字尚不固定，清代則一般使用「焉」、「矣」、「也」、「已」等單音語氣詞。

經由破題得以窺見一篇文章之立意所在，如劉熙載認為題目尚容「斡旋」，破題則提供了解釋經文的「主體」觀點，因而呈顯出經題之價值：

> 昔人論文，謂未作破題，文章由我；既作破題，我由文章。余謂題出於書者，可以斡旋；題出於我者，惟抱定而已。破題者，我所出之題也。〔註108〕

> 文莫貴於尊題，尊題自破題、起講始。……尊題者，將題說得極有關係，乃見文非苟作。〔註109〕

> 破題是箇小全篇。人皆知破題有題面，有題意，以及分合明暗、反

〔註107〕破題，簡單的說，如《紅樓夢》八十四回賈政命賈寶玉破題時，提醒他做文要「把界限分清，把神理想明白，再去動筆」；詳盡的說，又如梁素冶《學文第一傳》曰：「凡作破題，最要扼題之旨、肖題之神，期於渾括清醒，精確不移，其法不可侵上，不可犯下，不可漏題，不可罵題。語涉上文謂之侵上，語犯下文謂之犯下。將本題意思未經破全或有遺漏，謂之漏題。將本題字眼全然寫出，不能渾融，是謂罵題。其兩句之中有明破、暗破，明破者，就本題字明明破出，如孝弟字即還他孝弟，道德字即還他道德是也；暗破者，將題目字暗暗點換，如孝弟類以倫字代之，如道德類以理字代之是也。有順破、逆破，順破者，照題面字，自上而下，如『學而時習之』，先破學、次破時習是也；逆破者，將題目字，自下而上，如『其為人也孝弟』，先破孝弟、次破為人是也。有正破、反破，正破者，題之正面以正語破之，或反面或側面題不便措語，亦以正意破之，俱名正破；反破者，反題意而破之，蓋以我解題之法也。又有上句領章旨，下句講本題者；有上句講本題，下句承章旨者；有上句講本題，下句或推開、或吸下、或直斷、或虛足者。有兩句分破題面者。有兩句如門扇對峙者，如『不亦君子乎』搭至『其為人也孝弟』，破云『君子為學之終，孝弟為人之始』是也。有兩句分用也字、焉字者，如『問人於他邦』題，破云『交之不可疎也，有因問以通其意者焉』。此皆長格也，至有用三句者，則變格也。長題之破貴簡，括搭題之破貴渾融，大題之破貴冠冕，小題之破貴靈巧，則又須因題而製者也。」（《制藝叢話》引，卷廿三，頁435）

〔註108〕劉熙載：〈經義概〉，《藝概》（收入《劉熙載論藝六種》，徐中玉、蕭華榮整理，四川：巴蜀書社，1990年6月），第4則，頁165。

〔註109〕〈經義概〉，《藝概》，第5則，頁165。

正倒順、探本推開、代說斷做、照下繳上諸法，不知全篇之神奇變
化，此爲見端。〔註110〕

也因此，破題往往是一篇文章成敗之關鍵。〔註111〕

（二）承　題

承上啓下，將破題之意義加以承接引申，作進一步之說明，三句到五句
不等。承題開頭一般用「夫」、「而」、「蓋」等虛詞，末字則用「耳」、「焉」、
「矣」等虛詞。破題於聖賢帝王等須用代字，不可逕指其名，但在承題時則
可直言之，如堯、舜則稱堯、舜，於孔子則直稱孔子，無復避忌。〔註112〕

承題緊接著破題，一般而言需具有兩種功能：（1）對於破題渾融之立意
加以申論；（2）以語助詞發起文勢，且需爲其後的「起講」設想。〔註113〕然

〔註110〕〈經義概〉，《藝概》，第6則，頁165。
〔註111〕在《制藝叢話》中屢提及以破題獲賞的例子，如鄭蘇年曰：「金正希初應童試，
　　　　題爲『豈不曰以位』，終日搆思，不能成篇。時交卷者將盡，學使令人察其卷，
　　　　止成一破題，將扶出矣，取破題閱之，則云：『君所挾以傲士者，固士所籌及
　　　　者也。』大加擊賞，給燭令終篇，遂入泮。」（《制藝叢話》，卷廿三，頁437）
　　　　又《堅瓠集》云：「平涼趙公時春年九歲應童子試，文佳甚。學使者疑其代作，
　　　　面試之，以『子曰』二字命題，公應聲曰：『匹夫而爲百世師，一言而爲天下
　　　　法。』復命自賦其姓名，公亦應聲曰：『姓冠百家之首，名居四序之先。』又
　　　　商丘安世鳳衝太守前導，守指路旁『此屋出賣』四字令作破題，安應聲曰：『曠
　　　　安宅而弗居，求善價而沽諸。』又雲間莫如忠六歲應試，主司訝其小，面試
　　　　一破，以『爲政、八佾、里仁、公冶長』爲題，莫應聲曰：『化隆於上而有僭
　　　　其非禮者，俗美於下而有犯非其罪者。』主司歎賞，遂入泮。」（《制藝叢話》
　　　　引，卷廿三，頁438）
〔註112〕如梁素冶說：「承題最忌者平頭、平腳，平頭者，領頭數字與破題領頭數字相
　　　　同，如破題領頭用聖人，承題領頭亦用聖人是也；並腳者，煞尾數字與破題
　　　　煞尾數字相同，如破題煞尾用而已字，承題煞尾亦用而已字是也。起頭用夫
　　　　字者，承破意而指點之辭也；甚矣字者，承破意而懇切言之也。破題於聖賢
　　　　帝王諸人須用代字，不可直指其名，承題則直言之，如堯、舜則直稱堯、舜，
　　　　孔子則直稱孔子，其餘諸人倣此，無復避忌也。」（《制藝叢話》，卷廿三，頁
　　　　436）
〔註113〕《制藝叢話》中提及明人有所謂「承末原題」的作法，於起講「順口氣」前，
　　　　爲「體裁之順」。如唐彪曰：「承題之理，其小節處，梁素冶言之已詳。茲取
　　　　其大者言之，則莫如原題一款。明文多於承題之末，領承上文，此體最爲美
　　　　善。何也？未順口氣之前承領上文，則上文在上，本題在下，體裁順矣；既
　　　　順口氣而始領上文，則本題在上，上文在下，義理倒矣。苟布置得宜，猶或
　　　　不背於義，布置一失其宜，則體裁乖舛甚矣。故成、弘以前之文，多於承末
　　　　原題者，爲此故也。今將其式附後。王鏊『見賢焉然後用之』，承題云：『甚
　　　　矣！知人之難也，不親見其賢而遽用之，豈能慎之至哉？昔孟子告齊王進賢

為了文義的明快斬截，〔註114〕文家有所謂「正破反承」的說法。如徐儆弦《文鈔撮要》云：

> 破題之後為承題，承者接也，因破義尚渾融，故又將破中緊要字樣承接下來。或正破則反承，或反破則正承，順破則逆承，逆破則順承，餘以類推。總要明快斬截，亦不宜使破自破而承自承也。〔註115〕

這是就文勢之流轉考量；劉熙載則指出承題於整篇文章結構上的關係：

> 凡作一篇文，其用意俱要可以一言蔽之。擴之則為千萬言，約之則為一言，所謂主腦者是也。破題、起講，扼定主腦；承題、八比，則所以分櫨乎此也。主腦皆須廣大精微，尤必審乎章旨、節旨、句旨之所當重者而重之，不可硬出意見。主腦既得，則制動以靜，治煩以簡，一線到底，百變而不離其宗，如兵非將不御，射非鵠不志也。〔註116〕

劉氏所論，正是八股文結構上的緊密之處。於此來看，承題於破題、起講之關係及其功能，就很明確了。

（三）起 講

又名小講、開講，全篇於此開始「入口氣」代言。破題、承題是文章作者判斷古人之說，起講以下，便是替古人說話的部分；在行文上要開始入口氣，即所謂「代聖賢立言」，作者意思借古人語氣為之。起講多以七、八句為

如不得已之意及此。』唐順之『匹夫而有天下者』二節，承題云：『蓋聖人之有天下，不獨以其德，亦以天子之薦與繼世之不賢耳，不然，其如德何哉？此孟子歷舉羣聖之事，以證禹之非德衰也。』……以上皆承末原題式也。或曰：似此承末原題，與今時大不相類，安可施之今日？余曰：前輩起講過於簡短，則不宜學。承題長而條暢，何必不學？況於三、四句之下，即原題亦不嫌其過長也。」（《制藝叢話》，卷廿三，頁 436～437）

〔註114〕此種書寫觀點可能有悠久的歷史，如宋人馮椅已謂：「破題以下數句極難，最要明快，轉得怕緩，緩便喫力。」（見宋魏天應編《論學繩尺·論訣》，《欽定四庫全書》，頁 1358-74）。

〔註115〕《制藝叢話》，卷廿三，頁 436。此處文意轉折的書寫常規，主要還是跟行文氣勢有關，又如陳厚甫曰：「有師訓其徒曰：『作文之法，破題要正作，承題必須先反後正，然後得勢。』其徒頗似領會。一日，師以『未有學養子而後嫁者也』命題，其徒做承題先反兩句云：『夫養子而後嫁，人之常情也。』見者無不匿笑。」（《制藝叢話》，卷廿三，頁 442）

〔註116〕〈經義概〉，《藝概》，頁 164。相似的結構又如：「昔人論布局，有原、反、正、推四法。原以引題端，反以作題勢，正以還題位，推以闡題蘊。」（同前，頁 168）據劉熙載的看法，正破反承的功能顯然在於「作題勢」。

正，至長不超過十句，〔註117〕常使用「且夫」、「蓋謂」、「意謂」、「若曰」、「嘗思」、「以爲」等詞發端。形式上可以是單句散行，也可在散句中綴以排偶。

　　起講之功能主要是爲了振醒題意，爲下文重要的八比「含蓄養局」，如徐儆弦云：「昔人謂起講爲發凡，蓋以全篇之文由此講起而發其大凡也。夫既謂之發凡，則宜虛不宜實，宜簡而不宜詳，宜開門見山而不可蒙頭蓋面，宜提綱挈領而不可籠侗寬鬆。解此以爲合式，則入手便知含蓄養局，緊醒擒題，以後由淺入深，自然井井不紊，免頭下安頭，屋上架屋之病。」〔註118〕所以於承題後再次提綱挈領、緊醒擒題是起講之目的。

（四）入　題

　　又名入手、領題、領上、落題、提筆等。前此破題、承題、起講三者主要在提出問題，〔註119〕從入題到後二股之間則著重於分析問題。入題之作用在於明確本題所處的語境，在顧及本題與上下文的聯繫中突出本題。至於全章題或連章題題目的界限相對明確，則只須渾括領起以入題。入題因與題目有無上下文之關係密切，故其長短不定，一般約爲三、四句，有時亦可省略。

（五）四比八股

　　四比八股是全篇主要發揮議論之處，如果將八股文比擬成建築物的話，四比八股猶如整座建築物的主體樑柱。〔註120〕每比兩股之間，句數多寡與句型之長短基本上是一致的，聲調抑揚相對，具有類似詩賦之效果，〔註121〕好

〔註117〕如唐彪曰：「其要則全在安頓上文有法，不至令書義顛倒，又須能留餘地，不至將題義說完。又必不可過長，以七八句爲正，至長亦不過九十句，再長即是一篇小文，非起講矣。」（《制藝叢話》，卷廿三，頁 444）

〔註118〕《制藝叢話》，卷廿三，頁 444。

〔註119〕以宋人經義而言，合「破題」、「承題」、「小講」三部分統稱「冒子」，又可籠統名之曰「破題」。請參陳傅良說（見宋魏天應編《論學繩尺・論訣》，《欽定四庫全書》，頁 1358-75～76）。然後爲「原題」，即明清人之「入題」。

〔註120〕古人時以建築物來比擬文章之結構法式，如徐師曾說文章體裁「猶宮室之有制度」（〈文體明辨序〉，見前節），清人談八股對偶也有所謂「立柱」的說法，如劉熙《四書文法摘要》（青照堂叢書，清道光刻本，收錄於《叢書集成續編》，第 204 冊，臺灣：新文豐，1991 年 8 月）的「對股五法」即包括了：立柱、翻轉、層次、流水、活對等五種。另可參見大陸學者黃強的《八股文與明清文學論稿》，上海：上海古籍，2005 年 7 月，頁 29～30。

〔註121〕如梁章鉅提及當時人有吟詠比股之現象：「阮雲臺師最笑近人之讀時文者，謂之『唱文』。而福州人尤喜拍案豪吟，幾有擊碎唾壺之概。如蘇年師喜誦湯文正公『見善如不及』章後二比，孟瓶菴師喜誦方望溪『君子不器』中二比，

像主體建築分為兩兩相對的四組。起比與中比之間的出題、中比與後比之間的過接，又好比連接貫穿主體建築之間的甬道行廊。

時文家對於兩股並立有所謂「立柱」的比擬，據劉熙載說：「柱分兩義，總須使單看一比則偏，合看兩比則全。若單看已全，則合看為贅矣。」〔註122〕強調書寫兩股之偶對須相輔並行，不可單於一比說盡意思。劉氏又說：「立柱須明三對：大抵言對不如意對，正對不如反對，平對不如串對。」〔註123〕立柱的排偶形式易失於呆板，故而在整齊句式之餘，又求其層次變化，以見文情之豐富。〔註124〕

四比八股依其文意先後，各有不同的功能性，以下試分述之。

1、起　比

又稱初比、提比，含第一、二股，一般而言，傾向於從虛處落筆，俾使中比與後比有縱橫施展的餘地。〔註125〕起比亦重視點醒題意，〔註126〕初二股後例有一二句或三四句，名「出題」或「點題」，既點出題目中關鍵的字眼，又在起比、中比間起銜接過渡的作用。

2、中　比

含第三、四股，是全篇闡發題義神理的核心部分，此處應寫得充沛飽滿，

龔海峰先生喜誦陳句山『見賢而不能舉』節中二比，劉心香喜誦薩檀河『子曰〈關雎〉』中二比，高聲大叫，旁若無人，每遇觴政中有罰歌唱者，輒以此代之。一日心香語余曰：『薩檀河文，余口沫已久，有似此聲色並足者，子能為我更覓兩比乎？』余曰：『君素不喜短篇，必須長比方饜君意。無已，則吾友陳采屏有〈伯夷叔齊餓於首陽之下〉後二比，其橫恣不減檀河也。』因錄付之。……」（《制義叢話》，卷十九，頁371）這大概也就是周作人說的八股文之音樂性。

〔註122〕《藝概》，卷六，頁169。

〔註123〕同前註。

〔註124〕立柱寫法之成熟，當不早於明化治前，如方苞評錢福〈經正　斯無邪慝矣〉一篇曰：「質直明銳，題義豁然，……但股分而義意不殊；又股頭義意不殊，而股尾忽分兩柱，乃前輩局於風氣處，不可不分別觀之。」（《欽定四書文》，頁70）

〔註125〕如徐常吉云：「首二比正文章初入講處，貴虛而不貴實，貴短而不貴長，然虛不可迂遠，短不可局促，開口便要見題旨，而又不可說盡，須有含蓄、有蘊藉，而又爽快不滯，則思過半矣。」（《古今圖書集成》，卷180，《經義部‧總論》，中華書局、巴蜀書社，1985年，頁77576）

〔註126〕如劉熙載說：「提比要訣，全在原題。不知原題而橫出意議，豈但於本位不稱，并中後之文亦無根本關係矣。」（《藝概》，卷六，頁170）

如身之有腹、屋之有廳。中比接在出題之後，於出題所點醒的題目關鍵處應加以針對性闡發，也需為後面的論說留一餘地。〔註127〕中比之後例有一二句或三四句，名曰「過接」，過接須引渡出此題於上文尚未抉發之精義。

3、後　比

含第五、六股，行文至此，須以實筆說透題旨，與用筆輕靈的中比相映成趣，閱之使人有厚重之感，故後二比又稱「後二大比」。如果中比已說得較為豐富，則後比可略短而避免重複。就其立論的根據而言，後比「有承中比而起者，有逗下文而收者，有作題之下截者」，就筆法而言，「有詠歎而異其說者，有旁證而實其義者，有反收而見奇者」，與中比相比，要「深入一層」、「別有一境」。〔註128〕

4、束　比

含第七、八股，一般較為簡短，故又稱「束二小比」，用以總括呼應全篇，使之神完氣足。〔註129〕不過，束比也不是非有不可，若前六股寫完已題無剩義，則束比可省。也有雖不作束比兩小股，但卻在起比或中比之後，另外安排兩小股的，也稱「中二小比」。

整體言之，四比八股各有其功能，起比、中比循序漸進為後比之主論鋪陳，束比則考量文意收拾後比未盡之脈絡，使其完足有味。〔註130〕

〔註127〕此如徐常吉說：「文至三、四比，漸說開了，或架虛意，或立實柱，須精確切題，敷敷暢暢，固不可小家數樣；然亦當少帶些含蓄，略留些氣焰，與後面作地步。」（《古今圖書集成》，卷180，《經義部・總論》，中華書局、巴蜀書社，1985 年，頁 77576）

〔註128〕李延昰，《南吳舊話錄》，卷四，1914 年吳重憙序印本。

〔註129〕束比以求通篇文意之神完氣足為優先，若能再翻出新意，則不可多得；如徐常吉云：「一篇文字，英華多在七、八比上露之。若前面文如錦繡，而至此單弱，終是虎頭蛇尾，非全才也。善作者寧可韜光斂銳於前，至此卻以奇思粹語，層見疊出，方為作手。大抵文至終篇，氣宜長而不宜粗，理宜完而不宜雜，詞宜富麗而不宜腐冗，味宜委婉而不宜直率。」（《古今圖書集成》，卷180，《經義部・總論》，中華書局、巴蜀書社，1985 年，頁 77576）

〔註130〕寫得不到位，也就有如「榱棟倒施」，結構上的美感不復可見；如施閏章曰：「夫文之八股，猶人之四肢也。今或起講一直說盡，無復虛冒，是開口而臟腑具見，病一也。提比籠罩冠冕，方有氣象，今或強作掀翻，散行一段，頭目顛斜，病二也。虛比往往徑刪，反從中股後出題，咽頂不貫，病三也。中股宜實而虛，宜正而反，宜全發而忽半截，無復起承轉合，心腹空虛，病四也。後幅忽作二大股，或又加二小股，股大於腰，指大於臂，病五也。夫耳目易位，西子無所逞其妍；榱棟倒施，輸般無所用其巧。」（《制藝叢話》，卷

（六）收　結

收結是全文的結束語，如題目出於一章、一節中的數句或一句，尙有下文，則收束須有所照應，故也稱落下。明代有所謂「大結」的寫法，可在「代聖賢立言」的基礎上自抒己見，或數十字、或百餘字。其後因大結易構譏謗朝政之語，或暗藏作弊之關節，於康熙時被取消。收結常爲散句，亦有散對結合者，結句多用設問句、反問句、感嘆句，使文章體現出抑揚頓挫的風格。

清人時有恢復大結的呼聲，因爲刪除了大結，自抒己見的淋漓明暢也就隨之被閹割泰半，僅容爲代聖立言之委婉。如梁章鉅嘗就文章發言者之口氣「有頭無尾」立說，婉轉贊同陸清獻、唐彪等人欲恢復大結的主張：

> 先大父天池公《書香堂筆記》云：前明制義，每篇之後多有大結。本朝陸清獻亦嘗論大結之不可無，漢、唐以下之事皆可借題立論，隨題可以綴入。明之中葉，每以此爲關節，後因文日加長，此調漸廢。至我朝康熙六十年，始懸之禁令。乾隆十二年，編修楊述曾忽有復用大結之請，大學士張廷玉等奏駁，以爲若用大結，未見有益而弊實愈起，斷不可行，其議遂寢，至今遵守。按：唐翼脩彪《讀書作文譜》云：辛卯，江南「君子學道則愛人」笪重光墨後幅入子游口氣，選文者抹其文曰：「下有『小人學道』句，聖人口氣未完，不當即入子游口氣。」庚子「志於道」三句墨卷，選文者謂前幅可合發，後幅不當合發，須三股徑住乃能留下句餘地，否則「游於藝」句續不上矣。噫！誤矣。予觀《左傳》及《史記》，不惟篇末多斷語，如「諸侯會於申」篇，中幅忽於疏解經旨口氣中插入「君子謂宋左師善守先代，子產善相小國」二句，「會於宋」篇忽於疏解經旨中插入「仲尼使舉是禮也，以爲多文辭」，此皆斷語也。《史記·屈原列傳》「人君無智愚賢不肖」一段，〈孟荀列傳〉「昔武王以仁義伐紂而王」一段，皆突地插入斷語。又嘗觀經筵進講書之法，每講一書畢，必證以三代以後事，或證以當日時事以爲實據，令人主知書與事合一之理，庶幾不至書自書、事自事也。〔註131〕又宋時王安石經藝體

二，頁35）

〔註131〕宋人經義在「結尾」前有所謂「使證」的部分：「講後使證，此論之常格。……善使事者，但一二句至三五句，而題意已瞭然，前輩嘗謂，學者使事，不可反爲事所使，此至論也。」（魏天應，《論學繩尺》，《欽定四庫全書》，集部八，頁1358-77）所謂「講」後使證，此指「講題」，也就是明清八股文以「四比

裁，後幅必入實事作證，如此爲文，方顯得士人實學。夫制藝爲排偶、詞章稱爲帖括也久矣，後幅畧入學人口氣以爲證據，猶能使學人留心實學，考究經史，且前半破承以斷語起，後竟不以斷語相應，有頭無尾，成何體裁？今必使作文者皆順口氣到底，令無學者得以文其空疎淺陋，不惟不知古今文之體裁，且將使學人竟不必多讀書矣。國家用人，亦何貴此無實學之士子哉？按：唐氏此論顯與功令相違，而其理則甚足。唐氏所輯《讀書作文譜》，全書皆不免兔園冊陋習，惟此條典實可取，言人所不能言，因附登之。〔註132〕

唐氏所論甚有據，刪除了大結的八股文，似乎也就少了些學術經世，「書與事合一」的現實感。

以上六個部分合成八股文的基本體式。安排一篇八股文字，尤需重視文意各部分之緊密貫通，而有所謂「起承轉合」的說法。如劉熙載說：「起、承、轉、合四字，起者，起下也，連合亦起在內；合者，合上也，連起亦合在內。中間用承用轉，皆兼顧起合也」、「起筆無論反正虛實，皆須貫攝一切，然後以轉接收合回顧之。」〔註133〕強調起承轉合自是爲了維持文章氣脈上的完整一貫，以避免各節流於機械，〔註134〕使得文章讀來支離破碎，不忍卒篇。

另外，文章在佈局上也會視特殊題型來安排股數，如雙扇題（兩層意思並列，如《論語‧憲問篇》「君子上達，小人下達」等）可作兩大股，三扇題（三層意思鼎足，例如《論語‧子罕篇》「知者不惑，仁者不憂，勇者不懼」）可作三大股等等。

再次，論及八股文的字數，不同時期有不同的限制。明代洪武三年，「五經

股」申論經義之處。因此，明代八股之「大結」，等於涵攝了宋經義中「使證」與「結尾」兩部分。

〔註132〕《制義叢話》，卷一，頁17。

〔註133〕《藝概》，卷六，頁168、170。

〔註134〕劉熙載論起承轉合時，已採取一種靈活的詮釋。然過分局於起承轉合之次序，其行文必致於呆氣，鄭獻甫《制藝雜話》曰：「文不過首尾欲成龍而已，不過方圓欲成陣而已，是故有起而又起、承而又承者，又有轉而不轉、合而不合者，又有當承反起、當合反轉者。今若教人以起則要承，承則要轉，轉則要合，必至心機呆滯，手法平衍，而到死無一筆出奇矣。且以此四字論全篇猶可，以此四字作小講則大謬。吾嘗舉趙儕鶴〈齊人有一妻一妾〉一節題，小講云：『慎名檢者不以飲食爲細，畏清議者不以妻妾爲愚，無若齊人然。』此講道理至足，題義至完。試問起承轉合何在？總之文妙只『擒縱、離合、斷續』數字耳。」（《補學軒文集續刻》，頁2287）

義限五百字以上，四書義限三百字以上。」〔註135〕洪武十七年定：「四書義三道，每道二百字以上；經義四道，每道三百字以上。」〔註136〕萬曆元年奏准：「士子經書文字照先年題准，限六百字上下，冗長浮泛者不得中式。」〔註137〕清代順治二年限定「初場文字每篇不得過五百五十字」，〔註138〕康熙二十年題准：「第一場文字，每篇限六百五十字，違例謄錄取中照例議處。」〔註139〕乾隆四十三年諭：「嗣後鄉會兩試及學臣取士，（制藝）每篇俱以七百字為率，違者不錄。」〔註140〕類似的限制主要針對鄉會試而言，不同時期的童試，字數也有不同的限制。

字數限制上並不是十分嚴格，應答字數多的亦不見得就佔便宜，例如《淡墨錄》云「武進莊方耕存與閣學，乾隆乙丑榜眼，累司文柄，酷好短篇，所取闈墨不過三百字，即間有至四百字者，而元文必短。」〔註141〕但超過限定的字數太多則又當別論，例如《茶香室叢鈔》載：「（康熙）四十五年三月，陳廷敬奏：『會元尚居易首篇，一千二百餘字。向來作文，不得過六百五十字，所作違例，應斥革！』從之。」〔註142〕不過，總的趨勢，清代八股文的字數越來越多，例如嘉慶二十三年戊寅，龔自珍應浙江鄉試中式，所作「曰既富矣，又何加焉，曰教之」題文共一千八百零四字；道光九年己丑，龔自珍會試中式，所作「欲速則不達，見小利則大事不成」題文，竟長達二千零九十五字，〔註143〕均未因文長而違例。

二、代表作品舉隅

前面我們簡單介紹了八股文體的格式規範，於此姑舉兩篇作品為例，試

〔註135〕《大明會典·禮部·貢舉》（江蘇：廣陵古籍刻印社，1989年），第三冊，頁1225。

〔註136〕《大明會典·禮部·貢舉》，第三冊，頁1226。

〔註137〕《大明會典·禮部·貢舉》，第三冊，頁1228。

〔註138〕《古今圖書集成》，卷一八〇，《經義部·匯考》引《大清會典·科舉通例》（中華書局，巴蜀書社，1985年），頁77574。

〔註139〕《大清會典則例》，《景印文淵閣四庫全書》，第622冊，頁178。

〔註140〕《欽定科場條例》，《續修四庫全書》，第830冊，卷十五，頁23。

〔註141〕《制義叢話》引，卷廿四，頁454。

〔註142〕《茶香室叢鈔》，卷十四，《筆記小說大觀》，第34冊，頁207。

〔註143〕據《龔自珍全集》，第十一輯，吳昌綬編，《定盦先生年譜》（台北：中華書局，1959年），頁601～602、615～617。

以檢證八股作品之書寫。

（一）王鏊〈百姓足，君孰與不足〉

民既富於下，君自富於上。【破題】

蓋君之富藏於民者也，民既富矣，君豈有獨貧之理哉？

有若深言君民一體之意，以告哀公。【承題】

蓋謂公之加賦，以用之不足也：

欲足其用，盍先足其民乎？

誠能百畝而徹，恆存節用愛人之心；

什一而征，不爲厲民自養之計。

則民力所出，不困於征求；

民財所有，不盡於聚斂。【起講】

閭閻之內，乃積乃倉，而所謂仰事俯育者，無憂矣：

田野之間，如茨如梁，而所謂養生送死者，無憾矣。【起比】

百姓既足，君何爲而獨貧乎？【出題】

吾知藏諸閭閻者，君皆得而有之，不必歸之府庫而後爲吾財也；

蓄諸田野者，君皆得而用之，不必積之倉廩而後爲吾有也。【中比】

取之無窮，何憂乎有求而不得？

用之不竭，何患乎有事而無備？【中二小比】

犧牲粢盛，足以爲祭祀之供；玉帛筐篚，足以資朝聘之費。借曰不足，百姓
自有以給之也，其孰與不足乎？

饔飧牢醴，足以供賓客之需；車馬器械，足以備征伐之用。借曰不
足，百姓自有以應之也，又孰與不足乎？【後比】

吁！徹法之立，本以爲民，而國用之足乃由於此，何必加賦以求富
哉！【收結】〔註144〕

此題係出自《論語・顏淵篇》，原始章句爲：「哀公問於有若曰：『年饑，用不
足，如之何？』有若對曰：『盍徹乎？』曰：『二，吾猶不足，如之何其徹也？』
對曰：『百姓足，君孰與不足？百姓不足，君孰與足？』」〔註145〕在破題部分，

〔註144〕《欽定四書文》，頁26。
〔註145〕《四書集註》，臺北：學海，1991年3月，頁135。

王鏊用了「富」字來取代題目中的「足」字，是其獨到創意，如此開展則使得全篇內容具有一種豐厚富麗的調性，以暗示國運之昌隆。承題部分，則可見王鏊以三句承接破題意蘊，約略引申言之；接著又以二句回返題面，指出這題目的發話語境。值得特別說明的是，此處「有若深言君民一體之意」數字，實節錄於朱註「有若深言君民一體之意，以止公之厚斂，為人上者所宜深念也。」從這裡可見其「守經遵註」的謹慎。起講部分，王鏊開始用了六句對偶型式，並以語助詞「蓋謂……誠能……則……」，使其敘述整中有散，並且開始使用代言，「入」了有若的「口氣」。

王鏊在起講以前略述了全章旨趣，於起比、中比至後比，依次分成幾個層面分別敘說：首出民如何富（起比），繼言民富即為君之富（中比），略作轉折以提振語勢（中二小比）後，再申言君如何富（後比）。就通篇看來，四大股對部分才是作者刻意經營之處，所難尤在其舉出犧牲粢盛、玉帛筐篚、饔殽牢醴、車馬器械等具體事例，使其代言因而成為一種具象可親的感性理解。於收結部分，王鏊又回頭講到章句中徹法之立的精神，以收攝全題之主意。

此篇方苞評語曰：「層次洗發，由淺入深，題義既畢，篇法亦完，此先輩真實本領，後人雖開闔照應，備極巧變，莫能繼武也。」我們可以從此篇由淺入深之不同層次，看到八股文篇法上的規範與特色。

（二）瞿景淳〈道也者　二節〉

《中庸》言道不可離，而因示人以體道之全功也。【破題】

夫道貫動靜而一之者也，靜知所存，而動不知察焉，亦難免乎離道矣，豈所以為體道之全功哉？【承題】

子思蓋曰：道原於天而具於人，則盡人以合天者，人之責也。而人多忽焉者，豈其無見於道乎？【起講】

今夫道之在人，

斂之一心，則為存主之實；

達之萬變，則極充周之神。（股中對比一）

無物而不有也，

無時而不然也。（股中對比二）

蓋有不可須臾離者焉。使其可離，則亦外物之不能為有無，而非所以謂之道矣。君子蓋知道之不可離，而所以存其天者，則存乎此心

之一也。（對比甲）

雖不睹矣，而亦戒慎焉。此心之常明常覺者，蓋將內視以爲明，而忘其無所睹也。

雖不聞矣，而亦恐懼焉。此心之常清常靜者，蓋將返聽以爲聰，而忘其無所聞也。（股中對比三）

退藏密而一物之不容緝熙，至而一息之匪懈；

蓋自天人之幾未判，而吾所以存之者，已無不至矣。使必待於耳目之交而後謹之，則失之或疏，而安保其無須臾之離哉？（對比乙）【上股】

然猶未也，道貫動靜，而人心之始動，則道之離合所由分者也。

人嘗以其隱而忽之矣，而自知之明，無隱不燭，則見孰甚焉？

人嘗以其微而忽之矣，而自知之明，無微不察，則顯孰加焉？（股中對比一）

善吾知也，

不善吾知也，（股中對比二）

蓋不可以隱微而忽焉者。使其可忽，則吾心之神明有可欺，而非所以語夫幾矣；君子蓋知幾之不可揜，而所以察其幾者，則存乎此心之精也。（對比甲）

既嘗戒慎矣，而於此又加慎焉，防乎其防，而謹於己之所獨睹者，蓋甚於人之所共睹也。

既嘗恐懼矣，而於此又加懼焉，惕乎其惕，而謹於己之所獨聞者，蓋甚於人之所共聞也。（股中對比三）

危微之辨，識之必早；而悔吝之介，反之必力。

蓋自天人之幾始判，而吾所以察之者，已無不力矣。使必待其事爲之著而後圖之，則失之或晚，而寧免於離道之遠哉。（對比乙）【下股】

吁！

知所存矣，而繼之以省察，則益精；

知所察矣，而先之以存養，則益密。

此君子心學之要，所以會道之全者與。【收結】

此篇命題為〈道也者　二節〉，也就是涵攝了《中庸》首章「道也者，不可須臾離也，可離非道也。是故君子戒慎乎其所不睹，恐懼乎其所不聞」及「莫見乎隱，莫顯乎微，故君子慎其獨也」的二節。在這兩節之前的第一節，則是「天命之謂性，率性之謂道，脩道之謂教」的重要綱領。此題所出的這兩節，即從道體講回幽微的人性。值得注意的是，瞿景淳於破題揭出「體道之全功」，以綜括此二節之意旨；其於承題說「性」之動靜，於起講說「道原於天而具於人」，恰好由題目逆推出首章的三綱領，立意甚巧妙。

在股對部分，此篇採用了一種特殊的寫法，即根據題義分為兩大扇：前半釋「道也者，不可須臾離也，可離非道也。是故君子戒慎乎其所不睹，恐懼乎其所不聞」，後半釋「莫見乎隱，莫顯乎微，故君子慎其獨也」。在兩扇之中，又另作兩種股對：首先是兩扇中形式相同的股對，如引文中所標識的「對比甲、乙」；其次則是各扇之下，自行偶對的股句，如引文中所標識的「股中對比一、二、三」。這種寫法的好處，是將一篇兩節題的文章，剪裁為兩篇單節題的內容，因此較便於作者處理；只要在書寫句式上求其相仿，並於破題、承題、起講、收結處加以縫合，求其意義之通貫即可。

此篇於《欽定四書文》之原評曰：「八股至此，綿密已極，過此不可復加，故遂流而日下也。長至五六百字而不可增減，可以知其體認之精、敦琢之純矣。」〔註146〕八股文之偶對可以複雜、巧妙到這種程度，讓人讀得眼花繚亂，的確也稱得上「綿密已極」了。

三、八股文體之書寫特色

前已論及八股文於體式上之不同部位，如果把這些分割的區塊比擬為八股文的首尾、軀幹及四肢，繼之則應該論述八股文之精神血脈，該就其整體來談關於此文體的書寫特徵。

方苞對於八股文之書寫特色，就《欽定四書文》所附篇後評語來看，大略不外以下五點：

（一）守經遵註

八股文既為詮釋經義而作，所以作者對於命題章句原有的傳註說法，就必須熟悉、並且遵守。如方苞在評點王陽明制藝時特地載明：「清醇簡脫，理

〔註146〕《欽定四書文》，頁 132～133。

境上乘，陽明制義謹遵朱註如此。」〔註147〕即突顯八股文需以「守經遵註」作爲根本。

但八股文到了正嘉以後，此一「守經遵註」的原則卻逐漸遭受挑戰，例如方苞之評陳際泰曰：「作者於儒先解說，皆覺不安於心，又不敢自異於朱註，故止言此詩得性情之正，而一切不敢實疏。」〔註148〕可見原有的傳註開始受到質疑，故其雖不敢自異，但亦未必肯遵循發揮之。

以致於後來，八股文更出現了背離傳註、以自言作者之心得的改變。如方苞評點說：「此文膾炙人口久矣，……《史記》之文顯悖於道者多矣，而嗚咽淋漓，至今不廢也。昔賢謂魯論乃曾子、有子門人所記，在二子胸中自無此等擬議，至其門人追記諸賢之在難，而寄以感憤，亦無大悖。此文立義雖粗，然生氣鬱勃，可以滌俗士之鄙情，開初學之思路，故辨而存之，以警道聽塗說者。制科之文，至隆萬之季，眞氣索然矣，故金、陳諸家，聚經史之精英，窮事物之情變，而一於四書文發之，義皆心得，言必己出，乃八股中不可不開之洞壑也。邇年不學無識人謬謂得化治規矩，極詆金、陳，蓋由貪常嗜瑣，自忖必不能造此，而漫爲狂言，以揜飾其庸陋耳。夫程子《易傳》切中經義者無幾，張子《正蒙》與程、朱之說即多不合，但以持之有故，言之成理，故並垂于世。金、陳之時文，豈有異于是乎？」〔註149〕竟認爲這種釋義上的開放，是八股史上「不可不開之洞壑」。

關於八股文詮釋經義與既有傳註之依違，請留待於本論文第四章，再做進一步論述。

（二）代聖立言

八股文有所謂「入口氣」的代言規定，如《明史‧選舉志》載：「其文略仿宋經義，然代古人語氣爲之」，〔註150〕也就是規定作文者必須「設身處地」，以經典中聖賢的立場來詮釋命題章句。

八股文體「代聖立言」這種特殊的寫法，由於受到宋理學「尋仲尼顏子樂處，所樂何事？」〔註151〕的影響，特別著重於形象化的生動描述，強調以

〔註147〕評王守仁，〈詩云鳶飛戾天一節〉，《欽定四書文》，頁39。
〔註148〕評陳際泰，〈關雎樂而不淫一節〉，《欽定四書文》，頁354。
〔註149〕評金聲，〈德行一節〉，《欽定四書文》，頁386-7。
〔註150〕〈選舉志〉一，《明史》，卷六十九。
〔註151〕《宋元學案》（中華書局1986年12月版），頁519。

精神情感的投射來詮釋章句，要作者去體會經典裡超凡之意境。在《欽定四書文》中，我們也可以時時發現方苞對於代言體的著墨，例如：

> 如脫於聖人之口，若不經意而出之，而實理虛神煥發刻露，以天合天，器之所以疑神也。〔註152〕

> 就人臣立論，身國對勘，反正相形，子文全身已現，卻仍是子張發問口吻，於題位分寸不溢。〔註153〕

> 孟子發語時，本有振衣千仞、濯足萬里意象，惟作者胸襟能體會，筆力能發揮，故雅與相稱。〔註154〕

皆為其證，這種特殊的寫作規定後來也被許多文家批評是以「優孟衣冠，代人作語者」。〔註155〕八股文此種代言作法（或曰「特色」）因為歷來頗受攻詰，且牽涉廣泛，本論文將於第五章談八股文的「詮釋學層面」時，從經典詮釋學的層面加以申論。〔註156〕

（三）因題布格

八股文本質上是命題作文，因此如何根據章句題面的限制，好好掌握住每個題字，據之以布局闡述義理，往往成為一篇文章是否獲選之關鍵。〔註157〕於此，不妨以《欽定四書文》所見評點為例，如方苞說：

> 以古文間架筆段馭題，題之層次即文之波瀾，文之精蘊皆題之氣象。
>
> 〔註158〕

〔註152〕評唐順之，〈吾與回言終日一節〉，《欽定四書文》，頁89。

〔註153〕評唐順之，〈三仕為令尹六句〉，《欽定四書文》，頁100。

〔註154〕評陳際泰，〈昔者禹抑洪水而天下平一節〉，《欽定四書文》，頁520。

〔註155〕袁枚，〈答戴敬咸進士論時文〉，《小倉山房尺牘》，卷三。

〔註156〕此處可參考拙作〈試論八股文之「代聖賢立言」〉，發表於《「文學菁英跨校論壇」五校聯合研究生論文發表會論文集》（宜蘭：佛光人文社會學院，2004年2月18日），頁66～84。

〔註157〕八股文與題面的關係極其密切，清人高塘《論文集鈔‧題體類說》曾依其題面之特性，歸納了八股文題計四十八種，包括：單句題、虛冒題、截上題、截下題、截上下題、結上題、過脈題、複述題、關動題、口氣題、記言題、記事題、敘事題、援引題、比興題、攻辨題、問答題、虛揭題、疊句題、人名題、詠物題、枯窘題、俚俗題、遊戲題、截搭題、上偏下全題、上全下偏題、上偏下偏中全題、長搭隔章搭題、連章題、二句滾作題、二句兩截題、相因題、反揭題、長滾作題、長兩截題、長割截題、兩扇題、兩扇分輕重題、三扇題、段落題、順綱題、倒綱題、橫擔題、立綱發明題、淺深相應題、長章題、三折題。

〔註158〕評歸有光，〈周監於二代一節〉，《欽定四書文》，頁93。

如題轉折以爲波瀾，與湯若士作並觀，可以識文章之變。〔註159〕

縱橫變化，無非題目節族，而雄健之氣，進退自如，專以巧法鈎勒
題面者，無從窺其踪跡。〔註160〕

上述引文，皆強調八股文如何經由題面之發想，「如題轉折以爲波瀾」，而析
分出「題之層次」，能夠巧妙地揭示章句精微之深意。

（四）股比變化

此外，明清經義文之被稱爲「八股文」，正如本節第一目所介紹的，其主
要特徵便在於股股對偶，因此不同股對之間如何虛實照應、搖曳生姿，尤爲
八股文作者所必須設想的重要技術層面。

我們仍可舉《欽定四書文》之評點爲例觀察：

化治先輩對比多辭異而意同，乃風氣初開，文律未細，雖歸震川猶
或不免，如〈禮之用〉篇精深古健，而亦蹈此病，故俱辨而錄之。
〔註161〕

股法縱橫奇變，其間雜用短句，伸縮進退無不如意，此等筆法從古
文得來。〔註162〕

本是題中天然對局，文照此作對，運化無迹，筆力驅駕，可以騰天
躍淵。〔註163〕

足證股比變化是這一文體重要的章法技巧，而這些股對在作法上也有日益精
細繁複的趨勢，方苞所力主之「以古文爲時文」、強調「天然對局」、「運化無
迹」，在手法上於此亦攸關。

（五）層折曲暢

再者，八股文因爲重視「因題布格」、「股比變化」，所以在行文風格上，
則往往出之以「層折曲暢」。如此作法重視的是：如何將義理一層層析轉而出，
反對解釋章句時簡單直捷地將義理一語道盡。此類相關之評語亦所在多見，
俯拾皆是，如《欽定四書文》評點曰：

妙於意盡語竭，又能作幾層轉折，吐屬亦清微婉約，雖目前語，正

〔註159〕評李沛霖，〈我未見好仁者一章〉，《欽定四書文》，頁639。
〔註160〕評陳際泰，〈齊人伐燕勝之二章〉，《欽定四書文》，頁490。
〔註161〕評歸有光，〈詩三百一節〉，《欽定四書文》，頁87。
〔註162〕評吳化，〈事君數一節〉，《欽定四書文》，頁220。
〔註163〕評金聲，〈當堯之時二節〉，《欽定四書文》，頁513。

耐人尋思也。〔註164〕

凡文之辨難轉換，有一字不清徹，雖有好意，亦令人覽之欲臥矣。
此文當玩其有轉無竭、愈轉愈透處。〔註165〕

層折曲暢，雖無精深之義，筆致夭矯空靈，可爲庸腐板重藥石。

〔註166〕

這種著眼於以文學感性演示義理的方式，也是唐宋古文運動以來，非常重要
的一種「貫道」方式，古文家認爲必須要在文章轉折頓挫、婉約夭矯的語勢
中，才足以具見題目之內蘊、以及作者的精神氣度。〔註167〕

〔註164〕評徐念祖，〈事君數一節〉，《欽定四書文》，頁 646。
〔註165〕評章世純，〈聖人之於民亦類也〉，《欽定四書文》，頁 499。
〔註166〕評王庭，〈智之實二段〉，《欽定四書文》，頁 899。
〔註167〕關於此處的（三）、（四）、（五）三項，其涉及於八股文體之章法或風格，因
　　　　爲《欽定四書文》的評語較顯零散破碎，拙作〈從劉熙載《藝概・經義概》
　　　　試論「經義」之爲體〉（發表於《第三屆環中國海漢學研討會論文集》，淡水：
　　　　環中國海學會，2007 年 6 月 29 日）中有較具體系之說明，可備對照參攷。

第四章　明清經義「文體」探析（下）
——分期風格論與代表作家

　　繼前章概略說明了八股文體如何成形，並析論其主要結構與行文特色後；本章擬具體根據《欽定四書文》為觀察中心，進一步研究方苞的八股文分期觀，並闡述此文體風格之嬗變、與各期代表作家。

　　本章於第一節中，首先析論《欽定四書文》所見之八股文體書寫史，說明此一文體的分期與特色，第二節進而介紹各期重要文家，以窺見演進中或為主流或屬旁支的書寫脈絡，並試圖說明編選者方苞的評價觀點。

第一節　析論《欽定四書文》之文體書寫史

　　此節擬以《欽定四書文》為例，論述方苞於八股文體史之分期概念，並進一步辨析各期風格之不同屬性，以及觀察八股文體史如何演變。

　　方苞所編定的《欽定四書文》，基本上是將明代八股文依其時代先後大致分為四期，他提到這不同時期作品的風格亦有區別：

> 明人制義，體凡屢變。
>
> 自洪永至化治，百餘年中，皆恪遵傳註，體會語氣，謹守繩墨，尺寸不踰。
>
> 至正嘉作者，始能以古文為時文，融液經史，使題之義蘊隱顯曲暢，為明文之極盛。
>
> 隆萬間兼講機法，務為靈變，雖巧密有加，而氣體荼然矣。

> 至啓禎諸家，則窮思畢精，務爲奇特，包絡載籍，刻雕物情，凡胸
> 中所欲言者，皆借題以發之。就其善者，可興可觀，光氣自不可泯。
>
> 凡此數種，各有所長、亦各有其蔽。〔註1〕

方氏將明代八股文分爲「自洪永至化治」、「正嘉」、「隆萬」及「啓禎」四期，
且認爲「正嘉」期作品爲「明文之極盛」；其風格上如此斷代，其實正爲清人
普遍之觀點，例如梁章鉅的《制藝叢話》也認爲：

> 制義始於宋而盛於明，自洪、永以逮天、崇，三百年中體凡屢變，
> 亦猶唐詩之分初、盛、中、晚也。〔註2〕

將明代八股文分期，比附於唐詩之初、盛、中、晚四期。又如蘇翔鳳於《甲
癸集・自序》中亦云：

> 文之在明，猶詩在唐也。初唐渾穆，盛唐昌明、中唐名秀，至晚唐
> 而憂時憫俗之意，發而爲言，感激淋漓，動人也易。洪、宣之文，
> 初唐也；成、弘、正、嘉之文，盛唐也；隆萬之文，中唐也，……
> 啓、禎則晚唐矣。〔註3〕

蘇氏之分期即與方苞約略相同，只是稍微移動了初、盛期的界限。

就風格上之變化發展而言，方苞指出八股文從初期「恪遵傳註，體會語
氣，謹守繩墨，尺寸不踰」的純樸，轉而爲盛期「始能以古文爲時文，融液
經史，使題之義蘊隱顯曲暢」的成熟創發，轉而爲中期「兼講機法，務爲靈
變，雖巧密有加，而氣體苶然矣」的略生弊病，轉而爲晚期「窮思畢精，務
爲奇特，包絡載籍，刻雕物情，凡胸中所欲言者，皆借題以發之。就其善者，
可興可觀，光氣自不可泯。」的廣博隱約，可以看出明代八股文三百多年來
之書寫沿革。

然而，方氏也強調「凡此數種，各有所長、亦各有其蔽」，僅認爲這是四
種「各有所長」的風格，未寓有高下之區別。〔註4〕所以《欽定四書文》在處

〔註1〕 〈進四書文選表・凡例〉，《方望溪全集》，「集外文」卷二（台北：河洛圖書
出版社，1976年3月），頁286。
〔註2〕 梁章鉅，《制藝叢話・例言》（上海：上海書店，2001年12月），頁7。
〔註3〕 《制藝叢話》引，頁38。
〔註4〕 清代文家對於明人四期風格顯然所嗜有別：其重視成弘風格者，如凌義遠《名
文探微》說：「制藝之盛，莫如成、弘」（《制藝叢話》，頁231），又李光地被
推許爲「成、弘正宗」（《制藝叢話》，頁152；方苞也稱「我朝講化治體局而
自名一家者，莫如李厚菴」，見《欽定四書文》，頁745）；其重視正嘉風格者，
如方苞說正嘉以古文爲時文，「爲明文之極盛」；其重視隆萬風格者，如俞桐

理清人八股文時，基本上亦承襲明代的這四種風格，略加變化發展。方苞云：

> 至於我朝人文蔚起，守洪永以來之準繩而加以變化，採正嘉作者之
> 義蘊而抱其精華，取隆萬之靈巧、啓禎之恢奇，而去其輕浮險謔。
> 兼收眾美，各名一家，合之共爲一集。前代之文總四百八十六篇，
> 國朝之文總二百九十七篇。〔註5〕

僅說清代文家是從這四種風格中「兼收眾美，各名一家」，並未另外標舉出不
同的審美風格。〔註6〕因此，以下本節欲再分爲四項，逐一檢視各期風格之特
色。

一、洪、永至化、治

此期作品之風格特色，據方苞說：

> 自洪永至化治，百餘年中，皆恪遵傳註，體會語氣，謹守繩墨，尺
> 寸不踰。……故化治以前，擇其簡要親切，稍有精彩者；其直寫傳
> 註，寥寥數語，及對比改換字面，而義意無別者，不與焉。〔註7〕

可見這些作品是以「恪遵傳註，體會語氣，謹守繩墨，尺寸不踰」之謹嚴爲

川曰：「古文之盡，莫如歐陽永叔；時文之盡，莫如許鍾斗獅」；其重視啓禎
風格者，如蘇翔鳳《甲癸集》專收啓、禎文（《制藝叢話》，頁 35）。最有趣的
記載，莫如張江曾在各期風格中遊走，「蔡芳三曰：曉樓（案：雍正時人張江）
文凡屢變，少時酷愛正希、文止，謂正希從最上一層摩空而下，文止從近裏
一著冥搜而出，吾願兩參之。繼則學爲隆、萬，已乃規橅弘、正，案頭所置，
惟《榕邨藏稿》及義門《行遠集》。有掄英涂子者，曉樓諍友也，謂曉樓曰：
『文無定體，要從一時心眼中實有所得，伸紙落墨自然渾成，安能斤斤效人
作僕隸耶？』則大悟，嗣後題無大小，一以古大家神氣行之，蓋曉樓之文之
變境如此。」（《制藝叢話》，頁 183）

〔註5〕〈進四書文選表·凡例〉，《方望溪全集》，「集外文」卷二，頁 286。

〔註6〕清代八股文在書寫上，自然也有其風格斷代之不同，如梁章鉅說的：「唐、宋
以詩賦取士，似專尚浮藻，然名卿往往出其中。有明改用制義，則託體甚高，
盛衰升降，前人已言之。逮本朝初，屏除天崇險詭之習，而出以渾雄博大，
蔚然見開國規模，如熊次侯、劉克猷、張素存其最著也。康熙後益軌於正，
而李厚菴、韓慕廬爲之宗，尋桐城二方相與輔翊，以古文爲時文，允稱極則，
外若金壇王氏、宜興儲氏，並堪驂靳焉。雍正、乾隆間，墨藝喜排偶，而魄
力芒毫頗難狰獰，擇其醇者即獨出冠時。至嘉慶，當路諸臣研覃典籍，士子
競援僻簡以希弋獲。近稍厭棄，又未免漸趨萎弱。蓋二百年來文之遷變大概
在斯。」可見方苞於當代作品雖未分期論述，然清代八股文之風格亦自有其
沿革，本論文限於題目體例，於此部分暫請置之，且俟來日。

〔註7〕〈進四書文選表·凡例〉，《方望溪全集》，「集外文」卷二，頁 286。

其長處；而缺點則在於「直寫傳註，寥寥數語」，或是「對比改換字面，而義意無別」形式上之拙陋。

以下姑列舉數端，試以方苞之評點為例說明：

（一）恪遵傳註之端謹

此期作品之強調「恪遵傳註」，我們可以從方苞之文後評語中略見一斑，如其評趙寬〈出門如見大賓二句〉說：

雅澹深密，經學熟而傳注明，斯有其精理秀氣。〔註8〕

評丘濬〈父子有親五句〉曰：

疏題典要，確不可易，其體直方以大，真經解也。〔註9〕

又評蔡清〈吾十有五而志於學一章〉云：

文如講義，……非實理融浹於胸中，詎能言之簡當若此。〔註10〕

皆可見其對於經註之強調。更明顯的例子，又如方苞特地舉了王守仁〈詩云鳶飛戾天一節〉評曰：

清醇簡脫，理境上乘，陽明制義謹遵朱註如此。〔註11〕

以此彰顯陽明制義猶且遵守朱註，故於應制作答時，需以恪遵經註為基本規範。

（二）氣骨蒼渾之風格

在一些評語裡，我們也發現方苞用了「渾厚」或「蒼渾」等詞語概括此期風格，例如其評王鏊〈周公兼夷狄 百姓寧〉曰：

渾厚清和，法足辭備，墨義之工，三百年來無能抗者。〔註12〕

評李夢陽〈管仲相桓公四句〉曰：

朴老古淡之中，渾規矩變化於無跡。〔註13〕

又如其評李東陽〈所謂故國者一章〉云：

其順題直敘，氣骨蒼渾，乃隆萬人所不能造；可見後人之巧，皆前人所已經，於先輩繩墨之外求巧，未有不入於凌亂者。〔註14〕

可知「氣骨蒼渾」亦可視為此期部分傑作之優點。

〔註8〕 《欽定四書文》，頁25。
〔註9〕 《欽定四書文》，頁53。
〔註10〕 《欽定四書文》，頁14。
〔註11〕 《欽定四書文》，頁39。
〔註12〕 《欽定四書文》，頁56。
〔註13〕 《欽定四書文》，頁29。
〔註14〕 《欽定四書文》，頁49。

（三）頗失於平易直率

前已提及，方苞認為此期有部分作品頗失於「直寫傳註，寥寥數語」，或是「對比改換字面，而義意無別」形式上之拙陋，於此試加舉證。

例如方苞評點提及：

> 寥寥數語，已括盡古今利病，風韻淡宕，有言外之味。〔註15〕

> 語約而義全，法度謹嚴，乃學化治諸名家而得其骨脈意趣者，正不得徒以簡淡目之。〔註16〕

稱其簡約；又如方式之評岳正〈今夫天一節〉曰：

> 文簡而理足，體方而意圓，四比中已開後人無限變化參差之妙，不得以其平易置之。〔註17〕

著其平易。作品失於簡約平易，實為八股文體初始階段自然之現象；同樣為後人批評的，又如其文體形式上未臻成熟。例如方苞對於錢福〈經正　斯無邪慝矣〉一篇的評語為：

> 質直明銳，題義豁然，……但股分而義意不殊；又股頭義意不殊，而股尾忽分兩柱，乃前輩局於風氣處，不可不分別觀之。〔註18〕

又如其評歸有光〈詩三百一節〉時提及：

> 化治先輩對比多辭異而意同，乃風氣初開，文律未細，雖歸震川猶或不免。〔註19〕

可見股對形式上未臻細密，實為風氣初開，局於時代之限制。

（四）開後期風格之法門

此期作品雖大致局於「風氣初開，文律未細」，然方苞亦常持以文學史之觀點強調：這些作品裡其實也包孕了一代作者正變源流之法。

例如他在評論楊慈〈武王纘大王一節〉時說：

> 一代作者正變源流之法，靡不包孕。〔註20〕

〔註15〕評陳獻章〈古之為關也一章〉，頁69。此類風格，有時也被譏為「枯菱」，如蔡芳三說：「彼不善學者，舍本趨末，專以枯菱為成、弘，成、弘果如是哉？」（《制藝叢話》，頁152）

〔註16〕評汪起謚〈以約失之者鮮矣〉，《欽定四書文》，頁645。

〔註17〕《欽定四書文》，頁43。

〔註18〕《欽定四書文》，頁70。

〔註19〕《欽定四書文》，頁87。

〔註20〕《欽定四書文》，頁41。

又如他在評顧清〈由堯舜至於湯一章〉的看法：

> 精神重注末節，一度一束，瀠紆跌宕，在化治先正中為自出新意者。
> 邇年講化治先輩法者，遇有總提側注處，輒謂非當年體製，不知文
> 章相承相變，必有一二作者微見其端緒，後人大暢厥指，因以成風。
> 集中於歷代文字不拘一格，惟取其是，所以破學者拘墟之見。〔註21〕

可見「歷代文字不拘一格」，而化治期作者中亦不乏「微見端緒」者，因為他
們的發明，後人始能「大暢厥指，因以成風」。方苞之評羅倫〈昔者先王以為
東蒙主四句〉曰：

> 不獨兼正嘉作者氣勢之排石，并包隆萬名家結構之巧密矣。故知先
> 輩非不欲為正嘉以後之文，乃風氣未開，為之者尚少耳。〔註22〕

於王守仁〈志士仁人一節〉評曰：

> 氣盛辭堅，已開嘉靖間作者門徑。〔註23〕

又評吳寬〈不幸而有疾　景丑氏宿焉〉曰：

> 雖隆萬間之靈雋、啓禎間之劖刻，豈能過此？以膚淺直率為先輩者，
> 可爽然自失矣。〔註24〕

方氏在評顧鼎臣〈陳司敗問昭公知禮乎一章〉時，則又強調了此種先見「絕
無經營之迹」：

> 以議論敍題，神氣安閒，意義曲盡，絕無經營之迹。此法亦後人所
> 祖，但先輩只是因題布格，與凌駕者不同。〔註25〕

方苞不純以後世眼光來批評前期作品之淺陋，他既指出當時作品的局限，且
能彰明一時風氣之特色；尤為難能可貴的是，方氏也從「歷代文字不拘一格」
的斷代史觀點中，嘗試找出後期風格之門徑所在。

二、正嘉時期

此期作品之風格特色，據方苞說：

> 至正嘉作者，始能以古文為時文，融液經史，使題之義蘊隱顯曲暢，
> 為明文之極盛。……

〔註21〕《欽定四書文》，頁71。
〔註22〕《欽定四書文》，頁32。
〔註23〕《欽定四書文》，頁31。
〔註24〕《欽定四書文》，頁50。
〔註25〕《欽定四書文》，頁22。

正嘉，則專取氣息醇古，實有發揮者；其規模雖具，精義無存，及
剽襲先儒語錄，膚殼平衍者，不與焉。〔註26〕

方氏乃認為正嘉為明代八股文極盛時期，其主要技巧在於「能以古文為時
文」，而且「融液經史，使題之義蘊隱顯曲暢」；這與前期「恪遵傳註，體會
語氣，謹守繩墨，尺寸不踰」的拘謹板滯已有區別。既強調此期「以古文為
時文」，故必取作品之「氣息醇古」以為代表，而排斥「膚殼平衍者」。

以下姑列舉數端，試以方苞之評點為例說明：

（一）以古文為時文

方苞認為嘉靖時文之最大特色，在於其運用了古文寫法來作八股，於此
不妨臚列其評點為說，如方氏曰：

以比偶為單行，以古體為今製，唯嘉靖時有之，實制藝之極盛也。
〔註27〕

提到「以比偶為單行」的古文寫法，〔註28〕是化治以來八股文書寫發展到了
嘉靖時期的重大改變。方氏在評點此期不同文家時經常提及這一趨勢：

以古文之氣格出之，故同時作者皆為所屈，蓋或識不及遠、或才不
逮意，雖苦心營度，終不能出時文蹊徑也。〔註29〕

「以古文為時文」自唐荊川始，而歸震川又恢之以閎肆，如此等文
實能「以韓、歐之氣，達程、朱之理」，而脗合於當年之語意，縱橫
排盪，任其自然，後有作者不可及也已。〔註30〕

運古文氣脈於排比中，屈盤勁肆，辭與意適，此等文若得數十篇，
便可肩隨唐、歸，惜乎其不多見耳。〔註31〕

〔註26〕〈進四書文選表‧凡例〉，《方望溪全集》，「集外文」卷二，頁286。
〔註27〕評胡定，〈逃墨必歸於楊一章〉，《欽定四書文》，頁196。
〔註28〕「以古文為時文」之首要特徵，端在化駢為散，如梁章鉅提及：「吾鄉朱梅崖先
生以古文名家，其應舉制義，亦純以古文之法行之，不肯稍降其格。乾隆甲子鄉
試，首場卷已為同考官所抹，以句讀不清批黜。……原評云：『鬱然而深，曠然
而明，忽整忽散，若斷若續，純以古氣緯絡其間，西漢遺風於斯未墜。』」（《制
藝叢話》，頁251）此評語所謂「忽整忽散」可為其證。從其相反面而言，也有
古文家說到科舉八股之「排比對偶」，會對寫作古文發生「化散為駢」的不良影
響。（見王葆心，《古文辭通義》，台北：臺灣中華，1965年，上冊，卷二，頁25）
〔註29〕評唐順之，〈有故而去五句〉，《欽定四書文》，頁176。
〔註30〕評歸有光，〈吾十有五而志于學一章〉，《欽定四書文》，頁88。
〔註31〕評諸燮，〈德不孤必有鄰〉，《欽定四書文》，頁99。

> 王遵巖時文，意義風格實無過人者，以曾治古文，故氣體尚不俗耳。
> 〔註32〕

> 用古文機相灌輸之法，錯綜盡致，筆意峭勁。〔註33〕

指出嘉靖期間採用了古文作法，所以其八股文呈現出一股「縱橫排盪」、「屈盤勁肆」、「錯綜盡致，筆意峭勁」的不俗氣勢，這也就是引文中所謂的古文「氣格」、「氣脈」及「韓、歐之氣」。

（二）氣盛辭堅之風格

正嘉「以古文爲時文」的書寫手法，結果造成一種「氣盛」的效果，也就是文章在「精神氣象」上，益見流通、高遠。〔註34〕例如方苞說：

> 氣盛辭堅，已開嘉靖間作者門徑。〔註35〕

即揭出正嘉文之重要風格特質。方氏評唐順之稱其：

> 以古文之氣格出之，故同時作者皆爲所屈，蓋或識不及遠、或才不逮意，雖苦心營度，終不能出時文蹊徑也。〔註36〕

評歸有光曰：

> 化治以前，先輩多以經語詁題，而精神之流通、氣象之高遠，未有若茲篇者。〔註37〕

又說到：

> 歸、唐皆以古文爲時文，唐則指事類情，曲折盡意，使人望而心開；歸則精理內蘊，大氣包舉，使人入其中而茫然；蓋由一深透於史事，一兼達於經義也。〔註38〕

可見這種「氣盛」、「大氣包舉」的手筆，是方苞眼中此期八股文最重要之特質所在。文章之「氣」既是書寫精神的流露，他常稱這種以歸有光爲代表之正嘉風格爲「渾成」，例如方氏說：

〔註32〕評王愼中，〈不得中行而與之一節〉，《欽定四書文》，頁119。
〔註33〕評陸樹聲，〈不見諸侯何義一章〉，《欽定四書文》，頁168。
〔註34〕方苞論八股文，兼攝作品之「理」、「詞」、「氣」三部分，他說：「依於理以達乎其詞也，則存乎氣；氣也者，各稱其資材，而視所學之淺深以爲充歉者也」（〈進四書文選表〉，《方望溪全集》，「集外文」，卷二，頁288。）
〔註35〕評王守仁，〈志士仁人一節〉，《欽定四書文》，頁31。
〔註36〕評唐順之，〈有故而去五句〉，《欽定四書文》，頁176。
〔註37〕評歸有光，〈大學之道一節〉，《欽定四書文》，頁75。
〔註38〕評唐順之，〈三仕爲令尹六句〉，《欽定四書文》，頁100。

　　具化治之確質，兼正嘉之渾成，……〔註39〕

　　題句一氣貫注，用法驅駕則神理易隔，似此依次順敘，渾然天成，
無有畔岸，化工元氣之筆也。〔註40〕

　　古厚清渾之氣，盤旋屈曲於行楮間。〔註41〕

　　蒼茫迴薄，不見其運掉排盪之跡，是大家樸直氣象。〔註42〕

可以說，「一氣貫注」、「大氣包舉」的精神流露，「渾然天成，無有畔岸」、「不
見其運掉排盪之跡」、「使人入其中而茫然」的自然渾成，實與化治時期王鏊
等文家之「氣格渾成」彷彿，在風格上有所沿續及光大。

（三）融液經史之變革

　　正嘉「以古文為時文」的另一特徵，則是所謂「融液經史」的變革。可
以這樣說，八股文書寫從「守經遵註」演化至「融液經史」，其實正如古文宗
主韓愈昔年所論的，是一種「師其意，不師其辭」、「自樹立，不因循」的自
信表現。〔註43〕

　　對於古代經籍，方苞的看法是：

　　時文乃代聖賢之言，非研經究史，則議論無根據。〔註44〕

　　文有合用傳註者，亦須鎔化，不可直寫。〔註45〕

〔註39〕評劉捷，〈養心莫善於寡欲一節〉，《欽定四書文》，頁959。在此之前，錢禧已
　　　　提及正嘉文有「雄渾」之風：「萬曆癸未以前，會元墨卷多平淡之篇。平淡而
　　　　兼深古，惟成、弘以上有之。正、嘉以來，或兼雄渾、或兼敏妙、或兼圓熟，
　　　　各自成家，亦各有宗派，然皆有平淡之風。」（《制藝叢話》，頁233）而鄭荔
　　　　鄉〈寄長姪天錦論時文〉詩中也形容歸有光時文為「渾浩流轉注河漢，濃淡
　　　　舒卷拖蜺虹。」（《制藝叢話》，頁324）
〔註40〕評歸有光，〈是以聲名洋溢乎中國一節〉，《欽定四書文》，頁157。
〔註41〕評歸有光，〈夏禮吾能言之四句〉，《欽定四書文》，頁91。
〔註42〕評歸有光，〈天將以夫子為木鐸〉，《欽定四書文》，頁95～96。
〔註43〕韓愈〈答劉正夫書〉：「或問：『為文宜何師？』必謹對曰：『宜師古聖賢人。』
　　　　曰：『古聖賢人所為書具存，辭皆不同，宜何師？』必謹對曰：『師其意，不
　　　　師其辭。』……若聖人之道不用文則已，用則必尚其能者，能者非他，能自
　　　　樹立，不因循者是也。」（《韓昌黎文集校注》，馬通伯校注，台北：華正，1986
　　　　年，頁121～122）唐宋古文運動原是一種對於秦漢經典的重新詮釋，在書寫
　　　　上本就強調「不師其辭」、「不因循」；就這一點來看，正嘉八股文「融液經史」
　　　　之精神，與古文運動對於經典傳統之消化創造是一致的。
〔註44〕評黃淳耀，〈得百里之地而君之　皆不為也〉，《欽定四書文》，頁498。
〔註45〕評顧清，〈子謂韶盡美矣二句〉，《欽定四書文》，頁19。

寫作八股文原是爲了講求經義，對於既有之經籍傳註自然需引爲典據，以其爲參考，但合用時「亦須鎔化，不可直寫」。

此期作品之融液經史，如方苞評唐順之曰：

> 就《語》、《孟》中取義，而經史事迹無不渾括，此由筆力高潔，運用生新，後人動闌入《四書》字面作文，殊乏精采，所謂上下牀之隔也。〔註46〕

因爲不採「字面作文」，而是「渾括」了經史事迹，所以才會稱其「運用生新」。又如其評歸有光云：

> 義則鎔經液史，文則躋宋攀唐，下視辛未諸墨，皆郜婁矣。〔註47〕

> 化治以前，先輩多以經語詁題，而精神之流通、氣象之高遠，未有若茲篇者。學者苦心探索，可知作者根柢之淺深。三百篇語，漢魏人用之即是漢魏人氣息；漢魏樂府古詩，六朝人用之即是六朝人音節。觀守溪、震川之用經語，各肖其文之自己出者，可悟文章有神。〔註48〕

> 古氣磅礴，光焰萬丈，只是於聖人制作精意，實能探其原本，故任筆抒寫，以我馭題，此歸震川之絕調也。〔註49〕

由於不像化治以前「多以經語詁題」，方苞形容王鏊、歸有光之「用經語」，猶如漢魏人之「用」《詩經》，猶如六朝人之「用」漢魏樂府古詩，能「各肖其文之自己出者」，這種「用」是先有一「言志」之主體在焉，故其賦詩不妨「斷章取義」，〔註50〕可以「任筆抒寫」，「以我馭題」；借他人酒杯，澆自身之塊壘。

〔註46〕評唐順之，〈君子喻於義一節〉，《欽定四書文》，頁98。
〔註47〕評歸有光，〈生財有大道一節〉，《欽定四書文》，頁82。
〔註48〕評歸有光，〈大學之道一節〉，《欽定四書文》，頁75。
〔註49〕評歸有光，〈周公成文武之德　及士庶人〉，《欽定四書文》，頁143。
〔註50〕據《日知錄》記載：「林文恪公（材）《福州府志》云：『余好問長老前輩時事，或爲余言林尚默誌方游鄉序爲弟子員，即自負其才當冠海內士。然考其時試諸生者，則楊文貞、金文靖二公也。夫尚默當時所習特舉子業耳，而楊、金二學士皆文章宿老，蔚爲儒宗，尚默乃能必之二公若合符節，何哉？當是時也，學出於一，上以是取之，下以是習之，譬作車者不出門，而知適四方之合轍也。正德末，異說者起，以利誘後生，使從其學，毀儒先，詆傳注，殆不啻弁髦矣。由是學者悵悵然莫知所從，欲從其舊說則恐或生新說，從其新說則又不忍遽棄傳注也。己不能自必，況於人乎？是故射無定鵠，則羿不能巧；學無定論，則游、夏不能工。欲道德一、風俗同，其必自大人不倡游言始。』」（《制藝叢話》引，頁230）林材此處的說法很值得留意，他認爲八股「毀儒先，詆傳注」之「異說」紛起，係從正德末年開始的，而方苞於此期

正如古文運動是「以復古為開新」、化傳統於流行，依方苞說法，或許因為這些文章改寫後的「氣息」與「音節」，保留了當代審美趣味，所以他才會稱美歸有光新作的「精神之流通」與「氣象之高遠」，不似化治期板滯拘謹。

尤為可貴的是，這些重新詮釋的經典舊章，不但「肖其文之自己出者」，似乎寫出了當代「述者」的內心；卻又彷彿是古代「作者」被再度喚醒，活生生地講論其經典奧義。〔註51〕

（四）易方為圓、章脈貫通

正嘉作品所以能夠「精神流通」、「氣象高遠」，除了義理上「融液經史」之揮灑外，另外還有一個重要原因，則是文體技巧的日漸成熟。〔註52〕

行文手筆之熟練，使得此期文章比較起化治以前作品，顯得貫通而遒密，請看方苞評語：

> 章脈貫通，堅重遒密，嘉靖盛時風格。〔註53〕

> 貫通章旨，首尾天然縮合，緣熟於古文法度，循題膚理，隨手自成剪裁。〔註54〕

> 謹嚴純密中有疏逸之致，猶見正嘉先輩遺則。〔註55〕

> 詞無枝葉，語有倫次，足繼美正嘉作者。〔註56〕

> 八股至此，綿密已極，過此不可復加，故遂流而日下也。長至五六百字而不可增減，可以知其體認之精、敦琢之純矣。〔註57〕

強調這些作品「詞無枝葉，語有倫次」、「首尾天然縮合」的「謹嚴」、「遒密」與「章脈貫通」，其形式上則日漸臻於「過此不可復加」、「不可增減」之「綿密」、圓熟。

所稱美的唐順之、歸有光，二人皆於嘉靖期間登第，這恰好可以讓我們理解正嘉間人對於固有詮釋模式之變革，與文評家方苞標舉此期之解經態度。

〔註51〕 此處涉及八股文之經典詮釋學層面，請參考本論文第四章。

〔註52〕 此期文學技巧日漸成熟，也形成了不同的宗派風格，如錢禧說：「正、嘉以來，或兼雄渾、或兼敏妙、或兼圓熟，各自成家，亦各有宗派，然皆有平淡之風。」（《制藝叢話》，頁233）

〔註53〕 評許孚遠，〈故君子名之必可言也一節〉，《欽定四書文》，頁118。

〔註54〕 評唐順之，〈此之謂絜矩之道合下十六節〉，《欽定四書文》，頁79～80。

〔註55〕 評熊伯龍，〈湯之盤銘曰一章〉，《欽定四書文》，頁587。

〔註56〕 評蔡世遠，〈淡而不厭　可與入德矣〉，《欽定四書文》，頁834。

〔註57〕 評瞿景淳，〈道也者二節〉，《欽定四書文》，頁133。

文學技巧日進，方苞曾提及此期形式上「易方爲圓」的熟練，逐漸開啓了「兼講機法，務爲靈變」的隆萬風氣，他在評點時提及這些作品：

> 未離化治矩矱，而易方爲圓，漸爲談機法者導夫先路矣。〔註58〕
>
> 名搆老格，相因以熟，自不得不思變易。前作搤挈，後作搤收，行之以排叠，運之以英偉，頓覺耳目改觀，亦漸開隆萬風氣矣。〔註59〕
>
> 文之鈎勒貫穿，已近隆萬間蹊徑，存此以示文章隨世，而變必有其漸也。〔註60〕

在方苞看來，八股文體「易方爲圓」之改變，本爲書寫史上「相因以熟，自不得不思變易」、「變必有其漸」的必然發展。此期作品遂開始能「前作搤挈，後作搤收，行之以排叠，運之以英偉」，講求章脈間「鈎勒貫穿」的圓熟機法。

三、隆萬時期

隆萬時期作品之風格特色，據方苞說：

> 隆萬間兼講機法，務爲靈變，雖巧密有加，而氣體荼然矣。……
>
> 隆萬爲明文之衰，必氣質端重、間架渾成，巧不傷雅，乃無流弊；
>
> 其專事凌駕，輕剽促隘，雖有機趣，而按之無實理眞氣者，不與焉。
>
> 〔註61〕

可見這些作品是以「靈變」、「巧密有加」的「機法」見長，方苞在評選時特別從中挑揀出「氣質端重、間架渾成」的篇章，庶幾「巧不傷雅，乃無流弊」。方氏說此期爲「明文之衰」，至於缺失，則因爲書寫上逐漸失於「專事凌駕，輕剽促隘」，變得「無實理眞氣」。

爲表現此期佳作的特色，以下姑列舉數端，仍以《欽定四書文》之相關評點爲例說明：

（一）機法靈變之技巧

此期方苞評點上的首要特色，特別強調隆萬人之長於機法、務爲靈變，八股文體至此於始臻形式之完熟。例如方氏說：

〔註58〕 評瞿景淳，〈事君敬其事而後其食〉，《欽定四書文》，頁126。
〔註59〕 評周思兼，〈邦君之妻一節〉，《欽定四書文》，頁127。
〔註60〕 評陸樹聲，〈修道之謂教　致中和〉，《欽定四書文》，頁132。
〔註61〕 〈進四書文選表・凡例〉，《方望溪全集》，「集外文」卷二，頁286。

隆萬間作者專主氣脈貫通，每用倒提總挈之法。〔註62〕

上下照應之法至此乃精，嘉靖以前未有也。〔註63〕

內堅栗而外圓潤，凡虛實分合、斷續之法，無不備矣。〔註64〕

章法之轉運，氣脈之灌輸，如子美七言古詩，開闔斷續、奇變無方，而使讀者口順心怡，莫識其經營之迹。〔註65〕

末節一一回抱，章法最爲靈變。其迴環映帶，已大近時趨，存之以誌古法之變。〔註66〕

層次推究，語意渾然。獨拈仁字聯貫前後，乃時文家小數，機法雖熟，體卑而氣索矣。然其經營之周密、局度之渾融，固非淺學所能卒辦。〔註67〕

此期作品之特色，在於使用「倒提總挈」、「上下照應」、「迴環映帶」、以及「虛實分合、斷續」之機法，造成「開闔斷續、奇變無方」、「莫識其經營之迹」的閱讀經驗，這些篇章就文體形式而言雖然「經營周密」、「局度渾融」，但若過度、或太刻意重視在技巧，就不免會忽略了做爲文章根本的義理性、及情感層面，以至流於「體卑而氣索」。

值得注意的是，方苞於評點中也採用了王巳山等人的見解，認爲此期「倒提總挈」、「上下照應」機法之精熟，是一種文體發展上的必然趨勢：

自萬歷己丑，陶石簣以奇矯得元，而壬辰踵之，遂以陵駕之習首咎因之，其實文章之變隨人心而日開。於順題成局相沿已久之後，變而低昂其勢、疾徐其節，亦何不可信？

能以經傳之理爲主，順逆正變，期於恰適肖題，乃爲變而不失其正。

至於任意武斷，槩用倒提，故爲串插；於題，則有字而無理，於文，則有巧而無氣。纖佻譎詭，邪態百出，亦不得盡以爲創始者之過也。〔註68〕

〔註62〕評馮夢禎，〈其爲人也孝弟一章〉，《欽定四書文》，頁212。
〔註63〕評黃洪憲，〈身修而后家齊　合下節〉，《欽定四書文》，頁202。
〔註64〕評董其昌，〈知者樂水一節〉，《欽定四書文》，頁225。
〔註65〕評萬國欽，〈舜其大孝也與一章〉，《欽定四書文》，頁257。
〔註66〕評林齊聖，〈設爲庠序學校以教之九節〉，《欽定四書文》，頁283。
〔註67〕評吳默，〈知及之一章〉，《欽定四書文》，頁245。
〔註68〕評吳默，〈故大德二節〉，《欽定四書文》，頁258。此段評點前半亦見於《制藝

此節引文中主張「文章之變隨人心而日開」，文體所以發展，實與作者書寫、讀者閱讀之需求攸關，因此「於順題成局相沿已久之後，變而低昂其勢、疾徐其節」之改變，就是文體延續上之必然，是一種進步，而非墮落。

寫作文章本是爲了表意，八股文則是爲了演示經義，爲了達成這個目的，在表達上只有愈求精緻變化、日新又新，才能保證義理的周密與不朽。然而於此詮釋學中之弔詭，卻在文體技巧（章法）的複雜化，往往會使得書寫者及閱讀者日漸遺忘了作品原本該有的「載道」功能，變得「纖佻譎詭，邪態百出」。

雖然日久難免生弊，但是這卻「不得盡以爲創始者之過」，文體形式上的複雜精熟既屬於必然之趨勢，那麼書寫及閱讀的人只能謹記「以經傳之理爲主」，才能夠如方苞所說的：「爲變而不失其正」。

（二）神韻清微之風格

隆萬形式上既是「專主氣脈貫通」、「迴環映帶」，所伴隨而來的風格轉變，則爲一分清瑩空明的神韻。茲舉方苞相關評點以爲例證：

嘉隆渾重體質至此一變，而清瑩空明，毫無障礙，可爲腐滯之藥。〔註69〕

正嘉先輩皆以義理精實爲宗，蔑以加矣，故隆萬能手復以神韻清微取勝，其含毫邈然，固足以滲人心腑。〔註70〕

題緒雖繁，無一節可脫畧，文能馭繁以簡，毫髮不遺，而出以自然，由其理得而氣清也。〔註71〕

無事鉤章棘句，而題之層折神氣畢出，其文情閒逸，顧盼作態，固作者所擅場。〔註72〕

股法極變化，情詞極婉轉，後來佳作皆不能出其右。〔註73〕

此期作品之「文情閒逸」與「神韻清微」，將正嘉人過分重視義理層面「渾重」、「精實」，所不免帶來的「腐滯」一掃而光，而能利用較成熟的文章技巧創發

叢話》，頁89～90，然其字句略有出入，此節梁章鉅標爲王巴山之說法。
〔註69〕評顧憲成，〈盡其心者一節〉，《欽定四書文》，頁308。
〔註70〕評顧天埈，〈吾猶及史之闕文也二句〉，《欽定四書文》，頁244。
〔註71〕評顧允成，〈是以君子有絜矩之道也　忠信以得之〉，《欽定四書文》，頁204。
〔註72〕評湯顯祖，〈我未見好仁者一章〉，《欽定四書文》，頁218。
〔註73〕評歸子慕，〈直道而事人四句〉，《欽定四書文》，頁250。

出「毫無障礙」之「清瑩空明」。尤爲精采的是，他們在擺脫了前期的腐滯之餘，其狀寫情態心理尙能「神氣畢出」、「含毫邈然」，而足「滲入心腑」。

　　這種「以神韻清微取勝」的相關評點於此期所在多見，於此不妨再略舉幾則以爲說明：

　　公西華非備嘗甘苦不能爲此言，作者體認眞切，故語淡而意深，如脫於古賢之口。〔註74〕

　　情眞語切，足令人怠心昏氣悚然而振。〔註75〕

　　文之清澈廉勁，如刀割塗，可謂生氣見於筆端。〔註76〕

　　空明澹宕，清深而味有餘，粉澤爲工者，當用此以滌濯之。〔註77〕

　　極平淡中，清越疎古之氣，足以愜人心目，非涵養深厚，志氣和平，不能一時得此。〔註78〕

　　下筆疎秀，眼前意思，說來卻娓娓動人。〔註79〕

　　情眞理眞景眞，併聲音笑貌無一不眞，故能令人諷誦不厭。〔註80〕

引文所謂的「情眞語切」、「清深而味有餘」、「情眞理眞景眞，併聲音笑貌無一不眞」，這種擺脫了腐滯的「體認眞切」，或許正是沿續了正嘉人「融液經史」之精神而來，這也是隆萬作品的重要發展。

（三）強調書卷，借古諷今

　　除了「機法靈變」及「神韻清微」是隆萬作品裡的兩大特色，值得注意的是，此期方苞於評點中也屢屢提及「書卷」之功。隆萬文家在擺脫前期恪遵傳註的「腐滯」之餘，似乎更加重視了「鎔冶經籍，運以雋思」的根本功夫，例如方氏評點有云：

　　其鎔冶經籍，運以雋思，使三句題情上下渾成一片，尤極經營苦心。

　　〔註81〕

〔註74〕評歸子慕，〈公西華曰正唯弟子不能學也〉，《欽定四書文》，頁226。
〔註75〕評歸子慕，〈四十五十而無聞焉二句〉，《欽定四書文》，頁230。
〔註76〕評魏大中，〈生之謂性一章〉，《欽定四書文》，頁306。
〔註77〕評王堯封，〈吾之於人也一章〉，《欽定四書文》，頁242。
〔註78〕評顧憲成，〈惟仁者爲能以小事大二段〉，《欽定四書文》，頁270。
〔註79〕評沈演，〈東面而征西夷怨　霓也〉，《欽定四書文》，頁274。
〔註80〕評黃洪憲，〈邠人曰四句〉，《欽定四書文》，頁276。
〔註81〕評湯顯祖，〈昔者大王居邠　去之岐山之下居焉〉，《欽定四書文》，頁275。

其理則融會六經，其氣則浸淫史漢，其法則無所不備也。〔註82〕

義蘊深閎，匡、劉説經之遺，盡滌此題陳語。〔註83〕

即指出隆萬人對於經史之鎔冶浸淫；〔註84〕此外，方苞也注意到當時不少作品充滿「書卷味」，如他提及：

雖用巧法，然大雅天成而不傷於纖佻，由其書卷味深而筆姿天授也。
〔註85〕

義法亦人所共知，而敍來嶔崎磊落，非胸無書卷人所能彷彿。〔註86〕

詞語雖尚琢鍊，而氣體自與俗殊，以言外尚有書卷之味也。〔註87〕

此先輩極風華文字，然字字精確，無一字無來歷，而氣又足以運之，
以藻麗爲工者，宜用此爲標準。〔註88〕

方氏認爲作品裡因爲有「書卷味」，讀來「嶔崎磊落」，〔註89〕可以彌補文詞之「琢鍊」、「藻麗」，如此才能「不傷於纖佻」。

最後尚值一提的是，此期也開始出現了藉由制藝以諷時局之作法，如方苞評點趙南星曰：

春秋以前，強臣專政者有之，鄙夫橫恣者尚少；秦漢以下，乃有禍
人家國者。聖人知周萬物，早洞悉其情狀。作者生有明之季，撫心

〔註82〕 評鄧以讚，〈禮樂不興二句〉，《欽定四書文》，頁237。
〔註83〕 評方應祥，〈唯女子與小人爲難養也一節〉，《欽定四書文》，頁249；引文所指，爲西漢經學家匡衡、劉向。
〔註84〕 又如鄭蘇年曾提到隆萬時文之佳者「言皆有物」，他説：「讀隆、萬時文，由淡而濃，而其淡處愈有味。黃葵陽〈君子和而不同〉文，措語雖淡，而樹義卻極精深，如云：『天下國家之事，本非一人之意見，所得附和而強同者，惟平其心以待之而已矣；天下萬世之道，本非一己之私心，所能任情而強和者，惟公其心以應之而已矣。』前比是大程子之於荊公，後比是朱文公之於陸、陳，言皆有物，不知者但以爲淡也。……此於和同互異之處，確然得其指歸，遂能將君子心事、學術全身寫出，而鹵莽讀者亦鮮不以爲淡矣。」（《制藝叢話》，頁86）
〔註85〕 評湯顯祖，〈民之歸仁也二節〉，《欽定四書文》，頁295。
〔註86〕 評顧天埈，〈伊尹相湯以王於天下一節〉，《欽定四書文》，頁297。
〔註87〕 評李維楨，〈有布縷之征　緩其二〉，《欽定四書文》，頁312。
〔註88〕 評湯顯祖，〈故太王事獯鬻二句〉，《欽定四書文》，頁271。
〔註89〕 錢禧曾提及：「萬曆癸未以前，會元墨卷多平淡之篇。平淡而兼深古，惟成、弘以上有之。正、嘉以來，或兼雄渾、或兼敏妙、或兼圓熟，各自成家，亦各有宗派，然皆有平淡之風。癸未以後，或太露筋骨，或太用識見，一時得之，似誠足以起衰懦、破雷同，然於平淡兩字相去已遠矣。」（《制藝叢話》，頁233）認爲萬曆癸未以後，制藝有「太用識見」的弊病，與成弘、正嘉不同。

　　蒿目，故言之如是其深痛也。〔註90〕

趙氏所論當然無涉於春秋史實，明明是他對時政感到「撫心蒿目」，才會「言之如是其深痛」；但是此處作者對於經典曲解的特例，方苞卻很寬容地說聖人必然「知周萬物，早洞悉其情狀」，賦與了趙氏「藉古諷今」作法於經典詮釋學之合理性。我們可以從這裡留意明清制藝於釋經態度之開放性，不腐滯的經典闡釋，是應該伴隨時代之流衍而能不斷開展、且能深涉於時用的。

　　然此期「強調書卷」及「借古諷今」的作法，後來竟深刻影響了啓禎制藝之風格。

四、啓禎時期

　　啓禎時期八股文之風格特色，據方苞說：

> 至啓禎諸家，則窮思畢精，務爲奇特，包絡載籍，刻雕物情，凡胸中所欲言者，皆借題以發之。就其善者，可興可觀，光氣自不可泯。……
>
> 至啓禎名家之傑特者，其思力所造、塗徑所開，或爲前輩所不能到；其餘雜家，則佴棄規矩以爲新奇，剶剝經子以爲古奧，雕琢字句以爲工雅。書卷雖富、辭氣雖豐，而聖經賢傳本義轉爲所蔽蝕，故別而去之，不使與卓然名家者相混也。〔註91〕

可見這些作品是以「窮思畢精」、「包絡載籍」，且能將「胸中所欲言者，皆借題以發之」者見長，雖然未必能如正嘉盛時「融液經史」、「氣息醇古」，然其名家傑特者之「思力所造、塗徑所開，或爲前輩所不能到」，因而「可興可觀，光氣自不可泯」。

　　此期作品主要弊病，則在於「佴棄規矩以爲新奇，剶剝經子以爲古奧，雕琢字句以爲工雅」；章法字句上的雕琢生新、經籍子部的廣博取材，雖然有「書卷富、辭氣豐」之功，卻也造成「聖經賢傳本義轉爲所蔽蝕」的危機。〔註92〕

〔註90〕評趙南星，〈鄙夫可與事君也與哉一章〉，《欽定四書文》，頁248。

〔註91〕〈進四書文選表・凡例〉，《方望溪全集》，「集外文」卷二，頁286。

〔註92〕《四庫全書總目》更將明朝之滅亡，歸咎於此期「啓橫議之風，長傾詖之習」的「文體蠱」，其曰：「有明二百餘年，自洪、永以迄化、治，風氣初開，文多簡樸。逮於正、嘉，號爲極盛。隆、萬以機法爲貴，漸趨佻巧。至於啓、禎，警闢奇傑之氣日勝，而駁雜不醇、猖狂自恣者，亦遂錯出於其間。於是啓橫議之風，長傾詖之習，文體蠱而士習彌壞，士習壞而國運亦隨之矣。我

以下姑列舉數端，試以方苞之評點為例說明：

（一）義皆心得

此期作品之強調「窮思畢精，務為奇特」，我們可以從方苞的文後評語中略見一斑，例如：

> 凡文之暴見於世，愈久而不湮者，必前未有比，後可為法。理題文前此多直用先儒語以詁之，至陳、章輩出，乃挹取羣言，自出精意，與相發明，故能高步一時，到今終莫之踰。〔註93〕

> 制科之文，至隆萬之季，真氣索然矣，故金、陳諸家，聚經史之精英，窮事物之情變，而一於四書文發之，義皆心得，言必己出，乃八股中不可不開之洞壑也。〔註94〕

這裡說「前此多直用先儒語以詁之」，至此始「自出精意，與相發明」、「義皆心得，言必己出」，所以能夠「高步一時」，為八股書寫史上「不可不開之洞壑」。方氏強調啓禎時文「義皆心得，言必己出」，屢見於其評點，例如：

> 實得於心，故言皆真切。〔註95〕

> 以聖賢語自驗於身心而得之，乃能如此俊拔明粹。〔註96〕

因為係「自驗於身心而得之」，故文理上多發前人所未發之義，例如《欽定四書文》曰：

> 其義為人所未發之義，其言為世所不可少之言。〔註97〕

> 昔人云：發人所未嘗言之理，則可謂之新；匪眾人思慮之所及，則可謂之奇。中二股真得其意也，所謂新奇，要只在極平正處，但人自說不到耳。〔註98〕

> 翻轉出一番新意，正復題中所應有也，此種最足益人神智。〔註99〕

> 詞必己出，既出又人人意中所有，名理只在眼前，淺學自不善爬梳

國家景運聿新，乃反而歸於正軌，我皇上復申明清真雅正之訓。」（《制藝叢話》，頁12～13）

〔註93〕 評陳際泰，〈學而時習之一節〉，《欽定四書文》，頁331～2。
〔註94〕 評金聲，〈德行一節〉，《欽定四書文》，頁386-7。
〔註95〕 評陳際泰，〈欲正其心者四句〉，《欽定四書文》，頁319。
〔註96〕 評章世純，〈行前定則不疚〉，《欽定四書文》，頁471。
〔註97〕 評金聲，〈為之者疾二句〉，《欽定四書文》，頁329。
〔註98〕 評陳際泰，〈因不失其親二句〉，《欽定四書文》，頁336。
〔註99〕 評金聲，〈侍於君子有三愆一節〉，《欽定四書文》，頁431。

耳。〔註100〕

　　作文好翻案原非正軌，但果有一段議論發前人所未發，足使觀者感

　　動奮興，亦不可以常説相拘執。〔註101〕

皆指出此期作者能於「極平正處」翻轉出「人所未發之義」的精彩，方氏且
持一通達之態度，認爲好翻案「原非正軌」，但是如果其言之成理，「足使觀
者感動奮興」，自應當視爲「題中所應有」之精義，〔註102〕屬於「世所不可少
之言」，因此「亦不可以常説相拘執」。

　　既是看重「義皆心得，言必己出」，所以此期作者對於既有之經傳註解就
未必滿意，而主張「率胸懷」、「學識定」，例如方苞說：

　　學識定，然後下語不可動搖；匪是而逞辨，必支離無當。即墨守註

　　語，亦淹淹無生氣也。〔註103〕

　　作者於儒先解說，皆覺不安於心，又不敢自異於朱註，故止言此詩

　　得性情之正，而一切不敢實疏。……而文特高，古義亦醇正。〔註104〕

　　就白文看得血脉貫通，率胸懷説去，極平極淺，自然通透灑落。今

　　人只爲滿腹貯許多講章，白文反自糊塗，臨文雖用盡猛將酷吏氣力，

　　終於題目痛癢無關。宋儒之書苟不能貫穿，不如用本色，況講章原

　　以講明此書也。〔註105〕

認爲主體「不可動搖」之「學識定」，比起支離的「墨守註語」要更有意義，
方苞寧取「血脉貫通，率胸懷説去，極平極淺，自然通透灑落」的「本色」
文章，而反對（儘管是「滿腹貯許多講章」，卻）於題痛癢無關的糊塗文章。

〔註100〕評陳際泰，〈博學之四句〉，《欽定四書文》，頁475。

〔註101〕評譚元春，〈曾晳嗜羊棗一章〉，《欽定四書文》，頁575。

〔註102〕王夫之也認爲傳註雖不可「背戾」，但應「補爲發明」，才不會困死其中：「經
　　　　義固必以章句、集註爲準，但不可背戾以浸淫於異端，若註所未備，補爲發
　　　　明，正先儒所樂得者。……如金正希〈侍於君子有三愆〉文謂：『人有愆而不
　　　　自知，唯侍君子乃知有之，而懇惶思改，見人之不可不就正於君子。』陳大
　　　　士〈欲仁而得仁〉文謂：『欲取於民者，薄斂而緩征之，仁者之政也；則所得
　　　　者，民皆樂奉而懷恩，固仁者之得也。』如此乃與不貪相應。諸若此類，註
　　　　所未及，詎可以非註所有，而謂爲異說乎？困死俗陋講章中者，自不足以語
　　　　此。」（《夕堂永日緒論‧外編》，收入《船山遺書全集》，第二十冊，台北：
　　　　自由出版社，1972年，頁11599）

〔註103〕評黃淳耀，〈桃應問曰一章〉，《欽定四書文》，頁567。

〔註104〕評陳際泰，〈關雎樂而不淫一節〉，《欽定四書文》，頁354。

〔註105〕評曾異撰，〈強恕而行二句〉，《欽定四書文》，頁558-9。

〔註106〕

此類違背於既有講章、註語的新詮釋，方苞不僅為之開釋，說是「題中所應有」，甚且認為其「有輔於經傳」：

> 邇年不學無識人謬謂得「化治規矩」，極詆金、陳，蓋由貪常嗜瑣，自忖必不能造此，而漫為狂言，以揜飾其庸陋耳。夫程子《易傳》切中經義者無幾，張子《正蒙》與程、朱之說即多不合，但以持之有故，言之成理，故並垂于世。金、陳之時文，豈有異于是乎？故于兩家之文，指事類情，悲時憫俗，可以感發人心，扶植世教者，苟大意得則畧其小疵，并著所以存之之故，使學者無迷於祈嚮焉。〔註107〕

> 知人論世鑿然有據，蓋自《史記·魯世家》得之，故有正嘉、啓禎名手，推闡經傳之文，則天下不敢目時文為末技矣。〔註108〕

> 探脈極真，取義極切，輕重適宜，隆殺曲稱，實有輔於經傳之文。

〔註109〕

> 反復推勘，深切明著，可與漢唐名賢書疏並垂不朽，不僅為制藝佳篇也。〔註110〕

經義之正當性未必是墨守成規，相反地應該在於其闡釋體系如何能「與時俱進」的日新又新；後代「持之有故，言之成理」、「可以感發人心，扶植世教者」，便足與「漢唐名賢書疏並垂不朽」。

（二）包絡載籍

此期作品除了「窮思畢精，務為奇特」，啓禎文家也擅於「包絡載籍」，

〔註106〕 然錢禧於當時指出，太用識見會破壞了八股文既有風格：「萬曆癸未以前，會元墨卷多平淡之篇。平淡而兼深古，惟成、弘以上有之。正、嘉以來，或兼雄渾、或兼敏妙、或兼圓熟，各自成家，亦各有宗派，然皆有平淡之風。癸未以後，或太露筋骨，或太用識見，一時得之，似誠足以起衰懦、破雷同，然於平淡兩字相去已遠矣。」（《制藝叢話》，頁233）王夫之亦有同感：「文章本靜業，故曰：『仁者之言，藹如也。』學術風俗皆於此判別，著力急者心氣粗，則一發不禁，其落筆必重，皆嚚陵競亂之徵也。……啓禎諸公，欲挽萬曆俗靡之習，而競躁之心勝：其落筆皆如椎擊，刻畫愈極，得理愈淺。雖有才人，無可勝澄清之任。」（《夕堂永日緒論·外編》，頁11604-5）

〔註107〕 評金聲，〈德行一節〉，《欽定四書文》，頁386-7。

〔註108〕 評徐孚遠，〈祿之去公室一節〉，《欽定四書文》，頁429-30。

〔註109〕 評徐方廣，〈父為大夫八句〉，《欽定四書文》，頁459。

〔註110〕 評黃淳耀，〈孟子謂戴不勝曰一章〉，《欽定四書文》，頁516。

〔註 111〕從廣博的經籍文獻汲取寫作資源，以抉發精奇之論。這一類評語廣見於《欽定四書文》中，例如說：

> 時文乃代聖賢之言，非研經究史，則議論無根據。〔註 112〕

> 鎔冶經史，而挹其菁英。〔註 113〕

> 融會經籍，施之各當其宜，如此方謂之騁能而化。〔註 114〕

> 經世綜物深切著明，其中包孕幾多載籍，而性質之沉毅，亦流露於筆墨之外。〔註 115〕

> 風骨超邁，紆餘卓犖，自非襟抱過人、沉酣古籍者不能作。〔註 116〕

> 淳潔之氣盎溢言外，惟其沉酣古籍，而心知其意也。〔註 117〕

> 非高挹羣言，不能道其隻字。〔註 118〕

強調對於經史古籍之融會；此外，又例如：

> 作者每遇一題，必有的義數端，爲眾人所未發，由其博極羣書，一心兩眼，痛下功夫，而寔有心得，故取之左右逢源。〔註 119〕

> 多讀儒先之書，而條貫出之，故詞無枝葉，豈有擇焉不精、語焉不詳之憾。〔註 120〕

> 溫醇得于書味，靜細出于心源，如此講德禮恥格，始無世俗語言。
> 〔註 121〕

> 細膩熨貼，語語皆有含咀，氣體雖不甚高，卻非胸無書籍人可以狞辦。〔註 122〕

〔註111〕俞長城提到這種現象早在萬曆晚期已萌芽：「當萬曆之末，文體靡穢，佛經、語錄盡入於文。」（《制藝叢話》引，頁 107）

〔註112〕評黃淳耀，〈得百里之地而君之　皆不爲也〉，《欽定四書文》，頁 498。

〔註113〕評陳子龍，〈齊明盛服〉，《欽定四書文》，頁 467。

〔註114〕評楊以任，〈足食足兵民信之矣〉，《欽定四書文》，頁 393-4。

〔註115〕評金聲，〈節用而愛人〉，《欽定四書文》，頁 334。

〔註116〕評陳子龍，〈吾猶及史之闕文也一節〉，《欽定四書文》，頁 421-2。

〔註117〕評羅萬藻，〈文武之政二句〉，《欽定四書文》，頁 461。

〔註118〕評羅萬藻，〈耕者九一五句〉，《欽定四書文》，頁 489。

〔註119〕評陳際泰，〈動乎四體〉，《欽定四書文》，頁 479。

〔註120〕評楊廷麟，〈天命之謂性一節〉，《欽定四書文》，頁 451。

〔註121〕評羅萬藻，〈道之以德一節〉，《欽定四書文》，頁 338-9。

〔註122〕評李愫，〈有民人焉一節〉，《欽定四書文》，頁 389。

> 非有學識人，不能曉其深處，道來不著痛癢耳。〔註123〕

> 熟於古今事故，故隨其所見，迅筆而出，皆足以肖題之情。他人窮探力索，恒患意不稱物，實由讀書未貫串也。〔註124〕

> 讀書多，則義理博而氣識閎，有觸而發者，皆關係世教之言，不可專玩其音節之古、氣勢之昌。〔註125〕

著明平日非有「博極羣書」的貫串觸發，寫作時即無法「左右逢源」，恆有「意不稱物」之患。方苞具體指出此期所包絡的「正典」，〔註126〕可參見評語如下：

> 四子之書，於古今事物之理無所不包，皆散在六經、諸子、及後世之史冊。明者流觀博覽，能以一心攝而取之，每遇一題即以發明印證。〔註127〕

> 章大力之文出於周末諸子，其思力銳入，實能究察事物之理。〔註128〕

> 其筆之廉銳，皆由浸潤於周秦古書得之。〔註129〕

> 後二股襯發處，議論悉本左氏內外傳文之靈警濬發，要不能憑虛而造也。〔註130〕

〔註123〕評陳際泰，〈尊賢則不惑〉，《欽定四書文》，頁466。
〔註124〕評陳際泰，〈好信不好學二句〉，《欽定四書文》，頁434。
〔註125〕評黃淳耀，〈子產聽鄭國之政一章〉，《欽定四書文》，頁531。
〔註126〕「包絡載籍」顯然也代表了經籍「正典」的移動與擴大，發之於八股文，則能形成一種斑駁的書卷味，可以參考顧咸正之說：「昔之文盛未極也，而甚難；今之文盛極矣，而反易，何以故？夫射不難稽天而難貫蝨，御不難馳陸而難蟻封。昔之作者，微心靜氣，參對聖賢，以尋絲毫血脈之所在，而又外束於功令，不敢以奇想駭句入而跳諸格。當是時，雖有絕才、絕學、絕識，冥然無所用之，故其為道也難；今之作者，內傾膈臆，外窮法象，無端無涯，不首不尾，可子、可史、可論策、可詩賦、可語錄、可禪、可玄、可小說，人各因其性之所近，而縱談其所自得；膽決而氣悍，足蹈而手舞，內無傳注束縛之患，而外無功令桎梏之憂，故其為道也似難而實易。且昔之讀書者，自六經而外，多讀《左傳》、《國策》、《史記》、《漢書》、漢唐宋諸大家及《通鑑綱目》、《性理》諸書，累年莫能究，而其用之於文也，乃澹澹然無用古之跡，故用力多而見功遲；今之讀書者，只讀《陰符》、《考工記》、《山海經》、《越絕書》、《春秋繁露》、《關尹子》、《鶡冠子》、《太玄經》、《易林》等書，卷帙不多，而用之於文也，無不斑斑駁駁，奇奇怪怪，故用力少而見功速。此今昔為文難易之故也。」(《制藝叢話》，頁23)
〔註127〕評陳際泰，〈雖有智慧二句〉，《欽定四書文》，頁492-3。
〔註128〕評章世純，〈心之官則思〉，《欽定四書文》，頁554。
〔註129〕評章世純，〈孝弟也者二句〉，《欽定四書文》，頁333。
〔註130〕評陳際泰，〈如知為君之難也一節〉，《欽定四書文》，頁405。

知人論世鑿然有據，蓋自《史記·魯世家》得之。〔註131〕

會萃元人《春秋》說以為判斷，筆力峻快雄健，頗類老蘇。〔註132〕

根柢周秦諸子及宋儒語，質奧精堅，制義中若有此等文數十篇，便可以當著書。〔註133〕

其載籍包括了周秦諸子、《左傳》、《史記》、元人《春秋》說、及宋儒語等，方苞認為制藝作者能夠如此運用文獻，是因為《四書》「於古今事物之理無所不包」，其義理「皆散在六經、諸子、及後世之史冊」，故而隨題引用以「發明印證」，足見經義之普遍性。

（三）刻雕物情

除此外，啓禎時期文家又擅於「刻雕物情」，這一類評語在《欽定四書文》中屢見，例如：

啓未發之覆，達難顯之情，他人即能了然於心、布於紙墨，亦不能如此晶明堅確也。〔註134〕

描寫曲暢，足以發難顯之情。〔註135〕

文足以達難顯之情，絞字分明如畫。〔註136〕

皆指出此期作品如何曲暢「難顯之情」；相關的評語又如：

於人情物理洞徹隱微，故語皆直透中堅。〔註137〕

意無殊絕，頓宕雍容，前後迴抱數虛字，神情俱出。〔註138〕

作者投刃於虛，能使當日語氣精神一一躍露。〔註139〕

語皆諦當，末幅尤寫得聖賢心事出。〔註140〕

激昂慷慨，幽離沉鬱，寫得毛髮俱動。〔註141〕

〔註131〕評徐孚遠，〈祿之去公室一節〉，《欽定四書文》，頁 429-30。
〔註132〕評陳際泰，〈晉文公譎而不正一節〉，《欽定四書文》，頁 410。
〔註133〕評陳際泰，〈體物而不可遺〉，《欽定四書文》，頁 456。
〔註134〕評章世純，〈君子無終食之間違仁〉，《欽定四書文》，頁 361-2。
〔註135〕評陳際泰，〈爲之兆也〉，《欽定四書文》，頁 543。
〔註136〕評陳際泰，〈好直不好學二句〉，《欽定四書文》，頁 435。
〔註137〕評金聲，〈未若貧而樂二句〉，《欽定四書文》，頁 337。
〔註138〕評陳子龍，〈長幼之節四句〉，《欽定四書文》，頁 442。
〔註139〕評高作霖，〈居惡在四句〉，《欽定四書文》，頁 565。
〔註140〕評黃淳耀，〈射有似乎君子一節〉，《欽定四書文》，頁 453。
〔註141〕評金聲，〈二老者天下之大老也〉，《欽定四書文》，頁 529。

> 推勘入微，語皆刺骨，誦之使人悽然，思人紀之艱。〔註142〕

> 從三代以後民情想像而得，對之使人心開，貪天、效人二意，恰是富後景象，尤有佳趣。〔註143〕

說是作品對於人情物理「洞徹隱微」、「神情俱出」、「寫得毛髮俱動」，能使讀者誦之淒然、對之心開。

（四）思巧法密

再者，啟禎時期八股文章所表現之「思巧法密」，亦為前期作品所不逮，如《欽定四書文》有云：

> 講機法者不能如其巧密，矜才氣者不能及其橫恣，制藝到此，可謂獨開生面矣。〔註144〕

> 前輩文之屬對，取其詞理相稱，特具開合淺深，流水法而已。惟作者屬對參差離奇，或前屈後直，或此縮彼伸，每於人轉折不能達處，鈎出精意，不獨義理完足，即一二盧字不同處，亦具有深趣，不可更移。此等境界，實前人所未闢。〔註145〕

> 思巧法密，不受唐荊川牢籠。〔註146〕

皆稱美此期行文上的巧思及周密，乃能「不受唐荊川牢籠」，可謂「獨開生面」，其境界實為「前人所未闢」。方苞評點亦屢稱啟禎文章之周密神巧、縱橫變化，例如他說：

> 循次按節，紆餘委蛇，稿中極周密之文。〔註147〕

> 凡文之辨難轉換，有一字不清徹，雖有好意，亦令人覽之欲臥矣。此文當玩其有轉無竭、愈轉愈透處。〔註148〕

> 曲折變化，無迹可尋，如雲隨風，自然舒卷，細翫其理脉之清、引線之密，又無一不極其至真化工之筆。〔註149〕

〔註142〕評陳際泰，〈匡章通國皆稱不孝焉一章〉，《欽定四書文》，頁536。

〔註143〕評尹奇逢，〈食之以時二句〉，《欽定四書文》，頁564。

〔註144〕評陳際泰，〈定公問一言而可以興邦一章〉，《欽定四書文》，頁404。

〔註145〕評金聲，〈子路有聞一節〉，《欽定四書文》，頁367。

〔註146〕評李模，〈匹夫而有天下者二節〉，《欽定四書文》，頁537。

〔註147〕評陳子龍，〈詩云雨我公田一節〉，《欽定四書文》，頁506。

〔註148〕評章世純，〈聖人之於民亦類也〉，《欽定四書文》，頁499。

〔註149〕評金聲，〈蓋均無貧三句〉，《欽定四書文》，頁426。

> 縱橫變化，無非題目節族，而雄健之氣，進退自如，專以巧法鈎勒
> 題面者，無從窺其踪跡。〔註150〕

> 其慘淡經營處，在通篇體勢懸空不斷，恰好上承下接，而絲毫不連
> 不侵，此運先正之規矩準繩，而神巧過之者也。〔註151〕

可見此期亦繼承隆萬以來對於形式技巧（機法）之講求，然其啓禎文章的「進退自如」、「自然舒卷」，則更能青出於藍、神巧過之，為「至眞化工之筆」。

（五）古文義法

其次，與隆萬講時文機法有別，啓禎文家亦精熟於「以古文為時文」，參諸《欽定四書文》，其相關評語如下：

> 以古文之法運掉游行，如雲烟在空，合散無迹。隆萬高手於全章題、
> 數節題文，不過取其語脈神氣之流貫耳。至啓禎名家，然後於題中
> 義理一一融會，縱筆所如，而題中節奏宛轉相赴，時有前後易置處，
> 亦不得以倒提逆挈目之：一由專於時文中講法律，一由從古文規模
> 中變化也。此訣陳、黃二家尤據勝場。〔註152〕

> 啓禎名家，於長章數節文，皆以古文之法馭題。〔註153〕

方苞指出此期文家於全章題、數節題文，擅長以古文之法運掉游行。啓禎人特別能「於題中義理一一融會，縱筆所如，而題中節奏宛轉相赴」，其風格「如雲烟在空，合散無迹」，如此作法與隆萬期之「專於時文中講法律」不同，主要「從古文規模中變化」，而能形成一種跌宕變化的氣勢。

方苞評點也指出所謂「古文義法」，內容上要求「湛深經術」，形式上則講究「賓主輕重次第，曲折起伏回旋」，他說：

> 賓主輕重次第，曲折起伏回旋，古文義法無一不備。〔註154〕

> 詞語義意亦本管子及小蘇文，然非湛深經術，不能語舉其要；非文律
> 深老，不能施之曲得。其宜以古文為時文，惟此種足以當之。〔註155〕

> 沉雄激宕，已造歐、蘇大家之堂，而嚌其胾，及按其脉縷，則兩節

〔註150〕評陳際泰，〈齊人伐燕勝之二章〉，《欽定四書文》，頁490。
〔註151〕評金聲，〈見利思義二句〉，《欽定四書文》，頁409。
〔註152〕評黃淳耀，〈莊暴見孟子曰一章〉，《欽定四書文》，頁485-6。
〔註153〕評陳際泰，〈天下有道四節〉，《欽定四書文》，頁527-8。
〔註154〕評艾南英，〈民為貴一章〉，《欽定四書文》，頁568-9。
〔註155〕評陳際泰，〈鄉田同井五句〉，《欽定四書文》，頁512。

上下照管之細密，亦無以加焉，特變現於古文局陣，而使人不覺耳。

〔註156〕

因為義法上兼具了「湛深經術」、「文律深老」，才能具現「沉雄激宕」之風格，而足以造古文「歐、蘇大家之堂」。

（六）借題攄發胸臆

除了前述幾點之外，啓禎時期八股文還有一個非常重要的現象，就是作者經常以古寓今，借題以攄發胸臆。〔註157〕蘇翔鳳選啓、禎文，其《甲癸集》曰：「諸君子以六經深其義，以《史》、《漢》廣其氣，以宋儒端其範，以兵農禮樂之志明其用，以得失是非之故大其識，以參觀典藏長其悟，以博覽雜記益其慧，固與先正所尙畧同。而其時廟堂之上，門戶相角，婦寺擅權，忠良僇辱，作者感末運之陵微，抒所懷之憤激，故其質堅剛，其鋒銳利，三百年元氣發揮殆盡，此起衰金石也。」〔註158〕即指出當時感時憂國之憤激文風。《欽定四書文》中相關之記載為數不少，例如方苞於評點提及：

實情實事，皆作者所目擊，宜其言之痛切也。自趙夢白借題以摹鄙夫之情狀，啓禎諸家效之，一時門戶及吏治民情，皆可證驗，足使觀者矜奮。〔註159〕

相傳同時某人有講色取行違之術，以欺世而得重名者，故言其情狀，語皆刺骨，蓋痛憤所寄，不得已而有言也。〔註160〕

借題以攄胸中之鬱積，橫空而來，煙波層疊。〔註161〕

借題攄發胸臆，劌切之旨出以蘊藉風流，在作者稿中不可多得。

〔註162〕

〔註156〕評黃淳耀，〈詩云節彼南山二節〉，《欽定四書文》，頁327。
〔註157〕方苞稱啓禎作品「悲時憫俗」，或許即是指此期「借題以攄發胸臆」的作風，方氏說：「制科之文，至隆萬之季，眞氣索然矣，故金、陳諸家，聚經史之精英，窮事物之情變，而一於四書文發之，義皆心得，言必己出，……故于兩家之文，指事類情，悲時憫俗，可以感發人心，扶植世教者，苟大意得則畧其小疵，并著所以存之之故，使學者無迷於祈嚮焉。」（評金聲，〈德行一節〉，《欽定四書文》，頁386-7）
〔註158〕《制藝叢話》，頁35～39。
〔註159〕評黃淳耀，〈孟子之平陸一章〉，《欽定四書文》，頁502-3。
〔註160〕評金聲，〈夫聞也者一節〉，《欽定四書文》，頁399。
〔註161〕評陳際泰，〈季康子問仲由一節〉，《欽定四書文》，頁373。
〔註162〕評羅萬藻，〈位卑而言高一節〉，《欽定四書文》，頁544。

指出從萬曆趙南星〔註163〕以後，這種影射時局、「借題以擴胸中之鬱積」的寫法，已爲「諸家效之」，使得作品中幾乎寓有幾分「詩史」的味道，雖曰爲「痛憤所寄，不得已而有言也」，然而「一時門戶及吏治民情，皆可證驗，足使觀者矜奮」。

　　方苞對於啓禎八股文此種「借古諷今」的作法，並無異議，他認爲只要是「剴切之旨出以蘊藉風流」，這種寓有時代重量的文章也是可取的；方苞一面說「聖言深遠」、「聖人之言無不包蘊」，強調經典的普遍性，例如：

> 雖似別生枝節，然聖人之言無不包蘊，凡有關世道之論，因題以發之，皆可以開拓後學之心胷也。〔註164〕

> 聖言深遠，數百載以後學者流弊包括無遺。作者胸中具有後世事跡，用以闡發題蘊，言簡義閎，蒼然之色、淵然之光，不可逼視。〔註165〕

> 中舉其體，後及其用，上自伊周，下逮韓忠獻、李文靖事蹟，畢見於尺幅中。〔註166〕

另一面，卻也指出這種隱括了時政於義理的寫法，有體有用，不僅可以「開拓後學之心胷」，而且更能由「後世事跡」來證成「聖言深遠」。

第二節　《欽定四書文》之分期代表作家

　　據前節所述，方苞將八股文斷爲「自洪永至化治」、「正嘉」、「隆萬」及「啓禎」四期風格以觀，此節繼之介紹各分期代表作家之書寫特色。以下論述亦據時代先後，分爲四目條理說明。

一、化治期代表作家：王鏊、錢福

　　此期八股文之重要代表作家，在方苞眼中，當屬王鏊〔註167〕與錢福。〔註168〕《欽定四書文》在此期所收錄的廿九人共計五十七篇作品中，王鏊

〔註163〕趙南星，字夢白，又字儕鶴，高邑人，萬曆甲戌進士，吏部尚書，諡忠毅。
〔註164〕評陳子龍，〈孟公綽一節〉，《欽定四書文》，頁408。
〔註165〕評陳際泰，〈群居終日一節〉，《欽定四書文》，頁419。
〔註166〕評陳際泰，〈惟大人爲能格君心之非〉，《欽定四書文》，頁530。
〔註167〕王鏊，字濟之，又字守溪，吳縣人。成化甲午解元，乙未會元、探花，武英殿大學士，諡文恪。
〔註168〕錢福，字子謙，又字鶴灘，華亭人。弘治庚戌會元、狀元，翰林修撰。

以十二篇居冠，其次是錢福的六篇，再次則皆爲三篇以下者。

（一）王 鏊

方苞之評王鏊，說他：

> 層次洗發，由淺入深，題義既畢，篇法亦完，此先輩眞實本領，後人雖開闔照應，備極巧變，莫能繼武也。〔註169〕

> 精語卓立，氣格渾成，當玩其苦心撰結處。〔註170〕

> 渾厚清和，法足辭備，墨義之工，三百年來無能抗者。〔註171〕

既指出其風格之「渾成」，也提及他「法足辭備」、「層次洗發」之工，說他的成就是「三百年來無能抗者」。〔註172〕

方苞對於王鏊評價如此之高，於此不妨與其他文家意見參看。如方苞稍前之李光地即認爲：

> 或問王守溪時文筆氣，似不能高於明初人，應之曰：「唐初詩亦有高於工部者，然不如工部之集大成，以體不備也。制義至守溪而體大備。某少時頗怪守溪文無甚拔出者，近乃知其體制樸實，書理純密，以前人語句多對而不對，參差灑落，雖頗近古，終不如守溪裁對整齊，是制義正法。如唐初律詩平仄不盡叶，終不如工部聲律密細，爲得律詩之正。」〔註173〕

指出八股文到了王鏊筆下，始「裁對整齊」，是「制義正法」，因此「制義至守溪而體大備」。當然這種「裁對整齊」，在主張「以古文爲時文」的方苞看來，是未必允可其爲「制義正法」的。〔註174〕

〔註169〕〈百姓足君孰與不足〉，《欽定四書文》，頁 26。

〔註170〕〈武王纘大王 及士庶人〉，《欽定四書文》，頁 40。

〔註171〕〈周公兼夷狄 百姓寧〉，《欽定四書文》，頁 56。

〔註172〕儘管所持的是批評觀點，王夫之亦認爲王鏊的地位，主要在於他提出了後代八股文可茲依循的形式規範：「論經義者，以推王守溪爲大家之宗。守溪止能排當停勻，爲三間五架，一衙官廨宇耳。但令依倣，即得不甚相遠；大義微言，皆所不遑研究。此正束縛天下文人學者一徽纆而已，陋儒喜其有牆可循以走，僉然以大家歸之，三百餘年如出一口，能不令後人笑一代無有眼人乎！」（《夕堂永日緒論‧外編》，頁 11589～11590）

〔註173〕《制藝叢話》，頁 56。

〔註174〕如方苞在評胡定〈逃墨必歸於楊一章〉強調「以比偶爲單行，以古體爲今製，唯嘉靖時有之，實制藝之極盛也。」（《欽定四書文》，頁 196）顯與李光地說法有別。

除了李氏之說法外，俞長城也同樣強調王鏊於制藝史上具有「集大成」的地位，他說：

> 制義之有王守溪，猶史之有龍門、詩之有少陵、書法之有右軍，更百世而莫並者也。

> 前此風氣未開，守溪無所不有；後此時流屢變，守溪無所不包。理至守溪而實，氣至守溪而舒，神至守溪而完，法至守溪而備。蓋千子、大力、維斗、吉士莫不奉爲尸祝。

> 而或譏其雕鏤，疵其圓熟，則亦過高之論矣。〔註175〕

> 運值天地之和，居得山川之秀。夾輔盛明，大有而不溺；遭逢疑貳，明夷而不傷。

> 於理學爲賢，於文章爲聖，於經典爲臣，於制義爲祖，豈非一代之俊英，斯文之宗主歟。〔註176〕

俞氏所言：「前此風氣未開，守溪無所不有；後此時流屢變，守溪無所不包。」即與前揭此期風格特色之第四點相符。

（二）錢　福

至於錢福，方苞評論其文章時稱：

> 質直明銳，題義豁然。〔註177〕

> 止清題面，不旁雜閒意泛辭，而操縱斷續之勢畢備。……規模骨格，守溪而外，惟作者巋然而秀出。故唐荊川代興以後，天下始不稱王錢。〔註178〕

是能簡要論理，且行文技巧上兼具「操縱斷續之勢」〔註179〕的名家。俞長城

〔註175〕 如王夫之批評王鏊曰：「四大家未立門庭以前，作者不無滯拙，而詞旨溫厚，不循詞以失意。守溪起，既標格局，抑專以遒勁爲雄，怒張之氣，由此而濫觴焉。」（《夕堂永日緒論‧外編》，頁11594）

〔註176〕 《制藝叢話》，頁56。

〔註177〕 〈經正　斯無邪慝矣〉，《欽定四書文》，頁70。

〔註178〕 〈春秋無義戰一章〉，《欽定四書文》，頁68。

〔註179〕 凌義遠《名文探微》提及：「制藝之盛，莫如成、弘，必以王文恪公爲稱首，其筆力高古、體兼眾妙，既非謹守成法者所能步趨，亦非馳騁大家者所可超乘而上；錢鶴灘風骨不減守溪，惜文多小品，而微傷鏤刻。」（《制藝叢話》，頁231）認爲錢福地位之所以不及王鏊，主要由於大題作品僅屬寥寥，且行文上「微傷鏤刻」。

則提及錢福釋經義之「考據精詳」、「正大醇確」，他說：

> 錢鶴灘（福）少負異才，科名鼎盛，文章衣被天下，為制義極則。
>
> 世之所謂才者，傾倚偏駁，奔放縱橫，其氣外軼，其理內絀，雖足以驚世駭俗，然率不能久；鶴灘之文，發明義理，敷揚治道，正大醇確，典則深嚴，即至名物度數之繁，聲音笑貌之末，皆考據精詳，摹畫刻肖。
>
> 中才所不屑經意者，無不以全力赴之。成名之故，豈偶然哉？〔註180〕

強調錢氏於解經釋義之謹嚴。

二、正嘉期代表作家：歸有光、唐順之；兼論瞿景淳

此期八股文之重要代表作家，在方苞眼中，當屬歸有光〔註181〕與唐順之。〔註182〕《欽定四書文》在此期所收錄的 31 人共計 112 篇作品中，歸有光以 34 篇居冠，其次是唐順之的 21 篇，其餘作家如瞿景淳〔註183〕不過收錄 6 篇，獲選篇數上有顯著差距。

（一）歸有光

正嘉時期既為「明文之極盛」，歸有光的作品自然是方苞眼中，最足以表現八股文精詣之代表。《明史‧文苑傳》也提到他「制舉業，湛深經術，卓然成大家。……明代舉子業最擅名者，前則王鏊、唐順之，後則震川、思泉。」〔註184〕方苞對於歸氏作品的評價，主要包括幾個層面：

1、稽經諏史，精理內蘊

前面論及，此期八股文已由「守經遵註」演化至「融液經史」，方苞對於歸有光在義理方面的融鑄特加讚賞，他稱許說：

> 其議論則引星辰而上也，其氣勢則決江河而下也，其本根則稽經而

〔註180〕《制藝叢話》，頁 58。
〔註181〕歸有光，字熙甫，又字震川，崑山人，徙居嘉定。嘉靖庚子舉人，乙丑進士，太僕寺丞。
〔註182〕唐順之，字應德，又字義修，又稱荊川，武進人。嘉靖己丑會元，僉都御史巡撫淮陽，諡文襄。
〔註183〕瞿景淳，字師道，又字昆湖，常熟人。嘉靖癸卯舉人，甲辰會元，南京吏部侍郎，諡文懿。
〔註184〕張廷玉等，《明史》，卷 287，收入《欽定四庫全書》（台北：台灣商務，1983 年），頁 301～856。

諷史也，故自有歸震川之文，制義一術可以百世不湮。〔註185〕

　　義則鎔經液史，文則躋宋攀唐，下視辛未諸墨，皆部婁矣。〔註186〕

因為奠下「鎔經液史」之根本，所以其議論有據，氣勢非凡，使得此文體具現了古文運動以來「文以貫道」的理想，而「制義一術可以百世不湮」。

　　方苞曾經很形象地描述歸有光作品裡這種「文道合一」的境界，例如：

看得宋五子書融洽貫串，故縱筆書之，有水銀瀉地無竅不入之妙。〔註187〕

　　歸則精理內蘊，大氣包舉，使人入其中而茫然。〔註188〕

強調歸氏在義理層面之精妙。於此，王耘渠也持同樣見解，稱許歸有光文品的高格：「愚嘗論文章之勝三端而已，名手之文率以趣勝，大家之文則以意勝，至以理勝而品斯極矣。金、陳諸公，勝乃在意，其餘不過趣勝耳。理勝者自震川而外，未可多許。」〔註189〕這種說法，突顯了歸作之義理層面。

2、古文義法，以我馭題

　　其次，論及歸有光文筆時，方苞則屢言其運用了古文義法：

「以古文為時文」自唐荊川始，而歸震川又恢之以閎肆，如此等文實能「以韓、歐之氣達程、朱之理」，而脗合於當年之語意，縱橫排盪，任其自然，後有作者不可及也已。〔註190〕

　　醇古疎宕，運《史記》、歐、曾之義法，而與題節相會。〔註191〕

　　離奇夭矯，卻是渾涵不露，……方之唐宋八家中，其歐、曾之流亞歟。〔註192〕

　　古厚清渾之氣，盤旋屈曲於行楮間，歸震川他文皆然，而此篇尤得

〔註185〕評歸有光，〈天子一位一節〉，《欽定四書文》，頁182。
〔註186〕評歸有光，〈生財有大道一節〉，《欽定四書文》，頁82。
〔註187〕評歸有光，〈喜怒哀樂之未發二節〉，《欽定四書文》，頁135。
〔註188〕評唐順之，〈三仕為令尹六句〉，《欽定四書文》，頁100。
〔註189〕《制藝叢話》，頁187。但也有論者持反對意見，如王夫之即認為：「以外腴中枯評歸熙甫，自信為允。其擺脫輭美，躍厲而行，亦自費盡心力；乃徒務開架，而於題理全無體認，則固不能為有無也。」（《夕堂永日緒論·外編》，頁11603）批評歸作「徒務開架」，於義理「全無體認」。
〔註190〕評歸有光，〈吾十有五而志于學一章〉，《欽定四書文》，頁88。
〔註191〕評歸有光，〈孰不為事一節〉，《欽定四書文》，頁173-4。
〔註192〕評歸有光，〈先進於禮樂一章〉，《欽定四書文》，頁113。

歐陽氏之宕逸。〔註193〕

將歸氏風格別爲「歐、曾之流亞」，說明其作品中乃具有「離奇夭矯，卻是渾涵不露」、「醇古疎宕」的特色。

歸氏「以古文爲時文」之寫法，不僅於風格發爲岸異的「古厚清渾之氣」，其「盤旋屈曲於行楮間」的書寫主體，也能陵駕於題目之上，例如：

以古文間架筆段馭題，題之層次即文之波瀾，文之精蘊皆題之氣象。
〔註194〕

古氣磅礴，光焰萬丈，只是於聖人制作精意，實能探其原本，故任筆抒寫，以我馭題，此歸震川之絕調也。〔註195〕

觀守溪、震川之用經語，各肖其文之自己出者，可悟文章有神。
〔註196〕

因此發爲風格宕逸、面貌鮮明的好文章，不受題目之束縛。

3、醇古疎宕，清粹澹逸

方苞曾指出歸氏八股文大致可分爲兩種風格，他說：「歸震川文有二類，皆高不可攀。一則醇古疎宕，運《史記》、歐、曾之義法，而與題節相會；一則朴實發揮、明白純粹，如道家常事，人人通曉。」〔註197〕

以前者而言，例如方苞評點：

題句一氣貫注，用法驅駕則神理易隔，似此依次順敘，渾然天成，
無有畔岸，化工元氣之筆也。〔註198〕

蒼莽迴薄，不見其運掉排盪之跡，是大家樸直氣象。〔註199〕

古厚之氣直接先秦、初漢，前人以粗枝大葉槩之，最善名狀。〔註200〕

說明歸氏行文「渾然天成，無有畔岸」、「不見其運掉排盪之跡」，〔註201〕而具

〔註193〕評歸有光，〈夏禮吾能言之四句〉，《欽定四書文》，頁91。
〔註194〕評歸有光，〈周監於二代一節〉，《欽定四書文》，頁93。
〔註195〕評歸有光，〈周公成文武之德　及士庶人〉，《欽定四書文》，頁143。
〔註196〕評歸有光，〈大學之道一節〉，《欽定四書文》，頁75。
〔註197〕評歸有光，〈孰不爲事一節〉，《欽定四書文》，頁173-4。
〔註198〕評歸有光，〈是以聲名洋溢乎中國一節〉，《欽定四書文》，頁157。
〔註199〕評歸有光，〈天將以夫子爲木鐸〉，《欽定四書文》，頁95-6。
〔註200〕評歸有光，〈禮之用一節〉，《欽定四書文》，頁86。
〔註201〕與方苞不同，王夫之卻認爲歸有光文章是「徒務開架」（《夕堂永日緒論・外編》，頁11603）、「徒矜規格」（頁11596），「外腴中枯，靜扣之，無一語出自赤心」（頁11595）。

有一種「古厚之氣」。又如王夫之儘管批評歸有光，卻也指出歸文具有「擺脫頓美，踽厲而行」〔註202〕、「以亢爽居勝地」〔註203〕的氣概。

歸氏此類傑作之「運《史記》、歐、曾之義法」，如方苞舉例：

雄氣包孕，具海涵地負之概。〔註204〕

選家所推爲至極之作，其清醇淡宕之致自不可及。〔註205〕

不創奇格，循題寫去，而法度之變化因之，文境清粹澹逸，稿中上乘。〔註206〕

咀味聖人立言之意，渺眾慮而爲言，淳古淡泊，風格最高。〔註207〕

強調其文境如《史記》之「雄氣包孕」，如歐、曾之「淳古淡泊」、「清粹澹逸」。

再就後者來看，歸有光作品中亦時時可見其「清粹澹逸」的顯易風格，例如方苞說他：

探源傾液，而出之樸實醇厚、光輝日新。〔註208〕

沉潛儒先訓義，稽之深醇，而出之顯易。〔註209〕

是著明其「樸實醇厚」、「如道家常事，人人通曉」的「顯易」，且評歸氏：

顯白透亮，而灝氣頓折，使人忘題緒之堆垛。〔註210〕

清透簡亮，有一氣揮灑之樂。〔註211〕

骨脈澄清，精氣入而粗穢除。〔註212〕

神氣渾脫，化盡題中畦界，而清淡數言，旨趣該透，其於題解昭然如發蒙矣。〔註213〕

指出歸文此類文章具有「透亮」、「澄清」之骨脈，「於題解昭然如發蒙」。

〔註202〕《夕堂永日緒論・外編》，頁 11603。
〔註203〕《夕堂永日緒論・外編》，頁 11595。
〔註204〕評歸有光，〈舜有臣五人而天下治〉，《欽定四書文》，頁 104。
〔註205〕評歸有光，〈宋牼將之楚一章〉，《欽定四書文》，頁 188。
〔註206〕評歸有光，〈舜其大知也與一節〉，《欽定四書文》，頁 136。
〔註207〕評歸有光，〈詩三百一節〉，《欽定四書文》，頁 87。
〔註208〕評歸有光，〈堯舜之道二句〉，《欽定四書文》，頁 187。
〔註209〕評歸有光，〈性相近也一節〉，《欽定四書文》，頁 128。
〔註210〕評歸有光，〈多聞闕疑二段〉，《欽定四書文》，頁 90。
〔註211〕評歸有光，〈古之欲明明德於天下者二節〉，《欽定四書文》，頁 77。
〔註212〕評歸有光，〈子禽問於子貢一章〉，《欽定四書文》，頁 85。
〔註213〕評歸有光，〈子入大廟一節〉，《欽定四書文》，頁 94。

（二）唐順之

復次，歸有光以外，此期方苞最重視的文家當為唐順之。

《明史·文苑傳》曾提及「明代舉子業最擅名者，前則王鏊、唐順之」，〔註214〕而明人舊稱「王、錢、唐、瞿為四大家」〔註215〕，又如俞長城所說的：「成、弘二朝會元，皆能名世，文之富者，為王守溪、錢鶴灘、董中峯三家。王、錢之體正大，中峯之格孤高。王、錢之後，衍於荊川，終明之世號曰元鐙。」〔註216〕可以看到唐順之基本上乃是延續了化治期王鏊、錢福的書寫成就。

方苞對於唐氏作品之重視，於此且略舉數端以言。

1、貫穿經傳，古文氣格

方苞標舉唐順之的八股文，首先在於其「貫穿經傳」，論理精確。例如他評論唐順之說：

> 就《語》、《孟》中取義，而經史事迹無不渾括，此由筆力高潔，運用生新，後人動闌入《四書》字面作文，殊乏精采，所謂上下牀之隔也。〔註217〕

> 貫穿經傳，於所以必先知之理，洞然於心，故能清空如話。〔註218〕

> 啟禎諸家文更覺驚邁而入理，精深處究不能出其範圍。〔註219〕

> 理精法老，語皆天出，幾可與韓氏〈對禹問〉相方。〔註230〕

強調唐順之「就《語》、《孟》中取義」、「貫穿經傳」的精深「入理」，而這種對於經傳的博涉與「渾括」，不僅可見其「運用生新」，更使其論理時能夠「清空如話」、「語皆天出」，是一種有本源、見根柢的精采文章。。

這種對於經傳的融攝變化，本與中唐以來古文運動之書寫觀是一致的，方苞也提及唐順之「以古文為時文」的作法：

> 深明古者君臣之義，由熟於三經三禮三傳，而又能以古文之氣格出之，故同時作者皆為所屈。蓋或識不及遠、或才不逮意，雖苦心營

〔註214〕張廷玉等，《明史》，卷287，收入《欽定四庫全書》，頁301～856。
〔註215〕《制藝叢話》，頁65。
〔註216〕《制藝叢話》，頁230～231。
〔註217〕評唐順之，〈君子喻於義一節〉，《欽定四書文》，頁98。
〔註218〕評唐順之，〈善必先知之三句〉，《欽定四書文》，頁152。
〔註219〕評唐順之，〈見乎蓍龜二句〉，《欽定四書文》，頁151。
〔註230〕評唐順之，〈匹夫而有天下者二節〉，《欽定四書文》，頁179。

度，終不能出時文蹊徑也。〔註231〕

筆力圓勁，神似歐、蘇論辨。〔註232〕

相題既眞，故縱筆所投，無不合節。其提掇眼目，皆本古文法脈，
而運以堅勁之骨、雄銳之氣，讀之可開拓心胸，增長智識。〔註233〕

說他的文章不但源本經義，且能出以「古文之氣格」，其提掇眼目「皆本古文
法脈」，因此氣格筆力上尤稱「雄銳」、「圓勁」，讀之有助於心胸開拓，故同
時作者皆爲所屈。

2、法由義起，氣以神行

唐順之既是「以古文爲時文」，故其寫作制藝便同唐宋「古文」一般講求
義法與神氣。方苞在評語中說他：

法由義起，氣以神行，有指與物化，而不以心稽之樂。歸唐皆欲以古
文名世者，其視古作者未便遽爲斷語，而於時文則用此，蔚然而出其
類矣。推心存心，貫通章旨，首尾天然縮合，緣熟於古文法度，循題
腠理，隨手自成剪裁，後人好講串插之法者，此其藥石也。〔註234〕

止將題所應有義意一一搜抉而出之，未嘗務爲高奇，而人自不能比
並，古文老境也。〔註235〕

指出唐順之行文「法由義起」、「未嘗務爲高奇」，然其「循題腠理，隨手自成
剪裁」，卻能夠「推心存心，貫通章旨，首尾天然縮合」，實爲「古文老境」。

唐順之文下「有指與物化，而不以心稽之樂」的意境，方苞嘗屢稱其「天
然縮合」之高妙，例如：

依題立格，裁對處融鍊自然，有行雲流水之趣，乃知板活不在製局，
第於筆下分生死耳。〔註236〕

〔註231〕評唐順之，〈有故而去五句〉，《欽定四書文》，頁176。
〔註232〕評唐順之，〈盡信書一章〉，《欽定四書文》，頁194。
〔註233〕評唐順之，〈武王纘太王二節〉，《欽定四書文》，頁141。
〔註234〕評唐順之，〈此之謂絜矩之道合下十六節〉，《欽定四書文》，頁79～80。但王
　　　　夫之卻認爲後代「串插之法」，根本就與王鏊、唐順之的筆法有關：「鈎鎖之
　　　　法，守溪開其端，尚未盡露痕迹；至荊川而以爲祕密藏，茅鹿門所批點八大
　　　　家，全恃此以爲法，正與皎然《詩式》同一陋耳。本非異體，何用環紐？搖
　　　　頭掉尾，生氣既已索然，並將聖賢大義微言，拘牽割裂，止求傀儡之線牽曳
　　　　得動，不知用此何爲？」（《夕堂永日緒論・外編》，頁11593）
〔註235〕評唐順之，〈子莫執中一節〉，《欽定四書文》，頁192。
〔註236〕評唐順之，〈牛山之木嘗美矣二節〉，《欽定四書文》，頁185。此所謂「裁對

> 屬對之巧，製局之奇，細看確不可易，須知題之賓主輕重，前案後斷之間，自有天然部位，妙手乃得之耳。〔註237〕

> 如脫於聖人之口，若不經意而出之，而實理虛神煥發刻露，以天合天，器之所以疑神也。〔註238〕

> 隨題體貼處處得喟然之神，行文極平淡，自然中變幻無端，不可方物。其噓吸神理處，王守溪亦能之，而開闔頓宕夷猶自得，則猶未闖此境也。〔註229〕

著明唐順之文章「自然中變幻無端，不可方物」的「融鍊自然」。可以說，這正是唐順之承繼，而又超越了王鏊之處。

3、指事類情，曲折盡意

再者，方苞又指出唐順之因為「深透於史事」，故其「指事類情」特別精采，相關的評語例如：

> 就人臣立論，身國對勘，反正相形，子文全身已現，卻仍是子張發問口吻，於題位分寸不溢。歸、唐皆以古文為時文，唐則指事類情，曲折盡意，使人望而心開；歸則精理內蘊，大氣包舉，使人入其中而茫然；蓋由一深透於史事，一兼達於經義也。〔註230〕

> 抉摘鈃者隱曲，纖毫無遁，指事類情，盡其變態而止，管、荀推究事理之文亦如是，但氣象較寬平耳。〔註231〕

稱美他取則於古文之處，尤在史書，故其文筆能夠「纖毫無遁，指事類情，盡其變態而止」、「曲折盡意，使人望而心開」，唐氏於代言立意上的體貼週致，往往能夠使讀者開拓心胸。然其說管、荀「氣象較寬平」，似乎方苞對於唐順

處融鍊自然，有行雲流水之趣」，或許即是林雨化所說的「唐荊川順之精於制義，有自為詩云：『文入妙來無過熟，書從疑處更須參。』此荊川自道其所得也。荊川有極巧之文，而其實不過是極熟。如『不揣其本而齊其末』兩節，疊下兩比喻，一反一正，文氣流走不齊。荊川製作兩扇時，使之齊中用兩語遞過，通篇讀之，又只似流水不齊文法，此所謂巧從熟生也。文云……，俞桐川謂此等作法，成、弘、正、嘉間多有之，隆、慶以後則絕響矣。」（《制藝叢話》，頁64）

〔註237〕評唐順之，〈昔者太王居邠　合下二節〉，《欽定四書文》，頁165。
〔註238〕評唐順之，〈吾與回言終日一節〉，《欽定四書文》，頁89。
〔註229〕評唐順之，〈顏淵喟然歎曰一章〉，《欽定四書文》，頁105。
〔註230〕評唐順之，〈三仕為令尹六句〉，《欽定四書文》，頁100。
〔註231〕評唐順之，〈可以言而不言二句〉，《欽定四書文》，頁197。

之「盡其變態而止」的表現，還是有些意見的。

（三）瞿景淳

此期代表文家，除了方苞所特別重視的歸有光、唐順之二人外，似不可不論及同樣列名於明人制藝「四大家」〔註232〕的瞿景淳。《欽定四書文》中收錄的唐、歸作品皆在二、三十篇以上，於瞿氏卻僅選登了六篇，可知方苞並未青睞這位名家之風格。

對於瞿景淳作品的優點，方苞稱許他：

> 和平朗暢，不溢不虧，文章有到恰好地位者，此類是也。〔註233〕

> 章妥句適，無他奇特，而題義完足。瞿浮山文不使力、不使機，充裕優閒，亦時文家正派。〔註234〕

> 八股至此，綿密已極，過此不可復加，故遂流而日下也。長至五六百字而不可增減，可以知其體認之精、敦琢之純矣。（原評）戒慎恐懼是兼睹聞時，說隱微是揭出幾之初動，說體道之全在一以守之，省幾之要在精以察之，以經註經，後有作者莫之或易。〔註235〕

雖然也嘉許瞿氏的詮釋能「以經註經，後有作者莫之或易」，但在寫法上則只說是「章妥句適，無他奇特」、「不溢不虧」，標舉他的「和平朗暢」與「充裕優閒」，評價其為「亦時文家正派」。

然上述引文裡的「原評」卻也指出，八股文書寫到了瞿景淳手中「綿密已極，過此不可復加，故遂流而日下也」；可見就文體形式而言，至正嘉時期已逐漸臻於完熟的地步，而瞿景淳的作品尤足以為代表。

我們還可以參考清代其他文家意見，如汪份曾經援引朱大復的說法，認為「時文一脈」到了瞿景淳始發揚光大、「誠然定一時局」：

> 談元派、元度者，謂始自石城，至昆湖而大，至定宇而神，其後有月峰、九我，至丙戌而始變，至己丑而更變，迄於壬辰而其派遂亡。

> 愚按：朱大復謂戊子開時文一脈，乙未許導其源，甲辰瞿衍其派，誠然定一時局。

〔註232〕《制藝叢話》，頁65。
〔註233〕評瞿景淳，〈口之於味也一章〉，《欽定四書文》，頁195。
〔註234〕評瞿景淳，〈仁之實一章〉，《欽定四書文》，頁175。
〔註235〕評瞿景淳，〈道也者二節〉，《欽定四書文》，頁133。

又謂學瞿者，易庸易弱。竊嘗以其說推之，以爲談元派、元度而失
之者，多不免庸弱之患，固不若學陶、學吳者之爲愈矣。〔註236〕

且提及學習瞿文將有「庸弱之患」，還不如以陶望齡、吳默爲師法對象較佳。
又如王耘渠說：

瞿昆湖〈天子一位六節〉文，鍊格鍊意，不著一詞以障其間，故格
整而意自圓，意密而氣愈渾，使昆湖文盡如是，何愧大家？

惜其趨向圓美，過於成熟，以會元爲風氣之歸，使後人揣摩利便，
遂於斯道別成一小宗。嗣之爲月峯、具區猶可也，降至霍林、求仲，
則於圓熟中益之以蕪穢之詞、庸靡之調；而爲此道詬病者，遂波及
先生矣。〔註237〕

指出瞿景淳雖有傑作，然「惜其趨向圓美，過於成熟」，日後遂流於「蕪穢之
詞、庸靡之調」，因此波及後人對於瞿氏之評價。

《欽定四書文》正是以此觀點來衡量瞿景淳於八股文學史之位置，所以
方苞評論瞿氏文章是：

未離化治矩矱，而易方爲圓，漸爲談機法者導夫先路矣。〔註238〕

〔註236〕《制藝叢話》，頁 232～233。朱大復只說瞿景淳「衍其脈」，汪份則說「至昆
湖而大」，俞長城卻認爲瞿氏爲「元家衣缽所自始也」，俞氏曰：「瞿昆湖先生
景淳少負異才，試輒不利，日諷五科會元文，漸入大雅，乃冠南宮，元家衣
缽所自始也。世之論文者，以高樸爲貴，以圓熟爲卑，昆湖之派極於宣城，
遂爲世所詬病。然吾觀昆湖之文，擇理精、樹義確，而出之以沖夷之度。宣
城亦然，間雜時語，故遜昆湖，昆湖何可少也？傳言昆湖喜怒弗形，容貌渺
小，而不阿權貴，大節莫奪，王弇州（王世貞）極稱之。若其文內堅凝而外
渾厚，亦如其貌。人不可皮相，文又可皮相乎哉？」（《制藝叢話》，頁232）
除了說他「不阿權貴，大節莫奪」的忠縝，且強調其兼攝義理與風格的「擇
理精、樹義確，而出之以沖夷之度」。

〔註237〕《制藝叢話》，頁77。

〔註238〕評瞿景淳，〈事君敬其事而後其食〉，《欽定四書文》，頁 126。有趣的是，梁章
鉅同意方苞的見解，也說：「（瞿昆湖先生之文）在當日，亦尚是揣摩科舉文字，
雖未離化、治矩矱，而易方爲圓，已漸爲談機法者導乎先路，吾黨正當先熟此
以立其根基也。」（《制藝叢話》，頁 78）其結論卻主張「吾黨正當先熟此以立
其根基」，並不認爲「談機法」是不可的。這裡面的癥結還是一種形式與內容
的辯證，認爲形式的「圓熟」，會泯沒了義理的優位性。與方苞不同，理學家王
夫之卻極稱許瞿景淳的「機法」，認爲這種技巧有助於演繹經義，評價其爲明代
四大家中，唯一不屈折爲「題之奴隸」的：「鉤略點綴，以達微言，上也；其次
則疏通條達，使立言之旨曉然易見，俾學者有所從入；又其次則搜索幽隱、啟
人思致，或旁輯古今，用微定理；三者之外，無經義矣。大要在實其虛以發微，

瞿浮山文高者不過貼切通暢，殊不遠時文家數，當時以並王、唐，

未可爲定論也。〔註239〕

說瞿氏「易方爲圓」、「談機法」、「不遠時文家數」，而反對瞿景淳之地位可以
與王鏊、唐順之等相提並論。〔註240〕

三、隆萬期代表作家：胡友信、湯顯祖、黃洪憲、陶望齡；兼論鄧以讚、孫鑛、許獬

　　方苞說隆萬爲「明文之衰」，此期八股文之作者，在方氏看來並未出現像化治、正嘉時期之重要大家。從《欽定四書文》選刊的數量來觀察，此期計收錄了48位作家共106篇作品，這當中以胡友信〔註241〕選了12篇、湯顯祖〔註242〕收7篇、黃洪憲〔註243〕及陶望齡〔註244〕各6篇，算是方苞認爲此期表現較佳的作者。另鄧以讚〔註245〕、孫鑛〔註246〕及許獬〔註247〕三人亦爲當時極重要的時文名手，可惜未獲以正嘉風格爲文體理想的方苞青睞，文後仍一併附論之。

（一）胡友信

　　先論胡友信，《明史・文苑傳》雖評價他足以與歸有光齊名：「有光制舉業，湛深經術，卓然成大家，後德清胡友信與齊名，世並稱歸、胡。友信博

虛其實而不窒：若以填砌還實，而虛處止憑衰弱之氣姑爲搖曳，則題之奴隸也。四家中，亦唯昆湖免此。」（《夕堂永日緒論・外編》，頁11591～11592）

〔註239〕評瞿景淳，〈武王不泄邇一節〉，《欽定四書文》，頁177。

〔註240〕然凌義遠《名文探微》卻主張：「唐荊川之機法，自堪稱祖稱宗；瞿昆湖之涵養，亦復宜風宜雅。但荊川敘事得史家筆意，而腕力稍弱，昆湖則全乎時體，漸開宛陵一派，故尚論者欲平視之：然盛世之文醇乎其醇，正非宛陵以後所可及，荊川與昆湖相後先，一變圓熟而臻於精實，其修詞鉅麗，有臺閣氣象，微少淘汰耳。」（《制藝叢話》，頁231）認爲是瞿景淳將唐順之的「圓熟」、「機法」，轉變爲「臻於精實」、具備「涵養」的好文章，強調唐、瞿之間的承襲。

〔註241〕胡友信，字思泉，德清人，嘉靖己酉舉人，隆慶戊辰進士。

〔註242〕湯顯祖，字若士，又字義仍，臨川人，萬曆癸未進士，禮部主事，謫徐聞典史，稍遷遂昌知縣。

〔註243〕黃洪憲，字懋中，又字葵陽，秀水人，隆慶丁卯舉人，辛未進士，少詹事。

〔註244〕陶望齡，字周望，又字石簣，會稽人，萬曆乙酉舉人，己丑會元、探花，國子祭酒，諡文簡。

〔註245〕鄧以讚，字汝德，又字定宇，新建人。隆慶辛未會元、探花，吏部侍郎，贈禮部尚書，諡文潔。

〔註246〕孫鑛，字文融，又字月峰，餘姚人，萬曆甲戌進士，南京兵部尚書。

〔註247〕許獬，字子遜，又字鍾斗，同安人，萬曆辛丑會元，翰林編修。

通經史，學有根柢，明代舉子業最擅名者，前則王鏊、唐順之，後則震川、思泉。」〔註248〕然《欽定四書文》似乎並不如此看待胡氏之成就，方苞未稱其「博通經史」，只是嘉許他文氣貫注，堅凝如鑄：

> 精神一氣貫注，直如鑄鐵所成，筆力之高遠出尋常。（原評）固是一氣鑄成，仍具渾灝流轉之勢，故局斂而氣自開拓。〔註249〕

> 惟其理眞，是以一氣直達，堅凝如鑄。〔註250〕

此種「堅凝如鑄」的文氣，或許是來自於股法、虛實及布局之講究。方苞提到胡友信的文章說：

> 股法次第相承，虛實相生，題理盡而文事亦畢，稿中極樸老之作。
> 〔註251〕

> 布局宏闊，理足氣充，在稿中爲極近時作，然實非淺學所易造也。
> 〔註252〕

揭出其「極近時作」，方苞更進一步從這裡分辨胡文與唐、歸之不同，在於胡友信的寫作頗失造作，未若正嘉文「出之若不經意」，如方氏曰：

> 氣清法老，古意盎然，幾可繼唐、歸之武；所不能似者，唐、歸出之若不經意耳。〔註253〕

> 體大思精，理眞法老，而古文疎宕之氣、先正清深之韻，不可復見矣。作者所以不及歸、唐，以此。〔註254〕

認爲胡友信的文章雖然「氣清法老」，居於隆萬之首，惜其終究「不能似」，無法與歸、唐相提並論。

（二）湯顯祖

此期名家之次位，當屬湯顯祖，方苞於評點時提及他能「鎔冶經籍，運

〔註248〕張廷玉等，《明史》，卷287，收入《欽定四庫全書》（台北：台灣商務，1983年），頁301～856。

〔註249〕評〈小人之使爲國家四句〉，《欽定四書文》，頁210。

〔註250〕評〈臣事君以忠一句〉，《欽定四書文》，頁216。

〔註251〕評〈聖人之於天道也〉，《欽定四書文》，頁311。

〔註252〕評〈天地位焉二句〉，《欽定四書文》，頁254。

〔註253〕評〈天下有道一章〉，《欽定四書文》，頁246。

〔註254〕評〈雖有其位一節〉，《欽定四書文》，頁265。這大概與前面引文提到胡友信「堅凝如鑄」的風格有關，《書香堂筆記》亦論及他有「以疎爲密」的作風（引見《制藝叢話》，頁80）。

以雋思」、且博涉典故，「字字精確，無一字無來歷」：

> 一丘一壑，自涵幽趣，令人徘徊而不能去；其鎔冶經籍，運以雋思，使三句題情上下渾成一片，尤極經營苦心。〔註255〕

> 太史公增損《戰國策》，有高出於本文者，非才氣能勝，以用心之細也。此文之過於孫作亦然。〔註256〕

> 此先輩極風華文字，然字字精確，無一字無來歷，而氣又足以運之，以藻麗為工者，宜用此為標準。〔註257〕

可見湯氏文章非但鎔冶經籍、也吸收了時文名作之精華，將以錘鍊改寫，還能憑藉博雅之書卷典故為其基礎，字字精確有據。〔註258〕

湯顯祖的文章除了有學問，更在局陣之奇縱變化中，展現出一番「神氣畢出」的閒逸高格，方氏說他：

> 無事鈎章棘句，而題之層折神氣畢出，其文情閒逸，顧盼作態，固作者所擅場。〔註259〕

> 用意深穩，而局陣層層變換，如神龍在空，噓氣成雲，後來奇縱之作皆為籠罩。〔註260〕

強調湯氏文章之具有層次感，雖然無事於「鈎章棘句」，卻能夠變化生新，「如神龍在空」。但有時方苞也說他的文章「窮極工巧」，幸未失於「纖佻」，其相

〔註255〕評〈昔者大王居邠　去之岐山之下居焉〉，《欽定四書文》，頁275。
〔註256〕評〈父為大夫八句〉，《欽定四書文》，頁259。
〔註257〕評〈故太王事獯鬻二句〉，《欽定四書文》，頁271。俞長城曾提及湯氏擅於運用駢文手法寫制藝，大概也就是方氏此處所指的「以藻麗為工者」，俞氏曰：「湯義仍《玉茗堂制義》，擇理精醇而出之以名雋，以六朝之佳麗，寫五子之邃奧，足以自名一家。」（《制藝叢話》，頁74）
〔註258〕王夫之也提到湯顯祖的博學，曰：「不博極古今四部書，則雖有思致，為俗頓活套所淹殺，止可求售於俗吏，而牽帶泥水，不堪把取；……不但入理不真，且接縫處古調、今腔兩相黏合，自爾不相洽泆；縱令搏成，必多敗筆。趙儕鶴、湯義仍、羅文止，何嘗一筆倣古？而時俗頓套，脫盡無餘，其讀書用意處別也。」（《夕堂永日緒論・外編》，頁11603）
〔註259〕評〈我未見好仁者一章〉，頁218。徐存菴曾論及湯氏文章之生動，批評其作法於「代聖立言」層面未必得當，徐氏說：「湯臨川〈不有祝鮀之佞〉文後段云：『在朝廷而不佞，難以終寵，即儕黨之間，不佞不足以全其身；處怨敵而不佞，難以巧全，即骨肉之際，不佞不足以全其愛。』此數語，發揮末流情弊痛快極矣，然以代聖言，恐失之過也。」（《制藝叢話》，頁75）
〔註260〕評〈左右皆曰賢未可也〉，《欽定四書文》，頁273。

關評點又如：

> 局勢通博，一句一字，窮極工巧，感慨反覆，意味悠然。〔註261〕

> 雖用巧法，然大雅天成而不傷於纖佻，由其書卷味深而筆姿天授也。
> 〔註262〕

認為湯顯祖文章雖用巧法，但是「大雅天成」，不傷於「纖佻」之造作，這還多虧了他的「書卷味深」，能以博雅內容彌補文章裡對於技法之偏重。

（三）黃洪憲

復次，介紹黃洪憲。黃氏於慶曆間被視為「制義正宗」，〔註263〕《欽定四書文》對其文章之評論，首先是指出「上下照應之法」的精熟，方苞說：

> 上下照應之法至此乃精，嘉靖以前未有也，然皆於實理發揮，自然聯貫，是謂大雅。後人徒求之詞句間則陋矣。〔註264〕

> 周密老成，通篇筆力亦勁。〔註265〕

> 實處發義，虛處傳神，章法極精，筆陣亦古。〔註266〕

強調黃洪憲文章可見「虛實」、「照應」之「周密老成」。這種文體結構（章法）上的精密，並非「徒求之詞句間」的膚陋，而是「自然聯貫」。（換言之，黃文不僅具備法式的周密貫攝，且能超越於法式之造作拘束，〔註267〕這正是方

〔註261〕評〈其君子實玄黃於匪四句〉，頁287。王夫之也提到湯顯祖在用字上的精能：「非此字，不足以盡此意，則不避其險；用此字，已足盡此義，則不厭其熟。言必曲暢而伸，則長言而非有餘；意可約略而傳，則芟繁從簡而非不足。臨川南、湯義仍諸老所為獨絕也。」（《夕堂永日緒論・外編》，頁11602）方苞說湯氏文章「窮極工巧」，這一態度與他主張「以盡學於前輩之不盡」的當代文學觀攸關，如俞長城曾提到湯氏看重許獬文，俞氏曰：「東鄉、固城評鍾斗文，皆嫌其盡，湯若士獨曰：『同安學王、錢，王、錢之派至同安而盡淺。夫學王、錢者，非學其簡樸也。王、錢妙於不盡，鍾斗妙於盡。鍾斗以盡學王、錢之不盡，亦猶永叔以盡學史公之不盡。是故善學前人者，未有過於二公者也。』」（《制藝叢話》，頁87）這也正是隆萬文與前期之不同。

〔註262〕評〈民之歸仁也二節〉，《欽定四書文》，頁295。

〔註263〕俞長城提及：「慶曆間，浙中有二黃，嘉禾黃葵陽（洪憲）、武林貞父（汝亨），並堪為制義正宗。」（《制藝叢話》，頁85）

〔註264〕評〈身修而后家齊　合下節〉，《欽定四書文》，頁202。

〔註265〕評〈生財有大道一節〉，《欽定四書文》，頁208。

〔註266〕評〈季文子三思而後行一節〉，《欽定四書文》，頁223。

〔註267〕同樣的概念，又如凌義遠《名文探微》云：「《葵陽全稿》無一陳言，蓋錘鍊之極，而不以修飾為工，誠修辭之體要也。」（引見《制藝叢話》，頁232）既說黃洪憲文章是合於法式的「錘鍊之極」，又要說他「不以修飾為工」、超

苞在評點八股文時反覆強調的創作觀點。）

除了章法精熟、周密老成以外，黃洪憲也擅於狀寫「神韻」之「清微」，使讀者諷誦不厭，例如方苞評曰：

> 情眞理眞景眞，併聲音笑貌無一不眞，故能令人諷誦不厭。〔註268〕

> 於和同互異處確有指歸，君子心事學術全身寫出，文亦純粹無疵。〔註269〕

可見黃氏不僅具備縝密的佈局筆法，其文章中更寓有眞切之情感投射，所以說他能將「君子心事學術全身寫出」，〔註270〕彷彿「聲音笑貌無一不眞」。

方苞雖未論及黃洪憲對於義理之詮說如何，然王夫之卻說過：「良知之說充塞天下，人以讀書窮理爲戒，故隆慶戊辰會試〈知之爲知之，不知爲不知〉文，以不用《集註》。由此而求之一轉取士，教不先而率不謹，人士皆束書不觀。無可見長，則以撮弄字句爲巧，嬌吟蹇吃，恥笑俱忘。……乃至市井之談俗醫、星相之語，如精神命脈、遭際探討，總之大抵不過是何污目聒耳之穢詞，皆入聖賢口中，而不知其可恥。此嘉靖乙丑以前，雖不雅馴者亦不至是。湯賓尹以淫娟小人，益鼓其焰，而燎原之火，卒不可撲。實則田一儁、黃洪憲，倡之於早也。」〔註271〕認爲隆慶戊辰以後拋棄《集註》、束書不觀、「以撮弄字句爲巧」、高談闊論之歪風，實由黃氏倡之於早。

（四）陶望齡

越於法式之上。

〔註268〕評〈郊人曰四句〉，《欽定四書文》，頁276。

〔註269〕評〈君子和而不同〉，《欽定四書文》，頁238。

〔註270〕文章既要狀寫出學術與心境，是需要融攝經籍之功的，這也是明清八股文「代聖立言」的理想。又如鄭蘇年提及：「讀隆、萬時文，由淡而濃，而其淡處愈有味。黃葵陽〈君子和而不同〉文，措語雖淡，而樹義卻極精深，如云：『天下國家之事，本非一人之意見，所得附和而強同者，惟平其心以待之而已矣；天下萬世之道，本非一己之私心，所能任情而強和者，惟公其心以應之而已矣。』前比是大程子之於荊公，後比是朱文公之於陸、陳，言皆有物，不知者但以爲淡也。又云：『非其道也，獨見獨行，舉世非之而不顧，雖或不諧於眾，實則相濟以爲和，此君子之所以不同也，其心與跡易知也。如其道也，公是公非，與眾共之而不違，即使自混於俗，不過順應以爲和，此君子所以和而不同也，其心與跡難知也。』此於和同互異之處，確然得其指歸，遂能將君子心事、學術全身寫出，而鹵莽讀者亦鮮不以爲淡矣。」（《制藝叢話》，頁86）對於經籍之指歸愈深入，愈能將自我的深情厚意投射於聖人之處境，而不斷提昇自我的涵養，超凡入聖。

〔註271〕《夕堂永日緒論‧外編》，頁11597-8。

　　復次，介紹陶望齡。《欽定四書文》中對於陶文之評點，屢稱其擅長於依題點化，文氣簡勁，方苞評語說他：

> 點化題面手法靈絕，更有峭勁之氣遊盪行間。〔註272〕

> 抉題之堅，理精詞卓，其中有物，故簡而彌足。〔註273〕

> 鍊局甚緊，運題甚活，全於入脈處、過渡處、結束處著精神。〔註274〕

可見陶望齡「運題甚活」，言之有物，理精詞卓，特別能於佈局上錘鍊、「點化靈絕」，使文章「峭勁」、「著精神」。

　　由於「鍊局」，陶望齡制藝之風格，難免呈現出一股緊密沉渾的奇矯氣骨，〔註275〕誠如《欽定四書文》所載的：

> 文會意合，發打成一片沉渾嚴緊，力引千鈞；若敘過引言，另起此謂，局便散矣。要知爭關奪隘俱在前半，後只收束完密。〔註276〕

> 打叠一片，處處緊密而勢寬氣沛，故為難及。〔註277〕

可知陶氏文章之佳處，多具有「打叠一片」、「處處緊密」、「力引千鈞」的勁峭氣勢，為他人所難以企及。

　　俞長城認為陶望齡行文之奇矯峭刻，恰好代表「王、霸升降之會」，開啓了隆萬制藝「幽深奇詭」的風格，俞氏曰：「盛集近王，中集近霸。王之道正大和平，霸之道幽深奇詭。隆、萬，中集也。然癸未以前，王之餘氣；己丑以後，霸之司權。蓋自太倉先生主試，力求峭刻之文，石簣因之，遂變風氣。

〔註272〕評〈子問公叔文子一章〉，《欽定四書文》，頁239。

〔註273〕評〈君子無眾寡一段〉，《欽定四書文》，頁253。梁葆慶曾提及陶望齡「簡而彌足」、「似淡而實美」的風格，他說：「陶石簣評湯霍林文云：『世之評文者，類言好醜而莫言內外，子獨以內外分好醜，可謂發千古未發之秘。蓋外膏內枯，文之下也；外枯內膏，文之上也。昔坡老好淵明之詩，以為質而實綺，臞而實腴。且曰："佛言食蜜，中邊皆甜，人能分別其中邊者，百無一也。"文之內外，其能辨之者寡矣。湯君之文，所謂外枯而內膏，似淡而實美者。』嗚呼！此不但評霍林文，直石簣先生自述其文矣。」（《制藝叢話》，頁89）

〔註274〕評〈聖人之行不同也合下節〉，《欽定四書文》，頁299。

〔註275〕如王已山曾提到陶望齡文章之奇矯：「自萬歷己丑，石簣以奇矯得元，而壬辰踵之，遂以陵駕之習首啓因之。其實文章之變，隨人心而日開，於順題成局，相沿已久之後，變而低昂其勢、疾徐其節，亦何不可？」（《制藝叢話》，頁89）

〔註276〕評〈孟獻子曰一節〉，《欽定四書文》，頁209。

〔註277〕評〈民事不可緩也三節〉，《欽定四書文》，頁282。

是故丙戌者，王、霸升降之會也。」〔註278〕當然，陶氏作風也終結了正嘉以前「正大和平」的「王道」，此所以方苞要稱隆萬爲「明文之衰」了。

（五）鄧以讚

復次，評介鄧以讚。鄧氏於隆萬制藝史是極重要的文家，凌義遠《名文探微》認爲「定宇、月峯醇雅博厚，元氣渾然，允爲隆、萬之冠。」〔註279〕衛廷琪《文行集》則盛讚鄧以讚是「文章中興」，〔註280〕可是《欽定四書文》中卻僅收錄了鄧文三篇，方苞評語稱其「融會六經」、「依註作疏」，洞澈原委、剖析精詳：

> 禮樂刑罰交關處，洞澈原委，剖析精詳。其理則融會六經，其氣則浸淫《史》、《漢》，其法則無所不備也。〔註281〕

> 肖題立格，依註作疏，氣體高閎，肌理縝密，前代會元諸墨，當以此爲正軌。〔註282〕

可見鄧以讚是「理詞氣」兼具之名家；於理能守經遵註、加以「融會」，於氣能法《史》、《漢》之「高閎」，於詞章鋪排則「無所不備」、「肌理縝密」。方苞甚至以鄧氏文章代表明代會元諸墨之「正軌」。

此外，《欽定四書文》又說鄧以讚文章「矩度不失尺寸」，動中規矩：

> 矩度不失尺寸，氣味深恬，囂張盡釋，以中字作眼尤有歸宿，與程文先透質字，同是精神結聚處。〔註283〕

〔註278〕《制藝叢話》，頁83。儲欣也生動地形容陶文的霸氣：「前朝會元，自王太倉來，奄奄不振，雖盛名如鄧、馮，能跳出昆吾派圈子乎？石簣先生獨奮其風氣，一拳搥碎，一腳踢翻，抗手太倉而欲出其上，何其勇也。」（《制藝叢話》，頁238）

〔註279〕《制藝叢話》，頁232。

〔註280〕《文行集》云：「嘉靖十五元，論者謂壬辰、乙未乃古今分別之際，胡之繼瞿，風度相似，後此五元，瑜不勝瑕。乙丑會元陳棟，當浮蔓之餘，以沖夷細密，穎然獨見，當頓頑瞿、許。隆慶辛未，棟取雋鄧定宇，文章中興，莫盛於此。」（《制藝叢話》，頁234）

〔註281〕評〈禮樂不興二句〉，頁237。梁章鉅也盛讚鄧文之「深厚爾雅」、「融貫六經」，梁氏說：「王耘渠曰：『鄧文潔〈禮樂不興則刑罰不中〉文，實實能從禮樂不興內講出刑罰不中之故，深厚爾雅，無一語書生氣，卻無一語宦稿氣。前朝諸公之於此道，其精神實有足以不朽者。或謂八股終有廢時，斷不然也。』按：文潔文講下云⋯⋯，是先從正面寫出相因之理；後幅云⋯⋯，又從刑罰中想出禮樂精蘊，眞是融貫六經之文。」（《制藝叢話》，頁85）

〔註282〕評〈生財有大道一節〉，《欽定四書文》，頁207。

〔註283〕評〈先進於禮樂一章〉，《欽定四書文》，頁234。

風格上則發爲「氣味深恬，囂張盡釋」之氣象。〔註 284〕

然徐存菴也指出，鄧以讚的行文風格始開隆萬「圓熟」之機，他說：「嘉靖以前，文以實勝；隆、萬以後，文以虛勝。嘉靖文轉處皆折，隆、萬始圓，圓機，田、鄧開之也，後漸趨於薄矣；嘉靖文妙處皆生，隆慶、萬曆始熟，熟調，湯、許開之也，後漸入於腐矣。」〔註 285〕隆萬末流之文弊既以其爲始作俑者，方苞對於鄧氏作品的忽視，自然也在情理之中了。

（六）孫　鑛

復次，評介孫鑛。孫氏於隆萬制藝史曾是重要文家，凌義遠《名文探微》認爲他「醇雅博厚，元氣渾然，允爲隆、萬之冠。」〔註 286〕然《欽定四書文》卻僅收錄了鄧氏作品一篇而已，方苞之評點說：

> 筆力古勁，章法渾成，作者文當以此篇爲最。〔註 287〕

指出此篇〈子張問十世一章〉是孫鑛最好的作品，其特色爲「筆力古勁，章法渾成」。值得注意的，王耘渠曾經同樣評論過孫氏此篇，王氏曰：

> 孫月峯先生手評經史古文，何啻萬卷？惟〈子張問十世〉章文，波勢雄奇，足徵所自，而他作多不稱此，反開軟熟法門，元墨尤劣，何也？〔註 288〕

〔註 284〕張惕菴曾論及鄧以讚的清新風逸，一新嘉靖末年之蕪靡，張氏說：「時義至嘉靖末年蕪靡極矣，陳公棟出而振之，其文含華于樸，字字清新。嗣是如田鍾斗之沖恬，鄧定宇之風逸，若一轍焉，以陳公爲之倡也。」（《制藝叢話》，頁 80）此外，俞長城也引述有論者稱鄧文爲「無心於巧」，俞氏曰：「禾中老者言，黃葵陽出會闈，自決第一，聞江右有坐關三年者，往叩其文，爽然自失，即定宇先生也。江陵於闈中擬議二公，因次藝抑葵陽，然葵陽不如定宇，不僅是也。評者云：『黃有意於奇，鄧無心於巧，是謂得之。』讀〈定宇傳〉，所學在於能養。嘗言《乾》之六爻，不難於飛而難於潛，生平出處進退皆以養勝。故知文之矜屬高卓，志在必得者，乃不如定宇者也。」（《制藝叢話》，頁 235）退卻蕪靡，洗盡鉛華，當然需有修養之功，此故才稱「囂張盡釋」。

〔註 285〕《制藝叢話》，頁 87。

〔註 286〕《制藝叢話》，頁 232。

〔註 287〕評〈子張問十世一章〉，《欽定四書文》，頁 213。

〔註 288〕《制藝叢話》，頁 87。王耘渠也提到孫鑛有承於瞿景淳之圓熟：「瞿昆湖景淳『天子一位』六節〉文，鍊格鍊意，不著一詞以障其間，故格整而意自圓，意密而氣愈渾，使昆湖文盡如是，何愧大家？惜其趨向圓美，過於成熟，以會元爲風氣之歸，使後人揣摩利便，遂於斯道別成一小宗。嗣之爲月峯、具區猶可也，降至霍林、求仲，則於圓熟中益之以蕪穢之詞、庸靡之調，而爲

說孫鑛其他作品「反開軟熟法門」，〔註289〕於此篇之「波勢雄奇」不稱，這或許也就是方苞僅選錄此篇的原因吧。

（七）許　獬

繼之評介許獬。衛廷琪《文行集》稱許氏「性警敏，好讀書，雖寢食未嘗廢卷。爲文根究諸儒之說，名重東南，萬曆辛丑冠禮闈。」〔註290〕然《欽定四書文》亦祇收錄了許氏作品一篇而已，方苞在評點說：

> 所惡於鍾斗之文者，以其老鍊而近俗也，此篇則氣頗清眞，平淡中
> 自有變化，特錄之以示論文宜有灼見，不可偏執一端。〔註291〕

明白表示他不喜歡許獬的文風，以其「老鍊而近俗」，故只選輯了此篇「氣頗清眞，平淡中自有變化」的作品，以示論文「不可偏執一端」。

許氏於明代制藝史上的地位，其實並不在此類「清眞」之作，據徐存菴的說法：「嘉靖以前，文以實勝；隆、萬以後，文以虛勝。嘉靖文轉處皆折，隆、萬始圓，圓機，田、鄧開之也，後漸趨於薄矣；嘉靖文妙處皆生，隆慶、萬曆始熟，熟調，湯、許開之也，後漸入於腐矣。」〔註292〕許獬始將嘉靖以來文風由「生」轉「熟」，其後乃「漸入於腐」，故爲文家所不取。

此所謂由「生」轉「熟」，湯顯祖則說許獬「以『盡』學前輩之『不盡』」，是文體史上必然之發展趨勢。據俞長城曰：「古文之盡，莫如歐陽永叔；時文之盡，莫如許鍾斗獬。萬物始而含孕，繼而發榮，終而爛漫，其必趨於盡者，勢也。惟善用盡者，足以持之。永叔之文盡矣，而骨力峭拔、風度委折，使人不覺其盡；鍾斗之文亦盡，而遒鍊古腴，人又不厭其盡也，鍾斗其時文中之永叔乎？東鄉、固城評鍾斗文，皆嫌其盡，湯若士獨曰：『同安學王、錢，王、錢之

此道詬病者，遂波及先生矣。」（《制藝叢話》，頁 77）此一脈名家於行文技巧不斷深求，遂別成一小宗，其末流竟演至「蕪穢之詞、庸靡之調」，故爲文家所詬病。

〔註289〕此所謂「軟熟法門」，在王夫之看來頗有可取之處，王氏說：「孫月峰以紆筆引伸搖動，言中之意安詳有度，自雅作也；乃其晚年論文，批點《攷工》、〈檀弓〉、《公》、《穀》諸書，別出殊異語以爲奇陗，使學者目眩而心熒，則所損者大矣。萬曆中年，杜□嬌澀之惡習，未必不緣此而起。」（《夕堂永日緒論・外編》，頁 11596）稱許孫文「以紆筆引伸搖動」的「安詳有度」，卻不喜歡他晚年文風趨於「奇陗」之轉變。

〔註290〕《制藝叢話》，頁 238。

〔註291〕評〈敢問交際何心也一章〉，《欽定四書文》，頁 303。

〔註292〕《制藝叢話》，頁 87。

派至同安而盡洩。夫學王、錢者，非學其簡樸也。王、錢妙於不盡，鍾斗妙於盡。鍾斗以盡學王、錢之不盡，亦猶永叔以盡學史公之不盡。是故善學前人者，未有過於二公者也。』」〔註293〕俞氏稱許獬文如歐陽修「善用盡」，其爲文「遒鍊古腴，人又不厭其盡也」。所引湯顯祖的說法，非僅說明隆萬人與正嘉以前之不同，也迂迴地指出這兩期風格之間，既背道而馳卻又相互繼承之關係。

王夫之曾具體指出明代制藝有「三變」，許獬足爲隆萬時風之代表，船山於其《夕堂永日緒論》提及：

> 四大家未立門庭以前，作者不無滯拙，而詞旨溫厚，不徇詞以失意。

> 守溪起，既標格局，抑專以遒勁爲雄，怒張之氣，由此而濫觴焉。

> 及文鈔盛行，周□峰、王荊石始一以蘇、曾爲衣被，成片鈔襲，有文字而無□義；至陳（棟）傅（夏器）而極矣。

> 隆萬之際，一變而愈之於弱靡，以語錄代古文、以塡詞爲實講、以杜撰爲清新、以俚語爲調度，以挑撮爲工巧。若黃貞父、許子遜之流，吟舌嬌澀，如鴝鵒學語，古今來無此文字，遂以湮塞文人之心者數十年。語錄者，先儒隨口應答、通俗易曉之語，其門人不欲潤色失眞，非自以爲可傳之章句也；以爲文，而更以浮屠半吞不吐之語參之，求文之不蕪穢也，得乎？

> 文凡三變，而其依傍以立戶牖。已心不屬，則一而已矣。萬曆之季，李愚公始以堅蒼驅輭媚、方孟旋始以流宕散俗冗，稍復雅正之音。

〔註294〕

指出隆萬文章之「弱靡」，且有「以語錄代古文、以塡詞爲實講、以杜撰爲清新、以俚語爲調度，以挑撮爲工巧」〔註295〕的特徵，並以黃汝亨〔註296〕、許獬爲例，說他們「吟舌嬌澀，如鴝鵒學語」的歪風，「湮塞文人之心者數十年」，這種惡習直到萬曆末年李若愚〔註297〕、方應祥〔註298〕出，始導正之，「稍復

〔註293〕《制藝叢話》，頁87。
〔註294〕《夕堂永日緒論・外編》，頁11594-5。
〔註295〕王夫之曾特別提到許獬「以俚語爲調度」的「昧心」，船山曰：「當萬曆中年，俚調橫行之下，有張君一（以誠），雖入理未深，而獨存雅度。君一與許子遜同時，昧心之作，至子遜而極。」（《夕堂永日緒論・外編》，頁11595）
〔註296〕黃汝亨，字貞父，仁和人，萬曆辛卯舉人，戊戌進士，江西參議。
〔註297〕李若愚，字愚公，漢陽人，萬曆己未進士。
〔註298〕方應祥，字孟旋，歸安人，萬曆丙午舉人，丙辰會元。

雅正之音」。

四、啓禎期代表作家：陳際泰、金聲、黃淳耀及章世純；兼論羅萬藻、艾南英

如果說隆萬爲「明文之衰」，啓禎文家撥亂反正，當屬於明代八股之中興時期；蘇翔鳳曾論及此期名家傑作之博雅，曰：「癸丑以後，金、陳諸先生各出所學，各成品格，氣象萬千，不可比擬，……然而服是劑者，亦難矣。蓋名理精於江右，經術富於三吳，而談經濟、論性情皆擅其長，大力之沈摯，千子之謹嚴，文止之修潔，正希之樸老，大士之明快，轟仲之精實，臥子之爽亮，陶菴之愷切，伯祥之古奧，維節之孤峭，長明之幽秀，二張之典麗精碩，歐黎之淡遠清微，登顚造極者指不勝屈。而其所言者，大之化育陰陽、興亡治亂、綱常名教、性命精微，小之及鳥獸草木之情、飲食居處之節，凡三才所有，無不晰其神明，得其情狀。故不通六經本末者，不能讀也；不熟諸史得失者，不能讀也；不深於周、程、張、朱之語錄以得聖賢立言大義者，不能讀也；不審於春秋戰國之時勢以得聖賢補救深心者，不能讀也；不徧觀於諸子百家以悉其縱橫變幻者，不能讀也；不推於人情物態以辨其強弱剛柔、悲喜離合之故者，不能讀也。」〔註299〕足見啓禎八股文之精深與艱難。

我們從《欽定四書文》選刊的情形來觀察，此期計收錄了 42 位作家共211 篇作品，這當中以陳際泰〔註300〕選了 58 篇、金聲〔註301〕收 31 篇、黃淳耀〔註302〕20 篇、以及章世純〔註303〕的 14 篇，算是方苞認爲此期表現較佳的作者。〔註304〕另羅萬藻〔註305〕及艾南英〔註306〕二人亦屬當時重要名家，文後仍一併附論之。

〔註299〕《制藝叢話》，頁 35～39。
〔註300〕陳際泰，字大士，臨川人，崇禎庚午舉人，甲戌進士。
〔註301〕金聲，字正希，嘉魚人，休寧籍。天啓甲子順天舉人，崇禎戊辰進士，山東僉事，唐王時以右都御史總督諸道軍，謚文毅。
〔註302〕黃淳耀，初名金耀，字松厓，又字蘊生，以讀書陶菴中，又號陶菴，嘉定人。崇禎癸未進士，未受職，歸殉節死，清朝賜謚忠節。
〔註303〕章世純，字大力，臨川人，天啓辛酉舉人，柳州知府。
〔註304〕方苞自己提到啓禎「以金陳章黃爲宗，所錄多與四家體製相近者。」（評黃淳耀，〈強恕而行二句〉，《欽定四書文》，頁 560）
〔註305〕羅萬藻，字文止，臨川人，天啓丁卯舉人，崇禎戊辰進士。
〔註306〕艾南英，字千子，東鄉人，天啓甲子舉人，唐王時授兵部主事，改御史。

（一）陳際泰

首先評介方苞眼中足爲隆萬期文家之最的陳際泰。俞長城說他：「其學無所承藉，一覽數行，手口耳目並用，質甚奇；日搆數十藝，作文盈萬，才甚捷；變通先輩，自爲面目，法甚高。」〔註307〕強調其文章之自出面目；而《欽定四書文》更稱美陳氏八股文曰：「講機法者不能如其巧密，矜才氣者不能及其橫恣，制藝到此，可謂獨開生面矣。」〔註308〕對他可謂推崇備至。以下試就方苞評點所見，略舉四個層面來談陳際泰的特色：

1、源本經術，博洽深通

劉際泰文章的首要特點，在於其既源本於經術，又能博極群書。就前者而言，例如方苞說他：

> 詞旨明達，體質純茂，又變其平日縱橫跌宕，而一歸於經術。〔註309〕

> 光明茂密，一望皆經術之氣。〔註310〕

> 先王教化本原，實能探其本而得其精義之所存，故信口直達，無絲毫經營搜索之意。制藝到此，可謂闓其中而肆其外矣。〔註311〕

皆爲其證，除了源本經術，劉際泰之博通亦爲方苞所豔稱，《欽定四書文》中相關記載甚夥，如說陳氏：

> 博洽深通，故信手揮灑，皆無浮淺語。〔註312〕

> 古人立言，胷中必先多蓄天下之義理，觸處即發，故言皆有物，作者每遇一題，必有的義數端，爲眾人所未發，由其博極羣書，一心兩眼，痛下功夫，而竅有心得，故取之左右逢源。學者若專於八股中求之，則高言何由止於眾人之心？〔註313〕

> 語約義深，非儉於書卷者所能道。〔註314〕

> 熟於古今事故，故隨其所見，迅筆而出，皆足以肖題之情。他人窮

〔註307〕《制藝叢話》，頁116。
〔註308〕評〈定公問一言而可以興邦一章〉，《欽定四書文》，頁404。
〔註309〕評〈欲齊其家者二句〉，《欽定四書文》，頁317。
〔註310〕評〈事不成二句〉，《欽定四書文》，頁401。
〔註311〕評〈人倫明於上二句其一〉，《欽定四書文》，頁508。
〔註312〕評〈獲乎上有道三句〉，《欽定四書文》，頁472。
〔註313〕評〈動乎四體〉，《欽定四書文》，頁479。
〔註314〕評〈動容貌斯遠暴慢矣〉，《欽定四書文》，頁379。

探力索，恒患意不稱物，實由讀書未貫串也。〔註315〕

屢言其「博洽深通」之用功。而其所以取資者，如評語所見：

議論悉本左氏內外傳文之靈警濬發，要不能憑虛而造也。〔註316〕

忽分忽合，倣史遷合傳錯綜之法，而并得其神骨。〔註317〕

根柢周秦諸子及宋儒語，質奧精堅，制義中若有此等文數十篇，便可以當著書。〔註318〕

會萃元人《春秋》說以爲判斷，筆力峻快雄健，頗類老蘇。〔註319〕

即包括了周秦諸子、《左傳》、《史記》、宋儒語、元人《春秋》說等，足徵其「多蓄天下之義理」，這就難怪他能「信手揮灑，皆無浮淺語」。

2、自出精意，借題闡發

陳際泰匪但「博極羣書」，且因有此廣博學識做爲基礎，其文章常能自出精意，發人所未嘗言之理。〔註320〕例如《欽定四書文》之評點：

理題文前此多直用先儒語以詁之，至陳、章輩出，乃抇取羣言，自出精意，與相發明，故能高步一時，到今終莫之踰。〔註321〕

作者於儒先解說，皆覺不安於心，又不敢自異於朱註，故止言此詩得性情之正，而一切不敢實疏。〔註322〕

識解獨到，文氣醇茂，彬彬乎有兩漢之風矣。〔註323〕

立論與正旨稍別，文極凝鍊有精色。〔註324〕

〔註315〕評〈好信不好學二句〉，《欽定四書文》，頁434。

〔註316〕評〈如知爲君之難也一節〉，《欽定四書文》，頁405。

〔註317〕評〈直哉史魚一章〉，《欽定四書文》，頁416。王夫之曾說「陳大士史而橫」（《夕堂永日緒論・外編》，頁11596），殆亦指此。

〔註318〕評〈體物而不可遺〉，《欽定四書文》，頁456。

〔註319〕評〈晉文公譎而不正一節〉，《欽定四書文》，頁410。

〔註320〕《明史・文苑傳》提到陳際泰文章重視自出精意：「泰文凡數變，然其意皆以一己之精神，透聖賢之義旨爲宗，而所獨得者乃在分股。」（卷288，收入《景印文淵閣四庫全書》，第301冊）以分股爲獨得之祕；又顧麟士也記載陳氏擅於股對：「先生才思敏練，聞有以疑義質先生者，輒口占以示，即未成章，或二股、或四股，每多精義，後遂集爲《四書讀》，稿中往往有前後足成之者。」（《制藝叢話》，頁117）

〔註321〕評〈學而時習之一節〉，《欽定四書文》，頁331-2。

〔註322〕評〈關雎樂而不淫一節〉，《欽定四書文》，頁354。

〔註323〕評〈五者天下之達道也〉，《欽定四書文》，頁463。

〔註324〕評〈射不主皮一節〉，《欽定四書文》，頁351。

> 詞必己出，既出又人人意中所有，名理只在眼前，淺學自不善爬梳耳。〔註325〕

> 昔人云：發人所未嘗言之理，則可謂之新；匪眾人思慮之所及，則可謂之奇。中二股眞得其意也，所謂新奇，要只在極平正處，但人自說不到耳。〔註326〕

稱許陳氏「自出精意」、「識解獨到」的「詞必己出」，能從經義之「極平正處」，闡發別人所視而未見、語焉不詳的名理。

這種「自出精意」的創見，有時則發爲借題作文，隱寓時政，用後世史實證成古聖先賢所論之義理，聊以櫺抒胸中憂悶；例如方苞說：

> 借題以攄胸中之鬱積，橫空而來，煙波層疊。〔註327〕

> 聖言深遠，數百載以後學者流弊包括無遺。作者胸中具有後世事跡，用以闡發題蘊，言簡義閎，蒼然之色、淵然之光，不可逼視。〔註328〕

八股文如此作法，當然也使得經典義蘊更顯深長，足徵時局之興衰，並勸慰當世以道義。

3、古文筆法，高朗雄邁

陳際泰又擅長「以古文爲時文」、「以古文之法馭題」，尤其是長章數節文，相關評點見於《欽定四書文》，例如：

> 詞語義意亦本《管子》及小蘇文，然非湛深經術，不能語舉其要；非文律深老，不能施之曲得。其宜以古文爲時文，惟此種足以當之。
> 〔註329〕

> 啟禎名家，於長章數節文，皆以古文之法馭題，而陳之視黃，則有粗細之別，以所入之域有淺深也。〔註330〕

說他「以古文爲時文」，此所以既「湛深經術」、又能「文律深老」。

如此形諸於文，陳際泰乃發之以高朗雄邁的風格，這裡不妨參攷方苞對於他的評語：

〔註325〕評〈博學之四句〉，《欽定四書文》，頁475。
〔註326〕評〈因不失其親二句〉，《欽定四書文》，頁336。
〔註327〕評〈季康子問仲由一節〉，《欽定四書文》，頁373。
〔註328〕評〈群居終日一節〉，《欽定四書文》，頁419。
〔註329〕評〈鄉田同井五句〉，《欽定四書文》，頁512。
〔註330〕評〈天下有道四節〉，《欽定四書文》，頁528。

文之高朗振邁，則作者筆性固然。〔註331〕

縱橫變化，無非題目節族，而雄健之氣，進退自如，專以巧法鈎勒題面者，無從窺其踪跡。避水火一段若能少加點綴，更無遺憾矣。〔註332〕

領取虛神中，具沉雄豪宕之槩，蓋由作家本領深厚，可知文若清薄寡味，雖審合題氣，終不耐觀。〔註333〕

足證其筆性之「高朗振邁」、「沉雄豪宕」。

4、運筆靈雋，推勘入微

此外，方苞更盛讚陳際泰之妙筆靈雋，能夠從人人所共曉的意思裡，點石成金，使讀者耳目一新。《欽定四書文》有如下記載：

文故迷離其緒，遂使閱者如探奇勝，處處耳目一新，及凝神靜思，猶是題中人人共曉意耳。可知文章固以義理為上，而言之文與不文，所關亦非輕也。〔註334〕

於實理虛神推闡曲盡，卻只是註中「猶得以識之而可復焉」之意，可知文人無筆，雖有穎思亦不能達也。〔註335〕

於人情淺近處指點，立義不深而意味悠長，良由筆妙。〔註336〕

這種靈雋之妙筆，往往能夠曲折盡意、發難顯之情，例如：

實得於心，故言皆真切，而靈雋之筆復能曲折盡意。〔註337〕

描寫曲暢，足以發難顯之情。〔註338〕

文足以達難顯之情，絞字分明如畫。〔註339〕

或者推勘入微，狀寫出一種清敏雋永的神味：

推勘入微，語皆刺骨，誦之使人悽然，思人紀之艱。〔註340〕

〔註331〕評〈規矩方員之至也一章〉，《欽定四書文》，頁524。

〔註332〕評〈齊人伐燕勝之二章〉，《欽定四書文》，頁490。

〔註333〕評〈君子創業垂統為可繼也〉，《欽定四書文》，頁491。

〔註334〕評〈前日於齊一章〉，《欽定四書文》，頁501。

〔註335〕評〈賜也爾愛其羊一節〉，《欽定四書文》，頁352。

〔註336〕評〈事君數一節〉，《欽定四書文》，頁364。

〔註337〕評〈欲正其心者四句〉，《欽定四書文》，頁319。

〔註338〕評〈為之兆也〉，《欽定四書文》，頁543。

〔註339〕評〈好直不好學二句〉，《欽定四書文》，頁435。

〔註340〕評〈匡章通國皆稱不孝焉一章〉，《欽定四書文》，頁536。

> 正言冷語，反復喚醒，令有志者悠然以思、躍然以起。文情跌宕清
> 敏，亦足以往復不厭。〔註341〕

> 設色極淡，神味正自雋永。〔註342〕

> 循題婉轉，淡語愈永，淺語愈深，風水相遭，淪漪入妙。〔註343〕

使人誦之悽然，又或者是「悠然以思、躍然以起」，在「跌宕清敏」的淺淡語
言下，咀嚼出既深且永的情味，令閱者吟詠再三、往復不厭。

（二）金 聲

其次評介金聲，《欽定四書文》選錄金氏文章達 31 篇，僅次於陳際泰，
是啓禎初期非常重要的八股文大家。以下試就方苞評點所見，略舉四個層面
來談金聲作品的風格特色：

1、刻雕物情，語皆心得

金聲制藝作品之特色，在於他擅長揣摩，能夠生動地刻畫出其所代言者
的情狀，例如《欽定四書文》對他評點提到：

> 一面寫二老，言下便有孟子在，激昂慷慨，幽離沉鬱，寫得毛髮俱
> 動。〔註344〕

> 相傳同時某人有講色取行違之術，以欺世而得重名者，故言其情狀，
> 語皆刺骨，蓋痛憤所寄，不得已而有言也。〔註345〕

金聲可以把孟子「激昂慷慨，幽離沉鬱」的神態，寫得「毛髮俱動」，一方面
自然是因為他揣摩入裏，對於章句之本義能深刻掌握；另一方面，或許是因
為他也將己身之所見所體驗，投射到經典中尋找寄託，所謂「不得已而有言
也」，正是由於情感發自內心，非刻意造作之。因此，方苞曾說：

> 作者凡言心性、言忠孝節義、生民疾苦、衰俗頑薄之文，有心者讀
> 之，必自愧自懼、且感且奮，蓋性體清明，語皆心得，故誠能動物
> 如此。〔註346〕

> 金、黃二家之文，言及世道人心，便能使讀者義理之心勃然而生。

〔註341〕評〈人之有德慧術知者一節〉，《欽定四書文》，頁 563。
〔註342〕評〈有官守者四句〉，《欽定四書文》，頁 504。
〔註343〕評〈吾有知乎哉一節〉，《欽定四書文》，頁 382。
〔註344〕評〈二老者天下之大老也〉，《欽定四書文》，頁 529。
〔註345〕評〈夫聞也者一節〉，《欽定四書文》，頁 399。
〔註346〕評〈養其大者為大人〉，《欽定四書文》，頁 549。

〔註347〕
強調他文章的感染力，是因為「語皆心得」，故能如此動人。

2、載籍極博，翻轉舊說

金聲的八股文章能夠「語皆心得」、言之有物，或許是因為他取材博雅，能夠「聚經史之精英」發而為文；方苞於評點中認為：

> 制科之文，至隆萬之季，真氣索然矣，故金、陳諸家，聚經史之精英，窮事物之情變，而一於四書文發之，義皆心得，言必己出，乃八股中不可不開之洞壑也。〔註348〕

> 時文乃代聖賢之言，非研經究史，則議論無根據；非有忠孝仁義之至性，雖依傚儒先之言，而不足以感發人心。學者讀金、黃二家之文，可以惕然而內省矣。〔註349〕

> 經世綜物深切著明，其中包孕幾多載籍，而性質之沉毅，亦流露於筆墨之外。〔註350〕

便指出金氏文章包孕經史，故其論理能夠「深切著明」。

這種「鎔經液史」的廣博閱讀，使得金聲在詮釋經義時往往消融眾說，而「翻轉出一番新意」。〔註351〕例如《欽定四書文》中稱許他的文章：

> 翻轉出一番新意，正復題中所應有也，此種最足益人神智。〔註352〕

> 其義為人所未發之義，其言為世所不可少之言。〔註353〕

> 說得有身分，卻又將聖之偏處認作聖人之能事矣，其清迥之思、妍婉之韵，足使人咨誦不釋。〔註354〕

往往能夠舊題新作，抉發出未曾經人道出的「清迥之思」，方苞認為八股文這樣的作法「最足益人神智」，能夠補經傳之所不足。

〔註347〕評〈見義不為無勇也〉，《欽定四書文》，頁346。
〔註348〕評〈德行一節〉，《欽定四書文》，頁386-7。
〔註349〕評〈得百里之地而君之 皆不為也〉，《欽定四書文》，頁498。
〔註350〕評〈節用而愛人〉，《欽定四書文》，頁334。
〔註351〕梁章鉅也提到金聲擅長於翻案作文：「〈泰伯〉章讓商、讓周本無定解，即注中不從竊商數語，亦是後人懸斷之詞。……惟金正希一篇，翻盡舊案，獨標新義，可謂前無古人。」（《制藝叢話》，頁265）
〔註352〕評〈侍於君子有三愆一節〉，《欽定四書文》，頁431。
〔註353〕評〈為之者疾二句〉，《欽定四書文》，頁329。
〔註354〕評〈柳下惠不恭〉，《欽定四書文》，頁500。

3、奇變神巧，運化無迹

金聲的八股文在佈局章法上特別講究，方苞曾稱美其謀篇「文境蒼老，通身俱是筋節」〔註355〕、王巳山也說他「運掉極奇變，而部勒極森嚴，直是通身神骨」。〔註356〕《欽定四書文》裡關於金聲行文技巧的評論也不在少數，例如：

> 其慘淡經營處，在通篇體勢懸空不斷，恰好上承下接，而絲毫不連不侵，此運先正之規矩準繩，而神巧過之者也。〔註357〕

> 堯獨憂之，聖人有憂之，雖欲耕得乎？而暇耕乎？本是題中天然對局，文照此作對，運化無迹，筆力驅駕，可以騰天躍淵。〔註358〕

> 曲折變化，無迹可尋，如雲隨風，自然舒卷，細觀其理脉之清、引線之密，又無一不極其至真化工之筆。〔註359〕

> 胸中別有杼軸，落想多在間隙中，而題之意趣曲盡，在作者亦似動於天機，而不知其所以然。〔註360〕

不過方苞雖然指出他行文時的「理脉之清、引線之密」，卻也強調八股文最上乘的寫作境界，應該是「運化無迹」的；沒有刻意的造作，文章乃能以「至真化工之筆」，「動於天機，而不知其所以然」。

4、氣骨雄偉，汪洋恣肆

前已提及，金聲於謀篇章法上「部勒極森嚴」，方苞曾提到金氏在股對筆法上「參差離奇」，評點中還特別強調金文轉折之精，實屬前所未有：「前輩文之屬對，取其詞理相稱，特具開合淺深，流水法而已。惟作者屬對參差離奇，或前屈後直，或此縮彼伸，每於人轉折不能達處，鉤出精意，不獨義理完足，即一二虛字不同處，亦具有深趣，不可更移。此等境界，實前人所未闢。」〔註361〕

金聲八股文的這種境界，常常發爲汪洋恣肆之雄偉氣勢，既能內斂充塞、

〔註355〕評〈既庶矣二節〉，《欽定四書文》，頁403；蘇翔鳳《甲癸集》也提到「正希之樸老」。（《制藝叢話》，頁38）

〔註356〕王巳山曰：「崇禎戊辰，金正希〈身修而後家齊〉三句魁墨，運掉極奇變，而部勒極森嚴，直是通身神骨。」（《制藝叢話》，頁115）

〔註357〕評〈見利思義二句〉，《欽定四書文》，頁409。

〔註358〕評〈當堯之時二節〉，《欽定四書文》，頁513。

〔註359〕評〈蓋均無貧三句〉，《欽定四書文》，頁426；王夫之認爲「金正希禪而曲」（《夕堂永日緒論・外編》，頁11596），或許即針對此類風格而言。

〔註360〕評〈巧笑倩兮一章〉，《欽定四書文》，頁347-8。

〔註361〕評〈子路有聞一節〉，《欽定四書文》，頁367。

且又舒放而激昂，例如《欽定四書文》所描繪的：

> 精神理實，融結一氣，舒放中極其嚴整，不可增減一字。〔註362〕

> 實理眞氣，盎然充塞，不必遵歸、唐軌跡，而固與之並。〔註363〕

> 筆致超脫，氣骨雄偉，頗足振起凡庸。〔註364〕

> 高談闊議，磊落激昂，題中更無可鬪之境。〔註365〕

> 胸有杼軸，橫鶩別驅，汪洋恣肆，而於題之反覆，次第無不相副。
> 〔註366〕

特別能於八股文中具現出「橫鶩別驅，汪洋恣肆」的古文意境。〔註367〕

（三）黃淳耀

　　其次評介黃淳耀，《欽定四書文》選錄黃氏文章達 20 篇，就數量上來看，黃淳耀是方苞於啓禎期排行第三的名家。以下試就方氏評點所見，略舉四個層面來談黃淳耀作品的風格特色：

1、感發人心，警痛愷切

　　黃淳耀是啓禎期文家中，方苞時常拿來與金聲相提並論的作者，他們的共同特色在於能「感發人心」，例如：

> 非有忠孝仁義之至性，雖依倣儒先之言，而不足以感發人心。學者讀金、黃二家之文，可以惕然而內省矣。〔註368〕

> 較金、陳、章、羅氣質畧粗，而指事類情肝膽呈露，精神自不可磨滅。金、黃二家之文，言及世道人心，便能使讀者義理之心勃然而生，是知：言者心之聲，不可以爲僞也。〔註369〕

> 下筆縈紆鬱悶，可以感人。〔註370〕

〔註362〕評〈子貢問政一章〉，《欽定四書文》，頁 391。
〔註363〕評〈修身也三句〉，《欽定四書文》，頁 464。
〔註364〕評〈十目所視二節〉，《欽定四書文》，頁 322。
〔註365〕評〈惡紫之奪朱也二句〉，《欽定四書文》，頁 436。
〔註366〕評〈舜其大孝也與一章〉，《欽定四書文》，頁 457。
〔註367〕因此鄭荔鄉詩云：「嘉魚（金聲）拂袖興也勃，韓豪柳潔紛絣憁。追隨震川恰兩美，詎別安仁與太沖。」（《制藝叢話》，頁 324）說明金聲在這方面可與歸有光並稱，比美古文之韓柳。
〔註368〕評〈得百里之地而君之　皆不爲也〉，《欽定四書文》，頁 498。
〔註369〕評〈見義不爲無勇也〉，《欽定四書文》，頁 346。
〔註370〕評〈高子曰小弁一章〉，《欽定四書文》，頁 555。

金、黃八股文章之感人，尤難能於「使讀者義理之心勃然而生」，使人「惕然而內省」；黃淳耀又常常使用借古諷今的警痛筆法，〔註371〕從演繹章句一轉而指陳時政，如方苞評點曰：

> 警痛之論，可使機變者捫心內慙，瞿然自失。時文中有此，亦有補於人心世教。〔註372〕

> 實情實事，皆作者所目擊，宜其言之痛切也。自趙夢白借題以摹鄙夫之情狀，啟禎諸家效之，一時門戶及吏治民情，皆可證驗，足使觀者矜奮。〔註373〕

使這些八股文幾乎可作當代史料閱讀，〔註374〕大凡「一時門戶及吏治民情，皆可證驗」，如此作法雖然未必符合經典之原意，卻是經義用世的具體實踐。

2、研經究史，持論有據

我們從《欽定四書文》對於黃淳耀的評點，尚可以看出他的文章中具有研經究史之博通。例如方苞所述：

> 時文乃代聖賢之言，非研經究史，則議論無根據。〔註375〕

> 讀書多，則義理博而氣識閎，有觸而發者，皆關係世教之言。〔註376〕

> 學識定然後下語不可動搖，匪是而逞辨，必支離無當，即墨守註語，亦淹淹無生氣也。〔註377〕

即說明黃淳耀八股文之立論有據，包孕經史義理，而奠定深厚的學識。

於此還有一點頗值得注意，方苞對於八股文詮釋章句的合理性，其實是

〔註371〕如蘇翔鳳《甲癸集》以「愷切」來概括黃淳耀文（《制藝叢話》，頁 38）；鄭蘇年說黃氏此類作品「沉鬱清踈，讀之可歌可泣」，文品當可置於陳際泰之上（《制藝叢話》，頁 112）；王夫之也稱美他的文章「憂憤填膺，一寓之經義，抒其忠悃，傳之異代，論世者所必不能廢也。」（《夕堂永日緒論·外編》，頁11595-6）

〔註372〕評〈人而無信一節〉，《欽定四書文》，頁 344。

〔註373〕評〈孟子之平陸一章〉，《欽定四書文》，頁 502-3。

〔註374〕梁章鉅也提到黃氏為文「指陳時事」，或謂可當實錄以觀：「黃陶菴文有指切時事，最為雄快，如〈秦誓曰若有一个臣四節〉文中云：……論者以為神、光、熹、懷四朝實錄總序，其於邪正消長、治亂倚伏之機，不啻燭照而數計矣。」（《制藝叢話》，頁 112）

〔註375〕評〈得百里之地而君之　皆不為也〉，《欽定四書文》，頁 498。

〔註376〕評〈子產聽鄭國之政一章〉，《欽定四書文》，頁 531。

〔註377〕評〈桃應問曰一章〉，《欽定四書文》，頁 567。

持以較開放而寬鬆的心態，例如梁章鉅認爲：「黃陶菴作〈子產聽鄭國之政〉全章文云：……篇中直辨其無此事，雖覺雄快，究嫌背題。」〔註378〕批評黃淳耀的文章悖離章句題旨，但同樣批評此篇的方苞，卻說黃氏此作是「有觸而發者」，亦爲「關係世教之言」，不以其所辨爲不可。

3、從古文規模中變化

黃淳耀爲文的另一特色，即是他能「以古文之法運掉游行」，使其文章「如雲烟在空，合散無迹」，凌駕於隆萬文家的板滯造作。方苞說他：

> 以同民爲經，以古樂今樂同、獨衆少好不好爲緯，而以古文之法運掉游行，如雲烟在空，合散無迹。隆萬高手於全章題、數節題文，不過取其語脈神氣之流貫耳。至啓禎名家，然後於題中義理一一融會，縱筆所如，而題中節奏宛轉相赴，時有前後易置處，亦不得以倒提逆挈目之：一由專於時文中講法律，一由從古文規模中變化也。此訣陳、黃二家尤據勝場。〔註379〕

稱美黃氏擅長於「古文規模中變化」，能夠「於題中義理一一融會」，使其縱筆所如皆與「題中節奏宛轉相赴」，理法詞氣，兼而有之。

王耘渠亦標舉黃淳耀制藝「以古文之法運掉游行」，是「以左、馬之筆，發孔、孟之理」，他談到了八股文的氣體：「世之詬病時文者，謂其氣體之非古耳。若得左、馬之筆，發孔、孟之理，豈不所託尤尊，而其傳當更遠乎？愚故謂有明制義，實直接《史》、《漢》以來文章正統，得先生文懸之爲鵠，其亦可以無疑也夫。」〔註380〕認爲以黃氏「從古文規模中變化」爲代表的明代八股傑作，可以直接於「《史》、《漢》以來文章正統」，傳世不朽。

4、朴直老當，切實周詳

方苞也提及黃淳耀的八股文章，具有一種「平實朴直」之風格，例如《欽定四書文》中有謂：

〔註378〕《制藝叢話》，頁308。同樣的例子，又如梁章鉅提到黃淳耀的另一篇文章說：「『季氏富於周公而求也爲之聚斂附益』此節實不可解。以聖門政事之才，何至甘爲權臣鷹犬，悍然不顧至此？然魯《論》已明著其事，聖人實有鳴鼓而攻之語，則不得竟斷爲子虛。惟黃陶菴有此章文云：……按：此亦是想當然語，尚於情事有合，非全以強詞奪理。」（《制藝叢話》，頁284）批評黃氏所論爲「想當然語」，幾近「強詞奪理」。

〔註379〕評〈莊暴見孟子曰一章〉，《欽定四書文》，頁485-6。

〔註380〕《制藝叢話》，頁109。

> 直捷了當，步步還他平實，而游行自如，若未嘗極意營構者，由於
> 理境極熟也。〔註381〕

> 朴直老當，無一字含糊。〔註382〕

> 上溯原本，推極流弊，無不盡之意，無泛設之詞。〔註383〕

> 陳、章理題文多深微而簡括，黃則切實而周詳，故品格少遜；然陳、
> 章天分絕人，黃則人工可造。陳、章志在傳世，黃則猶近科舉之學。
> 〔註384〕

指出黃氏說理文章「無一字含糊」、「無不盡之意」、「無泛設之詞」，其品格上
雖是「切實而周詳」，然終不及陳際泰、章世純的「深微簡括」。

（四）章世純

其次評介章世純，《欽定四書文》選錄其文章計 14 篇，章世純是啓禎期
四大名家當中「最奇而最先售」的。〔註385〕以下試就方氏評點所見，略舉三
個層面來談章世純作品的風格特色：

1、筆力廉銳，思致鑱刻

章世純八股文的首要特點，在於他的筆力廉銳，思致鑱刻，例如《欽定
四書文》說他：

> 本眼前人人所知見之理，一經指出，遂爲不朽之文，其筆之廉銳，
> 皆由浸潤於周秦古書得之。〔註386〕

> 思致鑱刻，恰探得題之眞實處，相終相輔，二義通篇暗相承遞，章
> 法尤爲嚴密，……此文亦載陳大士稿中，細玩清削堅銳之氣，與章
> 一律，故正之。〔註387〕

> 其筆力瘦硬，雖大士猶當避其銳也。〔註388〕

方苞指出他的作品中有一股「清削堅銳之氣」、「筆力瘦硬」，這種嚴密筆法是

〔註381〕評〈鬼神之爲德一章〉，《欽定四書文》，頁 454-5。
〔註382〕評〈乃若其情二節〉，《欽定四書文》，頁 547。
〔註383〕評〈諸侯放恣二句〉，《欽定四書文》，頁 518。
〔註384〕評〈強恕而行二句〉，《欽定四書文》，頁 560。
〔註385〕《制藝叢話》，頁 94。
〔註386〕評〈孝弟也者二句〉，《欽定四書文》，頁 333。
〔註387〕評〈誠之者人之道也〉，《欽定四書文》，頁 473。
〔註388〕評〈天下有道四節〉，《欽定四書文》，頁 526。

因爲章氏「浸潤於周秦古書」而得之；俞長城亦論及其風格爲「幽深沉鷙，一溪一壑皆藏蛟龍」〔註389〕足徵其幽深廉銳之風格。

2、有轉無竭，晶明清澈

由於章氏「筆力廉銳」，其文章裡的「奇詞奧旨」，往往能夠「啓未發之覆，達難顯之情」，此可參見方苞之評點：

> 凡文之辨難轉換，有一字不清澈，雖有好意，亦令人覽之欲臥矣。此文當玩其有轉無竭、愈轉愈透處。〔註390〕

> 奇詞奧旨，如取諸室中物，而無一語入於拗僻，實此題空前絕後之作。〔註391〕

> 啓未發之覆，達難顯之情，他人即能了然於心、布於紙墨，亦不能如此晶明堅確也。章大力造極之文，頗有陳大士所不能到者，惜不多得耳。〔註392〕

章氏擅長於將艱難深奧的義理，出之以「清澈」、「晶明堅確」，而且「無一語入於拗僻」，尤能使讀者於「有轉無竭」的文氣中，一掃昏昧。

3、義廣而深，俊拔明粹

此外，章世純之論理精深，亦具見於《欽定四書文》中，例如方苞評點稱美章氏：

> 事理能見其大，文律復極其細，順筆瀟洒不加琢鍊，有風行水上之勢。〔註393〕

> 義廣而深，詞約而盡，粗穢悉除，但存精氣。〔註394〕

> 以聖賢語自驗於身心而得之，乃能如此俊拔明粹。〔註395〕

說他論究義理既大且深，是「以聖賢語自驗於身心」，所以發之爲「俊拔明粹」的風姿。韓掄衡曾提到章氏論理之精詣：「章大力文，人皆服其筆之刻，吾獨服其理之深。如〈君娶於吳爲同姓〉二句文，非參天人之祕蘊，具制作之精

〔註389〕《制藝叢話》，頁94。
〔註390〕評〈聖人之於民亦類也〉，《欽定四書文》，頁499。
〔註391〕評〈口之於味也一章〉，《欽定四書文》，頁570。
〔註392〕評〈君子無終食之間違仁〉，《欽定四書文》，頁361-2。
〔註393〕評〈耕者之所獲一節〉，《欽定四書文》，頁539。
〔註394〕評〈不知命一節〉，《欽定四書文》，頁446。
〔註395〕評〈行前定則不疚〉，《欽定四書文》，頁471。

心者，不得道其隻字。其詞云：……議論翻空出奇，全為周公制禮以前，補
闕出俉大道理，以免越禮者之藉口，此有功世道之文，宜仇滄柱以為『制義
以來未曾經見也』。……陳大士評云：『上下千古以盡其理，出入題中以究其
情。』」〔註396〕據其引文可見，甚至陳際泰也標舉章氏於闡發義理時「上下千
古」的廣博精深。

（五）羅萬藻

復次，介紹羅萬藻。羅氏於啓禎制藝史上是極重要的文家，根據《明史‧
文苑傳》記載，萬曆末年場屋時文腐爛至極，啓禎名家皆以興起斯文為任，
當時為世人所翕然歸之者有四，咸稱「章、羅、陳、艾」。〔註397〕

羅萬藻雖享高名，但《欽定四書文》事實上只收錄了羅氏九篇文章；其
運筆之長處，例如方苞評點提到的：

> 探微抉奧而出之以明快，此作者文之近於陳、章者。〔註398〕

> 極清淡，極平正，而非高把羣言，不能道其隻字。〔註399〕

> 持之有故、言之成理，文境蒼深，穆然可玩。〔註400〕

尤強調其說理之「明快」、持論「清淡平正」；正因此故，蘇翔鳳會以「修潔」
〔註401〕稱其風格，而蔡芳三說他的文章能「從近裏一著冥搜而出」。〔註402〕

然方苞對於羅萬藻也有如下看法：

> 文貴峻潔，然不能流轉變化，則氣脈不長，作者文多直致無迴曲，
> 所以不及金、陳，學者不可不知。〔註403〕

> 作者之文，才不逮意，故視其文了無可悅。然義不苟立，詞不苟設，
> 學者當求其漚涑淳沃之功。〔註404〕

批評他「才不逮意」，文章「多直致無迴曲」，而「不能流轉變化」，甚至明白
地稱其「了無可悅」；這樣的缺點，正是講求古文氣脈的方苞所看重之處。

〔註396〕《制藝叢話》，頁 92～93。
〔註397〕《制藝叢話》，頁 96。出處詳查
〔註398〕評〈君子無終食之間違仁〉，《欽定四書文》，頁 363。
〔註399〕評〈耕者九一五句〉，《欽定四書文》，頁 489。
〔註400〕評〈王者之迹熄而詩亡一節〉，《欽定四書文》，頁 534。
〔註401〕《制藝叢話》，頁 38。
〔註402〕《制藝叢話》，頁 187。
〔註403〕評〈道之以德一節〉，《欽定四書文》，頁 338-9。
〔註404〕評〈臨之以莊則敬三句〉，《欽定四書文》，頁 341。

（六）艾南英

復次，評介艾南英。艾氏於啓禎制藝史也有很重要的地位，根據《明史‧文苑傳》記載，艾氏於啓禎間與章世純、羅萬藻及陳際泰齊名，世稱「章、羅、陳、艾」。〔註405〕

艾南英雖富盛譽，然《欽定四書文》僅收錄了艾氏 8 篇文章；方苞於評點中提到他的寫作：

> 每遇一題，必思其所以然之理，胸中實有所見，然後以文達之。故有醇有駁，而必有以異於眾人，觀此等文尤顯然，可得其思路所入。
> 〔註406〕

> 老幹無枝，亭亭直上。他人滿紙瀾翻，能道得筋脈上一、兩句否？
> 〔註407〕

指出艾氏論理絕少枝蔓，是由於「胸中實有所見」，故其思路所入常常「有以異於眾人」。艾氏落筆前已經「思其所以然之理」，所以文章中常流露一種「清真明快」的氣勢，如方苞說他為文：

> 清真明快，題無不盡之義。〔註408〕

> 其文清明爽朗，在稿中難得此等疎暢之作。〔註409〕

即稱許其論理之「爽朗」、「疎暢」。

艾氏行文上能如此明快，也與他所倡導的古文義法有關，《欽定四書文》曾特別指出艾南英筆下的「曲折起伏回旋」，說他：

> 曲折起伏回旋，古文義法無一不備。五家中人皆謂艾之天分有限，然此種清古之文，風味猶勝於黃、陳，則讀書多、用功深之效。〔註410〕

強調艾南英雖然「天分有限」，但因為「讀書多、用功深」，〔註411〕所以其論

〔註405〕《制藝叢話》，頁 96。

〔註406〕評〈天地之大也二句〉，《欽定四書文》，頁 452。

〔註407〕評〈子張問十世一章〉，《欽定四書文》，頁 345。

〔註408〕評〈其愚不可及也〉，《欽定四書文》，頁 368。

〔註409〕評〈陳仲子豈不誠廉士哉一章〉，《欽定四書文》，頁 521。

〔註410〕評〈民為貴一章〉，《欽定四書文》，頁 568-9。

〔註411〕艾南英讀書之多、用功之深，可見其自敘：「……予七試七挫，改絃易轍，智盡能索。始則為秦漢子史之文，而闈中目之為野；改而從震澤、昆陵、成弘正大之體，而闈中又目之為老；近則雖以《公》、《穀》、《孝經》、韓、歐、蘇、曾大家之句，而房師亦不知其為何語。每一試已，則登賢書者，雖空疏庸腐、稚拙鄙陋，猶得與郡縣有司分庭抗禮。而予以積學二十餘年，

理往往別具創見，行文自然能充實爽朗，而義法兼備。

制義自鶴灘、守溪，下至弘、正、嘉、隆大家，無所不究；書自六籍子史、
濂洛關閩、百家眾說，陰陽、兵律、山經、地志、浮屠、老子之文章，無
所不習，而顧不得與空疏庸腐、稚拙鄙陋者爲伍。」（《制藝叢話》，頁 99）

第五章　明清「經義」文體探析——詮釋學層面

　　本章分二節：第一節探討經義文（八股文）如何詮釋經典；第二節評論此文體詮釋經典之困境。明清時期盛行五百多年的經義文，後來不但發展出繁複的寫作技法，其解經時所重新萃取、建構之義理層面，也具有經典詮釋學的研究價值。其重構經義，一方面固是揉和了寫作者個人對於章句的理解，另一方面也可以見到後世經史子集日漸融涉、互相發明的理趣。然就經典詮釋學角度來考察，此一文體之所以長期受到輕視，主要癥結恐怕還是基於文體設計上之內在困境：即兼顧文采與義理的兩難。

第一節　談八股文如何詮釋經典

　　明清時期盛行五百多年的經義文（八股文），其文體定制於明初，風行於清代。這種新興文體後來不但發展出繁複的寫作技法，其解經時所重新萃取、建構之義理層面，也具有經典詮釋學的研究價值。

　　八股文之重構經義，一方面固是揉和了寫作者個人對於章句的理解，另一方面也可以見到後世經史子集日漸融涉、互相發明的理趣。就八股文如何詮釋經義的作法上，本節從兩個層面來觀察：其一，是對於經註的依循理解；其二，是如何將切身體會加以表述的過程。

　　就前者而言，八股文對於經註之依違，文中揭出三點：一、對於經註的恪遵；二、由多讀書到「以經解經」的保留；三、釋義上從「背經」到「聖賢意中所必有」的開拓。

　　而針對八股文「代聖立言」的詮釋進路，筆者也提了三點說明：一、指出代言寫法與理學攸關；二、代言書寫建構了儒學信仰共同體；三、如此代言實寓有「以意逆志」之主體呈現。

一、八股文與經典詮釋

　　關於明清時期曾經盛行五百多年的經義文，也就是俗稱的「八股文」，自從清季廢除科考以來，今人對於此文體的內容及寫法，多已不甚明瞭。然而，這一方面的材料及書寫現象，其實相當具有經典詮釋學的重要價值，尚待學界研究與開發。

　　明清經義文，因其股對形式亦被稱為「八股」，〔註1〕此文體定制於明初，完備於明成化年間，風行於清代，這期間累積之書寫成就不容輕忽。如袁宏道說：「天地間，真文漸滅殆盡，獨博士家言猶有可取。其體無沿襲，其詞必極才之所至，其調年變而月不同，手眼各出，機軸亦異。」〔註2〕如劉大櫆認為：「夫文章者，藝事之至精；而八比之文，又精之精者也。」〔註3〕如姚鼐云：「苟有聰明才傑者，守宋儒之學，以上達聖人之精；即今之文體，而通乎古作者文章極盛之境。經義之體，其高出詞賦箋疏之上，倍蓰十百，豈待言哉！」〔註4〕如方苞曰：「制義之興七百餘年，所以久而不廢者，蓋以諸經之精蘊，匯涵於四子之書，俾學者童而習之，日以義理浸灌其心，庶幾學識可以漸開，而心術羣歸於正也。」〔註5〕皆足證明此體於明清文家眼中之特殊性。

　　考明清經義之文體規定，據《明史‧選舉志》載：

〔註1〕一般的看法，如清人崔學古說：「起股、虛股、中股、後股，每項二股，故云『八股』。」（《少學》，收入《檀几叢書》，康熙34年新安張氏刊本，第2冊第9卷）然鄭邦鎮別持異論，主張『八股』之『八』，實指段落；而『股』，實指句式。」（《明代前期八股文形構研究》，台北：台灣大學中國文學研究所博士論文，1986年，頁74）

〔註2〕〈與友人論時文〉，《袁中郎尺牘》，收入《袁中郎全集》（台北：世界，1964年），頁14。

〔註3〕〈徐笠山時文序〉，《海峰文集》，收入《續修四庫全書》（上海：上海古籍，2002年），第1427冊，頁404。

〔註4〕〈停雲堂遺文序〉，《惜抱軒全集》（台北：世界，1984年），卷4，頁40。

〔註5〕《欽定四書文》，《景印文淵閣四庫全書》（台北：商務，1979年），第1451冊，頁2下。

科目者，沿唐宋之舊而稍變其試士之法，專取《四子書》及《易》、
《書》、《詩》、《春秋》、《禮記》五經命題試士，蓋太祖與劉基所定。

其文略仿宋經義，然代古人語氣爲之，體用排偶，謂之「八股」，通
謂之「制義」。〔註6〕

可見此文體悉「沿唐宋之舊」而逐漸成熟，在行文格式上，因爲承襲於歷來應
制文體，不免受到唐代律賦、試帖詩，宋代的文賦及經義文之影響，而有破題
及偶對長股的寫法；〔註7〕在應試經典的內容及作法方面，明清八股文「專取
《四子書》及《易》、《書》、《詩》、《春秋》、《禮記》五經命題試士」，且與宋代
經義文強調上述經書需「以文解釋，不必全記注疏」〔註8〕的命題精神一致。

又如劉熙載在〈經義概〉開宗明義說：

經義試士，自宋神宗始行之。神宗用王安石及中書門下之言定科舉
法，使士各專治《易》、《詩》、《書》、《周禮》、《禮記》一經，兼《論
語》、《孟子》。初試本經，次兼經大義，而經義遂爲定制。

其後元有「四書疑」、明有「四書義」，實則宋制已試《論》、《孟》、
《禮記》，《禮記》已統《中庸》、《大學》矣。

今之「四書文」，學者或並稱「經義」。《四書》出於聖賢，聖賢吐辭
爲經，以經尊之，名實未嘗不稱。爲經義者，誠思聖賢之義宜自我
而明，不可自我而晦，則爲之自不容苟矣。〔註9〕

劉氏介紹了此體淵源、及科考內容，其所謂「爲經義者，誠思聖賢之義宜自
我而明」，可以看到從中唐以降古文家如韓愈〔註10〕、理學家如二程、朱子等

〔註6〕　〈選舉志〉二，《明史》，《景印文淵閣四庫全書》，第 298 冊，卷 70，頁 115。

〔註7〕　請參考本論文第三章第一節。此外，八股文創制上也受到唐宋古文運動相當
　　　　深刻的影響。

〔註8〕　呂祖謙，《類編皇朝大事記講義》（收入《宋史資料彙編》，台北：文海，1981
　　　　年，第 4 輯），卷 16，頁 617。

〔註9〕　劉熙載，〈經義概〉，《藝概》（收入《劉熙載論藝六種》，徐中玉、蕭華榮整理，
　　　　四川：巴蜀書社，1990 年 6 月），頁 164。

〔註10〕　韓愈提出「文以貫道」的理想，他的文學觀明顯具有一種儒學價值重整的企
　　　　圖；且昌黎所處之中唐，恰是「哲學突破」的艱難時代。韓愈在文學與思想
　　　　上之洞見皆很可觀；就其刻苦創發的「古文」而言，在當日實爲一種前所未
　　　　有的嶄新文類，然昌黎自稱此種短篇散文爲「師（古人）其意，不師其辭」，
　　　　並欲以如此載體表述「堯以是傳之舜，舜以是傳之禹，禹以是傳之湯，湯以
　　　　是傳之文、武，文、武以是傳之周公、孔子，書之於冊，中國之人世守之。」
　　　　（〈送浮屠文暢師序〉，《韓昌黎文集校注》，台北：華正，1986 年，頁 148）

人所屢屢言之的道統。

宋代以來經義文的特別，首先在於這是一種與經典教育、國家制度（學而優則仕）攸關的「載道之文」，〔註11〕考生必須把四書、五經之章句要義，依命題改寫爲數百字的短篇散文，「試義者須通經有文采，乃爲中格，不但如明經，墨義、粗解章句而已。」〔註12〕因而這種新文體後來不但發展出繁複的寫作技法，其審美趣味值得文學史家分析外；此類文體在解經時所重新萃取、建構之義理層面，也具有經典詮釋學的研究價值。

二、經典教育與經學轉化

八股文正式名稱爲「經義」。據顧炎武《日知錄》云：「今之經義，始於宋熙寧中，王安石所立之法，命呂惠卿、王雱爲之。（原注：《宋史》神宗熙寧四年二月丁巳朔，罷詩賦及明經科，以經義論策試進士，命中書撰《大義式》頒行。）」〔註13〕便將此文體之創設，自王安石立法說起。

就創制目的看，這種全國性的考試方式，不僅只是爲了錄取官吏而已，更重要在於其可作爲一種國家經典（及倫理）教育的綱領，如方苞云：

> 制義之興所以久而不廢者，蓋以諸經之精蘊匯湧於四子之書，俾學者童而習之，日以義理浸灌其心，庶幾學識可以漸開，而心術羣歸於正。伏讀聖諭，國家以經義取士，人心、士習之端倪呈露者甚微，而徵應者甚鉅，故風會所趨，即有關氣運。……其間能自樹立各名一家者，雖所得有淺深，而其文具存，其人之行身植志亦可概見，使承學之士能由是而正所趨，是誠聖諭所謂有關氣運者也。〔註14〕

藉由八股文所施行的傳統經典教育，其目的係在於使士子「學識可以漸開，而心術羣歸於正」，又如俞長城曰：

的道統觀。此種古文書寫觀，後來深刻影響了明清的文壇。

〔註11〕 可參考歸有光的說法：「昔者，先王以道術教天下，自周之盛時，詩書禮樂以造士，蓋其來已久，而後孔子修而明之。所謂博學於文者，博此而已；博而約之以禮，所謂一以貫之者也。孔子平日教人以講學者，非能舍乎是而別求所謂道也。……宋之大儒，始著書明孔孟之絕學，以輔翼遺經。至於今，頒之學官，定爲取士之格，可謂道德一而風俗同矣。」（〈送計博士序〉，《歸震川集》，台北：世界，1963 年，卷 10，頁 114。）

〔註12〕 《文獻通考》（杭州：浙江古籍，2000 年），〈選舉〉四，卷 31，頁 293。

〔註13〕 《日知錄》，卷 16，收錄於《文淵閣四庫全書》，第 858 冊，頁 757～758。

〔註14〕 〈進四書文選表〉，《欽定四書文》，頁 2。

裁六經題以為制義，獨重於科目者，為其明義理、切倫常，實可見
諸行事，非若策論之功利、辭賦之浮華而已。有宋家法遠勝歷朝，
至於光宗失其紀矣，間於讒謗而父子忤，奪於嬖寵而夫婦乖。陳君
舉先生傅良以儒生爭之，雖所陳不盡見用，而義理、倫常賴以不墜
矣。〔註15〕

認為有宋家法「遠勝歷朝」，強調其「明義理、切倫常」；而其根柢，實欲藉
由此一文體教育，誘導天下士子誦習經書。〔註16〕八股文體採用特殊的書寫
形式，試圖重新詮釋經典中之義理，可以看到唐宋古文運動「文以貫道」說
的影響。〔註17〕

　　這一文體由於需具備「載道」功能，因此如何使得論理精闢、詮釋生新，
閱之令人惕勵感發，當屬其首要之務。在這方面，曾奉令編修官方選刊本《欽
定四書文》的方苞，有所謂「理、辭、氣」的三層體系論：

唐臣韓愈有言，文無難易，惟其是耳；李翱又云，創意造言各不相
師，而其歸則一；即愈所謂「是」也。文之清真者，惟其理之是而
已，即翱所謂「創意」也；文之古雅者，惟其辭之是而已，即翱所
謂「造言」也。而依於理以達乎其詞也，則存乎氣；氣也者，各稱
其資材，而視所學之淺深以為充歉者也。

〔註15〕引見梁章鉅，《制藝叢話》（上海：上海書店，2001 年 12 月），頁 48。

〔註16〕如冉覲祖云：「余謂今之人無不讀經書者，率以為時藝之資耳，不為時藝則不
讀經書矣。是知時藝為經書之氈羊也。」（《制藝叢話》，頁 22）又袁守定說：
「國家以制藝取士，命題於四子五經之書，蓋以理性情治天下，扶人道莫大
於經，而四子又諸經中之最要者，所謂六經之菁華是也。以此取士，士必服
習其中，而與聞聖賢之道。擴之於文，為有道之言；措之於事，為有道之行
也。」（《時文蠡測》，清光緒 12 年刻本，收入於《四庫未收書輯刊》，北京：
北京出版社，1998 年，第陸輯第 12 冊，頁 564。）

〔註17〕此所以杭世駿在〈制義宗經序〉開宗明義就說：「三才建而天地人之道立，聲
於事物，布於倫紀，散見於經綸日用之間，微而不可見，大而不易窮也。不
得不寄之文，以宣其蘊。文以明道，以貫道，而實以載道。匪明何以貫？匪
貫何以載？說雖殊，其為深探元本則一也。或者嗤為小技，薄為餘事，是直
析文與道而二之，豈知文哉？又豈為知道哉？制義，特文之一端，而吾以為
在諸體中立言最難，而深造政不易，抉經之心，執聖之權，非沉潛乎理訓、
周悉乎世故、曲折乎文章之利病，童而習之，有白首不能涉其津岸者矣；才
辯鋒起，切而按之，有畢世不能通其條貫者矣。何也？能文之士多，而見道
之士少也。」（《道古堂文集》，收入《續修四庫全書》，上海：上海古籍，1995
年，第 1427 冊，頁 272）

欲理之明，必溯源六經，而切究乎宋、元諸儒之說；欲辭之富，必貼合題義，而取材於三代、兩漢之書；欲氣之昌，必以義理洒濯其心，而沈潛反覆於周秦盛漢唐宋大家之古文，兼是三者，然後能清眞古雅而言皆有物。〔註18〕

從方氏所論，可以看出古文運動「創意造言」實驗性觀念對八股文體之影響，而經義內容「溯源六經」、「切究乎宋、元諸儒之說」、「取材於三代、兩漢之書」及「沈潛反覆於周秦盛漢唐宋大家之古文」，義理及表意上的複雜艱困，常使得一般讀者難以窺見其精微所在。〔註19〕

唐宋古文運動既有「以文貫道」之信念，故而強調對於經典的閱讀，不能只在背誦記憶層面，而必須是章句義理的融會貫通。經義文在體制上便具有此一根本精神，如劉熙載所論：

漢桓譚徧習《五經》，皆訓詁大義，不爲章句，於此見義對章句而言也。至經義取士，亦有所受之。趙岐《孟子題辭》云：「漢興，孝文廣遊學之路，《孟子》置博士。訖今諸經通義得引《孟子》以明事，謂之博文。」唐楊瑒奏有司試帖明經，不質大義，因著其失。宋仁宗時，范仲淹、宋祁等奏言有云：「問大義，則執經者不專於記誦矣。」合數說觀之，所以用經義之本意具見。〔註20〕

元倪士毅撰《作義要訣》，以明當時經義之體例：第一要識得道理透徹，第二要識得經文本旨分曉，第三要識得古今治亂安危之大體。

〔註18〕《欽定四書文》，頁4。
〔註19〕如蘇翔鳳於《甲癸集》自序中，曾提及其所選編啓禎經義文之艱難：「……然而服是劑者，亦難矣。蓋名理精於江右，經術富於三吳，而談經濟、論性情皆擅其長，大力之沈摰，千子之謹嚴，文止之修潔，正希之樸老，大士之明快，彝仲之精實，臥子之爽亮，陶菴之愷切，伯祥之古奧，維節之孤峭，長明之幽秀，二張之典麗精碩，歐黎之淡遠清微，登顚造極者指不勝屈。而其所言者，大之化育陰陽、興亡治亂、綱常名教、性命精微，小之及鳥獸草木之情、飲食居處之節，凡三才所有，無不晰其神明，得其情狀。故不通六經本末者，不能讀也；不熟諸史得失者，不能讀也；不深於周、程、張、朱之語錄以得聖賢立言大義者，不能讀也；不審於春秋戰國之時勢以得聖賢補救深心者，不能讀也；不徧觀於諸子百家以悉其縱橫變幻者，不能讀也；不推於人情物態以辨其強弱剛柔、悲喜離合之故者，不能讀也。不然，仍以字句求之，以爲不合於今日有司之程而驚異焉，譬之狗彘遇飲食之腐敗者而甘之，設有膏粱則不知其味矣。吾願學者無以狗彘故習，而污先哲名文也。」（引見《制藝叢話》，頁35～39）
〔註20〕〈經義概〉，《劉熙載論藝六種》，頁174。

余謂第一、第三俱要包於第二之中。聖人贍言百里，識經旨則一切攝入矣。〔註21〕

強調讀經不在死背，需以理解經書中的道理爲第一優先。依據引文中倪氏說法，「識得道理透徹」甚至要比「識得經文本旨分曉」來得更重要，基本上係承自宋理學之影響，〔註22〕由此亦可窺見唐宋時期經學發展的異化／轉化。〔註23〕

八股文既不以死背解經，而強調理解與表述。綜言之，一方面固是揉和了寫作者個人對於章句的理解，另一方面卻也可以見到後世經史子集日漸融涉、互相發明的理趣。方苞曾提及制義史如何由「恪遵傳注」，到「融液經史」，

〔註21〕〈經義概〉，《劉熙載論藝六種》，頁174。八股文以「闡發理道爲宗」，相關例證不勝枚舉，如《四庫全書・總目》云：「蓋經義始於宋，《宋文鑑》中所載張才叔〈自靖人自獻於先王〉一篇，即當時程試之作也。元延祐中，兼以經義、經疑試士。明洪武初，定科舉法亦兼用經疑，後乃專用經義，其大旨以闡發理道爲宗。」（《景印文淵閣四庫全書》，第5冊，頁101-2）如王耘渠曰：「愚嘗論文章之勝三端而已，名手之文率以趣勝，大家之文則以意勝，至以理勝而品斯極矣。金、陳諸公，勝乃在意，其餘不過趣勝耳。理勝者自震川而外，未可多許。」（《制藝叢話》，頁187）皆可以爲證。

〔註22〕如朱子即認爲「經之有解，所以通經。既通經，自無事于解；借經以通乎理耳。理得，則無俟乎經。」（《朱子語類》，黎靖德編，北京：中華書局，1994年，第一冊，頁192）「學問，就自家身己上切要處理會方是，那讀書底已是第二義。」（同前，頁161）

〔註23〕經學體系的轉化，與古文運動之用世是互爲一體的。林慶彰說：「唐代後期的經學，表現了下列數種傾向：其一，逐漸拋脫注疏學的典範，以己意說經，時人視爲『異儒』或『異說』。其所以異，並非標新立異，炫己揚才，而是想探求聖人思想的本意，此點可稱爲一種『回歸原典的運動』。其二，對漢人傳承下來的經書，開始懷疑其作者的可靠性，篇章順序不合聖人本旨，經中字句有脫誤、經中史事不正確，進而對經書中闕佚的部分加以彌補，並視漢儒爲『迂儒』。此點可說是宋代反漢學，疑經改經的先導。其三，由於藩鎮勢力強大，中央政府羸弱，導致亡國。所以當時研究《春秋》的學者都強調君臣之義，宋代以後，如孫復……等，都是承襲了啖助、趙匡、陸淳一系的思想。其四，自李翱韓愈表彰《中庸》、《大學》、《易傳》、《論語》、《孟子》等書，以建構本土化的心性論，並以《大學》的『八德目』來強調內聖外王，經世致用的重要性，以彰顯佛教捨離世界的不合理；入宋以後，程頤表彰《大學》、《中庸》，朱子更將之與《論語》、《孟子》合稱爲《四書》，則宋代理學立論所根據的基本典籍和論點，晚唐的韓愈、李翱等人，皆已先提出矣。」（〈漢代後期經學的新發展〉，《中國經學史論文選集》，台北：文史哲，1992年，頁676）林氏以韓愈復古運動之重辭主張，將經典以文學閱讀之方式重新加以詮釋，視之爲經學上的「回歸原典運動」。而回歸經典文本，以己意代孔孟說經（所謂「代聖立言」），就是八股文詮釋上的最大特徵。

〔註24〕進而爲「窮思畢精，務爲奇特」的不同階段：

> 明人制義，體凡屢變。自洪永至化治，百餘年中，皆恪遵傳註，體會語氣，謹守繩墨，尺寸不踰。至正嘉作者，始能以古文爲時文，融液經史，使題之義蘊隱顯曲暢，爲明文之極盛。隆萬間兼講機法，務爲靈變，雖巧密有加，而氣體荼然矣。至啓禎諸家，則窮思畢精，務爲奇特，包絡載籍，刻雕物情，凡胸中所欲言者，皆借題以發之。就其善者，可興可觀，光氣自不可泯。〔註25〕

此足見明清八股文之經典詮釋，實走向「包絡載籍，刻雕物情，凡胸中所欲言者，皆借題以發之」的眾聲喧嘩（heteroglossia）。又如顧咸正曾論及經義書寫史之變化，認爲時人詮釋心態與所讀之書皆有不同：

> 昔之文盛未極也，而甚難；今之文盛極矣，而反易，何以故？……
>
> 昔之作者，微心靜氣，參對聖賢，以尋絲毫血脈之所在，而又外束於功令，不敢以奇想駭句入而跳諸格。當是時，雖有絕才、絕學、絕識，冥然無所用之，故其爲道也難。
>
> 今之作者，內傾膈臆，外窮法象，無端無涯，不首不尾，可子、可史、可論策、可詩賦、可語錄、可禪、可玄、可小說，人各因其性之所近，而縱談其所自得，膽決而氣悍，足蹈而手舞，內無傳注束縛之患，而外無功令桎梏之憂，故其爲道也似難而實易。
>
> 且昔之讀書者，自六經而外，多讀《左傳》、《國策》、《史記》、《漢書》、漢唐宋諸大家及《通鑑綱目》、《性理》諸書，累年莫能究，而其用之於文也，乃澹澹然無用古之跡，故用力多而見功遲。
>
> 今之讀書者，只讀《陰符》、《考工記》、《山海經》、《越絕書》、《春秋繁露》、《關尹子》、《鶡冠子》、《太玄經》、《易林》等書，卷帙不多，而用之於文也，無不斑斑駁駁，奇奇怪怪，故用力少而見功速。此今昔爲文難易之故也。〔註26〕

從引文中可見，在個人「縱談其所自得」的同時，亦可窺見傳注束縛之逐步

〔註24〕方苞説：「時文乃代聖賢之言，非研經究史，則議論無根據。」（《欽定四書文》，頁498）議論是自得之言，研經究史是立論根據，皆爲原有傳注之衍異與補充。

〔註25〕《欽定四書文》，頁3。經義文之詮釋衍異至「務爲奇特」，此所以當日有「八股盛而六經微」的憂慮（《制藝叢話》，頁24）。

〔註26〕《制藝叢話》，頁23。

鬆解。顧、方二氏說法值得注意的是，八股文於義理上雖有所謂「守經遵註」
的規約，但時人卻也都強調了此體具有「縱談其所自得」、「凡胸中所欲言者，
皆借題以發之」的特色。看來在明清八股文家而言，此天平兩端並非絕對衝
突的。

三、八股文詮釋之特點：「守經遵註」與「代聖立言」

前面約略提及此一文體書寫史之發展，這裡當再就八股解經的特點試加說
明。八股文之詮釋經義，可以從兩個層面來考量：一方面是對於經典聖賢原有
義蘊的理解，另一方面則是如何將切身體會之性理、情意，加以精確表述的詮
釋過程。前者所重在好學之「循古」，後者則強調如何深思以「自得」。〔註27〕

於此且依其文體規定：「守經遵註」與「代聖立言」，分兩節論述如下。

（一）守經遵註

1、對於經註之恪遵

經義文從宋代創制以來，便屢見「一道德」之主張，如王安石說：「今人
才乏少，且其學術不一，議論紛然，不能一道德故也。」〔註28〕為求「一道
德」的落實，王氏更主張所試經文大義，須先由國家頒定統一標準，以利考
校，因此曾頒行其所編著之《三經新義》以為準繩。到了元人科考四書時，
又皆律之以朱子集註〔註29〕為立論依據。

明清科舉之經義，亦是以孔孟程朱為宗，如顧炎武說：

> 國家以經術取士，自五經、四書、二十一史、《通鑑》、《性理》諸書
> 而外，不列於學官，而經書傳注又以宋儒所訂者為準，此即古人罷

〔註27〕如劉熙載說：「文之道二：曰『循古』，曰『自得』。循古者尚正，而庸者託焉；
自得者尚真，而僻者託焉。庸害真，亦害正也；僻者害正，亦害真也。如
是之文日出，害且不獨在文也。然則何以已之？曰：古人重好學深思。庸由
於思之不精也，僻由於學之不粹也。孔子曰：『學而不思則罔，思而不學則殆。』
此非為文言之也，然『殆』、『罔』均免而文不正以真者，無之。」（《劉熙載
論藝六種》，頁241。）

〔註28〕〈選舉一〉，《宋史》，《景印文淵閣四庫全書》，第282冊，第716頁。

〔註29〕《元史・選舉志》載：「考試程式，蒙古、色目人，第一場經問五條，《大學》、
《論語》、《孟子》、《中庸》內設問，用朱氏章句集注，其義理精明，文詞典
雅者為中選。……漢人、南人，第一場明經經疑二問，《大學》、《論語》、《孟
子》、《中庸》內出題，並用朱氏章句集注，復以己意結之，限三百字以上。」
（〈選舉一〉，《元史》，《景印文淵閣四庫全書》，第293冊，第553-4頁。）

黜百家、獨尊孔氏之旨。〔註30〕

認為八股文之詮釋經義，應依據「五經、四書、二十一史、《通鑑》、《性理》諸書」為範，且需以宋儒傳注做準則，始得古人「罷黜百家、獨尊孔氏」之正統。顧氏又提及這種道統守成的文體規範，一直要到隆慶間始生變化：

> 國初功令嚴密，匪程朱之言弗遵也，蓋至摘取良知之說，而士稍異學矣。然予觀其書，不過師友講論，立教明宗而已，未嘗以入制舉業也。其徒龍谿（王畿）、緒山（錢德洪），闡明其師之說而過焉，亦未嘗以入制舉業也。龍谿之舉業，不傳陽明、緒山，班班可攷矣。衡較其文，持詳矜重，若未始肆然欲自異於朱氏之學者。……嘉靖中，姚江之書雖盛行於世，而士子舉業尚謹守程朱，無敢以禪竄聖者，自興化華亭兩執政尊王氏學，於是隆慶戊辰「論語程義」首開宗門（自注：破題見下，是年主考李春芳，興化縣人），此後浸淫無所底止，科試文字大半剽竊王氏門人之言，陰詆程朱。〔註31〕

可見當日「守經遵註」之謹嚴，「匪程朱之言弗遵」，是由於朱子編訂四書、二程揭發性理，在經義詮釋體系上反而轉變為六經、諸子之本源。〔註32〕加上有朝廷「一道德」的思想把關，所以即便是王陽明的經義文，在當日亦需謹守朱註，並於官方刊本《欽定四書文》中特別強調。〔註33〕

我們也可以從《欽定四書文》的評點中，發現他們對於「守經遵註」的重視，一篇八股文章是否寫得好，掌握住章句義理之命脈？往往在於註意是否被理解與發揮了。如評語曰：

> 融會註意，抒寫題神，落落大方，無纖側之態。〔註34〕

> 會通上下數節，清出題緒，而以實理融貫其間，可謂善發註意。〔註35〕

〔註30〕〈科場禁約〉，《日知錄》，卷18，頁808。

〔註31〕〈舉業〉，《日知錄》，卷18，頁805-6。

〔註32〕如方苞評陳際泰〈雖有智慧二句〉論及：「四子之書，於古今事物之理無所不包，皆散在六經、諸子、及後世之史冊。明者流觀博覽，能以一心攝而取之，每遇一題即以發明印證。」（《欽定四書文》，頁492-3。）

〔註33〕如方苞於評王守仁〈詩云鳶飛戾天一節〉特別聲明：「清醇簡脫，理境上乘，陽明制義謹遵朱註如此。」（《欽定四書文》，頁39。）

〔註34〕評儲在文〈康誥曰如保赤子一節〉，《欽定四書文》，頁599。

〔註35〕評王樵〈故君子不可以不修身一節〉，《欽定四書文》，頁150。

玩註中「全體之分、萬殊之本」八字，則大德、小德原不是直分兩截。……文能細貼註意，發揮曲暢。〔註36〕

肖題立格，依註作疏，氣體高閎，肌理縝密，前代會元諸墨，當以此爲正軌。〔註37〕

……前幅融會程子之言，及朱子圈外註意，極爲明快。〔註38〕

朱子論求放心之旨，是此題註腳，……通篇發揮此意，語語精切，細若繭絲。〔註39〕

「立」字註訓：道成於己而可爲民表。此文於身字、道字交關處，說得親切，立字精神意象俱躍躍紙上矣。可見四書名理，非能者不知疏瀹。〔註40〕

照註補出「性」字，疏題典要，確不可易，其體直方以大，眞經解也。〔註41〕

可見註意之精熟，往往是理解或詮釋命題章句的前提。

2、多讀書或「以經解經」

除了經註務需熟稔以外，八股文家於詮釋章句經義時，也屢屢強調讀書之功。如方苞說「時文乃代聖賢之言，非研經究史，則議論無根據」〔註42〕、「讀書多，則義理博而氣識閎，有觸而發者，皆關係世教之言」〔註43〕、「胸中無經籍，縱有好筆，亦不過善作聰明靈巧語耳，一涉議論，非無稽之談，即氣象薾然，蓋由理不足以見極，詞不足以指實故也」。〔註44〕梁章鉅也強調作經義文應「以書卷佐之」〔註45〕、「取材浩博」〔註46〕、「無一字無來歷」〔註47〕、標舉「枕經葄史，卓然儒宗，自天文、地理、樂律、兵法、水利、河防、農桑、方

〔註36〕 評歸有光〈小德川流二句〉，《欽定四書文》，頁156。
〔註37〕 評鄧以讚〈生財有大道一節〉，《欽定四書文》，頁207。
〔註38〕 評魏大中〈生之謂性一章〉，《欽定四書文》，頁306。
〔註39〕 評徐念祖〈我欲仁斯仁至矣〉，《欽定四書文》，頁675。
〔註40〕 評章世純〈修身則道立〉，《欽定四書文》，頁465。
〔註41〕 評丘濬〈父子有親五句〉，《欽定四書文》，頁53。
〔註42〕 評黃淳耀〈得百里之地而君之　皆不爲也〉，《欽定四書文》，頁498。
〔註43〕 評黃淳耀〈子產聽鄭國之政一章〉，《欽定四書文》，頁531。
〔註44〕 評陶元淳〈五百年必有王者興一節〉，《欽定四書文》，頁870。
〔註45〕 《制義叢話》，頁413。
〔註46〕 《制義叢話》，頁327。
〔註47〕 《制義叢話》，頁314及頁25。

技之書，靡不周覽」，〔註48〕如此，甚且可以補正朱子《集註》之不足。〔註49〕

詮釋經義固不能不有所依傍，對於其他經籍的融會與借用，雖然在義理上可以有生新的契機，但如此解法卻也往往會喧賓奪主，威脅了經義的純正。我們從後來的相關文獻中，即發現八股文對於經籍之閱讀運用，有日漸廣闊、浮濫，甚且一發不可收拾的現象，如《明史》記載：

> 萬曆十五年禮部言：唐文初尚靡麗，而士趨浮薄；宋文初尚鉤棘，而人習險譎。國初舉業有用六經語者，其後引《左傳》、《國語》矣，又引《史記》、《漢書》矣，《史記》窮而用六子，六子窮而用百家，甚至佛經、道藏摘而用之，流弊安窮？

> 弘治、正德、嘉靖初年，中式文字純正典雅，宜選其尤者刊布學宮，俾知趨向。因取中式文字一百十餘篇，奏請刊布以為準則。時方崇尚新奇，厭薄先民矩矱，以士子所好為趨，不遵上指也。啟禎之間文體益變，以出入經史百氏為高，而恣軼者亦多矣；雖數申詭異險僻之禁，勢重難返，卒不能從。〔註50〕

可見明人舉業之運用由經籍始，而史籍，乃至子部及佛道典籍等，恣軼難返；其所讀書本之不同，又如顧咸正所臚列：

> 昔之文盛未極也，而甚難；今之文盛極矣，而反易，何以故？……

> 且昔之讀書者，自六經而外，多讀《左傳》、《國策》、《史記》、《漢書》、漢唐宋諸大家及《通鑑綱目》、《性理》諸書，累年莫能究，而其用之於文也，乃澹澹然無用古之跡，故用力多而見功遲；

> 今之讀書者，只讀《陰符》、《考工記》、《山海經》、《越絕書》、《春秋繁露》、《關尹子》、《鶡冠子》、《太玄經》、《易林》等書，卷帙不

〔註48〕《制義叢話》，頁311。

〔註49〕如梁章鉅載及：「『遷於負夏』，《集註》無明文，自當以《史記‧五帝本紀》為證。按：《紀》稱『舜耕歷山，漁雷澤，陶河濱，作什器於壽丘，就時於負夏』，《集解》鄭氏曰：『負夏，衛地。』此用《禮‧檀弓》注也。《索隱》：『就時猶逐時，若言乘時射利也。《尚書大傳》曰「販乎頓丘，就時負夏」，《孟子》曰「遷於負夏」是也。』此注最明切。孫奭〈疏〉直云遷居，頗嫌率臆。朱子於耕稼陶漁注，既考信太史公，則此或記錄偶遺，而諸家遂畧之。惟趙鹿泉此題文，直以《虞書》『懋遷』二字為根據，而以《史記》之文經緯之，而又不襲《貨殖傳》一語，即以小品論，亦是空前絕後之文也。」（《制義叢話》，頁303。）

〔註50〕〈選舉志〉一，《明史》，卷69，頁114。

多，而用之於文也，無不斑斑駁駁，奇奇怪怪，故用力少而見功速。

此今昔爲文難易之故也。〔註51〕

博涉群書原來是爲了理解經義，後來卻轉變爲以「炫奇」佯取功名，如此對於經書之本義，更是一種斷傷。

所以書固是該讀，但應該要再加以規範；八股文家對於讀什麼書，轉爲抱持謹愼保留之意見。如劉熙載認爲：

> 厚根柢，定趨向，以窮經爲主。秦、漢文取其當理者，唐、宋文取其切用者。制義宜多讀先正，餘愼取之。

> 他文猶可雜以百家之學，經義則惟聖道是明，大抵不離天地之常經，古今之通義也。然觀王臨川〈答曾子固書〉云：「讀經而已，則不足以知經。」此又見羣書之宜博也。〔註52〕

便主張「惟聖道是明」，不宜駁雜百家之學。

爲了維繫經義純正，八股文家也提出「以經解經」的作法，如方苞評八股文時論及瞿景淳：「以經註經，後有作者莫之或易」，〔註53〕又如梁章鉅對於郭韶溪援引《儀禮‧士相見禮》解釋《論語‧鄉黨篇》之章句，有所謂「以經證經，故不嫌其背注」〔註54〕的觀點，這種構想主要是爲了確保經典釋義的純粹。此外，類似的常見說法還有「以史爲經」〔註55〕、「鎔經史而鑄偉詞」〔註56〕等；如此詮解，自然有助於經典詮釋上的互文性，而開發出更爲通達的釋義可能。

3、從「背經」到「聖賢意中所必有」

前已提及，八股文書寫後來形成了「以經證經，故不嫌其背注」的觀念；

〔註51〕《制藝叢話》，頁23。

〔註52〕〈經藝概〉，《劉熙載論藝六種》，頁175。

〔註53〕評瞿景淳〈道也者二節〉，《欽定四書文》，頁133。

〔註54〕《制藝叢話》，頁280。

〔註55〕《制藝叢話》，頁138。依經或傍史是寫作經義文的兩種不同進路，如方苞說：「歸、唐皆以古文爲時文，唐（順之）則指事類情，曲折盡意，使人望而心開；歸（有光）則精理內蘊，大氣包舉，使人入其中而茫然；蓋由一深透於史事，一兼達於經義也。」（評唐順之〈三仕爲令尹六句〉，《欽定四書文》，頁100）阮元也特別強調「寓經疏、史志于明人法律之中，爲近時獨闢之徑，未可以尋常程式比也。」（〈華陔草堂書義序〉，《揅經室集》，中冊，收入楊家駱編《中國文學名著》，第六集第二十七冊，台北：世界書局，1964年，頁637-8。）

〔註56〕評方舟〈貨悖而入者二句〉，《欽定四書文》，頁606。

其實程、朱在註解經書時，原就強調道理優先於經典，道理才是本體，如朱子說：「經之有解，所以通經。既通經，自無事于解；借經以通乎理耳。理得，則無俟乎經。」〔註57〕因此，當明清文家遇到與朱註不同的詮解可能性時，也能持一開放的心態來看待，如方苞說：「學識定然後下語不可動搖，匪是而逞辨，必支離無當，即墨守註語，亦淹淹無生氣也。」〔註58〕就同樣主張「學識定然後下語不可動搖」，更優於淹淹無生氣的「墨守註語」；此外，八股文家往往重視作者的合理創見。〔註59〕

　　八股文家梁章鉅曾經舉了一個生動的例子，他說到鄉里傳聞：

> 吾鄉傳有應童試者素能文，題為「臧文仲居蔡」，通篇俱以「蔡」為
> 陳蔡之蔡，已謄完全卷。有鄰號一童素相善，閱其文大驚曰：「汝文
> 大誤，朱注云『蔡，大龜也』，何竟忘之乎？」本人乃如夢初覺，急
> 提筆續其末行云：「或曰『蔡，大龜也』，是說也，吾不之信。」學
> 使賞其文，亦得入泮。〔註60〕

可見朱註之遵守與否，並不是僵化的規定。如果文章精彩，有其見識、理據，未必不能獲雋。

　　這種背離朱註的義理討論，在經義文獻中所在多有，孰為真理？屢屢考驗著讀者與評選官員們的眼界。

　　於此，考生或者用一種模稜兩可的不安心態以保留新解，如說：「作者於儒先解說，皆覺不安於心，又不敢自異於朱註，故止言此詩得性情之正，而一切不敢實疏」；〔註61〕或者說如此詮釋亦為合理，可以與朱註相比附，例如：「雖仍雅亡舊說，而持之有故、言之成理，文境蒼深，穆然可玩」〔註62〕、「盡洗積習陳因語，與注義正相比附，……精神歷久常新」〔註63〕、「於聖人語太師本旨，亦未見有閡」〔註64〕、「與註意不相背而相足也」；〔註65〕或者甚至

〔註57〕《朱子語類》（黎靖德編，北京：中華書局，1994年），第1冊，頁192。
〔註58〕評黃淳耀〈桃應問曰一章〉，《欽定四書文》，頁567。
〔註59〕如方苞溢揚熊伯龍〈一介不以與人二句〉曰：「此種名理從來未經人道」（《欽定四書文》，頁913）又評李光地〈富歲子弟多賴一章〉時，稱其為「前儒未發之覆」（頁925）。
〔註60〕《制藝叢話》，頁449。
〔註61〕評陳際泰〈關雎樂而不淫一節〉，《欽定四書文》，頁354。
〔註62〕評羅萬藻〈王者之迹熄而詩亡〉，《欽定四書文》，頁534。
〔註63〕評韓菼〈學而時習之一節〉，《欽定四書文》，頁615。
〔註64〕評陳子龍〈子語魯太師樂曰一節〉，《欽定四書文》，頁355-6。

於更進一步，認爲題目下皆可容許不同詮釋的可能，比如：「他人皆見不到、說不出，惟沉潛經義而觀其會通，方能盡題之蘊、愜人之心若此」〔註66〕、「翻轉出一番新意，正復題中所應有也，此種最足益人神智」〔註67〕、「學者博觀而詳求之，可知聖賢之言任人紬繹，而義蘊終無窮盡」，〔註68〕主張經典義蘊是無窮無盡的，除了承繼之餘，更有待後人加以創造。

方苞嘗提及此種經義新詮的變化，是「八股中不可不開之洞壑」，他認爲：

> 制科之文，至隆萬之季，眞氣索然矣，故金、陳諸家，聚經史之精英，窮事物之情變，而一於四書文發之，義皆心得，言必己出，乃八股中不可不開之洞壑也。……夫程子《易傳》切中經義者無幾，張子《正蒙》與程、朱之說即多不合，但以持之有故，言之成理，故並垂于世。金、陳之時文，豈有異于是乎？〔註69〕

方氏很大膽地揭出理學家之說法各殊，「切中經義者無幾」，以爲例證。八股文也同樣不能無別，論者沒有必要退守既有的僵化註解，詮釋上只要能夠「持之有故，言之成理」、「義皆心得，言必己出」，便得以與時偕行，「並垂于世」。〔註70〕

梁章鉅在面對這問題時，則提及「文章體格有盡，而義理日出不窮，是以李厚菴、韓慕廬、方百川、望溪諸先生專於義理求勝，復能各開生面，卓然成家。而識力透到，往往補傳注所不及。……程、朱可作，亦必急許其深

〔註65〕評胡定〈逃墨必歸於楊一章〉，《欽定四書文》，頁196。
〔註66〕評李光地〈詩三百一節〉，《欽定四書文》，頁619。
〔註67〕評金聲〈侍於君子有三愆一節〉，《欽定四書文》，頁431。《制藝叢話》中亦屢見此類說法，如：「洵有是題不可無是作矣」（頁258）、「爲此題不可少文字」（頁283）、「雖當年未必盡然，亦可以備一解」（頁310）。
〔註68〕評熊伯龍〈先進於禮樂一章〉，《欽定四書文》，頁702。梁章鉅也有同樣的說法，主張聖賢之義蘊日新又新：「昔人論作史者須兼才、學、識三長，余謂制義代聖賢立言，亦須才、學、識兼到。自元代定制，科舉文以四子書命題，以朱子《章句》、《集註》爲宗，相沿至今，遂以背朱者爲不合式。然聖賢之義蘊日繹之而不窮，文人之心思亦日濬之而不竭，其有與《章句》、《集注》兩歧而轉與古注相符、於古書有證者，未嘗不可相輔而行。」（《制藝叢話》，頁8～9）
〔註69〕評金聲〈德行一節〉，《欽定四書文》，頁386-7。
〔註70〕劉聲木曾指出方苞「說經則每于空曲交會無文字處，獨得古聖仁賢微意之所在，確有前儒所見不到者。」見氏撰，徐天祥點校：《桐城文學淵源考／撰述考》合刊本（合肥：黃山書社，1989年12月），卷2，頁103。張舜徽亦稱美他「寢饋宋元經說爲尤深，故揭櫫大義，每多自得之言。」（見《清人文集別錄・望溪先生文集》，台北：明文書局，1982年2月，卷4，頁106）

於經法，而舍己以從之也。」〔註71〕強調義理日出不窮的創造性，「往往補傳注所不及」，本屬必然之事。即便程、朱復起，亦必推許其經義上的深化。

經典之所以能夠被詮釋，經典之所以需要詮釋，也是因為「通儒之心思日出其有」，〔註72〕每個時代都可以對經典重新詮釋，找到解答；每個時代也都需要有通儒「聚經史之精英，窮事物之情變」，其發為切合時變之文，則「義皆心得，言必己出」。

唯有如此，道統才得以在變局中薪火傳續，不知其盡也。

（二）代聖立言

1、代言寫法與理學攸關

《明史·選舉志》提到八股文有「代古人語氣為之」〔註73〕的特殊規定，要求作者必須在「起講」後，以章句中所涉及的聖賢人物為主體，針對經文題目作第一人稱之口語論述。〔註74〕誠然不幸的是，這卻也成為八股文後來被批評的重要原因。茲列舉相關評語如附，以見其概：

> 既思朝廷以八股取士，曲摹口語，正如婢代夫人，即令甚肖，要未有損益；繩趨矩步，使人耳目無所聞見。（魏禧）〔註75〕

> 學時文甚難，學成只是俗體。……自六經以至詩餘，皆是自說己意，未有代他人說話者。（吳喬）〔註76〕

> 從古文章皆自言所得，未有為優孟衣冠，代人作語者。惟時文與戲曲則皆以描摹口吻為工，……此其體之所以卑也。（袁枚）〔註77〕

> 以選舉之大典，為優孟之衣冠，侮聖戲經，莫此為甚。（康有為）〔註78〕

士子的「代聖賢立言」，其實是讓聖賢的思想全盤代替士子的思想，

〔註71〕 《制藝叢話》，頁 257-8。
〔註72〕 《制藝叢話》，頁 257。
〔註73〕 〈選舉志〉二，《明史》，《景印文淵閣四庫全書》，第 298 冊，卷 70，頁 115。
〔註74〕 這種做法在當日有所謂「肖題」、「入口氣」、「順口氣」等異稱。
〔註75〕 〈內篇二集自敘〉，《魏叔子文集》（北京：中華書局，2003 年），卷 8，頁 377。
〔註76〕 《圍爐詩話》（台北：廣文，1969 年），上冊，卷 2，頁 193-4。
〔註77〕 〈答戴敬咸進士論時文〉，《小倉山房尺牘》（台北：啓明書局，1961 年），卷 3，頁 128。
〔註78〕 〈請廢八股試帖楷法取士改用策論折〉，轉引自黃強，〈八股文的解釋學透析〉，《揚州大學學報》（人文科學版），1990 年 2 期，頁 32。

完全取消個性，取消自我的思想創見。（張曉軍）〔註79〕

（制藝）其中絕大多數，都是代聖賢立言，毫無價值。（喬衍琯）

〔註80〕

從這些說詞裡，可知其看待八股文「代聖賢立言」的做法，或譏為「兒戲」、「俗體」，或責其「取消個性」，並以此斷定八股文絕大多數「毫無價值」。在這些論述中，「代聖賢立言」因而成為空洞的話語，是朝廷用以束縛、或愚弄民眾思想的一套制度，也是我國傳統文化所以為迂腐的顯證。

以上所述，果為其然？

考明清人的意見，殊非如此，他們認為這種代言作法有助於體會聖賢、「逼入深細」，較朱子解經尤為精審。以下略試述之。

「代聖賢立言」的文體規約，落實於具體做法上，則稱為「口氣」。當面對命題章句時，要怎麼使聖人之精神面貌，具現於文中呢？李光地說：

> 做時文要講「口氣」，口氣不差，道理亦不差，解經便是如此。若口
> 氣錯，道理都錯矣。〔註81〕

強調經義中模擬「口氣」的寫法，〔註82〕講究口氣，也就是講究發言之處境，因此需要深入體會。劉熙載亦提及：

> 文之要，曰「識」曰「力」。「識」見於認題之真，「力」見於肖題之
> 盡。〔註83〕

> 肖題者，無所不肖也：肖其神，肖其氣，肖其聲，肖其貌。有題字
> 處，切以肖之；無題字處，補以肖之。自非肖題，則讀題、認題亦
> 歸於無用矣。〔註84〕

劉氏所言「肖題」之「力」，或許可以解釋為情感投射的強度；如何投射呢？劉氏說要「無所不肖」，既肖其神氣聲貌，可知亦發為聖賢精神面貌之重現。

〔註79〕 〈八股文與笠翁曲論〉，《戲曲藝術》（北京：中國戲曲學院，1999 年），第 1
期，頁 54。

〔註80〕 〈清代藝文志考評〉，《清代學術論叢》（臺北：文津，2002 年 11 月），第 4
輯，頁 188。

〔註81〕 梁章鉅，《制藝叢話》，引《榕村語錄》，頁 18。

〔註82〕 此故不少文家譏諷此體卑俗，類近俳優，最典型的例子是尤侗還以八股文體
作了篇〈怎當她臨去秋波那一轉〉，代言改寫《西廂記》。

〔註83〕 〈經義概〉，《劉熙載論藝六種》，頁 165。

〔註84〕 〈經義概〉，《劉熙載論藝六種》，頁 165-6。

　　論及明清八股「代聖賢語氣爲之」的做法，實不應忽略此文體受到宋理學之影響。如清皮錫瑞曾就宋儒《尙書》注釋評論說：

> 宋儒解經善於體會語氣，有勝於前人處，而其失在變易事實以就其說。〔註85〕

八股作者思欲擺脫漢魏以來龐大的傳注累贅，直接回歸經典本義，重視體會聖賢語氣的精神，實根源於宋代理學家之意趣。茲舉要如下：

> 聖希天，賢希聖，士希賢。伊尹、顏淵，大賢也。……志伊尹之所志，學顏子之所學。〔註86〕（周敦頤）

> 某受學於周茂叔，每令尋仲尼顏子樂處，所樂何事？〔註87〕（程顥）

> 讀書者當觀聖人所以作經之意，與聖人所以用心，……句句而求之，晝誦而味之，中夜而思之。平其心，易其氣，闕其疑，則聖人之意見矣。〔註88〕（程頤）

> 簡策之言，皆古昔聖賢垂教無窮，所謂先得我心之同然者。〔註89〕（朱子）

理學家們追尋「孔顏樂處」的用心，並認定聖賢爲「先得我心之同然者」；因此，想要體會聖人之精神面貌，唯有將經義從己心深入探求，將自己的心地提昇爲聖賢的心境，志其所志，學其所學。

　　由於受到理學影響，明清八股作者乃將四書五經視爲「聖賢心學所在」，將其體會聖賢語氣的功夫視同「深山學道」，如明舉業家吳嶔說：

> 四書五經之言，皆聖賢心學所在。我之心，千古聖賢之心，我於聖賢之言，一一體念於心，想其光景，翫其趣味，務得其所以然之故。久之，而義理通融，自然有自得之學。〔註90〕

〔註85〕《經學通論・書經》「論宋儒體會語氣勝於前人而變亂事實不可爲訓」條（皮錫瑞，《經學通論》，台北：商務，1969 年，頁 87）。

〔註86〕《周子通書》，「志學第十」，收入《四部備要》集叢（台北：中華，1965 年），卷 2，頁 3。

〔註87〕〈濂溪學案〉，《宋元學案》（台北：商務，1969 年），頁 77。

〔註88〕《近思錄》（台北：商務，1965 年），卷 3，頁 108。

〔註89〕轉引自錢穆，《宋明理學概述》（臺北：臺灣學生，1977 年），頁 217。朱子在這一段話後面又接著說：「凡我心之所得，必以考之聖賢之書，脫有一字不同，更精思明辨，以益求至當之歸。」並不以經典字句爲絕對之價值標準，此故錢穆認爲理學家「重聖賢更勝於重經典，重義理更勝於重考據訓詁。」（頁 171）

〔註90〕〈吳崑麓評語〉，李叔元，《新鍥諸名家前後場舉業精訣》，卷 3。

如明艾南英說：

> 舉業一道，……其代聖賢之精神，則必降心柔氣，嗜欲淡而機智淺，
> 如深山學道之夫而後可。〔註91〕

而清劉大櫆形容得更生動：

> 古文祇要精神勝，時文要己之精神，與聖賢精神相湊合。……
>
> 立乎千載之下，追古聖之心思於千百載之上而從之。聖人愉則吾亦
> 與之爲愉焉；聖人戚則吾亦與之爲戚焉；聖人之所以窈然而深懷、
> 翛然而遠志者，則吾亦與之窈然而深懷，翛然而遠志焉。如聞其聲，
> 如見其形，來如風雨，動中規矩。〔註92〕

既著重「降心柔氣」的「體念」功夫、著重以己心「與聖賢精神相湊合」，皆
足證明八股代言之體會做法，實受理學甚深影響。〔註93〕

　　對於近代這種特殊的傳經手法，清人倒不失其自覺自信，如管世銘即認
爲此法更高於朱子之解經：

> 前人以傳註解經，終是離而二之。惟制義代言，直與聖賢爲一，不
> 得不逼入深細。且《章句》、《集傳》本以講學，其時今文之體未興，
> 大註極有至理明言，而不可以「入語氣」，最宜分別觀之。設朱子之
> 前已有時文，其精審更當不止於是也。〔註94〕

就經典詮釋而言，無論「入語氣」是否更顯精審，但「直與聖賢爲一，不得不
逼入深細」的精神投射，顯然較諸漢魏經註更顯得富於情感而親切了。〔註95〕
就經義文體之風格而言，因此更具有了形象性，具有人格感召的精神氣質。

2、「述而不作」的儒學信仰共同體

　　八股代言書寫除在內容受到理學深刻影響外，於我國悠遠的文學史中，
文家運用「代言」體寫作（或摹擬）詩賦的嘗試，也所在多見。早在漢代，
揚雄本傳就說他仿《離騷》而作《廣騷》，又心慕司馬相如之賦，常擬之以爲

〔註91〕〈子魏近藝序〉，《天傭子集》（台北：藝文，1980 年），卷 2。

〔註92〕〈徐笠山時文序〉，《海峰文集》，收入《續修四庫全書》，第 1427 冊，頁 404。

〔註93〕八股文家對於聖賢的體會，由程朱理學而來，如丘維屏所論：「今諸儒議論講
　　　　說具在，而求其切中孔、孟之情，足爲萬世之經，不可易者，舍程朱章句傳
　　　　注外，亦未可以多得也。」（〈魏凝叔四書義序〉，《丘邦士文鈔》，卷 1）

〔註94〕梁章鉅，《制藝叢話》，頁 19。

〔註95〕也有論者從這個層面，主張八股文與戲劇的關聯，如清人焦循《易餘・籥錄》
　　　　（收入《國學集要》本，臺北：文海，1967 年），卷 17，頁 403〜404。

式。〔註96〕而梁昭明太子蕭統所編纂的《文選》一書，列有「雜擬」一目，其中著錄了許多此類的著作。值得注意的是，這些擬古之作，在當時評家眼裡佔有極高地位，不因作者之擬古而斥為卑俗。

據鄧仕樑的看法：「六朝擬古，在當時不但沒有遭受輕視，反而有可能成為首要之作。……這似乎顯示了鮮為人注意的現象：當時文人，愈有創新的勇氣，愈留意於繼承傳統的問題。擬古本來未嘗沒有創新的意義，此在下文再論。但文士操筆擬古，必然先對所擬對象有深切的體會。也許我們還可以看到一條規律：大凡致力於擬古的作者，都是勇於嘗試、銳意求新的。此在陸機、謝靈運、陶淵明、江淹、鮑照、庾信，莫不如此。他們都有擬古之作，而在當時都是勇於開創的詩人。」〔註97〕是當時文人反藉擬古寓其創意。到了唐代，擬作之風不減，如陳子昂寫《感遇》模擬阮籍《詠懷》，而李白以《古風》置於詩集卷首，皆以「擬古」為創造。〔註98〕

清人梁章鉅在《文選旁證》書中曾經引述，在唐代的省試詩題中，有「李都尉重陽日得蘇屬國書」一類的題目。〔註99〕由此可知，以科舉詩文摹寫古人心境，並不肇始於明清八股。今如深究擬作者之心理動機，據蔡英俊的看法，是出自文士尋求「情感認同」的集體意識：

> 所謂「擬作」的問題，顯然不能單純祇就文體模仿學習的角度來考察。清代翁方綱在論及有關李陵與蘇武作品的擬作問題時，就不無肯定的說道：「蘇、李遠在異域，尤動文人感激之懷，故魏晉以後，遂有擬作〈李陵答蘇武書〉者。」此一提法其實深刻看到了「擬古」背後所潛藏的心理動機，即是魏晉以後古典作家由情感認同所引生表現出的一種創作上的集體意識，而更重要的，這種情感認同是來自於對過往作家所處的境遇及其映照出的獨特的精神風貌的一種理解。

〔註96〕 參見鄧仕樑，〈論謝靈運《擬魏太子鄴中集詩》〉，《國家科學委員會研究集刊》（人文及社會科學），第 4 卷第 1 期，1994 年 1 月，頁 1。

〔註97〕 〈論謝靈運《擬魏太子鄴中集詩》〉，同前註，頁 2。

〔註98〕 參見呂正惠，〈發端於「擬古」的詩藝——《古風》在李白詩中的意義〉，中央研究院第三屆國際漢學會議，2000 年。呂氏且認為：「『擬作』無疑在李白的創作生涯中扮演了非常重要的角色，因此，李白遠比杜甫更被『束縛』在傳統的『模式』之中。最終，當他極需在文學想像的世界裡作自我肯定時，他還是採取了傳統模式，並極有意義的命名為『古風』。」（頁 14）

〔註99〕 參見蔡英俊，〈「擬古」與「用事」：試論六朝文學現象中「經驗」的借代與解釋〉（中央研究院第三屆國際漢學會議，2000 年），頁 15。

所謂的「擬作」，具體反映了對於時間上屬於「過去」的作家或作品
的辨認與想像，因此是中國古典文學傳統在塑形發展的歷史過程中
一種植根奠基的創作型態與書寫方式，文士作家的集體意識就是在
這種創作型態與書寫方式之中逐漸匯集出來的。〔註100〕

蔡氏所論雖係針對六朝詩文擬作而言，實則八股文人之體會聖賢語氣，欲以
尋求「情感認同」之集體意識亦然。其不同者，明清八股寫作之集體意識，
卻是奠基在道統、聖賢與四書五經之上的。

3、「以意逆志」的主體呈現

八股文需以「代古人語氣」書寫，卻又要表現出後起作者之精神面貌，
寧非怪事？然而，在一些八股評點中，卻的確可以看出這種審美要求。此處
以方苞之評點爲證：

風神秀逸中，具有生氣奮郁，不僅得古人之形貌。〔註101〕

此自來選家所推爲至極之作，其清醇淡宕之致，自不可及。但必以
爲稿中最上文字，則尚未見作者深處也。〔註102〕

化治以前先輩，多以經語話題，而精神之流通，氣象高遠，未有若
茲篇者。學者苦心探索，可知作者根柢之淺深。三百篇語，漢魏人
用之，即是漢魏人氣息；漢魏樂府古詩，六朝人用之，即是六朝人
音節；又見守溪震川之用經語，各肖其文之自己出者，可悟文章有
神。〔註103〕

〔註100〕同前註，蔡氏認爲「透過認同作用所伴隨的對於過往經驗的借代與解釋，不
論『擬古』或『用事』在在顯示出古典作家試圖把時間上的『過去』拉向『現
在』的一種自覺，使得『過去』能與作家當下所屬的『現在』具有一種『同
時代性』（contemporaneousness），並且以此喚起造就一種文化上的集體意識。」
（頁8）。

〔註101〕評點儲在文〈文獻不足故〉，《欽定四書文》，頁625。

〔註102〕評點歸有光〈宋牼將之楚〉，《欽定四書文》，頁188。

〔註103〕評點歸有光〈大學之道〉，《欽定四書文》，頁75。接近於歸有光的看法，大
陸學者楊波認爲八股文的「代聖賢立言」和詩人的「賦詩言志」有共同之處，
「賦詩言志要言的是賦詩者的志，而不是詩人的志，八股文作者脫離了原來
語境，字面意義並未發生改變，但是總體指向發生了變化，都是用典籍的詞
面意義來作爲溝通前人與自己的橋樑，都是借重而又忽略原文的意思來表達
自己的意思。」（〈賦詩言志與代聖立言——關於八股文的一點思考〉，《中國
典籍與文化》，2003年第3期總第46期，北京：江蘇古籍出版社，2003年9
月，頁97～101）

可見八股文在「肖題」之餘，對於作者也有「口氣獨得」的嚮往，不僅思見「作者深處」，且欲「用」經語，使其肖爲「自己出者」也。評家至此所論者，不在於作者是否肖於古人，反而在其使用古人經句，能否表現出自己的神髓意趣。〔註104〕

因此，無怪八股選家會重申「言爲心聲」，認爲八股文實要求作者「各言其心之所得」，如方苞曰：

> 臣聞言者心之聲也，古之作者其氣格風規，莫不與其人性質相類，而況經義之體，……其間能自樹立，各名一家者，雖所得有淺有深，而其文具存，其人之行身植志亦可概見。〔註105〕

如江國霖曰：

> 制藝之興，其人心之不容已者乎！漢取士以制策，其弊也泛濫而不適於用。唐以詩賦，其弊也浮華而不歸於實。宋以論，其弊也膚淺而不根於理。於是依經立義之文出焉，名曰制義。蓋窮則變，變則通，人心之不容已。即世運升降剝復之自然也。士人讀聖賢書既久，各欲言其心之所得。……吾故曰：制義雖代聖賢立言，實各言其心之所得者也。〔註106〕

可以想見在明清文士，雖出之以聖賢口吻書寫，殆不會以爲八股文之內容是一種「取消個性」的文體。〔註107〕正如我們絕不認爲當前之小說寫作，透過情節安排與角色對話之運用，是沒有作家「自己的思想」的。〔註108〕

〔註104〕黃俊傑曾舉孟子「以意逆志」說爲例，指出這種經典詮釋學是一種體驗之學，著重於用經而非解經（請參見氏著〈孟子運用經典的脈絡及其解經方法〉，收入李明輝編《儒家經典詮釋方法》，台北：喜馬拉雅研究發展基金會，2003年，頁165～183），其說正與八股代言做法之精神一致。

〔註105〕方苞，〈進四書文選表〉，《欽定四書文》，頁2。

〔註106〕江國霖，〈制藝叢話序〉，《制藝叢話》，頁5。

〔註107〕如明袁宏道說：「天地間，真文漸滅殆盡，獨博士家言猶有可取。……二百年來，上之所以取士，與士子之伸其獨往者，僅有此文。」（〈與友人論時文〉，同註2）不但八股作者要「伸其獨往」，讀者也求洞見文章之「性情志尚」，如清劉熙載云：「文不易爲，亦不易識。觀其文，能得其人之性情志尚于工拙疏密之外，庶幾知言知人之學也與！」（〈經義概〉，《劉熙載論藝六種》，頁175。）

〔註108〕梅家玲曾論及擬作者必須經過兩個階段來完成作品：「神入」、「賦形」，而其手法是「與小說家創作小說角色的情形，頗有幾分類似」。（〈論謝靈運〈擬魏太子鄴中集詩八首并序〉的美學特質〉，《臺大中文學報》，第7期，1995年4月，頁155～215）小說家自有其所寓之深思，八股作者之神入、代言，亦不

　　就某個層面來看，八股文深契於道統，又使其代言書寫充滿了一種「述而不作」的風格。儒門宗師孔子曾經提及自己「述而不作，信而好古」，〔註 109〕據《禮記‧樂記》所載「作者之謂聖，述者之謂明」，是孔子並不自居為「作者」，僅以「傳述者」自處。又言：「我非生而知之者，好古敏以求之者也」，〔註 110〕孔子認為其所「知」，實因為「好古」樂學。所學者何物？其高徒子貢曾回答道：「文武之道，未墜於地在人；賢者識其大者，不賢者識其小者，莫不有文武之道焉。夫子焉不學？」〔註 111〕則孔子所效法傳承者，也就是文武之道。文武周公的道統巍峨在前，孔子既以傳述者自處，百世而後體會其精神口吻之文士，又何能以作者自居？〔註 112〕

　　然而，如果換個角度設想，八股代言又有其弔詭之一面，問題在於：後起者如何可能「體會」先進？在經句間體會口吻的超凡經驗中，誰是主體？關於此問題，八股作者「神入」、體會聖賢口吻的理路，實類於孟子所論：

能無之。

〔註 109〕《論語‧述而篇》（《四書章句集註》，台北：學海，1991 年，頁 93）。李明輝認為「述而不作」是我國傳統之精神：「在中國傳統文化中，『原創』（作）與『詮釋』（述）之間並無明顯的界限，而迥異於西方的學術傳統。……中西學術傳統的根本分歧應當在於對『作』與『述』的區別，以及對『作』、『述』二者不同程度的確認之上。王陽明在《傳習錄》中說：『夫道，天下之公道也；學，天下之公學也，非朱子可得而私也，非孔子可得而私也。』這透露出中國思想家以詮釋、而非發明真理（道）為本務的傾向。從這一點切入，就較能理解何以西方思想家往往透過批判前人的學說來建構自己的學說，而中國思想家即使提出新說，也要強調自己只是『道』的詮釋者。由此我們也較能理解《公羊傳》、《穀梁傳》與《左傳》由《春秋》的註釋升格為經典的思想背景。」（〈《中國經典詮釋學的特質》學術座談會記錄〉，《中國文哲研究通訊》，第 10 卷第 2 期，2001 年 6 月，頁 256-7。）

〔註 110〕《論語‧述而篇》，《四書章句集註》，頁 98。

〔註 111〕《論語‧子張篇》，《四書章句集註》，頁 192。孔門重學，余英時提出我國「寓思於學」的傳統，與西方「以思取學」有別，請參見氏著〈意識形態與學術思想〉，《中國思想傳統的現代詮釋》，台北：聯經，1987 年，頁 54～59。「寓思於學」故重傳承，「以思取學」故重創見。

〔註 112〕然而孔子也曾喟歎：「甚矣，吾衰也！久矣，吾不復夢見周公！」（《論語‧述而篇》，《四書章句集註》，頁 94）在其夢見古人，與古人「神會」之際，卻是自以為最具有創造性的經驗。八股文人代言「傳述者」之精神，如果放到西方文化脈絡中，也就是蘇格拉底所批評的模仿（imitation），因為這已落入對觀念（idea）的「仿製品的仿製」，遠離了真實。參見海若‧亞當斯（Hazard Adams）著，傅士珍譯，〈模仿之辨〉，《西方文學理論四講》（台北：洪範，2000 年），頁 3～46。事實上，八股文於明清鮮少受到文家之正視，而收錄此體於個人文集裡；這現象很可能與八股文被視為經典的「仿製品」有關。

頌其詩，讀其書，不知其人可乎？是以論其世也；是尚友也。〔註113〕

　　說詩者不以文害辭、不以辭害志，以意逆志，是爲得之。〔註114〕
後起者頌讀經句，其目的原是爲了對先進者有所瞭解體會；在閱讀過程中，
如何進行此番體會與瞭解，而不爲文辭所害，則必須超越地以讀者之「意」
契合作者之「志」。〔註115〕如此詮釋體會的過程，讀者在「意」、「志」契合時
所感悟到的神聖心境，既可以說是作者的創造，更是屬於讀者切身所有之經
驗。值此契入「傳統」的美妙時刻，傳述者躋身於作者，其代言既爲詮釋，
也是改寫。〔註116〕

　　順此思路，八股代言的眞諦，也許並不在於追究作者之「本意」爲何，
難怪有論者認爲：「時文不在學，只在悟。平日須體認一番，才有妙悟。妙悟
只在題目腔子裡，思之思之，思之不已，鬼神將通之。到此將通時，才喚做
解悟了。解時只用信手拈來，頭頭是道，自是文中有神，動人心竅。理義原
悅人心，我合著他，自是合著人心。」〔註117〕著意於「悟」而不重其「學」，
是偏近代言者自家之體會。

　　由此可見，對聖賢傳統的移情融攝，並無害其面臨經典時之自由詮釋。
當然，這些不同的詮釋間，也會在經句文本的制約下，有其「道同德合」的
集體認同感。〔註118〕世人面貌儘管各自不同，終不礙人類之有其共相。在八

〔註113〕《孟子・萬章篇》，《四書章句集註》，頁324。
〔註114〕同前註，《四書章句集註》，頁306。
〔註115〕八股擬作之類此，如方苞評點譚元春〈道并行而不相悖〉之意見：「觀物察化，
　　　　皆從心源浚淪而出，非徒乞靈於故紙者。」（《欽定四書文》，頁480）
〔註116〕如周慶華認爲：「主體譯者所受到客體古籍的制約，可能只是一個假象；而主
　　　　體譯者的能動性所展現的再創造和原創造之間，也沒有一個必然性的階次關
　　　　係。……有關古籍今譯的主體和客體的重新理解，可能或理當是主體譯者假借
　　　　客體古籍構設了一個文本（原稱它爲譯語），以便遂行他的權力意志（連帶謀
　　　　取利益或行使教化）。」（《中國符號學》，台北：揚智文化，2000年，頁146
　　　　～150）「『相互主觀性』終將是一切有關古籍今譯的理解、認知，甚至討論的
　　　　基礎。」（頁154）大陸學者黃強則說：「有理由認爲，儒家經典本文通過八股
　　　　文人的理解和『代言式』的闡釋，其意義並不是偶然地才逾越出『聖賢』的意
　　　　圖，而是永遠處在這種越出『聖賢』意圖的情形之中，理解和闡釋因而並不是
　　　　一個重構『聖賢原意』的過程，相反，它永遠是一個創造的過程。」（〈八股文
　　　　的解釋學透析〉，《揚州大學學報》（人文科學版），1998年第2期，頁30）
〔註117〕董其昌，《畫禪室隨筆》（南京：江蘇教育，2005年），頁213。
〔註118〕如章學誠所述：「聖人之言，賢人述之，而或失其指；賢人之言，常人述之，
　　　　而或失其指。人心不同，如其面焉。而曰言托於公，不必盡出於己者，何

股中，其「共相」就是對於聖賢笑語的想像投射。

於是對此道統傳承、與經典之理解，在八股作者彷彿既舊亦新，其所論章句雖古，但於己心所體會者卻是嶄新可親的。〔註119〕精於八股的歸有光說：「夫取吾心之理而日夜陳說於吾前，獨能頑然無慨於中乎？……以吾心之理而會書之意，以書之旨而證吾心之理，則本原洞然，意趣融泄。舉筆爲文，辭達義精。」〔註120〕因爲經典中的意義，無不出自於讀者內心所感慨領悟；對於經典聖賢的情感認同，也就是讀者對於自我認識的深化。

四、小　結

明清時期盛行五百多年的經義文，其文體定制於明初，完備於明成化年間，風行於清代。這種新興文體後來不但發展出繁複的寫作技法，其解經時所重新萃取、建構之義理層面，也具有經典詮釋學的研究價值。

經義文之創設，可由宋人立法說起。此一文體採取特殊的書寫形式，重新詮釋章句義理，可以窺見唐宋古文運動及程朱理學之影響，由此亦可觀察我國自中唐以後經學發展的轉化。

八股文既不以死背解經，而強調理解與表述。綜言之，一方面固是揉和了寫作者個人對於章句的理解，另一方面也可以見到後世經史子集日漸融涉、互相發明的理趣。在解經「縱談其所自得」的同時，傳注束縛亦隨之逐步鬆解。此足見明清八股文之經典詮釋，實走向「包絡載籍，刻雕物情，凡胸中所欲言者，皆借題以發之」的眾聲喧嘩（heteroglossia）。

就八股文如何詮釋經義，可以從兩個層面來考量：其一是對於經典原意如實的理解；另一方面，則是如何將切身體會之性理，精確表述的詮釋過程。前者所重在好學之「循古」，後者則強調如何深思以「自得」。今且依其文體

也？蓋謂道同而德合，其究終不至於背馳也。」（〈言公〉，《文史通義》，內篇4，《章氏遺書》，收入《中國名著精華全集》，第5冊，第4卷，頁354。）

〔註119〕艾略特說：「（傳統）是一種會變化的心靈，……現在與過去的不同就是，我們所意識到的現在是對於過去的一種覺識，而過去對於本身的覺識就不能表示出這種覺識的樣子，不能表現到這種覺識的程度。」（〈傳統與個人才能〉，卞之琳譯，轉引自《二十世紀西方文論選》，上卷，朱立元、李鈞主編，北京：高等教育，2002年，頁258～261）對過去的覺識與時（現在）偕進，因此傳統在歷史中才有深化的可能。八股於明清稱「時文」，可能也有此覺識吧。

〔註120〕〈山舍示學者〉，《震川先生集》（台北：世界，1963年），卷7，頁81。

規定：「守經遵註」與「代聖立言」，分述如下。

在「守經遵註」方面，文中揭出三點來考量：1、對於經註之恪遵；2、多讀書或「以經解經」；3、從「背經」到「聖賢意中所必有」。

經義文從宋代創制以來，便屢見「一道德」之主張。八股文詮釋經義，以五經、四書、二十一史、《通鑑》、《性理》諸書爲範圍，且需遵守宋儒傳註做爲準則。註意精熟，尤其是詮釋章句之前提。

八股文家也屢屢強調讀書之功。詮釋經義對於其他書籍的融會與借用，雖然在義理上可以有生新的契機，但如此解法卻也往往會喧賓奪主，威脅了經義的純正。爲了維繫經義之純正，八股文家提出「以經解經」的看法，認爲「以經證經，故不嫌其背注」；這種構想主要是爲了確保經典釋義純粹，類似的說法還有「以史爲經」、「鎔經史而鑄偉詞」等，皆有助於經典詮釋上的互文性，並開發出更爲通達的釋義可能。

程、朱註解經書時，即強調道理優先於經典，道理才是本體；明清八股文家也重視作者的合理創見，認爲題目下皆可容許不同詮釋的可能，主張經典義蘊是無窮無盡的，除了承繼前說，尚有待後人加以創造。

經典所以能夠被詮釋，經典所以需要詮釋，也是因爲「通儒之心思日出其有」，每個時代都可以對經典重新詮釋，找到解答；每個時代也都需要有通儒「聚經史之精英，窮事物之情變」，發爲切合時變之文。唯有如此，道統才得以在變局中傳續不已。

在「代聖立言」方面，筆者也提了三點說明：1、代言寫法與理學攸關；2、「述而不作」的儒學信仰共同體；3、「以意逆志」的主體呈現。

八股文有「代古人語氣爲之」的特殊規定，落實於具體做法，則稱爲「口氣」。講究口氣，也就是講究發言之處境，因此需要深入體會。論及「代聖賢語氣爲之」的做法，不應忽略宋理學之影響。八股作者思欲擺脫漢魏以來龐大的傳注累贅，直接回歸經典本義，重視體會聖賢語氣的精神，實根源於宋代理學追尋「孔顏樂處」的用心，並認定聖賢爲「先得我心之同然者」。因此，想要體會聖人之精神面貌，唯有將經義從己心深入探求，將自己的心地提昇爲聖賢的心境，志其所志，學其所學。

就經典詮釋而言，無論「入語氣」是否更顯精審，但「直與聖賢爲一，不得不逼入深細」的精神投射，顯然較諸漢魏經註更顯得富於情感而親切了。就經義文體之風格而言，因此更具有了形象性，具有人格感召的精神氣質。

　　八股代言書寫，除了內容上受到理學深刻啓發以外，就其摹擬寫法而言，我國文學史運用代言體寫作的嘗試，也所在多見。深究詩文擬作者之心理動機，據學界看法，應是出自文士尋求「情感認同」的集體意識；八股文之體會聖賢神貌笑語，其欲尋求「情感認同」之集體意識亦然。只不過八股寫作的集體意識，乃是奠基於道統、聖賢與四書五經之上。

　　八股文「神入」、體會聖賢口吻的理路，類似於孟子所論的「以意逆志」。在詮釋體會的過程中，讀者於「意」、「志」契合時所感悟到的神聖心境，既可以說是作者的創造，更是屬於讀者切身所有之經驗。值此契入「傳統」的美妙時刻，傳述者躋身於作者，其代言既爲詮釋，也是改寫。由此可見，對聖賢傳統的移情融攝，或許並無妨於其面臨經典時之自由詮釋。

　　於是對此道統傳承、與經典之理解，在八股作者彷彿既舊亦新，其所論章句雖古，但於己心所體會者卻是嶄新可親的。因爲經典中的意義，無不出自於讀者內心所感慨領悟；對於經典聖賢的情感認同，也就是讀者對於自我認識的深化。

第二節　文采與義理的兩難──論八股文詮釋經典之困境

　　本節從一個極明顯的文學現象提問：八股文何以歷來不受學界所重視？藉由釐清此文體的創制由來、及書寫史之變化發展，論文裡試圖澄清此一文體之所以長期受到輕視，主要癥結還是基於文體設計上之內在困境：即兼顧文采與義理的兩難。

　　八股文在創制上主要承襲於宋人經義文體，宋代經義文又受到唐宋古文運動觀念的影響，主張以文藝重新抉發經典之義理，必能有濟於世道。因此，八股文體實具有唐宋以來「文以貫道」的崇高理想。這種淑世理想既相信文章可以振興國運，反之，當國勢隳頹時，八股文也就成爲政治失敗的藉口；八股文於清末迄今所背負的罵名，可以爲證，此乃這文體所以爲汙名的近因。

　　就文體內在因素考量，本節提出四點析論：(一)爲聖賢代言的疑慮；(二)爲文造情的限制；(三)目的與策略的矛盾；(四)道體與詮釋的扞格；因此明清名家多有八股文不足以傳世的成見，此又爲這文體乏人問津之遠因。

一、費解的八股文

明清盛行之八股文是一種費解的文體，今日我們對於此文體的認識，多半仍聚焦於其複雜的形式，而忽略了此文體在當日亦具有道器之間的辯證層面。

八股文，也就是明清時期朝廷用以考試錄取官吏的一種文體，此文體之概稱為「八股」，是因為它在形制上主要具有「體用排偶」〔註121〕的特徵，八股文在議論時係疊用兩股偶對的方式，〔註122〕又大略可分為「起二股」、「中二股」、「后二股」及「束二股」等，故以「八股」稱之。

除了令人眩目的書寫形式以外，八股文體之內容，是由作者根據《四書》中的某一章節字句為題，加以詮釋其義理；事實上，八股文的正式名稱便是「經義」或「四書文」。據顧炎武《日知錄》云：「今之經義，始於宋熙寧中，王安石所立之法，命呂惠卿、王雱為之。（原注：《宋史》神宗熙寧四年二月丁巳朔，罷詩賦及明經科，以經義論策試進士，命中書撰《大義式》頒行。）」〔註123〕便將經義文之創設，自王安石立法說起。〔註124〕又如劉熙載所論：

> 經義試士，自宋神宗始行之。神宗用王安石及中書門下之言定科舉
> 法，使士各專治《易》、《詩》、《書》、《周禮》、《禮記》一經，兼《論

〔註121〕《明史・選舉志》載：「科目者，沿唐、宋之舊而稍變其試士之法，專取《四子書》及《易》、《書》、《詩》、《春秋》、《禮記》五經命題試士，蓋太祖與劉基所定。其文略仿宋經義，然代古人語氣為之，體用排偶，謂之『八股』，通謂之『制義』。」（〈選舉志〉二，《明史》，收入《景印文淵閣四庫全書》，台北：商務，1986 年，第 298 冊，卷 70，頁 298～115）。

〔註122〕清毛奇齡曾指出八股「體用排偶」與唐人試帖詩有關：「世亦知試文八比之何所昉乎？漢武以經義對策，而江都、平津、太子家令並起而應之，此試文所自始也。然而皆散文也；天下無散文而複其句、重其語、兩疊其語作對待者。惟唐制試士，改漢魏散詩而限以比語，有破題、有承題、有領比、有頸比、有腹比、有後比，而後結以收之。六韻之首尾，即起結也；其中四韻，即八比也。然則試士之文，視此矣。」（〈唐人試帖詩序〉，《西河文集》，收錄於王雲五主編《國學基本叢書》本，台北：商務，1968 年，頁 577～578）以八股的四套對，比附唐人試帖詩的四韻偶對。同意此說者又如紀昀、周作人。

〔註123〕《日知錄》，卷 16，收錄於《文淵閣四庫全書》，第 858 冊，頁 757～758。

〔註124〕據《文獻通考》載當時貢舉新制的梗概如下：「神宗熙寧二年，議更貢舉法：罷詩賦、明經、諸科，以經義論策試進士。……詔兩制、兩省、待制以上，御史、三司、三館議之。……辛如王安石議：罷明經及諸科，進士罷詩賦，各占治《詩》、《書》、《易》、《周禮》、《禮記》一經，兼以《論語》、《孟子》；每試四場，初大經，次兼經，大義凡十道，次論一首，次策三道，禮部試即增二道，中書撰『大義式』頒行。試義者須通經有文采，乃為中格；不但如明經，墨義、粗解章句而已。」（〈選舉〉四，杭州：浙江古籍，2000 年，卷 31，頁 293）

語》、《孟子》。初試本經，次兼經大義，而經義遂爲定制。

其後元有「四書疑」、明有「四書義」，實則宋制已試《論》、《孟》、《禮記》，《禮記》已統《中庸》、《大學》矣。

今之「四書文」，學者或並稱「經義」。《四書》出於聖賢，聖賢吐辭爲經，以經尊之，名實未嘗不稱。爲經義者，誠思聖賢之義宜自我而明，不可自我而晦，則爲之自不容苟矣。〔註125〕

是故明清文家皆將此類詮釋經義之考試（教育）方式，追溯到宋人。

在創制目的上，這種全國性的考試方式，不僅只是爲了錄取官吏而已，更重要在於其可作爲一種國家經典（及倫理）教育的綱領，如俞長城曰：

裁六經題以爲制義，獨重於科目者，爲其明義理、切倫常，實可見諸行事，非若策論之功利、辭賦之浮華而已。有宋家法遠勝歷朝，至於光宗失其紀矣，間於讒謗而父子忤，奪於嬖寵而夫婦乖。陳君舉先生傅良以儒生爭之，雖所陳不盡見用，而義理、倫常賴以不墜矣。〔註126〕

認爲有宋家法「遠勝歷朝」，足以「明義理、切倫常」，又如冉覲祖云：

高明之人，多厭時藝爲無用而欲廢之者。余謂今之人無不讀經書者，率以爲時藝之資耳，不爲時藝則不讀經書矣。是知時藝爲經書之饎羊也，顧可廢哉？（梁章鉅）按：此言雖淺而殊有關繫，制義之不可廢，科名中人類能言之，然從無此論之深切著明者。〔註127〕

指出八股文爲「經書之饎羊」，足證此體在闡發義理層面之重要；換言之，八股文體係採用一種特殊的書寫形式，〔註128〕試圖重新詮釋經典中之義理。就某個層面來看，八股文也就是唐宋以來古文運動中「文以貫道」理念的實現。

〔註125〕劉熙載：〈經義概〉，《藝概》（收入《劉熙載論藝六種》，徐中玉、蕭華榮整理，四川：巴蜀書社，1990 年 6 月），頁 164。

〔註126〕引見梁章鉅，《制藝叢話》，上海：上海書店，2001 年 12 月，頁 48。

〔註127〕《制藝叢話》，頁 22。

〔註128〕如周作人從文體論觀點，指出八股形式之特別：「假如想要研究、或了解本國文學而不先明白八股文這東西，結果將一無所得：既不能通舊的傳統之極致，亦遂不能知新的反動之起源。……八股不但是集合古今駢散的精華，凡是從漢字的特別性質演出的一切微妙的游藝也都包括在內，所以我們說它是中國文學的結晶。」（〈論八股文〉，《中國新文學的源流》，收入《周作人全集》，台北：藍燈文化，1992 年，第 5 冊，頁 362～363），另可參本論文第三章第一節。

〔註129〕

　　此一文體由於需具備「載道」功能，因而如何使得論理精闢、詮釋生新，閱之令人惕勵感發，當屬其首要之務。於此，曾奉令編修官方選刊本《欽定四書文》的方苞，有所謂「理、辭、氣」的三層體系論：

> 唐臣韓愈有言，文無難易，惟其是耳；李翱又云，創意造言各不相師，而其歸則一；即愈所謂「是」也。文之清眞者，惟其理之是而已，即翱所謂「創意」也；文之古雅者，惟其辭之是而已，即翱所謂「造言」也。而依於理以達乎其詞也，則存乎氣；氣也者，各稱其資材，而視所學之淺深以爲充歉者也。

> 欲理之明，必溯源六經，而切究乎宋、元諸儒之說；欲辭之富，必貼合題義，而取材於三代、兩漢之書；欲氣之昌，必以義理洒濯其心，而沈潛反覆於周秦盛漢唐宋大家之古文，兼是三者，然後能清眞古雅而言皆有物。〔註130〕

從方氏所論，可以看出古文運動「創意造言」實驗性觀念對八股文體之影響，而經義內容「溯源六經」、「切究乎宋、元諸儒之說」、「取材於三代、兩漢之書」及「沈潛反覆於周秦盛漢唐宋大家之古文」，義理上的複雜艱困，更使得一般讀者難以窺見其精微所在。〔註131〕

〔註129〕「文以貫道」是韓愈門人李漢的說法：「文者，貫道之器也：不深於斯道，有至焉者不也。」（《昌黎先生集・序》，收入馬通伯《韓昌黎文集校注》，台北：華正，1986 年，頁 3）八股文家重視文體創發，強調義理性之考抉，試參看明清文家意見，如袁宏道說：「天地間，眞文漸滅殆盡，獨博士家言猶有可取。其體無沿襲，其詞必極才之所至，其調年變而月不同，手眼各出，機軸亦異。」（〈與友人論時文〉，《袁中郎尺牘》，收入《袁中郎全集》，台北：世界，1964 年，頁 14）如劉大櫆說：「夫文章者，藝事之至精，而八比之時文，又精之精者也。」（〈徐笠山時文序〉，《海峰文集》，收入《續修四庫全書》，上海：上海古籍，2002 年，第 1427 冊，頁 404。）如姚鼐說：「苟有聰明才傑者，守宋儒之學，以上達聖人之精：即今之文體，而通乎古作者文章極盛之境。經義之體，其高出詞賦箋疏之上，倍蓰十百，豈待言哉！」（〈停雲堂遺文序〉，《惜抱軒全集》，台北：世界，1984 年，卷 4，頁 40。）方苞曰：「制義之興七百餘年，所以久而不廢者，蓋以諸經之精蘊，匯涵於四子之書，俾學者童而習之，日以義理浸灌其心，庶幾學識可以漸開，而心術羣歸於正也。」（《欽定四書文》，《文淵閣四庫全書》，第 1451 冊，台北：商務，1979 年，頁 2 下）

〔註130〕《欽定四書文》，頁 4。

〔註131〕如蘇翔鳳於《甲癸集》自序中，曾提及其所選編啓禎經義文之艱難：「……然而服是劑者，亦難矣。蓋名理精於江右，經術富於三吳，而談經濟、論性情

二、崇高的書寫理想

　　唐宋古文運動既有「以文貫道」之理念，故而強調對於經典的閱讀，不能只在背誦記憶層面，而必須是章句義理的融會貫通。經義文在體制上便具有此一根本精神，如劉熙載所論：

> 漢桓譚徧習《五經》，皆訓詁大義，不爲章句，於此見義對章句而言也。至經義取士，亦有所受之。趙岐《孟子題辭》云：「漢興，孝文廣遊學之路，《孟子》置博士。訖今諸經通義得引《孟子》以明事，謂之博文。」唐楊瑒奏有司試帖明經，不質大義，因著其失。宋仁宗時，范仲淹、宋祁等奏言有云：「問大義，則執經者不專於記誦矣。」合數說觀之，所以用經義之本意具見。〔註132〕

> 元倪士毅撰《作義要訣》，以明當時經義之體例：第一要識得道理透徹，第二要識得經文本旨分曉，第三要識得古今治亂安危之大體。余謂第一、第三俱要包於第二之中。聖人贍言百里，識經旨則一切攝入矣。〔註133〕

強調讀經不在死背，需以理解經書中的道理爲第一優先。依引文中倪士毅的

皆擅其長，大力之沈摯，千子之謹嚴，文止之修潔，正希之樸老，大士之明快，彝仲之精實，臥子之爽亮，陶菴之愷切，伯祥之古奧，維節之孤峭，長明之幽秀，二張之典麗精碩，歐黎之淡遠清微，登顚造極者指不勝屈。而其所言者，大之化育陰陽、興亡治亂、綱常名教、性命精微，小之及鳥獸草木之情、飲食居處之節，凡三才所有，無不晰其神明，得其情狀。故不通六經本末者，不能讀也；不熟諸史得失者，不能讀也；不深於周、程、張、朱之語錄以得聖賢立言大義者，不能讀也；不審於春秋戰國之時勢以得聖賢補救深心者，不能讀也；不徧觀於諸子百家以悉其縱橫變幻者，不能讀也；不推於人情物態以辨其強弱剛柔、悲喜離合之故者，不能讀也。不然，仍以字句求之，以爲不合於今日有司之程而驚異焉，譬之狗彘遇飲食之腐敗者而甘之，設有膏粱則不知其味矣。吾願學者無以狗彘故習，而污先哲名文也。」（引見《制藝叢話》，頁35～39）

〔註132〕《藝概》，頁174。

〔註133〕《藝概》，頁174。八股文以「闡發理道爲宗」，相關例證不勝枚舉，如《四庫全書‧總目》云：「蓋經義始於宋，《宋文鑑》中所載張才叔〈自靖人自獻於先王〉一篇，即當時程試之作也。元延祐中，兼以經義、經疑試士。明洪武初，定科舉法亦兼用經疑，後乃專用經義，其大旨以闡發理道爲宗。」（引見《制藝叢話》，頁12～13）如王耘渠曰：「愚嘗論文章之勝三端而已，名手之文率以趣勝，大家之文則以意勝，至以理勝而品斯極矣。金、陳諸公，勝乃在意，其餘不過趣勝耳。理勝者自震川而外，未可多許。」（《制藝叢話》，頁187）皆可以爲證。

說法,「識得道理透徹」甚至要比「識得經文本旨分曉」來得更重要,基本上係承自宋理學之影響,〔註 134〕由此亦可窺見唐宋時期經學發展的異化／轉化。〔註 135〕

如此說經義,綜言之,一方面固是揉和了寫作者個人對於章句的理解,另一方面卻也可以見到後世經史子集互相融涉、互相發明的理趣。如顧咸正提及寫作者「各因其性之所近,而縱談其所自得,膽決而氣悍,足蹈而手舞,內無傳注束縛之患」的逐步解放,與因茲而生的問題:

> 昔之文盛未極也,而甚難;今之文盛極矣,而反易,何以故?夫射不難稽天而難貫蝨,御不難馳陸而難蟻封。昔之作者,微心靜氣,參對聖賢,以尋絲毫血脈之所在,而又外束於功令,不敢以奇想駭句入而跳諸格。當是時,雖有絕才、絕學、絕識,冥然無所用之,故其為道也難;今之作者,內傾膈臆,外窮法象,無端無涯,不首不尾,可子、可史、可論策、可詩賦、可語錄、可禪、可玄、可小說,人各因其性之所近,而縱談其所自得,膽決而氣悍,足蹈而手舞,內無傳注束縛

〔註134〕如朱子即認為「經之有解,所以通經。既通經,自無事于解;借經以通乎理耳。理得,則無俟乎經。」(《朱子語類》,黎靖德編,北京:中華書局,1994年,第 1 冊,頁 192)「學問,就自家身己上切要處理會方是,那讀書底已是第二義。」(同前,頁 161)

〔註135〕經學體系的轉化,與古文運動之用世是互為一體的。林慶彰說:「唐代後期的經學,表現了下列數種傾向:其一,逐漸拋脫注疏學的典範,以己意說經,時人視為『異儒』或『異說』。其所以異,並非標新立異,炫己揚才,而是想探求聖人思想的本意,此點可稱為一種『回歸原典的運動』。其二,對漢人傳承下來的經書,開始懷疑其作者的可靠性,篇章順序不合聖人本旨,經中字句有脫誤、經中史事不正確,進而對經書中闕佚的部分加以彌補,並視漢儒為『迂儒』。此點可說是宋代反漢學,疑經改經的先導。其三,由於藩鎮勢力強大,中央政府贏弱,導致亡國。所以當時研究《春秋》的學者都強調君臣之義,宋代以後,如孫復⋯⋯等,都是承襲了啖助、趙匡、陸淳一系的思想。其四,自李翱韓愈表彰《中庸》、《大學》、《易傳》、《論語》、《孟子》等書,以建構本土化的心性論,並以《大學》的『八德目』來強調內聖外王,經世致用的重要性,以彰顯佛教捨離世界的不合理;入宋以後,程頤表彰《大學》、《中庸》,朱子更將之與《論語》、《孟子》合稱為《四書》,則宋代理學立論所根據的基本典籍和論點,晚唐的韓愈、李翱等人,皆已先提出矣。」(〈唐代後期經學的新發展〉,《中國經學史論文選集》,台北:文史哲,1992 年,上冊,頁 676。)林氏以韓愈復古運動之重辭主張,將經典以文學閱讀之方式重新加以詮釋,視之為經學上的「回歸原典運動」。而回歸經典文本,以己意代孔孟說經(所謂「代聖立言」),就是八股文詮釋上的最大特徵。

之患，而外無功令桎梏之憂，故其爲道也似難而實易。

> 且昔之讀書者，自六經而外，多讀《左傳》、《國策》、《史記》、《漢
> 書》、漢唐宋諸大家及《通鑑綱目》、《性理》諸書，累年莫能究，而
> 其用之於文也，乃澹澹然無用古之跡，故用力多而見功遲；今之讀
> 書者，只讀《陰符》、《考工記》、《山海經》、《越絕書》、《春秋繁露》、
> 《關尹子》、《鶡冠子》、《太玄經》、《易林》等書，卷帙不多，而用
> 之於文也，無不斑斑駁駁，奇奇怪怪，故用力少而見功速。此今昔
> 爲文難易之故也。〔註136〕

在個人「縱談其所自得」的同時，亦可窺見傳注束縛之逐步鬆解。方苞也提
及制義史上是如何由「恪遵傳注」，到「融液經史」，〔註137〕進而爲「窮思畢
精，務爲奇特」的不同階段：

> 明人制義，體凡屢變。自洪永至化治，百餘年中，皆恪遵傳註，體
> 會語氣，謹守繩墨，尺寸不踰。至正嘉作者，始能以古文爲時文，
> 融液經史，使題之義蘊隱顯曲暢，爲明文之極盛。隆萬間兼講機法，
> 務爲靈變，雖巧密有加，而氣體茶然矣。至啟禎諸家，則窮思畢精，
> 務爲奇特，包絡載籍，刻雕物情，凡胸中所欲言者，皆借題以發之。
> 就其善者，可興可觀，光氣自不可泯。〔註138〕

顧、方二氏說法值得注意的是，八股文於義理上雖有所謂「守經遵註」〔註139〕
的規約，但時人卻也都強調了此體具有「縱談其所自得」、「凡胸中所欲言者，
皆借題以發之」的特色。看來在明清八股文家而言，此天平兩端並非絕對衝
突的。

　　進一步觀察，明清人藉由八股文所做的經義詮釋，或許如歸有光所說的，
根本是一種自心的體證，需是靜默養實，平心以求：

> 夫聖人之道，其迹載於六經，其本具於吾心。本以主之，迹以徵之，
> 燦然炳然，無庸言矣。心之蒙弗亟開，而假於格致之功，是故學以
> 徵諸迹也。迹之著，莫六經若也。

〔註136〕《制藝叢話》，頁23。

〔註137〕方苞說：「時文乃代聖賢之言，非研經究史，則議論無根據。」（《欽定四書文》，
　　　　頁498）議論是自得之言，研經究史是立論根據，皆爲原有傳注之衍異與補充。

〔註138〕《欽定四書文》，頁3。經義文之詮釋衍異至「務爲奇特」，此所以當日有「八
　　　　股盛而六經微」的憂慮（《制藝叢話》，頁24）。

〔註139〕〈選舉志〉二，《明史》，卷70。

六經之旨，何其簡而易也！不能平心以求之，而別求講說，別求功
效，無怪乎言語之支，而蹊徑之旁出也。生其敏勵以翼志，靜默以
養實，檢約以遠恥，凝神定氣於千載之上，六經之道，必有見乎其
心矣。〔註140〕

經典固是一切意義的神聖來源，但如不能修養自心，終無由默契於道體所在。
又如劉熙載強調講書應求鞭辟入裡，切己體認，方能有益於文：

欲學者知存心修行，當以講書爲第一事。講書須使切己體認，及證
以目前常見之事，方覺有味。且宜多設問以觀其意，然後出數言開
導之。惟不專爲作文起見，故能有益於文。〔註141〕

此處「不專爲作文起見，故能有益於文」之論，是因爲文與道早已合一；而
文章之可貴，尤難於其對於道理之體認。

也由於經義作者具有文以貫道、文道合一的信念，〔註142〕所以他們特別
強調文、道兩面之互相輝映，而形成不同的理想典範。如方苞提及：「以古文
爲時文自唐荊川始，而歸震川又恢之以閎肆，如此等文實能『以韓、歐之氣，
達程、朱之理』，而脗合於當年之語意，縱橫排盪，任其自然，後有作者不可
及也已。」〔註143〕又如王汝驤所論：「世之詬病時文者，謂其氣體之非古耳。
若『得左、馬之筆，發孔、孟之理』，豈不所託尤尊，而其傳當更遠乎？愚故

〔註140〕〈示徐生書〉，《歸震川集》（台北：世界，1963年），頁80～81。
〔註141〕《藝概》，頁175。於此應注意：明清經義教育除了形式上習文外，當日亦寓
有學識、品德陶養之深沉理念，如劉毓生言及他在晚清時其所受的傳統教育：
「當時中國社會，讀書風氣各別，非如今之學校，無論貧富雅俗，小學課本，
教法一致也。曰『書香世家』，曰『崛起』，曰『俗學』，童蒙教法不同，成人
所學亦異。所同者，欲取科名，習八股試帖，同一程式耳。『世家』所教，兒
童入學，識字由《說文》入手，長而讀書爲文，不拘泥於八股試帖，所習者
多經史百家之學，童而習之，長而博通，所謂不在高頭講章中求生活。『崛起』
則學無淵源，『俗學』則鑽研時藝。春秋所以重世家，六朝所以重門第，唐宋
以來，重家學、家訓，不僅教其讀書，實教其爲人，此灑掃應對進退之外，
而教以六藝之遺意也。」（〈清代之科舉〉，《世載堂雜憶》，台北：長歌，1976
年，頁17）
〔註142〕此所以杭世駿在〈制義宗經序〉開宗明義就說：「三才建而天地人之道立，聲
於事物，布於倫紀，散見於經綸日用之間，微而不可見，大而不易窮也。不
得不寄之文，以宣其蘊。文以明道，以貫道，而實以載道。匪明何以貫？匪
貫何以載？說雖殊，其爲深探元本則一也。」（《道古堂文集》，收入《續修四
庫全書》，第1427冊，頁272。）
〔註143〕《欽定四書文》，頁88。

謂有明制義，實直接《史》、《漢》以來文章之正統也。」〔註144〕無論如何，聖賢經典在新時代仍具有不朽的智慧，但如能透過好的文筆形式（「韓、歐之氣」或「左、馬之筆」）來展現這股感動、說明己心的體悟，以闡發經義之幽微，必能使其隱昧義理轉變爲親切可感的道體。文以貫道，重現聖賢之精神理趣，就是八股文家所追求的最高境界。

三、以文貫道之疑懼

八股文既然牽涉經典新詮、倫理教育及爲國舉士之重要性，顯然不亞於其他文體，那麼今日學界何以對於八股文充滿負面之誤解呢？其核心批評，主要還在於質疑此爲無用之學，敗壞人才。〔註145〕

既然八股文家延續宋人「文道合一」的理念，認爲透過典籍的研治與詮釋，必然有助於經國人才之培育；文人經過如此培訓，國運固當昌隆。如果這樣的說法是合理的，反之亦屬應然。〔註146〕

持論如此，每逢世道不彰時難免會引發許多攻訐。例如顧炎武反省明亡，其痛心疾首地認爲：

> 老成之士，既以有用之歲月銷磨於場屋之中，而少年捷得之者又易視天下國家之事，以爲人生之所以爲功名者惟此而已。故敗壞天下之人才，而至於士不成士，官不成官，兵不成兵，將不成將。夫然後寇賊奸宄得而乘之，敵國外侮得而勝之。〔註147〕

〔註144〕《制藝叢話》，頁 22。

〔註145〕如吳晗說：「明、清兩代五六百年間的科舉制度，在中國文化、學術發展的歷史上作了大孽，束縛了人們的聰明才智，阻礙了科學的進展，壓制了思想，使人們脫離實際，脫離生產，專讀死書，專學八股，專寫空話，害盡了人，也害死了人，罪狀數不完，也說不完。」（吳辰伯，〈明代的科舉情況和紳士特權〉，《燈下集》，台北：谷風，1986 年，頁 96）又如鄭奠、譚全基合編《古漢語修辭學資料彙編》時，特地強調不選「評論八股」的資料：「沒有選清梁章鉅《制藝叢話》這一類評論八股文的資料。八股文是束縛思想，極端形式化的一種文體，它在很長的歷史時期影響到一般的文風，可謂流毒深遠。」（鄭奠、譚全基編，〈前言〉，《古漢語修辭學資料彙編》，台北：明文，1984 年，頁 5）

〔註146〕值得注意的是，這種歸責文體的說法，其實並不多麼「現代」，《四庫全書‧總目》云：「文體蠹而士習彌壞，士習壞而國運亦隨之矣。」（卷 190，「欽定四書文」條，收入《景印文淵閣四庫全書》，第 5 冊，頁 5～102）即持一樣的文體功能觀，如其說，文體既能改正士習、昌明道統，亦能使道體湮滅、國勢衰頹。

〔註147〕〈生員論略〉，《日知錄集釋》，台北：中華書局（《四部備要》刊本），1965

又康有為著名的〈請廢八股、試帖、楷法試士，改用策論摺〉這麼說：

> 夫以總角到壯至老，實為最有用之年華，最有用之精力，假以從事
> 科學、講求政藝，則三百萬之人才，足以當荷蘭、瑞典、丹麥、瑞
> 士之民數矣。以為國用，何求不得？何欲不成？乃以三百萬可用之
> 精力、人才、月日，鉤心鬥角，敝精費神，舉而投之枯困搭截文法
> 之中，以言聖經之大義，皆不與之以發明也。徒令其不識不知，無
> 才無用，盲聾老死，是比白起之坑長平趙卒四十萬，尚十倍之。其
> 立法之謬異，流弊之奇駭，誠古今所未聞，而外人所尤怪詫者矣。
> 即以臣論，卯角學文，於小題搭截，尤畏苦之。束書不讀，稍能習
> 熟；若復涉群書，置而不事，即復犯文法。故六應童試，見擯以此。
> 知其於學問，最相阻相反也。〔註148〕

就近代經世學者看來，世變如此劇烈，〔註149〕禮崩樂壞，道體幾乎無從貫起；
當務之急，該要「從事科學、講求政藝」，國家才有生路。講求認題佈局之八
股文既不濟於世用，更被視為乃耗弱國力、敗壞天下人才的眾矢之的；此後
遂成為乏人問津的學術領域。這是八股文所以廢棄之近因。

　　如果不考慮清末以來世界局勢之劇變，清初朝廷即曾不止一次考慮過要
廢止八股文，但經盱衡當時帝國的情況，終究還是回復了八股文為主要考試
科目。且看康、乾時之奏章：

> 康熙七年，禮部題覆左都御史王熙一疏，內開康熙元年以前鄉會試
> 係做八股文章，二月、八月內，因上諭：「八股文章實於政事無涉，
> 自今以後，將浮飾八股文章永行停止，惟於為國為民之策論、表判
> 中出題考試。欽此。」自甲辰改制科後，歷丁未至康熙八年己酉，
> 禮部題定，「嗣後照元年以前例，仍用八股文章考試。奉旨：依議。」
> 〔註150〕

> 乾隆九年，禮部議覆兵部侍郎舒赫德奏稱，「科舉之制，憑文而取，
> 按格而官，已非良法。況積弊日深，僥幸日眾。古人詢事考言，其
> 所言者，即其居官所當為之職事也。今之時文，則徒空言而不適於

年，卷17，頁6。
〔註148〕轉引自王凱符，《八股文概說》，北京：中華書局，2002年，頁304～305。
〔註149〕誠如嚴復所論：「觀今日之世變，蓋自秦以來，未有若斯之亟也！」（〈論世變
　　　　之亟〉，《嚴復集》，中華書局，1986年，頁1。）
〔註150〕《制藝叢話》，頁13。

用，且墨卷房行，輾轉鈔襲，膚詞詭說，蔓延支離，以爲苟可以取科第而止，實不足以得人，應將考試條款改移而更張之，別思所以遴拔眞才實學之道……」等語。

謹按：「取士之法，三代以上出於學，漢以後出於郡縣吏，魏晉以後出於九品中正，隋唐至今出於科舉。科舉之法，每代不同，而自明至今則皆出於時藝。科舉之弊，唐趙匡所謂『習非所用，用非所習』者是也；時藝之弊，則今該侍郎所陳奏是也。聖人不能使立法之無弊，在乎因時而補救之。蘇軾有言：『得人之道在於知人，知人之道在於責實。』蓋能責實，則雖由今之道而振作鼓舞，人才自可奮興。若惟務徇名，則雖高言復古而法立弊生，於造士終無所益。今謂時文經義等爲空言勦襲而無用者，此正不責實之過耳。大凡宣之於口，筆之於書，皆空言也，何獨今之時義爲然？且夫時義取士，自明至今殆四百年，人知其弊而守之不變者，非不欲變，誠以變之而未有良法美意以善其後。且就此而責其實，則亦未嘗不適於用，而未可概行訾毀。何也？時義所論，皆孔孟之緒餘、精微之奧旨，未有不深明書理而得稱爲佳文者。今徒見世之腐爛抄襲以爲無用，不知明之大家如王鏊、唐順之、瞿景淳、薛應旂等，以及國初諸名人，皆寢食於經書之中，冥搜幽討，殫智畢精，始於聖賢之義理，心領神會，融液貫通，參之經、史、子、集以發其光華，範之規矩準繩以密其法律。雖曰小技，而文武幹濟、英偉特達之才，未嘗不出乎其中。至姦邪之人、迂懦之士，本於性成，雖不工文，亦不能免，未可以爲時藝咎。若今之抄襲腐爛，乃是積久生弊，不思力挽末流之失，而轉咎作法之涼，不已過乎。至於人之賢愚能否，有非文字所能決定者，故立法取士不過如是，而治亂興衰初不由此，更無事更張定制爲也。所奏應無庸議。」〔註151〕

康熙當日爲何改回以八股文爲科考項目，無法得知，應該可以說他終究發現以此舉士不無可取之處。〔註152〕乾隆則強調以此體科考有精研聖典的貫道之

〔註151〕《制藝叢話》，頁14。

〔註152〕梁上治（贊圖）《四勿齋隨筆》曾提及當時廢興之始末：「李文貞公知兵又好講學，……公中康熙庚戌進士，前此時文陋劣，油滑相尚，可不學而能。京師無名子有繪八股圖者，作聲者八人，或題詩，或作字，或鑒賞古玩，或品評法書、名畫與調琴、奕棋，言作八股猶此八聲者無知妄作也。朝論恥之，

功，「誠以變之而未有良法美意以善其後」，而末流之缺點不足以爲經義咎。

雖然期盼文道合一，但是明清人面臨以新文體來詮釋經義時，心中是不無疑慮的。據楊文蓀說：

> 自宋熙寧間以經義取士，至明初遂著爲功令。制義與詩賦代興，由來尚矣，厥後法律益精，體格益備，專門名家代不乏人，稿本、選本之刻汗牛充棟，於經、史、子、集外別立一門。前明三百年中，奇正醇駁，因時遷流，難以更僕數。我朝文治蔚興，作者輩出，迄於今，風氣亦屢變矣，而設科取士之法，五百年相沿未改。重之者曰制義代聖賢立言，因文見道，非詩賦浮華可比，故勝國忠義之士軼乎前代，即其明效大驗。輕之者曰時文全屬空言，毫無實用，甚至揣摩坊刻，束書不觀，竟有不知史冊名目、朝代先後、字書偏旁者，故列史《藝文志》制義從未著錄。是二說也，皆未盡然。夫制義之重也，有重之者；其輕也，有輕之者；非制義之有可輕、有可重也。自有制義以來，固未有不根柢經史、通達古今而能卓然成家者；若他書一切不觀，惟以研求制義爲專務，無惑乎亭林顧氏謂八股盛而六經微也。〔註153〕

儘管主張「因文見道」，卻又如顧炎武一樣忌憚這「仿製品」〔註154〕會造成「八股盛而六經微」，故其篇帙雖已足於四部外「別立一門」，但在列史《藝文志》上從不視之爲流品。

這份疑慮也表現在明清經義名家之個人文集中，讀者鮮少能看到他們收錄自己的八股文作品，因爲經義篇章時常不被文壇認可其爲「值得傳世」之著作（此故又常稱爲「時文」，有權宜之意），八股文算不得是正式文體。〔註155〕

即以方苞爲例，方氏屢屢稱時文是「術之淺者」，譏刺此種非爲入流文體：

> 遂廢八股，以論策取士，是康熙癸卯、甲辰、丙午、丁未鄉會試也。至己酉，以士人漸知實學，復制義，庚戌會試人才特盛，如徐乾學、陸稼書、仇兆鰲、趙申喬、張鵬鶹、徐元夢、張伯行、邵嗣堯、王掞、李振裕，皆卓然爲名臣。次科癸丑，韓文懿公遂冠南宮，文運大興，迄於今彌振矣。」（引見《制藝叢話》，頁151～152）

〔註153〕〈楊文蓀序〉，《制義叢話》，頁4。
〔註154〕蘇格拉底亦有所謂「模仿造成眞理墮落」的看法，請參海若・亞當斯（Hazard Adams）著，傅士珍譯，《西方文學理論四講》（台北：洪範，2000年），頁21。
〔註155〕這種觀念由來已久，如金朝王若虛即認爲：「科舉律賦，不得預文章之數，雖工不足道也。而唐宋諸名公集往往有之，蓋以編錄者多愛不忍，因而附入，此適足爲累而已。」（《滹南遺老集》，台北：新文豐，1984年，卷37，頁235）

儒者之學，其施於世者，求以濟用，而文非所尚也，時文尤術之淺
者。〔註156〕

文者生於心，而稱其質之大小厚薄以出者也。炎炎焉以文爲事，則
質衰而文必敝矣。……南宋以後，爲詩若文者，皆勉焉以效古人之
所爲，而慮其不似；則欲不自局於寒淺也，能乎哉？時文之於文，
尤術之淺者也，而其盛行於世者，如唐順之、歸有光、金聲，窺其
志，亦不欲以時文自名。〔註157〕

方苞乃認爲時文大家不欲以此自名。方氏視八股爲低俗文體，或許也受到其
兄方舟之教誨影響，方苞並不支持自刊時文：

同學二三君子，曾刊先兄課試文，自知集者行於世，先兄弗快也。
乙亥丙子，授經姑孰、登、萊間，學子課期，必請文爲式，遂積至
百餘篇，而與朋游往還酬贈，亦間爲詩歌、古文，常錄爲四冊貯錦
篋中。苞請觀，未之出也；曾出以示溧水武商平、高淳張彝歎，旋
復收匿，蓋恐苞與二三同學復刊布之。辛巳冬十月，先兄因疾，苞
偶以事出入戶，見鑪灰滿盈，退問侍側者，則錦篋中文也！〔註158〕

往者，邑子何景桓垂死，以文屬所親，必得余序，死乃瞑。余既哀
而序之，又以歎夫爲科舉之學者，天地之大、萬物之多，而惟時文
之知。至於既死而不能忘，蓋習尚之漸人若此。今華露之文，非自
欲刻之，則無病也。〔註159〕

既不支持時文刊行，故於個人文集中也不收此類作品，〔註160〕更不輕易應允

〔註156〕〈儲禮執文稿序〉，《方望溪全集》（台北：河洛，1976年），卷4，頁47。
〔註157〕〈楊千木文稿序〉，《方望溪全集》，「集外文」，卷四，頁300。此非方苞一人
　　　　之見解，如乾隆間，有《三鄭合稿・陳祖范序》稱：「少聞先資政公言，制義
　　　　不入文集，猶之試帖不入詩集也。」（《制藝叢話》，頁324）又如鄭獻甫《制
　　　　藝雜話・序言》載及：「……或見而哂曰：古人有詩話，古人亦有文話，經義
　　　　之體，詞人不道，何亦瑣瑣及此？」（《補學軒文集續刻》，收入《近代中國史
　　　　料叢刊續輯》，台北：文海，第213冊，1974年，頁2271～2272。）
〔註158〕〈刻百川先生遺文書後〉，《方望溪全集》，「集外文」，卷4，頁312。
〔註159〕〈左華露遺文序〉，《方望溪全集》，卷4，頁49
〔註160〕這是今日研究時文作品的困難，比如說，如果沒有《欽定四書文》的官方收
　　　　錄，我們很難讀到方舟的八股文；而坊本所傳之篇章，甚多贗作。侯美珍曾
　　　　論及今日研究八股文之困難，約爲五點：「一、八股文重法，體製上有種種規
　　　　定、限制，昔人已感慨其難爲，今人了解更加不易。二、八股文趨新善變，
　　　　時稿不斷推陳出新，優劣難憑，今人更難論定。三、八股文的研究並非單

為別人寫作時文序：

> 僕往在京師十年，以時文序請者，未嘗一應，蓋謂文所以立義與意
> 也；時文之為術淺，而蘊之可發者微，再三序之，其義意未有不雷
> 同而相襲者矣。……因此為戒，以正告於朋齒：非特著一書，義意
> 有可開闡者，不敢承命為序。〔註161〕

方苞認為時文短篇，意義不足以開闡，意蘊可發者既微，此故婉拒為時文序。
不過，他貶抑時文、勸人「特著一書」的說法，〔註162〕倒使人聯想及中唐張
籍著名的〈上韓昌黎書〉：「執事聰明文章，與孟軻、揚雄相若。盍為一書，
以興存聖人之道？使時之人、後之人知其去絕異學之所為乎？曷可俯仰於
俗，囂囂為多言之徒哉？」〔註163〕在此處，我們可以見到自從古文運動以來，
韓愈所謂「化當世莫若口」與「傳來世莫若書」〔註164〕兩種著作觀之間的對
立，始終存在著爭議性。除了「著書」與「為文」具有衝突性外，文果足以
載道？時文是否簡化了經典之深意？或者如韓愈所說可以具有「親以言論」
的宣化功能，則是一層更本質性的思考。

　　時文作品既祕而未宣，不欲其出版留傳，此故廢止科舉以後想要理解這
一文體，就顯得更加困難。這又是八股文乏人問津的遠因。

四、文道合一之困境

　　如前所述，筆者試圖指出：在文、道關係之辯證上，八股文雖然延續唐

> 純的文體、文學研究，與明清教育、科舉興革息息相關，而教育、科舉制度
> 不但瑣碎，也常因流弊而時作修正，頗難全面掌握。四、清末廢除八股，以
> 往汗牛充棟的時文選本、科舉用書等，悉為無用之物而湮沒。而個人文集中，
> 以不收八股文為常態，文獻之不足，加深研究的困難。五、民初以來，由於
> 對八股仍抱持著陳腐、落伍等負面評價，以往的學者罕少涉足於八股文的研
> 究，因此，較乏豐富的研究成果作為吾人起步的立足點。由於以上的原因，
> 加上時空的差異，使今日學者研究八股文，比起研究古文、詩、詞等文體更
> 加困難。」（〈毛奇齡"季跪小品制文引"析論——兼談「稗官野乘，悉為制義
> 新編」的意涵〉，《臺大中文學報》，第 21 期，2004 年 12 月，頁 189）侯說誠
> 然有據，然對於當日個人文集何以不收錄八股文為常態，尚待釐清。

〔註161〕〈與吳東巖書〉，《方望溪全集》，「集外文」，卷五，頁 326。

〔註162〕又如方苞於陳際泰〈體物而不可遺〉一篇評曰：「根柢周秦諸子及宋儒語，質
奧精堅，制義中若有此等文數十篇，便可以當著書。」（《欽定四書文》，頁 456）
在望溪而言，「特著一書」在傳述上之價值，顯然高於單篇短文之偶得於道。

〔註163〕《五百家註昌黎文集》，《景印文淵閣四庫全書》，第 1074 冊，卷 14 附錄，頁 279。

〔註164〕韓愈，〈答張籍書〉，《韓昌黎文集校註》，頁 76。

宋古文運動以來崇高的「文以貫道」理想，然而其作品卻始終處於極其卑陋之地位，往往不爲文壇所正視。〔註165〕民國以來，學界所以會對於八股文章厭棄、誤解，或許也不可避免雜揉了以上的歷史外在因素，與文體內在問題。

以下試分四點，欲進一步勾勒此文體之內在困境。本論文認爲這問題還可以從下列幾個層面來細部觀察：

（一）爲聖賢代言的疑慮

八股文經常爲人詬病的關鍵，特別聚焦於此文體「代古人語氣爲之」〔註166〕的書寫特色。既爲代言體，所以文章中之論點就不再是「直抒胸臆」的感懷言志，與詩賦古文等體類有別，此故魏禧、袁枚乃有「婢代夫人」、「優孟衣冠」之譏。代言體且已不受重視，何況以一後生淺學，乃欲爲古聖賢代言經義，更增疑慮。

> 既思朝廷以八股取士，曲摹口語，正如婢代夫人，即令甚肖，要未
> 有所損益；繩趨矩步，使人耳目無所見聞，是制科之不善也。（魏禧）
> 〔註167〕

〔註165〕梁章鉅載：「陸清獻公《三魚堂集》中有〈示子帖〉云：方做舉業，雖不能不看時文，然只當擇數十篇時文，看其規矩格式足矣，不必將十分全力盡用於此。惟讀經、讀古文，此是根本工夫。根本有得，則時文亦自然長進矣。」（《制藝叢話》，頁34）以陸氏所論，是不欲學子模仿其他時文作品之書寫，冀其從經書、古文等基礎扎根。但就理論上來看，這種說法未必合理，經書及古文只能是參考文獻，雖其有本源性的位置，但時文在詮釋上也有可能後出轉精，以改正其歷史性的侷限與不足。這也就是爲什麼經義文家時常論及「遵註」與否的問題，如方苞云：「即先儒有未說到處，多讀書以廣其識，自可鎔經義而鑄偉詞。」（《欽定四書文》，頁895）「金、陳諸家，聚經史之精英，窮事物之情變，而一於四書文發之，義皆心得，言必己出，乃八股中不可不開之洞壑也。邇年不學無識人謬謂得化治規矩，極詆金、陳，蓋由貪常嗜瑣，自忖必不能造此，而漫爲狂言，以揜飾其庸陋耳。夫程子《易傳》切中經義者無幾，張子《正蒙》與程、朱之說即多不合，但以持之有故，言之成理，故並垂于世。金、陳之時文，豈有異于是乎？」（《欽定四書文》，頁386～387）梁章鉅說：「昔人論作史者須兼才、學、識三長，余謂制義代聖賢立言，亦須才、學、識兼到。自元代定制，科舉文以四子書命題，以朱子《章句》、《集註》爲宗，相沿至今，遂以背朱者爲不合式。然聖賢之義蘊日繹之而不窮，文人之心思亦日濬之而不竭，其有與《章句》、《集注》兩歧而轉與古注相符、於古書有證者，未嘗不可相輔而行。」（《制藝叢話》，頁8～9）

〔註166〕《明史‧選舉志》言及八股：「其文略仿宋經義，然代古人語氣爲之，體用排偶，謂之『八股』，通謂之『制義』。」（〈選舉志〉二，《明史》，卷70）

〔註167〕〈內篇二集自敍〉，《魏叔子文集》（北京：中華書局，2003年），卷8，頁377。

學時文甚難，學成只是俗體。……自六經以至詩餘，皆是自說己意，未有代他人說話者也。元人就故事以作雜劇，始代他人說話，八比雖闡發聖經，而非注非疏，代他人說話。八比若是雅體，則〈西廂〉、〈琵琶〉不得擯之為俗，同是代他人說話故也。（吳喬）〔註168〕

從古文章皆自言所得，未有為優孟衣冠，代人作語者。惟時文與戲曲則皆以描摩口吻為工，如作王孫賈，便極言媚竈之妙，作淳于髡、微生畝，便極詆孔孟之非。猶之優人，忽而胡妲，忽而蒼鶻，忽而忠臣孝子，忽而淫婦姦臣，此其體之所以卑也。（袁枚）〔註169〕

八股文要求學子「代聖賢立言」的作法，當然會引發爭議，畢竟時文作者在智慧性情才氣上皆有分殊、各有其短長，經義詮釋普遍化的結果，往往會失其高格，流為庸俗。而明清之際流行尤侗〈怎當他臨去秋波那一轉〉此類以八股格套改寫《西廂記》的文體實驗，〔註170〕更增添了經義「以文為戲」〔註171〕的困擾。

當然，「代聖立言」這一特殊文體規矩自有其設立之深意，〔註172〕據李光地《榕村語錄》云：「做時文要講口氣，口氣不差，道理亦不差，解經便是如此。若口氣錯，道理都錯矣。」〔註173〕又管世銘認為：「前人以傳註解經，終是離而二之。惟制義代言，直與聖賢為一，不得不逼入深細。且《章句》、《集傳》本以講學，其時今文之體未興，大註極有至理名言，而不可以入語氣，最宜分別觀之。設朱子之前已有時文，其精審更當不止於是也！」〔註174〕強調「口氣不差」之代言可以「逼入深細」，釋義上當更顯親切精審。

〔註168〕《圍爐詩話》（台北：廣文，1969年），上冊，卷2，頁193～194。
〔註169〕〈答戴敬咸進士論時文〉，《小倉山房尺牘》（台北：啓明書局，1961年），卷3，頁128。
〔註170〕明末曾流行融戲曲題材於八股體式的作品，這部分資料，請參考王穎〈"《西廂》制藝"考〉，《揚州大學學報（人文社會科學版）》，第6卷第3期，2002年5月，頁35～40。
〔註171〕「不以文立制，而以文為戲。」這兩句話是唐代裴度〈寄李翱書〉中對韓愈怪異文體的批評。
〔註172〕八股文「代聖立言」作法，與理學論道方式攸關，請參拙文〈試論八股文之「代聖賢立言」〉，《「文學菁英跨校論壇」五校聯合研究生論文發表會論文集》（宜蘭：佛光人文社會學院文學所，2004年），頁65～84。
〔註173〕《制藝叢話》，頁18。
〔註174〕《制藝叢話》，頁19。

（二）為文造情的限制

八股文是型式複雜的命題作文，是「賦得」式文體，又需「守經遵註」。周作人認為這種文體最後會使人失去自己的思想，「非等候上頭的吩咐不能有所行動」，最終養成「頑固的服從與模仿根性」。〔註175〕因為並非先有「情動於中而形於言」之情志，如此奉命作文容易流於「詞溢乎情」的虛僞表演。

關於「賦得」體之為文造情，例如劉熙載曰：「文莫貴於尊題，……尊題者，將題說得極有關係，乃見文非苟作。」〔註176〕就考試文章而言，「將題說得極有關係」是一種應答上的技巧，至於情感之深淺、悟解與否，於此是懸置不論的。

以下再試舉二例說明這種純屬技巧的「對應」之道，如何迫使作者必須改變其行文格調，以「取悅時眼」。〔註177〕如方苞提及他曾屢受規勸行文需從俗：

> （海甯許公）每見朋游，必屬曰：「為我語方君，家貧親老，乃為舉世不好之文，以與羣士競得失，將以為名邪？何所見之小也！」今年入試禮部，易為嚴整明暢之體。蓋感公相責之語，而自悔曩者辨義之未審也。〔註178〕

相似的例子，又如梁章鉅形容為「多買臙脂畫牡丹」：

> 余世居會垣，赴縣必趁海潮，往返百里始達，適聞信已遲，又為風潮阻滯，至縣城正值第三次招覆，叩門求補考，古原先生頗怒其遲，至當堂斥之曰：「我前次以第二名送省，何負於汝？乃聞以枯淡之文被黜！夫稚齡而好為枯淡之文，舉業而不諳揣摩之術，赴試而又蹈後至之愆，不如其已矣。今姑試汝以本場之題，若再以枯淡之文進，我必立扣汝名，斷不送府也。」題為「子適衛」一節，時晷已加中，同考者皆為余惴惴，余默揣曰：「不過多買臙脂畫牡丹耳。」提筆一

〔註175〕周作人，〈論八股文〉，《中國新文學的源流》，同註9，頁365。
〔註176〕《藝概》，頁165。
〔註177〕這是梁章鉅的用語，見《制藝叢話》，頁405。
〔註178〕〈記時文稿興於詩三句後〉，《方望溪全集》，「集外文補遺」，卷一，頁404。在這方面，「不篤於時以自困躓」的方苞曾經慨嘆時文傳世之艱：「夫時文之學，欲其何以傳世而行後？其艱難孤危不異於古文！及於既成，而苟不為時所收，則徒屬其心，而卒歸於漫滅，可不惜哉？若苞之為文，其不篤於時以自困躓，效已見於前事矣，常欲決然捨去，自放於山林，不復應有司之舉，以一其耳目心思於幼所治古文之學。」（〈與韓慕廬學士書〉，頁333。）

揮，迨謄清尚未踰酉刻。古原先生聞之大喜，曰：「我固知君之能辦此也。」〔註179〕

行文塗抹如此，「妝罷低聲問夫婿，化眉深淺入時無」，當然不易表露真面貌，文章也難免顯得俗媚平庸了。

（三）目的與策略的矛盾

科舉以文取士之制度設計，固為建構與凝聚帝國的重大憲綱。乾隆說：「國家以經義取士，人心士習之端倪，呈露者甚微，而徵應者甚鉅，故風會所趨，即有關於氣運。」〔註180〕其立法目的誠然可貴，然在教導策略上卻終究難以擺脫功利之譏。孔子所謂「君子喻於義，小人喻於利」：〔註181〕上焉者固可喻之以道義；其下焉者，國家則以爵祿誘之向學，誦習經義，是故八股時文在當日又有「敲門磚」〔註182〕的稱號，而宋以來理學家所謂「先懷利心，豈有利上誘得就義之理」〔註183〕的矛盾始終存在。〔註184〕

入門既需有磚，〔註185〕許多經義名家因此憂心學子會模糊了聖人所教誨的「義利之辨」，行之不由正道，汲汲營營，無復知有人生當為之事。歸有光曾說到當日「流俗之沉迷」：

> 科舉之學，驅一世於利祿之中，而成一番人材。世道其敝已極，士方沒首濡溺於其間，無復知有人生當為之事。榮辱得喪，纏綿縈繫，不可脫解，以至老死而不悟。足下獨卓然不惑，痛流俗之沉迷，勤勤懇懇，欲追古賢人志士之所為，考論聖人之遺經，於千百載之下。

〔註179〕《制藝叢話》，頁398。。

〔註180〕《欽定四書文》，頁1。

〔註181〕《論語·里仁篇》，《四書集註》（台北：學海，1991年），頁73。

〔註182〕清人常用語，如馮班《鈍吟雜錄》提到：「吾少年學舉子之業，教我者曰此敲門磚也，得第則舍之矣，但獵取其淺易者，可以欺考官而已，遠者、高者不足務也，必無人知則躓矣。後從魏叔子先生見繆當時先生，二先生之言曰：『欺人者，欺之以所不知也。蓋天下之人，方竭才力以為舉業，誰不知者？而子欲欺之以淺易，子其困矣！』始知向來之誤也。」（《制藝叢話》，頁21）

〔註183〕張栻，〈與朱元晦書〉，《宋元學案》（台北：世界，1991年），卷51，「東萊學案」，頁949。

〔註184〕故讀書與應付舉業成了兩回事，如《書香堂筆記》云：「今士子稍知讀書者，輒有厭薄舉業之心，此大誤也。」（《制藝叢話》，頁33）

〔註185〕誠如汪志伊所論：「王陽明言士君子有志聖賢之學，而專求之於舉業，何啻毫釐千里？然中世以是取士，士雖有聖賢之學、堯舜其君之志，不以是進，終不能行其道於天下，則其術不可以不講也。」（《制藝叢話》，頁18）

〔註186〕

> 昔者，先王以道術教天下，自周之盛時，詩書禮樂以造士，蓋其來
> 已久，而後孔子修而明之。所謂博學於文者，博此而已；博而約之
> 以禮，所謂一以貫之者也。孔子平日教人以講學者，非能舍乎是而
> 別求所謂道也。……宋之大儒，始著書明孔孟之絕學，以輔翼遺經。
> 至於今，頒之學官，定爲取士之格，可謂道德一而風俗同矣。
>
> 然自太學以至郡縣學，學者徒攻爲應試之文，而無講誦之功。夫古
> 今取士之塗，未有如今之世，專爲一科者也。苟徒以應試之文，而
> 未能明其所以然，吾恐國家之於士，其用之者甚重，而養之教之者，
> 猶未具也。夫苟習爲應試之文，以徒以博一日之富貴，士之所以自
> 爲者亦輕矣。〔註187〕

乃強調需有講誦教養之功，以彌補近世考試教育的不足。當讀經作文逐漸成
爲一種片面的考試競賽，問學求知的本義往往因茲扭曲，此故方苞憤而慨嘆
科舉「害教化敗人材」：

> 余嘗謂害教化敗人材者，無過於科舉，而制藝則又甚焉。蓋科舉興
> 而出入於其間者，非汲汲於利，則汲汲於名者也。……余寓居金陵，
> 燕、晉、楚、越、中州之士，往往徒步千里以從余遊，余每深暗太
> 息，以先王之教、古人之學，切於身心者開之。始聽者多惆惆然，
> 再三言，其精神若爲之震動。〔註188〕

又如劉大櫆批評曰：

> ……後之英主，更創爲八比之文，使之專一於四子之書，庶得沿波
> 以討源，刮膚以窮髓，其號則可謂正矣。
>
> 然設科名以誘之，懸爵秩以招之，得失眩其中，榮辱奪其外。其始
> 也，猶有矩矱之存焉；其既也，用貪膏苟得之心，以求說於鄙夫小
> 人之目，而其道始離矣。〔註189〕

二氏皆指出功利心對於義理的遮蔽，以致悖離於道。希望藉由講學開導，震

〔註186〕〈與潘子實書〉，《歸震川集》，卷7，頁80。
〔註187〕〈送計博士序〉，《歸震川集》，卷10，頁114。
〔註188〕〈何景桓遺文序〉，《方望溪全集》，頁301。
〔註189〕〈張蓀圃時文序〉，《海峰文集》，卷4，收入《續修四庫全書》，第1427冊，
　　　　頁402。

動士子之精神，以重返窮經究理的正途。

由此可見，教導上的策略（誘之以利）模糊了原始立法目的（勉於道義，以爲天下舉才），八股文的價值遂因此削減，成了利祿之徒的權宜工具。

（四）道體與詮釋的扞格

如前所述，明清八股文體在設計上，受到唐宋古文觀之深刻影響，八股文體在型式及名稱上，可遠溯王安石創制的宋經義，而這種測驗經典「大義」的載道之文，實爲韓愈「師（古聖賢）其意，不師其辭」〔註190〕的具體實踐，重視經典的當代詮釋。經義文此種「以文貫道」的解經法，一方面藉由文本的重新詮釋，改寫了經典，引發「疑古」、「疑經」的影響；另一方面，古文家欲以文明道的詮釋進路，在道學家看來不免有「倒學了」之譏。〔註191〕道體與載體的扞格始終存在。

於此仍舉方苞的例子來說明。歸有光是方苞認爲明代最重要的時文家，且看他對於震川作品的評語：

> 義則鎔經液史，文則躋宋攀唐，下視辛未諸墨，皆部婁矣。〔註192〕

> 古氣磅礴，光焰萬丈，只是於聖人制作精意，實能探其原本，故任筆抒寫，以我馭題，此歸震川之絕調也。〔註193〕

> 化治以前，先輩多以經語詁題，而精神之流通、氣象之高遠，未有若茲篇者。學者苦心探索，可知作者根柢之淺深。三百篇語，漢魏人用之即是漢魏人氣息；漢魏樂府古詩，六朝人用之即是六朝人音節。觀守溪、震川之用經語，各肖其文之自己出者，可悟文章有神。〔註194〕

> 「以古文爲時文」自唐荊川始，而歸震川又恢之以閎肆，如此等文實能以「韓、歐之氣」達「程、朱之理」，而脗合於當年之語意，縱橫排盪，任其自然，後有作者不可及也已。〔註195〕

從這些引文中足見，方苞對於歸氏經義，尤稱其「以我馭題」、「肖其文之自

〔註190〕〈答劉正夫書〉，《韓昌黎文集校注》，頁121。
〔註191〕這是程頤對韓愈的評語：「學本是修德，有德然後有言，退之卻倒學了。」（《河南程氏遺書》，台北：商務，1965年，卷18，頁255）
〔註192〕《欽定四書文》，頁82。
〔註193〕《欽定四書文》，頁143。
〔註194〕《欽定四書文》，頁75。
〔註195〕《欽定四書文》，頁88。

己出者」，其讚譽幾於無可復加。但令人納悶的是，方氏卻也如此說過：

> 孔子於艮五爻辭釋之曰：「言有序」，家人之象系之曰：「言有物」；
> 凡文之愈久而傳，未有越此者也。震川之文，於所謂有序者，蓋庶
> 幾矣，而有物者則寡焉，又其辭號雅潔，仍有近俚而傷於繁者，豈
> 於時文既竭其心力，故不能兩而精與？抑所學專主於爲文，故其文
> 亦至是而止與？〔註196〕

批評歸有光文章雖寫得不錯，但內容乏善可陳。值得注意的是，錢大昕對於方苞也有過類似批評：「蓋方所謂古文義法者，特世俗選本之古文，未嘗博觀而求其法也。法且不知，而義於何有？……若方氏乃眞不讀書之甚者。」〔註197〕這裡所謂的「世俗選本」之法，也就是指時文寫作手法，錢氏也同樣批評方苞只能寫寫時文，然究其所論，殆屬言不及義。

換言之，八股時文寫得好，與體道悟解之深刻是兩行的。我們可以從曾經奉令編選過《欽定四書文》的方苞身上，發現文家本質上對於「文道合一」的理想，終究還是不能信賴。他們無法輕信古聖賢經典裡的奧義，可以藉由當代經義文之詮釋而完整抉發；前者既是崇高神聖的道體，形而下的八股文只能視之爲無關緊要的筌蹄。

方苞在面對時文家「獵取古聖賢人之言」以發名於世，有所謂「欺德」的說法，他更以一種「爲祟」的憂懼心態，解釋時文家之罹憂：

> 自有知識所見，同學諸君子凡以時文發名於世者，不惟其身之抑塞，
> 而骨月天屬多伏憂患、遘慘傷，使其心慁焉，若無以自解。獨吾兄
> 所遇近順，而亦微有不快於心者。豈區區者能爲祟邪？抑獵取古聖
> 賢人之言，以取資於世，而踐於身者不能實，是謂欺德，而爲造物
> 者所不祐邪？〔註198〕

從此處也可以看出方苞對於「以時文發名於世者」的道德性疑懼。這種對於時文貫道之疑懼，可能還是因爲搬弄古聖賢之言，以爭逐名利的患得患失。

五、小　結

綜合前面的論證，筆者試圖闡釋八股文體之所以長期受到輕視，不完全

〔註196〕〈書歸震川文集後〉，《方望溪全集》，頁58。
〔註197〕錢大昕，〈與友人書〉，《潛研堂文集》（台北：商務，1968年），卷33，頁327。
〔註198〕〈與劉大山書〉，《方望溪全集》，頁337。

是因爲其內容空疏，難濟世用。事實上，這種看待八股文體的「載道」觀點根本是具有歷史性的，認爲文章之可貴不在其遣詞造句雅致與否，而在於「明義理、切倫常，可見諸行事」。

這種評論八股文章的觀點，主要還是承襲自唐宋以來，古文運動主張「文以貫道」的看法。既視文章爲「貫道之器」，因此創制宋經義文、明清八股文，便期望士子能「融液經史，自鑄偉詞」，「以韓、歐之氣，達程、朱之理」，希望兼顧文采與義理，使文學上躋於道統，文道合一。

然而，八股文體所以爲人詬病之主要癥結，恰好也在於此種創制理念之內在困境：即兼顧文采與義理，乃至觸及世用的困難。

八股文主張以文藝重新抉發經典義理，能夠藉由教育及掄才等層面，有濟於世道。這種淑世理想既相信文章可以振興國運；反之，當國勢隳頹時，八股文也就成爲政治失敗的藉口。八股文於清末迄今所背負的罵名，足以爲證，此乃這文體所以爲汙名的近因。

就文體的內在因素進一步考量，本文提出四點以析論：（一）八股文「爲聖賢代言」的寫法，容易使此文體有「婢代夫人」、「優孟衣冠」之譏；（二）因應命題，爲文造情的限制，容易使其書寫流於「詞溢乎情」的虛僞表演；（三）科舉文體本以「喻於義」爲目的，卻不得不與「誘之以利」的功名策略產生矛盾；（四）道體（形而上的義理）與詮釋（形而下的書寫）始終形成扞格。因此明清名家多有八股文不足以傳世的成見，此又爲這一文體乏人問津之遠因。

八股文深涉於功利，與現代講究無目的性之純文學觀點不同。明乎八股文體的內在困境，或許將有助我們對於古文運動重新反省，覃思我國古典文學史上文道關係之離合與糾結。

第六章　結　論

　　本論文「明清經義文體探析——以方苞《欽定四書文》爲中心觀察」，經由前面章節之大致論述後，於此可以做一個總結。

　　筆者在第一章中已提及，本論文最初的研究動機，是延續自碩士班時期對於唐宋古文運動之研究，所延伸觸及的領域。明清經義文（八股文）與宋人經義及隋唐以來之科舉制度實爲密切攸關，其不僅在於制度層面有所承襲，包括行文技巧、文體風格及創作理想等各方面，也與古文運動有著治絲益棼的複雜牽連。此外，這個論題的核心顯然並不僅侷限於文學層面，更涉及了我國傳統的經典詮釋學，應試諸生於苦思章句義理時，不啻發爲一種經典新詮，既是古文運動以來「文以貫道」信念之實踐、也受到宋代程朱理學的重大影響。

　　臺灣學界對於明清經義文之相關研究，在二十年前幾乎同時受到鄭邦鎮、蔡榮昌及陳慈峰等學者的關心，不約而同皆以此作爲其學位論文題材，研究文體形構、文學史與掌故、以及重要專家文等方面，前輩立論已有相當建樹。可惜的是，我們近十年來在這論題上的關心稍顯停滯，似乎沒有受到重視，並持續前期學者之研究方向；相反地，對岸學界卻在這十年間對於八股文相關論域發生濃厚的興趣，以此爲題之學位論文不在少數，而他們研究中所涉及的層面，較諸臺灣學界亦顯得相對寬廣且深入。

　　本篇論文之題材既是以《欽定四書文》爲觀察中心，因此方苞「以古文爲時文」之文體觀點，就成爲本論文中一個特殊的視角；從這個角度，筆者試圖找尋一個可能兼顧「文」與「道」兩方面的論述方式，以彌縫前此八股文研究者多偏於一隅的片面支離。

　　首先，《欽定四書文》是現存八股文集中最重要的官方選刊本，今日如欲針對明清八股文加以研究，進一步理解方苞的時文觀點，及其編定此書的作法，是很必要的基礎。

　　方苞之奉派編訂《欽定四書文》，與他在當日同時以八股文及古文寫作名世有關；事實上，八股文與古文兩種文體的書寫，就強調「以古文爲時文」之方苞看來，兩造間顯然是互有衝突的。這種衝突性，基本上還是文章在內容（義）與形式（法）的衝突，如此或可理解爲何當代許多時文名家於其個人文集中，皆不收錄八股文作品。

　　另一方面，官方有意將八股文名作加以選輯，頒行直省，並收錄於《四庫全書》中，此亦足見清人對於八股文體的看重。八股文之書寫，明末已相當成熟，甚或文風流於險怪，編定此書，有助於端正文體，導正士習。

　　論文中且闡明此書編纂之時代背景、所欲解決的問題，考見方苞經由編選以「正文體」之實際作爲。文中並略述《欽定四書文》於編纂上之長處，約爲七點引證論說：一、此書之編定，係由政府提供一簡要、正確且完整之教學範本；二、編排上具備實用性；三、於評點指出行文風格上之淵源；四、能深入辨析經題之義理層面；五、觸及八股文體相關理論之建構；六、指導文體法程能兼顧不同程度讀者之需求；七、能針對文章筆法具體指正批評。

　　其次，區別文體特質是文學書寫者的基礎訓練，尤其當書寫於宋代以後逐漸成爲文人的專門技術時，「辨體說」更成爲書寫者或閱讀（評論）者的首要之務。以八股文而言，「體凡屢變」是文章歷經數百年來書寫之實情，隱伏了不同文體特徵的書寫嘗試、融合及角力。

　　根據歷來學者對於八股淵源之關注，學界對於此文體複雜的型式，逐漸能掌握其作爲一種綜合性文體的特色。八股文不是無端憑空被創造出現，而是雜糅了不同文體特性，經過長期書寫逐漸發展成形的一套特殊文體；八股文是融攝了許多應制文體、民間游藝文學趣味、經典註釋語法，甚至於駢散體不同審美觀，加以會通建構而成的一種新興文體。

　　文體學者曾論及「文體變易的內在機制」，我們可以見到八股時文紛陳多變的樣貌，有以古文爲時文者，有以戲曲入時文者，有以賦體爲時文者，有以四六入時文者，這其中當然有舊文體的轉化遺跡，也可以看到不同文體的滲透融合。至於各種文體中，當以古文與時文關係最密切，蔚爲「占支配性的核心規範」。

明清人之看重以古文爲時文，或許與明清古文家的努力、朝廷之標榜有關；另一方面，也可能是因爲古文文體上的特性，確有助於補正八股文體過分偏重形式之危險。換個角度看，方苞等時文選家強調八股文「溯源六經，切究乎宋、元諸儒之說，取材於三代、兩漢之書，沈潛反覆於周秦盛漢唐宋大家之古文」的說法，亦不免是一種通俗文體欲附庸高雅文體的逆向操作。

傳統文體論中的「體」、「文體」涵義豐富，可以概分爲三個層次：包括體裁上的規範、語言體式的創造及作家風格的追求。

一、就體裁上的規範來看，八股文就其整體結構而言，大致可以分爲破題、承題、起講、入題、四比八股及收結等六個部分；以上六個部分合成八股文的基本體式。安排一篇八股文字，尤需重視文意各部分之緊密貫通，而有所謂「起承轉合」的說法，如此強調自是爲了維持文章氣脈上的完整一貫，以避免各節流於機械，使得文章讀來支離破碎，不忍卒篇。

而就書寫特色來看，大略不外以下五點：（一）守經遵註：八股文既爲詮釋經義而作，所以作者對於章句原有之傳注說法，就必須熟悉並且遵守；（二）代聖立言：八股文有所謂「入口氣」的代言規定，也就是規定作文者必須「設身處地」，以經典中聖賢的立場來詮釋命題章句；（三）因題布格：根據章句題面的限制，好好掌握住每個題字，據之以布局闡述義理，往往是八股文章獲選之關鍵；（四）股比變化：此文體主要形式特徵在於股股對偶，因此不同股對之間如何虛實照應、搖曳生姿，尤爲作者所必須設想的重要技術層面；（五）層折曲暢：行文風格上，則往往出之以「層折曲暢」，重視如何將義理一層層析轉而出，反對解釋章句時簡單直捷地將義理一語道盡。

二、就語言體式的創造來看，基本上方苞將明代八股文依其時間先後，大致分爲「自洪永至化治」、「正嘉」、「隆萬」及「啓禎」四期，並從這四期風格之衍異變化中，闡述語體的創造與流動。

八股文風格上之變化發展，方苞指出八股文從初期「恪遵傳註，體會語氣，謹守繩墨，尺寸不踰」的純樸，轉而爲盛期「始能以古文爲時文，融液經史，使題之義蘊隱顯曲暢」的成熟創發，轉而爲中期「兼講機法，務爲靈變，雖巧密有加，而氣體荼然矣」的略生弊病，轉而爲晚期「窮思畢精，務爲奇特，包絡載籍，刻雕物情，凡胸中所欲言者，皆借題以發之。就其善者，可興可觀，光氣自不可泯。」的廣博用世，可以看出此文體數百年來之書寫沿革。

　　方苞雖然主張「以古文爲時文」的正嘉作者爲「明文之極盛」；但卻也不忘強調「凡此數種，各有所長、亦各有其蔽」，僅認爲這是四種「各有所長」的風格，未必寓有高下之區別。他在意的是文體形式與義理的兩全，因此對章法技巧凌駕於義理之上的隆萬文，就不免壓抑了其文體史地位。

　　三、就作家風格的追求來看，（一）化治期代表作家是王鏊、錢福；（二）正嘉期的代表作家是歸有光、唐順之；（三）隆萬期的代表作家是胡友信、湯顯祖、黃洪憲、陶望齡；（四）啓禎期代表作家則是陳際泰、金聲、黃淳耀及章世純。就這四期最受方苞所重視的代表文家來看，其中王鏊固是制藝史上之「集大成」者，而歸有光、胡友信及陳際泰三人，卻都是因爲其作品具有「以古文爲時文」的風格，而被方氏所標舉。

　　另一方面，我們卻也不難發現，正嘉時期著名的瞿景淳，還有曾被明人稱譽爲「隆萬之冠」的鄧以讚、孫鑛，卻因爲他們的筆調流於「圓熟」、「弱靡」，而不受方苞所青睞。

　　復次，就文章內容而言，明清時期盛行五百多年的經義文，其文體定制於明初，風行於清代。這種新興文體後來不但發展出繁複的寫作技法，其解經時所重新萃取、建構之義理層面，也具有經典詮釋學的研究價值。

　　經義文之創設，可由宋人立法說起。此一文體採取特殊的書寫形式，重新詮釋章句義理，可以窺見唐宋古文運動及程朱理學之影響，由此亦可觀察我國自中唐以後經學發展的轉化。

　　八股文既不以死背解經，而強調理解與表述。綜言之，一方面固是揉和了寫作者個人對於章句的理解，另一方面也可以見到後世經史子集日漸融涉、互相發明的理趣。在解經「縱談其所自得」的同時，傳注束縛亦隨之逐步鬆解。此足見明清八股文之經典詮釋，實走向「包絡載籍，刻雕物情，凡胸中所欲言者，皆借題以發之」的眾聲喧嘩（heteroglossia）。

　　就八股文如何詮釋經義，可以從兩個層面來考量：其一是對於經典原意如實的理解；另一方面，則是如何將切身體會之性理，精確表述的詮釋過程。前者所重在好學之「循古」，後者則強調如何深思以「自得」。今且依其文體規定：「守經遵註」與「代聖立言」，分述如下。

　　在「守經遵註」方面，論文中揭出三點以考量：一、對於經註之恪遵；二、多讀書或「以經解經」；三、從「背經」到「聖賢意中所必有」。

　　經典所以能夠被詮釋，經典所以需要詮釋，是因爲「通儒之心思日出其

有」，每個時代都可以對經典重新詮釋，找到解答；每個時代也都需要有通儒「聚經史之精英，窮事物之情變」，發爲切合時變之文。唯有如此，道統才得以在變局中傳續不已。

在「代聖立言」方面，文中也提了三點說明：一、代言寫法與理學攸關；二、「述而不作」的儒學信仰共同體；三、「以意逆志」的主體呈現。

八股文有「代古人語氣爲之」的特殊規定，講究「口氣」，也就是講究發言之處境，因此需要深入體會。論及「代聖賢語氣爲之」的做法，似不應忽略宋理學之影響。八股作者思欲擺脫漢魏以來龐大的傳注累贅，直接回歸經典本義，行文時體會聖賢語氣的精神，實根源於宋代理學追尋「孔顏樂處」的用心，並認定聖賢爲「先得我心之同然者」。因此，想要體會聖人之精神面貌，唯有將經義從己心深入探求，將自己的心地提昇爲聖賢的心境，志其所志，學其所學。

就經典詮釋而言，無論「入語氣」是否更顯精審，但「直與聖賢爲一，不得不逼入深細」的精神投射，顯然較諸漢魏經註更顯得富於情感而親切了。就經義文體之風格而言，因此更具備形象性，帶有人格感召的精神氣質。

八股文「神入」、體會聖賢口吻的理路，類似於孟子所論的「以意逆志」。在詮釋體會的過程中，讀者於「意」、「志」契合時所感悟到的神聖心境，既可以說是作者的創造，更是屬於讀者切身所有之經驗。值此契入「傳統」的美妙時刻，傳述者躋身於作者，其代言既爲詮釋，也是改寫。因爲經典中的意義，無不出自於讀者內心所感慨領悟；對於經典聖賢的情感認同，也就是讀者對於自我認識的深化。

八股文體之創制主要承襲於宋經義，宋代經義文則因爲受到唐宋古文運動觀念的影響，主張以文藝重新抉發經典之義理，必能有濟於世道。因此，八股文體實具有唐宋以來「文以貫道」的崇高理想。就其實踐效果來看，這種淑世理想既相信文章可以振興國運，反之，當國勢隳頹時，八股文也就成爲了政治失敗的藉口，成爲文化落後的主因。

就文體內在限制進一步考量，論文中對於八股文體歷來屢遭非難貶抑，提出了四點觀察：一、八股文「爲聖賢代言」的寫法，容易使此文體有「婢代夫人」、「優孟衣冠」之譏；二、因應命題，爲文造情的限制，容易使其書寫流於「詞溢乎情」的虛僞表演；三、科舉文體本以「喻於義」爲目的，卻不得不與「誘之以利」的功名策略產生矛盾；四、道體（形而上的義理）與

詮釋（形而下的書寫）始終形成扞格。因此明清名家多有八股文不足以傳世的成見，此又爲這一文體乏人問津之遠因。

重要參考文獻

　　重要參考資料略分為五部份：一、核心文獻：八股文、評點相關著作；二、科舉學相關著作；三、古籍；四、文學、美學、社會學專著；五、經學、儒學、思想、詮釋學專著等。

一、核心文獻：八股文、評點相關著作（按出版時間排列）

（一）專　書

1. 《可儀堂一百二十名家制義》，俞長城（清）編，（台灣大學總圖書館），清乾隆戊午文盛堂懷德堂同重刊本。

2. 《八股文小史》，盧前著，上海：商務印書館，1937 年 5 第 1 版。

3. 《八股文研究》，曾伯華著，台北：文政出版社，1970 年 11 月出版。

4. 《制藝雜話》，鄭獻甫，收入《補學軒文集續刻》（同治十一年續刊版存桂林省楊鴻文堂刷印，《近代中國史料叢刊續輯》），第 213 冊，台北縣：文海，1974 年。

5. 《制義叢話》（上）（下），梁章鉅著，台北：廣文書局，1976 年 3 月初版。

6. 《作義要訣》，倪士毅（元）編，收於《景印文淵閣四庫全書第 1482 冊，集部九》（詩文評類，作義要訣條），台北：台灣商務印書館，1979 年。

7. 《欽定四書文》，方苞（清）編，收於《景印文淵閣四庫全書》第 1451 冊，台北：台灣商務印書館，1979 年。

8. 《楊守敬集》第十三冊，謝承仁主編，湖北：湖北人民出版社，1988 年 4 月第 1 版。

9. 《八股文概說》，王凱符編著，北京：中國和平出版社，1991 年 8 月第 1

版。

10. 《清代硃卷集成（12,13,14 卷）》，顧廷龍主編，台北：成文出版社，1992 年 8 月。

11. 《清代的狀元》，宋元強著，吉林：吉林文史出版社，1992 年 9 月第 1 版。

12. 《清代八股文》，鄧云鄉著，北京：中國人民大學出版社，1994 年 3 月第 1 版。

13. 《說八股》，啟功、張中行、金恪木著，北京：中華書局，1994 年 7 月第 1 版。

14. 《八股文觀止》，田啟霖編著，吉林：海南出版社，1994 年 10 月第 1 版。

15. 《歷代金殿殿試鼎甲朱卷》（上）（下），仲光軍、尚玉桓、冀南生主編，河北：花山文藝出版社，1995 年 3 月第 1 版。

16. 《天下第一策：歷代狀元殿試對策觀止》，李維新主編，鄭州：中州古籍出版社，1998 年 9 月第 1 版。

17. 《中國狀元大典》（上）（中）（下），陳光輝、席風宇主編，北京：北京出版社，1998 年 12 月第 1 版。

18. 《名家狀元八股文》，徐健順編著，北京：光明日報出版社，1999 年 1 月第 1 版。

19. 《中國評點文學史》，孫琴安著，上海：上海社會科學院出版社，1999 年 6 月第 1 版。

20. 《科舉考試文體論稿：律賦與八股文》，鄺健行著，台北：台灣書店，1999 年 5 月初版。

21. 《清代八股文》，鄧云鄉著，石家庄：河北教育出版社，2004 年 1 月第 1 版。

22. 《中國古代常用文体規範讀本（八股文）》，劉乾先著，長春：吉林人民出版社，2004 年 1 月第 1 版。

23. 《八股文與明清文學論稿》，黃強，上海：上海古籍出版社，2005 年 7 月第 1 版。

24. 《明代八股文史探》，龔篤清著，長沙：湖南人民出版社，2005 年 9 月第 1 版。

（二）期刊論文

1. 〈八股文的沿革及其對士風的影響〉，陳平達，《中華文化復興月刊》第 8 卷第 7 期，1975 年 7 月，頁 45～52。

2. 〈「八股文」與「起承轉合」〉，鍾騰，《中國語文》第 53 卷第 3 期（總 315 期），1983 年 8 月，頁 65～66。

3. 〈從文學觀點論八股文〉，涂經詒，《中外文學》第 12 卷第 12 期，1984 年，頁 167～180。

4. 〈鄭用錫進士取進入學的一篇八股文〉，陳運棟，《台北文獻》第 77 期，1986 年，頁 319～331。

5. 〈八股文及其寫作意義試探〉，黃湘陽，《輔仁大學國文學報》第 5 集，輔仁大學中國文學系主編，1989 年 6 月，頁 113～136。

6. 〈桐城派前期作家對時文的觀點與態度〉，鄺健行，《新亞學報》第 16 卷（上），1989 年，頁 93～113。

7. 〈談八股文體與其發展歷史──大陸學者對八股文的態度和認識〉，鄺健行，《東方雜誌》，復刊第 23 卷第 10 期，1990 年 4 月，頁 25～28。

8. 〈八股文的解釋學透析〉，黃強，《揚州大學學報》（人文科學版），1990 年 2 期，1990 年 6 月，頁 26～32。

9. 〈明代唐宋派古文四大家「以古文為時文」說〉，鄺健行，《中國文化研究所學報》第 22 卷，1991 年，頁 219～232。

10. 〈試論小說評點與美學反應理論〉，單德興撰，《中外文學》，第十二卷第三期，1991 年 8 月，頁 73～101。

11. 〈浪翻古今是非場：從作品接受過程看金聖嘆詩歌評點〉，劉苑如撰，《中華學苑》，第四十四期，1994 年 4 月，頁 235～257。

12. 〈八股文的淵源及其相關問題〉，葉國良，《臺大中文學報》第 6 期，1994 年 5 月，頁 39～58。

13. 〈論八股文的衰亡〉，曹海東、楊羽，《華中師範大學學報》（哲社版），1994 年第 1 期，頁 104～108。

14. 〈龔自珍與八股文〉，程翔章，《華中師範大學學報》（哲社版），1994 年第 1 期，頁 109～112。

15. 〈八股文的形成與沒落〉，朱瑞熙，《歷史月刊》，1995 年 3 月，頁 108～114。

16. 〈評點之興：文學評點的形成和南宋的詩文評點〉，吳承學撰，《文學評論》，1995 年第一期，1995 年，頁 24～33。

17. 〈八股文的解說與評判〉，章明壽，《淮陽師專學報》第 17 卷，1995 年第 3 期（總第 68 期），頁 48～50。

18. 〈八股簡論〉，劉運好，《六安師專學報》，1996 年第 1 期，頁 38～44。

19. 〈閒談八股文學史〉，金克木，《讀書》第 2 期，1996 年，頁 130～132。

20. 〈時文稿：科舉時代的考生必讀〉，劉祥光，《近代中國史研究通訊》，第 22 期，1996 年，頁 46～68。

21. 〈試論八股文"章法理論"對李漁曲論的浸染〉，姚梅，《武漢大學學報》

（哲學社會科學版），1996 年第 6 期（總第 227 期），頁 99〜103。

22. 〈明清小說評點對中國敘事學的意義〉，鄭鐵生撰，《南開學報》，1998 年第 1 期，1998 年，頁 60〜67。

23. 〈明清小說評點與敘事學研究〉，陳果安撰，《中國文學研究》，1998 年第 1 期，1998 年，頁 12〜14。

24. 〈晚明《西廂記》評點的發展及其與時代思潮的關係〉，林宗毅撰，《國立編譯館館刊》，第二十七卷第一期，1998 年 6 月，頁 227〜255。

25. 〈起承轉合：機械結構論的消長—兼論八股文法與詩學的關係〉，蔣寅，《文學遺產》第 3 期，1998 年。

26. 〈敘事文結構的美學觀念：明清小說評點考論〉，林崗撰，《文學評論》，1999 年第 2 期，1999 年，頁 20〜32。

27. 〈劉辰翁：閱讀專家〉，楊玉成撰，《國文學誌》，第三期，1999 年 6 月，頁 199〜248。

28. 〈八股文與中國文學〉，孔慶茂，《江海學刊》，1999 年第 3 期，1999 年 9 月，頁 177〜182。

29. 〈論中國古代小說評點之類型〉，譚帆，《文學遺產》，1999 年第 4 期，1999 年，頁 79〜91。

30. 〈小說評點的解讀—《中國小說評點研究·導言》〉，譚帆，《文藝理論研究》，華東師範大學，2000 年 1 期，2000 年，頁 76〜84。

31. 〈清代「八股文賦」論爭平議〉，詹杭倫，《中國古典文學研究》，第 3 期，2000 年 6 月，頁 95〜116。

32. 〈論臨川文學家對制義的獨特貢獻〉，高琦、李小蘭，《淮陽師範學院學報》，第 22 卷 2000 年第 5 期（總第 92 期），頁 103〜107。

33. 〈湯顯祖和八股文〉，魏青，《溫州師範學院學報》（哲學社會科學版），第 22 卷第 1 期，2001 年 2 月，頁 32〜35。

34. 〈小眾讀者：康熙時期的文學傳播與文學批評〉，楊玉成，《中國文哲研究集刊》，第十九期，2001 年 9 月，頁 55〜108。

35. 〈八股文經世乎？——兼論劉熙載之經世觀〉，甘秉慧撰，彰化師範大學《國文學誌》第 5 期，2001 年 12 月，頁 359〜392。

36. 〈"《西廂》制藝"考〉，王穎撰，《揚州大學學報（人文社會科學版）》，第 6 卷第 3 期，2002 年 5 月，頁 35〜40。

37. 〈鍾惺《詩經》評點性質析論〉，侯美珍撰，《中國古典文學研究》，第七期，2002 年 6 月，頁 67〜94。

38. 〈"經義"考〉，方笑一，《華東師範大學學報》（哲學社會科學版），第 34 卷第 6 期，2002 年 11 月，頁 31〜39。

39. 〈賦詩言志與代聖賢立言──關於八股文的一點思考〉，楊波撰，《中國典籍與文化》，2003 年第 3 期，頁 97～101。

40. 〈現存評點第一書─論《古文關鍵》的編選、評點及其影響〉，吳承學撰，《文學遺產》，2003 年第 4 期，2003 年，頁 72～84。

41. 〈論臨川文學家與八股文的淵源〉，李小蘭，《經濟與社會發展》，第 2 卷第 3 期，2004 年 3 月，頁 121～123。

42. 〈毛奇齡“季跪小品制文引”析論──兼談「稗官野乘，悉爲制義新編」的意涵〉，侯美珍，《臺大中文學報》，第 21 期，2004 年 12 月，頁 185～214。

43. 〈試述明代前期八股文對文學的影響〉，龔篤清，《中國文學研究》，2005 年第 1 期，2005 年，頁 56～61。

44. 〈歸有光《史記》評點研究〉，貝京，《中國文學研究》，2005 年第 2 期，2005 年，頁 49～53。

45. 〈八股論文與金聖嘆文學評點〉，鍾錫南，《中國文學研究》，2005 年第 4 期，2005 年，頁 47～52。

46. 〈清代文化政策對八股文衡文標准的影響〉，高明揚、蔣金星，《武漢大學學報》（人文科學版），第 58 卷第 4 期，2005 年 7 月，頁 480～485。

47. 〈明清八股文體式及其演變析論〉，陳佩鈴，《東方人文學誌》，第 5 卷第 1 期，2006 年 3 月，頁 145～166。

48. 〈小題八股文簡論〉，李光摩，《中山大學學報》（社會科學版），2006 年第 4 期（總 202 期），頁 27～31。

49. 〈從“經義式”到八股文形成的當代詮釋〉，劉虹，《河北師範大學學報》（教育科學版），第 8 卷第 4 期，2006 年 7 月，頁 17～29。

50. 〈明清科舉八股小題文研究〉，侯美珍，《臺大中文學報》，第 25 期，2006 年 12 月，頁 153～198。

51. 〈八股文語言体式論〉，高明揚，《汕頭大學學報》（人文社會科學版），第 23 卷第 1 期，2007 年，頁 62～66。

（三）論文集論文

1. 〈正確認識和評價八股文取士制度〉，祝總斌，《國學研究》，北京：北京大學出版社，第九卷，2002 年 6 月，頁 1～33。

2. 〈八股文「守經遵註」的考察──舉《欽定四書文》四題八篇爲例〉，鄭邦鎮，《第一屆清代學術研討會論文集》，頁 219～243，後收入《清代學術論叢》台北：文津出版社，第六輯，2003 年 6 月，頁 1～17。

3. 〈試論八股文之「代聖賢立言」〉，蒲彥光，《「文學菁英跨校論壇」五校聯合研究生論文發表會論文集》，宜蘭：佛光人文社會學院文學研究所，

2004 年，頁 66～84。

4. 〈略論八股文之文體雜涉現象〉，蒲彥光，《文學視野——第一屆青年學者論文研討會論文集》，宜蘭：佛光大學文學研究所，2007 年，頁 25～37。

5. 〈歸有光的四書文〉，黃明理，《紅樓論壇研討會論文》，台北：台灣師範大學國文學系，2007 年 5 月 25 日，頁 1～61。

6. 〈從劉熙載《藝概‧經義概》試論「經義」之為體〉，蒲彥光，《第三屆「環中國海漢學研討會」論文集》，台北：環中國海研究學會、淡江大學中文系，2007 年 6 月，頁 1～23。

7. 〈談八股文如何詮釋經典〉，蒲彥光，《第三屆「中國文哲之當代詮釋」研討會論文集》，台北：台北大學中文系，2007 年 10 月，頁 261～282。

（四）學位論文

1. 《明代前期八股文形構研究》，鄭邦鎮，台北：台灣大學中文研究所博士論文，1987 年 6 月。

2. 《制義叢話研究》，蔡榮昌，台北：文化大學中國文學研究所博士論文，1987 年。

3. 《艾南英時文理論之研究》，林進財，高雄：中山大學中國文學系碩士論文，1995 年 6 月。

4. 《《左繡》研究》，蔡妙真，台北：政治大學中國文學研究所博士論文，2000 年。

5. 《劉熙載《藝概‧經義概》研究》，彰化：彰化師範大學國文研究所碩士論文，2001 年 6 月。

二、科舉、考試制度相關著作（按出版時間排列）

（一）專　書

1. 《清代鼎甲錄》，朱沛蓮編著，台北：台灣中華書局，1968 年。

2. 《清代考試制度資料》，章中如著，台北：文海出版社，1968 年 7 月初版。

3. 《明清歷科進士題名碑》，〔清〕李周望編，台北：華文書局，1969 年。

4. 《明代登科錄彙編》，屈萬里主編，台北：台灣學生書局，1969 年 12 月初版。

5. 《清代科舉制度之研究》，黃光亮著，台灣：嘉新水泥公司文化基金會，1976 年 10 月。

6. 《中國選舉史料‧清代編》，楊家駱主編，台北：鼎文書局，1977 年初

版。

7. 《清代科舉考試述略》，商衍鎏著，收入沈雲龍主編《近代中國史料叢刊續編第二十二輯》，台北：文海出版社，1978 年 12 月。

8. 《清代科舉》，劉兆璸著，台北：東大圖書有限公司，1979 年 10 月再版。

9. 《清代科舉制度研究》，王德昭著，香港：中文大學出版社，1982 年第 1 版。

10. 《明清歷科進士題名碑錄索引》，朱保炯、謝沛霖編，台北：文史哲出版社，1982 年。

11. 《中國考試制度史》，鄧嗣禹著，台北：台灣學生書局，1982 年。

12. 《對中國歷代學校、選舉和考試制度之研究》，劉澤之著，台北：天山出版社，1983 年 1 月。

13. 《明代考選制度》，李民實編，台灣：考選部，1984 年 6 月初版。

14. 《歷代官制、兵制、科舉制度釋》，臧雲浦等編，江蘇：江蘇古籍出版社，1987 年 4 月第 1 版。

15. 《清代考選制度》，楊紹旦著，台灣：考選部，1991 年 9 月初版。

16. 《中國古代求賢用能研究》，趙文祿等編，北京：光明日報出版社，1991 年 10 月第 1 版。

17. 《中國考試制度史》，考試院主編，台北：考試院祕書處，1992 年 2 月修訂版。

18. 《中國人才史》，李樹喜主編，北京：中國國際廣播出版社，1992 年 3 月第 1 版。

19. 《中國的文明與官僚主義》，艾蒂安・白樂日（Etienne Balazs）著，黃沫譯，台北：久大文化股份有限公司，1992 年 3 月。

20. 《中國歷代選官制度》，陳茂同著，上海：華東師範大學出版社，1994 年 7 月第 1 版。

21. 《宋代科舉》，賈志揚著，台北：東大圖書股份有限公司，1995 年 6 月初版。

22. 《中國考試制度史》，沈兼士編著，台北：台灣商務印書館，1995 年 10 月第 2 版。

23. 《北宋進士科考試內容之演變》，宵慧如著，台北：知書房出版社，1996 年 10 月初版。

24. 《選舉志》，寧欣，上海：人民出版社，1998 年 10 月第 1 版。

25. 《中國考試辭典》，湯德用、裘士京、房列曙主編，合肥：黃山書社，1998 年 10 月第 1 版。

26. 《中國古代典章制度大辭典》，康嘉弘主編，鄭州：中州古籍出版社，1998

年 10 月第 1 版。

27. 《科舉考試文體論稿：律賦與八股文》，台北：台灣書店，1999 年 5 月第一版。

28. 《台灣的書院與科舉》，林文龍，台北：常民文化事業股份有限公司，1999 年 9 月初版。

29. 《翁同龢文獻叢編，二，考試國子監》，翁萬戈輯，台北：藝文印書館，1999 年 11 月初版。

30. 《中國科舉制度研究》，王炳照、徐勇主編，石家庄：河北人民出版社，2002 年 6 月第 1 版。

31. 《科舉制度與近代文化》，楊齊福著，北京：人民出版社，2003 年 9 月第 1 版。

32. 《清初翰苑體制與翰林流品》，宋秉仁著，台北：泰安書局，2004 年 5 月初版。

33. 《中國考試思想史》，田建榮著，北京：商務印書館，2004 年 6 月第 1 版。

34. 《明代浙江進士研究》，多洛肯著，上海：上海古籍出版社，2004 年 7 月第 1 版。

35. 《國家、科舉與社會》，錢茂偉著，北京：北京圖書館出版社，2004 年 11 月第 1 版。

36. 《科舉革廢與近代中國高等教育的轉型》，張亞群著，武漢：華中師範大學出版社，2005 年 3 月第 1 版。

37. 《明代科舉制度考論》，王凱旋著，瀋陽：瀋陽出版社，2005 年 6 月第 1 版。

38. 《科舉學導論》，劉海峰著，武漢：華中師範大學出版社，2005 年 8 月第 1 版。

39. 《書院與科舉關係研究》，李兵著，武漢：華中師範大學出版社，2005 年 8 月第 1 版。

40. 《科舉制的終結與科舉學的興起》，劉海峰主編，湖北：華中師範大學出版社，2006 年 10 月第 1 版。

（二）期刊論文

1. 〈論我國科舉制度的建立與其影響〉，劉亮，《中國文化復興月刊》，第 18 卷第 8 期，1985 年 8 月，頁 36～52。

2. 〈唐代律賦對科舉考試的黏附與偏離〉，鄺健行，《新亞學術集刊》，1994 年，頁 399～414。

3. 〈中國傳統考試制度之發展與特性〉，潘穎薇，《銘傳學刊》第 7 期，1995

年，頁 201～232。

4. 〈論歷代書目中的制舉類書籍〉，周彥文，《中國書目季刊》，第 31 卷第 1 期，1997 年 6 月，頁 1～13。

5. 〈明代中晚期（嘉靖——萬曆）士人科舉心態之探討——就《明代登科錄》的吏治觀論之〉，蕭惠琴，《輔仁歷史學報》，第九期，1998 年 6 月，頁 109～135。

6. 〈論常州學派研究之新方向〉，蔡長林，《中國文哲研究通訊》，第 21 期，2002 年 9 月，頁 339～370。

7. 〈秀才學問與舉業文章——明代學術史一隅〉，陳寶良，《中國文哲研究通訊》，第 13 卷第 1 期，2003 年 3 月，頁 29～50。

8. 〈家族與科舉：宋元明休寧程氏的發展，1100～1644〉，《臺大文史哲學報》，第 58 期，2003 年 5 月，頁 95～140。

9. 〈論清中葉常州學者對考據學的不同態度及其意義——以臧庸與李兆洛為討論中心〉，蔡長林，《中國文哲研究集刊》，第 23 期，2003 年 9 月，頁 263～303。

10. 〈中國科舉制度的歷史意義及解釋——從艾爾曼（Benjamin Elman）對明清考試制度的研究談起〉，李弘祺，《臺大歷史學報》，第 32 期，2003 年 12 月，頁 237～267。

11. 〈科舉文獻與「科舉學」〉，劉海峰，《臺大歷史學報》，第 32 期，2003 年 12 月，頁 269～297。

12. 〈論兩部元代舉業類《四書》著作——袁俊翁《四書疑節》與王充耘《四書經疑貫通》〉，廖雲仙，《興大中文學報》，第 16 期，2004 年，頁 231～258。

13. 〈從明清小說看文人的科舉情結〉，劉久順，《中國文學研究》，2005 年第 2 期，2005 年，頁 106～109。

14. 〈明清科舉取士「重首場」現象的探討〉，侯美珍，《臺大中文學報》，第 23 期，2005 年 12 月，頁 323～368。

15. 〈訓詁與微言——宋翔鳳二重性經說考論〉，蔡長林，《中國文哲研究集刊》，第 29 期，2006 年 9 月，頁 237～275。

（三）論文集論文

1. 〈南宋至明初科舉科目之變遷集——元朝在經學歷史的角色〉，艾爾曼，《元代經學國際研討會會議論文》，1998 年 12 月，頁 71～118。

2. 〈從《制義叢話》看科舉制度下的民風與士習〉，蔡榮昌，《第一屆清代學術研討會論文集》，收入《清代學術論叢》，台北：文津出版社，第四輯，2002 年 11 月，頁 157～176。

（四）學位論文

1. 《北宋進士科考試內容之演變》，甯慧如，台北：台灣大學歷史學系碩士論文，1992 年。

三、古　籍（按作者姓名首字筆劃排列）

（一）經　部

1. 〔魏〕王弼、〔晉〕韓康伯注，〔唐〕孔穎達正義：《周易》，台北：藝文印書館《十三經注疏》本，1993 年 9 月第 12 刷。

2. 〔漢〕毛公傳，〔漢〕鄭玄箋，〔唐〕孔穎達正義：《詩經》，台北：藝文印書館《十三經注疏》本，1993 年 9 月第 12 刷。

3. 〔漢〕孔安國傳，〔唐〕孔穎達正義：《尚書》，台北：藝文印書館《十三經注疏》本，1993 年 9 月第 12 刷。

4. 〔周〕左丘明傳、〔晉〕杜預注、〔唐〕孔穎達正義：《春秋左傳正義》，台北：藝文印書館《十三經注疏》本，1976 年。

5. 〔宋〕朱熹註：《四書集註》，台北：藝文印書館，1974 年。

6. 〔魏〕何晏注，〔宋〕邢昺疏：《論語注疏》，台北：藝文印書館，1957 年。

7. 〔漢〕鄭玄注：《周禮》，台北：台灣中華書局《四部備要》本，1981 年。

（二）史　部

1. 〔清〕王引之撰：《經義述聞》（中華書局主編《四部備要‧經部》，據自刻本校刊），台北：台灣中華書局，1970 年。

2. 〔明〕王圻撰：《續文獻通考》（《續修四庫全書》第 766 冊，據明萬曆三十年松江府刻本影印，續修四庫全書編纂委員會編），上海：上海古籍出版社，1995 年。

3. 〔漢〕司馬遷撰，瀧川龜太郎注：《史記會注考證》，台北：萬卷樓圖書公司，1993 年。

4. 〔明〕宋濂撰：《元史》（楊家駱主編《新校本元史并附編二種》第一冊），台北：鼎文書局，1977 年。

5. 〔元〕馬端臨撰：《文獻通考》（《景印文淵閣四庫全書》，第 610～616 冊，據國立故宮博物院藏本影印），台北：台灣商務印書館，1983 年。

6. 〔漢〕班固撰：《漢書》（楊家駱主編《新校本漢書并附編二種》第二冊），台北：鼎文書局，1979 年 2 月二版。

7. 〔清〕陳夢雷編：《職方典》（楊家駱類編《古今圖書集成》第十二冊），台北：鼎文書局，1977 年。

8. 〔元〕脫脫撰：《宋史》（楊家駱主編《中國學術類編》《新校本宋史并附編三種》第二冊），台北：鼎文書局，1978 年 9 月初版。

9. 〔清〕張廷玉撰：《明史》（《新校本明史附編六種》第八冊），台北：鼎文書局，1978 年 10 月再版。

10. 〔清〕章學誠撰：：《文史通義》，《叢書集成・初編》，北京：中華書局，1985 年。

11. 〔清〕嵇璜、曹仁虎等奉敕撰：《欽定續文獻通考》（《景印文淵閣四庫全書》第 627 冊），台北：台灣商務印書館，1983 年。

（三）子　部

1. 〔清〕王先謙註：《莊子集解》，北京：中華書局，1987 年。

2. 〔宋〕朱熹撰：《朱文公文集》（《四部叢刊初編集部》第 58 冊，上海商務印書館縮印明刊本），台北：台灣商務印書館，1967 年。

3. 〔宋〕朱熹撰：《朱子大全》（《四部備要》子部冊八，中華書局據明胡氏刻本校刊），台北：台灣中華書局，1970 年。

4. 〔宋〕朱熹撰：《晦庵集》（《景印文淵閣四庫全書》第 1145 冊），台北：台灣商務印書館，1983 年。

5. 〔宋〕朱熹撰：《河南程氏遺書》，台北：台灣商務印書館，1965 年。

6. 〔宋〕朱熹編：《四書集註》，台北：學海出版社，1991 年 3 月再版。

7. 〔宋〕朱熹撰，〔宋〕黎靖德編：《朱子語類》，北京：中華書局，1994 年。

（四）集　部

1. 〔清〕方苞撰：《方望溪全集》，台北：河洛圖書出版社，1976 年 3 月。

2. 〔明〕王世貞撰：《藝苑卮言》（收入《弇州山人四部稿》），台北：偉文圖書出版有限公司，1976 年 6 月。

3. 〔宋〕王安石撰：《臨川先生文集》，台北：台灣商務印書館，1967 年。

4. 〔清〕王葆心撰：《古文辭通義》，台北：台灣中華書局，1965 年。

5. 〔清〕毛奇齡撰：《西河文集》，收錄於王雲五主編《國學基本叢書》本，台北：商務印書館，1968 年。

6. 〔唐〕李白撰：《李太白集》，《國學基本叢書四百種》，台北：台灣商務印書館，1968 年 12 月臺 1 版。

7. 〔唐〕杜甫撰：《杜工部集》，台北：台灣學生書局，1967 年 5 月初版。

8. 〔清〕吳喬撰：《圍爐詩話》，台北：廣文書局，1969 年。

9. 吳梅撰：《顧曲塵談》，南京：商務印書館，1969 年 2 月台 1 版。

10. 〔清〕求是齋校輯：《皇朝經世文編五集》，《近代中國史料叢刊第二十八

輯》，台北：文海出版社，1966 年。

11. 〔明〕艾南英撰：《天傭子集》，台北：藝文印書館，1980 年 10 月。。

12. 〔宋〕呂祖謙編：《宋文鑑》，台北：世界書局，1988 年。

13. 〔清〕杭世駿：《道古堂文集》，《續修四庫全書》，第 1427 冊，上海：上海古籍，2002 年。

14. 〔清〕姚鼐撰：《惜抱軒全集》，台北：世界書局，1984 年。

15. 俞〔清〕長城：《俞寧世文集》，卷三，收入《四庫未收書輯刊》，北京出版社，2000 年，玖集，21 冊。。

16. 〔明〕徐渭撰：《南詞敘錄》，《中國古典戲曲論著集成》，北京：中國戲劇出版社，1959 年 7 月第 1 版。

17. 〔清〕袁枚撰：《小倉山房尺牘》，台北：啓明書局，1961 年。

18. 〔明〕袁宏道撰：《袁中郎全集》，台北：世界書局，1964 年。

19. 馬通伯編：《韓昌黎文集校注》，台北：華正書局，1986 年。

20. 〔明〕黃宗羲撰，〔清〕全祖望續修，〔清〕王梓材校補：《宋元學案》，台北：世界書局，1991 年。

21. 〔明〕黃宗羲撰：《明儒學案》，台北：河洛圖書出版社，1974 年 12 月台初版。

22. 〔明〕黃宗羲編：《明文海》，台北：台灣商務印書館，1986 年。

23. 陳子龍、徐孚遠、〔明〕宋徵璧合編：《皇明經世文編》，台北：國聯圖書出版社，1964 年。

24. 〔清〕陳忠倚輯：《皇朝經世文三編》，《近代中國史料叢刊第七十六輯》，台北：文海出版社，1966 年。

25. 〔清〕陳澧撰：《東塾集》，《近代史料叢刊》，台北：文海出版社，1970 年。

26. 〔清〕盛康輯：《皇朝經世文編續編》，《近代中國史料叢刊第八十四輯》，台北：文海出版社，1966 年。

27. 〔宋〕陸九淵撰：《象山先生文集》，《四部叢刊正編》，台北：台灣商務印書館，1979 年 1 月臺 1 版。

28. 〔清〕賀長齡輯：《皇朝經世文編》，《近代中國史料叢刊第七十四輯》，台北：文海出版社，1966 年。

29. 〔清〕葛士濬輯：《皇朝經世文續編》，《近代中國史料叢刊第七十五輯》，台北：文海出版社，1966 年。

30. 楊向奎、冒懷辛著：《清儒學案新編》，山東：齊魯書社，1994 年 3 月第 1 版。

31. 〔清〕鄭獻甫撰：《補學軒文集續刻》，《近代中國史料叢刊續輯》，第 213

冊，台北：文海書局，1974 年。

32. 〔梁〕劉勰著，周振甫注：《文心雕龍注釋》，台北：里仁書局，1984 年 5 月。

33. 〔清〕劉熙載撰、王氣中注疏：《藝概箋注》，貴陽：貴州人民出版社，1986 年 6 月第 1 版。

34. 〔清〕劉熙載撰，徐中玉、蕭華榮整理：《劉熙載論藝六種》，四川：巴蜀書社，1990 年 6 月第 1 版。

35. 〔清〕劉熙載撰、薛正興點校：《劉熙載文集》，南京：江蘇古籍出版社，2000 年 12 月第 1 版。

36. 〔清〕劉大櫆：《海峰文集》，《續修四庫全書》，第 1427 冊，上海：上海古籍，2002 年。

37. 〔清〕劉禺生撰：《世載堂雜憶》，錢實甫點校，台北：長歌出版社，1976 年。

38. 〔清〕錢大昕撰：《潛研堂文集》，台北：商務印書館，1968 年。

39. 〔清〕魏禧：《魏叔子文集》，北京：中華書局，2003 年。

40. 〔唐〕韓愈撰：《韓昌黎集》，台北：河洛圖書出版社，1975 年。

41. 〔明〕歸有光撰：《歸震川集》，台北：世界書局，1963 年。

42. 〔宋〕蘇軾撰：《蘇東坡集》，《國學基本叢書四百種》，台北：台灣商務印書館，1968 年 12 月臺 1 版。

43. 〔明〕顧炎武著：《日知錄》（收於楊家駱主編《增訂中國學術名著第一輯，增補中國思想名著三十七冊》《日知錄集釋》），台北：世界書局，1984 年 11 月。

四、文學、美學、社會學相關著作（按出版時間排列）

（一）專　書

1. 《中國藝術精神》，徐復觀，台北：台灣學生書局，1966 年 2 月第 1 版。

2. 《清代駢文通義》，陳耀南著，台北：台灣學生書局，1977 年 9 月。

3. 《中國文學批評史大綱》，朱東潤，台北：開明出版社，1979 年。

4. 《漢賦源流與價值之商榷》，簡宗梧，台北：文史哲出版社，1980 年 12 月第 1 版。

5. 《古漢語修辭學資料彙編》，鄭奠、譚全基編，台北：明文，1984 年。

6. 《古文範》，吳闓生著，台北：台灣中華書局，1984 年 5 月台二版。

7. 《文藝美學論集》，王世德著，重慶：重慶出版社，1985 年 1 月第 1 版。

8. 《中國美學史大綱》（上、下），葉朗，台北：滄浪出版社，1986 年 9 月

第 1 版。

9. 《燈下集》，吳辰伯，台北：谷風出版社，1986 年。

10. 《嚴復集》，嚴復，台北：中華書局，1986 年。

11. 《文學與美學》，龔鵬程，台北：業強出版社，1986 年 4 月初版。

12. 《詩史本色與妙悟》，龔鵬程，台北：台灣學生書局，1986 年 4 月初版。

13. 《中國歷代文論選》（上）（中）（下），郭紹虞編，台北：木鐸出版社，1987 年 7 月初版。

14. 《文化、文學與美學》，龔鵬程著，台北：時報文化出版企業有限公司，1988 年 2 月初版。

15. 《桐城文派學術》，尤信雄著，台北：文津出版社，1989 年 1 月再版。

16. 《漢賦通義》，姜書閣，濟南：齊魯書社，1989 年 10 月第 1 版。

17. 《知堂書話》，周作人著，鍾叔河編，台北：百川書局，1989 年 12 月初版。

18. 《文學批評的視野》，龔鵬程著，台北：大安出版社，1990 年元月初版。

19. 《中國文學批評史》，郭紹虞著，台北：文史哲出版社，1990 年 7 月。

20. 《中國駢文史》，劉麟生、王雲五著，台北：台灣商務印書館，1990 年 12 月。

21. 《中國古代文論類編》（上、下），賈文昭主編，福州：海峽文藝出版社，1990 年 12 月第 1 版。

22. 《辭賦通論》，葉幼明，湖南教育出版社，1991 年 5 月第 1 版。

23. 《中國近代美學思想史》，盧善慶，上海：華東師範大學出版社，1991 年 5 月第 1 版。

24. 《中國近代文論類編》，賈文昭編，安徽：黃山書社，1991 年 8 月。

25. 《周作人全集》，周作人，台北：藍燈文化，1992 年。

26. 《文與質·藝與道》，陳良運，北京：中國人民大學出版社，1992 年 7 月第 1 版。

27. 《中國文學批評史》（上）（下），王運熙、顧易生主編，台北：五南圖書出版有限公司，1993 年 3 月第 1 版。

28. 《漢賦史論》，簡宗梧，台北：東大圖書股份有限公司，1993 年 5 月第 1 版。

29. 《明代文論選》，蔡景康編選，北京：人民文學出版社，1993 年 9 月第 1 版。

30. 《復古派與明代文學思潮》（上）（下），廖可斌著，台北：文津出版社，1994 年 2 月初版。

31. 《中國文學理論史—清末民初時期》，黃保眞、成復旺、蔡鍾翔著，北京：北京出版社，1994 年 4 月初版。

32. 《文體演變及其文化意味》，陶東風著，昆明：雲南人民出版社，1994 年 5 月第 1 版。

33. 《文體與文體的創造》，童慶炳著，昆明：雲南人民出版社，1994 年 5 月第 1 版。

34. 《中國散文美學》（一）（二），吳小林，台北：里仁書局，1995 年 7 月 15 日第 1 版。

35. 《中國散文學通論》，朱世英、方遒、劉國華著，合肥：安徽教育出版社，1995 年 12 月。

36. 《中國新文學的源流》，周作人著，上海：華東師範大學出版社，1995 年 12 月第 1 版。

37. 《談藝錄》，錢鍾書著，北京：中華書局，1996 年 1 月。

38. 《中國散文史》，陳柱，北京：東方出版社，1996 年 3 月。

39. 《文章學教程》，張會恩、增祥芹編，上海：上海教育出版社，1996 年 5 月。

40. 《韓柳古文新論》，王基倫著，台北：里仁書局，1996 年 6 月 30 日出版。

41. 《中國文學批評通史—清代卷》，王運熙、顧易生主編，鄔國平、王鎮遠著，上海：上海古籍出版社，1996 年 12 月。

42. 《漢魏六朝文學新論》，梅家玲著，台北：里仁書局，1997 年 4 月初版。

43. 《明清社會文化生態》，王爾敏著，台北：台灣商務，1997 年 7 月初版。

44. 《漢語寫作學》，徐振宗、李保初、桂青山編著，北京：北京師範大學出版社，1997 年 9 月。

45. 《另一種童年的告別：消逝的人文世界最後回眸》，張倩儀，台北：台灣商務，1997 年 10 月。

46. 《散文鑑賞藝術探微》，馮永敏著，台北：文史哲出版社，1998 年 2 月初版。

47. 《駢文與散文》，蔣伯潛、蔣祖怡著，上海：上海書店出版社，1998 年 1 月。

48. 《清代文論選》（上）（下），王運熙、顧易生主編，北京：人民文學出版社，1999 年 1 月第 1 版。

49. 《晚明學術與知識分子論叢》，周志文著，台北：大安出版社，1999 年 3 月第一版。

50. 《中國古代文體概論》，褚斌杰著，北京：北京大學出版社，1999 年 8 月。

51. 《晚明小品研究》，吳承學著，南京：江蘇古籍出版社，1999 年 9 月第 1 版。

52. 《中國文學的美感》，柯慶明著，台北：麥田出版股份有限公司，2000 年 1 月初版。

53. 《原人論》，黃林、吳建民、吳兆路著，上海：復旦大學出版社，2000 年 5 月。

54. 《中國古代文論教程》，李鐸著，北京：北京大學出版社，2000 年 11 月第 1 版。

55. 《西方文學理論四講》，海若‧亞當斯（Hazard Adams）著，傅士珍譯，台北：洪範書局，2000 年。

56. 《中國文學精神‧明清卷》，孫之梅著，濟南：山東教育出版社，2003 年。

57. 《文體與形式》，趙憲章著，北京：人民文學出版社，2004 年 2 月第 1 版。

58. 《中國散文小說史》，陳平原著，台北：二魚文化事業有限公司，2005 年 7 月初版。

59. 《明清文學史講演錄》，郭英德著，桂林：廣西師範大學出版社，2005 年 12 月第 1 版。

（二）期刊論文

1. 〈曾國藩陽剛陰柔說「古文八訣」蠡探〉，李建福，《興大中文學報》第 11 期，1988 年 6 月，頁 61～127。

2. 〈論章學誠的道與經世思想〉，鄭吉雄，《臺大中文學報》第 5 期，1992 年 6 月，頁 303～328。

3. 〈論謝靈運《擬魏太子鄴中集詩》〉，鄧仕樑，《國家科學委員會研究集刊》（人文及社會科學），第四卷第一期，1994 年 1 月，頁 1～14。

4. 〈「摘引式批評」方式、類型與理論基礎之研究〉，石曉楓，《國文學報》第二十三期，1994 年 6 月，頁 105～124。

5. 〈清代經世思潮〉，何佑森，《漢學研究》第 13 卷第 1 期，1995 年 6 月，頁 1～14。

6. 〈中國古代文人群體人格的變異——從《世說新語》到《儒林外史》〉，寧稼雨，《南開學報》1997 年第 3 期，頁 30～39。

7. 〈從文以載道到文道合一〉，陳志信，《鵝湖》第 24 卷第五期，1998 年 11 月，頁 33～47。

8. 〈從敘述體向代言體過渡的幾種形態〉，黃竹三，《藝術百家》1999 第 4 期，頁 74～79。

9. 〈文學典律與文化論述──中古文論中的兩種「原道」觀〉，鄭毓瑜，《漢學研究》，第１８卷第２期，2000 年 12 月，頁 285～318。

10. 〈文化視域中的中國文章史研究〉，夏敏，《寶雞文理學院學報》（社會科學版），第 23 卷第 3 期，2003 年 6 月，頁 33～44。

11. 〈復古觀念對文類演進的影響〉，惠鳴，《逢甲人文社會學報》第 8 期，2004 年 5 月，頁 111～123。

12. 〈試論明代文學中的書面傳播〉，葉俊慶，《世新中文研究集刊》，第二期，2006 年 6 月，頁 69～95。

13. 〈宋明清古文選本述略──典範形成的歷程〉，呂湘瑜，《輔大中研所學刊》，第 17 期，2007 年 4 月，頁 235～255。

14. 〈朱熹：“代聖賢立言”的啓蒙者〉，黃強，《東南大學學報》（哲學社會科學版），第 9 卷第 3 期，2007 年 5 月，頁 104～108。

15. 〈中國文學經典的評注考據與西方闡釋學（Hermeneutic）的比較研究〉，方漢文，《東吳中文學報》，第 13 期，2007 年 5 月，頁 179～213。

（三）論文集論文

1. 〈賦論流變考略〉，蔡鍾翔，《第三屆國際辭賦學學術研討會論文集》，台北：國立政治大學中文系，1996 年 12 月，頁 533～547。

2. 〈《S/Z》：從可讀性走向可寫性──羅蘭‧巴特及其語碼解讀法〉，何金蘭，《第三屆現代詩學會議論文集》，彰化師範大學國文系，1997 年 5 月，頁 233～249。

3. 〈發端於「擬古」的詩藝──《古風》在李白詩中的意義〉，呂正惠，中央研究院第三屆國際漢學會議論文，2000 年 6 月，頁 1～17。

4. 〈「擬古」與「用事」：試論六朝文學現象中「經驗」的借代與解釋〉，蔡英俊，中央研究院第三屆國際漢學會議論文，2000 年 6 月，頁 1～26。

（四）學位論文

1. 《文心雕龍對後世文論之影響》，陳素英，台北：私立東吳大學中國文學研究所碩士論文，1985 年 11 月。

2. 《黃淳耀及其文學》，陳慈峰，台北：台灣大學中文研究所碩士論文，1986 年。

3. 《韓愈贈序文類之研究》，蒲彥光，台北：私立東吳大學中國文學研究所碩士論文，1997 年 6 月。

五、經學、儒學、思想、詮釋學專著（按出版時間排列）

（一）專　書

1. 《宋明理學概述》，錢穆，台北：台灣學生書局，1977 年 4 月修訂重版。

2. 《中國近三百年學術史》，梁啓超，台北：華正書局，1979 年 1 月。

3. 《經學源流考》，甘鵬雲著，台北：維新書局，1983 年 1 月再版。

4. 《讀經示要》（上）（下），熊十力著，台北：明文書局，1984 年 7 月初版。

5. 《中國經學發展史論》（上），李師威熊，台北：文史哲出版社，1988 年 12 月。

6. 《中國學術思想變遷之大勢》，梁啓超著，台北：台灣中華書局股份有限公司，1989 年 6 月十版。

7. 《經世思想與新興企業》，劉廣京著，台北：聯經出版事業公司，1990 年 5 月初版。

8. 《中國經學史》，本田成之著，台北：廣文書局有限公司，1990 年 7 月再版。

9. 《現代中國學術論衡》，錢穆著，台北：東大圖書股份有限公司，1990 年 10 月再版。

10. 《中國學術思想大綱》，林尹著，台北：台灣商務印書館股份有限公司，1990 年 8 月修訂三版。

11. 《明末清初學術思想研究》，何冠彪著，台北：台灣學生書局，1991 年 2 月初版。

12. 《經世思想與文學經世—明末清初經世文論研究》，林保淳著，台北：文津出版社，1991 年 12 月初版。

13. 《明末清初儒學之發展》，李紀祥，台北：文津出版社，1992 年 12 月初版。

14. 《中國經學史論文選集》上下冊，林慶彰編，台北：文史哲出版社，1992 ～3 年。

15. 《清代學術史研究》，胡楚生著，台北：台灣學生書局，1993 年 3 月。

16. 《中國近三百年學術史》上冊，錢穆，台北：聯經出版事業公司，1994 年。

17. 《中國學術思想史》，林啓彥編著，台北：書林出版有限公司，1994 年 1 月 1 版。

18. 《清代學術概論》，梁啓超著，台北：台灣商務印書館股份有限公司，1994 年 1 月台二版。

19. 《晚清理學研究》，史革新著，台北：文津出版社，1994 年 3 月初版。

20. 《清儒學案新編》，楊向奎，第三卷，山東：齊魯書社，1994 年 3 月。。

21. 《中國實學思想史》（上）（中）（下），葛榮晉主編，北京：首都師範大

學出版社，1994 年 9 月。

22. 《佛學大辭典》（上）（下），丁福保編，上海：上海書店出版社，1995 年 12 月。

23. 《增注經學歷史》，皮錫瑞著，台北：藝文印書館，1996 年 8 月。

24. 《經學史》，安井小太郎等著，台北：萬卷樓圖書有限公司，1996 年 10 月初版。

25. 《中國儒家學術思想史》，劉蔚華、趙宗正主編，山東教育出版社，1996 年 12 月。

26. 《經學通論》，葉國良、夏長樸、李隆獻著，台灣：國立空中大學，1997 年 8 月初版。

27. 《中國儒學史（明清卷)》，苗潤田著，廣州：廣東教育出版社，1998 年 6 月第 1 版。

28. 《清代義理學新貌》，張麗珠著，台北：里仁書局，1999 年 5 月 15 日初版。

29. 《宋明理學與中國文學》，許總，南昌：百花文藝出版社，1999 年 9 月第一版。

30. 《朱子理學美學》，潘立勇著，北京：東方出版社，1999 年 12 月第 1 版。

31. 《儒釋道與晚明文學思潮》，周群著，上海：上海書店出版社，2000 年 3 月。

32. 《中國儒家教育思想》（上）（中）（下），劉蔚華等編著，青島：青島出版社，2000 年 1 月第 1 版。

33. 《明清之際道教「三教合一」思想論》，唐大潮著，北京：宗教文化出版社，2000 年 6 月第 1 版。

34. 《王安石學術思想研究》，李祥俊著，北京：北京師範大學出版社，2000 年 11 月。

35. 《晚明思潮》，龔鵬程著，宜蘭：佛光人文社會學院編譯出版中心，2001 年 10 月第一版。

36. 《中國經典詮釋傳統（二）：儒學篇》，李明輝編，台北：喜瑪拉雅基金會，2002 年 2 月初版。

37. 《中國經典詮釋傳統（一）：通論篇》，黃俊傑編，台北：喜瑪拉雅基金會，2002 年 6 月初版。

38. 《儒家經典詮釋方法》，李明輝編，台北：喜瑪拉雅基金會，2003 年 7 月初版。

39. 《詮釋學史》，洪漢鼎著，台北：桂冠圖書股份有限公司，2003 年 10 月修訂一刷。

40. 《經典與解釋的張力》，劉小楓、陳少明主編，上海：上海三聯書店，2003
年 10 月第 1 版。

41. 《道學與儒林》，李紀祥著，台北：唐山出版社，2004 年 10 月。

42. 《朱熹與四書章句集注》，陳逢源著，台北：里仁書局，2006 年 9 月。

（二）期刊論文

1. 〈朱熹《四書章句集注》詮釋方法舉隅〉，柯玟妃，《國文學報》（高雄師
範大學國文學系），第六期，2007 年 6 月，頁 169～194

（三）論文集

1. 《近世中國經世思想研討會論文集》，中央研究院近代史研究所編，台北：
中央研究院近代史研究所，1984 年 4 月。

2. 《清代學術研討會論文集──思想與文學》，台灣：國立中山大學中國文
學系，1989 年 11 月出版。

3. 《清代學術研討會論文集》，國立中山大學中國文學系編，高雄：國立中
山大學中國文學系，1999 年 11 月出版。